Alex Parkinson ist wie vom Blitz getroffen, als er seine Dozentin aus dem Schreibkurs zum ersten Mal sieht. Siobhan ist wunderschön, intelligent und teilt auch noch seine große Leidenschaft: das Schreiben. Niemals zuvor hat er jemanden so sehr geliebt. Doch wie kann er Siobhan davon überzeugen, dass sie zusammengehören? Besessen von der Idee, sein Leben mit ihr zu teilen, findet Alex heraus, wo Siobhan wohnt, verliert seinen Job für sie, macht ihr Geschenke, kümmert sich um ihre Katze, liest in ihrem Tagebuch. Alex würde alles für Siobhan tun – bis plötzlich eine junge Frau tot vor ihrem Haus liegt …

Louise Voss sah Mark Edwards in einer Dokumentation über aufstrebende Autoren, daraufhin kontaktierte sie ihn. Das war der Grundstein ihrer schriftstellerischen Zusammenarbeit. Ihre ersten beiden Thriller »Fieber« und »Stalker« wurden direkt Sensationserfolge, zunächst online im Eigenverlag und schließlich auch in den Printausgaben. Louise Voss und Mark Edwards leben mit ihren Familien im Süden von London.

Louise Voss & Mark Edwards

Stalker

THRILLER

Aus dem Englischen
von Beate Brammertz

btb

Die englische Originalausgabe erschien 2011
unter dem Titel »Killing Cupid«
bei Harper, einem Imprint von HarperCollins Publishers, London.

MIX
Papier aus verantwortungsvollen Quellen
FSC® C014496

Verlagsgruppe Random House FSC® N001967

1. Auflage
Deutsche Erstveröffentlichung September 2017

Umschlaggestaltung: semper smile, München
Covermotiv: © Shutterstock/Gordan; Madlen; Prajak Poonyawatpornkul
Satz: Uhl + Massopust, Aalen
Druck und Bindung: GGP Media GmbH, Pößneck
AH · Herstellung: sc
Printed in Germany
ISBN 978-3-442-74571-5

www.btb-verlag.de
www.facebook.com/btbverlag
Besuchen Sie auch unseren LiteraturBlog www.transatlantik.de

Für Sara

Prolog

Alex

Es war das Geräusch von Kathy, die auf Beton traf, das mir in den folgenden Nächten den Schlaf raubte. Es klang wie ein hart gekochtes Ei, das von großer Höhe auf einen Holzboden knallte. Ein gedämpfter Schlag, ein Splittern, ein Knacken. Und dann die allumfassende Stille.

Von meinem Platz auf der Feuertreppe konnte ich sie nicht sehen. Der Mond war hinter eine Wolke geglitten. Ich spähte hinab auf die schwarzen Umrisse, glaubte, etwas über die schwarze Mauer huschen zu sehen – eine Katze, ein kleiner Fuchs? –, und dieses flüchtende Geschöpf weckte mich aus meiner Benommenheit und trieb mich weiter. Mir blieb nur noch eines übrig.

Panik.

Die Metallstufen waren glitschig vom Regen, der am Nachmittag gefallen war, und als ich die Feuertreppe rückwärts nach unten eilte, rutschte ich aus und schlug mir das Knie auf, schürfte mir die Haut auf und zischte einen Fluch, der wie ein Echo widerhallte. Mit Tränen in den Augen stand ich kerzengerade da und ließ den Blick über London schweifen, diesem Durcheinander aus unterschiedlichen Formen, die sich am Horizont abzeichneten. Die Stadt sah nun anders aus. Gefährlicher. Ein weiteres Geheimnis – meines, mein jüngstes – glitt durch die Stadt und gesellte sich zu denen Millionen anderer, die sich in den tiefsten Winkeln und Kellern und Herzen Londons verbargen.

Wieder zurück in Kathys Apartment versuchte ich meine Gedanken zu sammeln und mir zu überlegen, was als Nächstes zu tun sei. Hatte ich Fingerabdrücke hinterlassen? Was hatte ich berührt? Ich war vom Pub hergekommen, hatte am Fenster gestanden und das Bier entgegengenommen, das mir meine zeitweilige Gastgeberin gereicht hatte, gekühlt und geöffnet, mit einem dünnen Dunstfaden, der sich aus dem Flaschenhals schlängelte.

Da war die Flasche, die auf dem Tisch am Fenster stand. Ich nahm sie an mich und steckte sie mir in die Jackentasche. Hatte ich sonst noch etwas angefasst? Irgendetwas? Meine Gedanken überschlugen sich in meiner Panik. Ich musste verschwinden. Ich zog mir den Ärmel über die Hand, öffnete die Wohnungstür und spähte ins Treppenhaus, ohne das Licht anzuschalten. Gewiss konnten die Nachbarn mein Herz hören. Ich vernahm ein Geräusch durch die Wand und erstarrte. Dann, bei dem vergeblichen Versuch, mich schwerelos zu machen, setzte ich meinen Weg die Treppe hinab fort, hinaus in die Nacht.

Ich blieb am Tor stehen. Ihr Leichnam lag genau um die Ecke. Würde ich ein paar Schritte nach rechts machen, könnte ich ihn wahrscheinlich sehen. Ich … verdammt, woher wusste ich, dass es wirklich »ein Leichnam« war? Vielleicht hatte sie den Sturz überlebt. Das wäre möglich. Sie könnte bloß gelähmt sein. Bloß. Ich musste es herausfinden. Nach einem weiteren Blick über die Schulter, um mich zu vergewissern, dass niemand kam, schleppte ich meine schweren Beine – es fühlte sich an, als trüge ich antike Taucherstiefel – zum Ende der Hausmauer und spähte um die Ecke. Dort sah ich sie am Boden – eine dunkle Gestalt, reglos, etwa vier Meter entfernt. Es gab keinerlei Geräusche, kein Wimmern, kein schwerfälliges Atmen, Geräusche, die mir verraten hätten, dass sie noch lebte. Allerdings könnte sie bewusstlos sein. Ich meine, verflucht noch mal, wäre sie noch am Leben, wäre sie natürlich bewusstlos.

Ich schlich mich näher, und nach ein paar Schritten ging mit einem Mal die Sicherheitsbeleuchtung an, tauchte die gesamte Welt in ein strahlendes Licht und zeigte mit einem flackernden Finger auf mich. Hallo ihr da draußen, hier ist Alex. Hier drüben.

Ich machte einen Satz nach hinten, knallte gegen die Mauer, taumelte und wäre beinahe gefallen. Doch während ich herumwirbelte, sah ich alles, was ich sehen musste: ihr Kopf, in einem unnatürlichen Winkel verdreht, der Hals gebrochen – es war eindeutig –, und ihre Augen, offen, ins Leere starrend. Mich anstarrend. Mir drehte sich der Magen, aber ich kämpfte den Brechreiz nieder. Das wäre das Schlimmste, was ich tun könnte – den Innenhof mit meinem Abendessen und meiner DNA vollzuspritzen. Ich drehte mich um und marschierte, den Kopf eingezogen, die Augen halb geschlossen, in der unsinnigen Hoffnung, wenn ich andere nicht sehen kann, können sie mich auch nicht sehen, hinaus auf den Bürgersteig und die Straße entlang. Ich zwang mich, nicht zu rennen, obwohl der Drang übermächtig wurde und ich nichts mehr auf der Welt wollte, als zu flüchten, zu sprinten, so viel Abstand wie möglich zwischen mich und diese tote Frau zu bringen. Aber ich konnte mir bildlich vorstellen, wie ein neugieriger Nachbar einen

Blick auf einen Mann erhaschte, der vom Tatort davonlief, einen Mann, auf dessen Hilfe die Polizei bei ihren Ermittlungen angewiesen wäre. Weshalb ich mich zwang, ruhig zu gehen; wie ein Kerl auf seinem Heimweg vom Pub. Ich spazierte den ganzen Weg nach Hause.

Als ich dort ankam, schloss ich meine Zimmertür hinter mir und zermarterte mir den Kopf, ob ich einen Fehler begangen hatte. Aber vor allem dachte ich darüber nach, wie Siobhan sich fühlen würde, sollte sie es herausfinden. Denn das war, was für mich am meisten zählte.

Siobhan. Die Liebe meines Lebens. Die Frau, für die ich sterben würde.

Die Frau, für die ich töten würde.

Erster Teil

1

Siobhan

Mittwoch, 22:30

Ich muss meine Kontaktlinsen herausnehmen, die kleben schon. Ich hasse diesen Moment, nachdem ich meine Linsen entfernt und meine Brille noch nicht gefunden habe – dann fühle ich mich so kurzsichtig und hilflos. Gestern Abend habe ich mir selbst einen solchen Schrecken eingejagt: Ich hatte meine Linsen im Badezimmer herausgenommen und mich dann erinnert, dass meine Brille neben dem Laptop im Wohnzimmer lag. Als ich hinaus auf den Flur trat, um sie zu holen, tauchte wie aus dem Nichts eine Gestalt auf. Ich habe mich fast zu Tode erschrocken und hätte beinahe geschrien – bevor ich bemerkte, dass ich vor meinem eigenen unscharfen Spiegelbild im Flur Angst hatte.

»Komm schon, Siobhan«, murmelte ich leise. »Reiß dich zusammen.«

Schon wieder Selbstgespräche … Wahrscheinlich habe ich mich immer noch nicht daran gewöhnt, allein zu leben. Ich werde nachts nervös, wenn die Wände sonderbare Geräusche von sich geben oder Stimmen von draußen hereinwehen. Oder wenn Biggles plötzlich miauend aufs Laken knallt, als wäre er irgendwie von der Decke herabgefallen. Es ist erbärmlich, ich weiß, sich vor nichts zu fürchten. Das

Ergebnis einer höchst lebhaften Fantasie gepaart mit zu vielen TV-Thrillern. Doch das ist auch keine Entschuldigung für meine erstaunliche Eigenart, ständig etwas zu verlegen, die zweite Sache, die mich im Moment an mir selbst nervt.

Es war schlimm genug, als ich meine Schlüssel letzte Woche stundenlang draußen im Türschloss vergessen hatte – eigentlich Moms Spezialgebiet: mich in Tränen aufgelöst anzurufen und zu jammern, sie hätte das ganze Haus auf den Kopf gestellt und könnte sie nirgends finden, bis ich sie frage, ob sie an der Tür nachgesehen hat. Weshalb ich mich ebenfalls aufgemacht und mein Glück versucht habe – oh nein, ich verwandle mich in meine Mutter!

Habe endlich meine Brille gefunden. Sie war in meiner Manteltasche.

Wie dem auch sei, der Kurs für kreatives Schreiben … Ich hätte nie gedacht, dass er so angsteinflößend sein könnte. Ich meine, ich habe Lesungen und solches Zeug gehalten, aber Verantwortung für deine eigenen Schüler zu übernehmen ist irgendwie viel heftiger, auch wenn es nur ein Abendkurs am hiesigen College ist. Was sie wohl von mir halten? Ich habe versucht, Autorität und Selbstbewusstsein auszustrahlen, obwohl meine Fingernägel Halbmonde in meine Handflächen gebohrt haben.

»Okay, es wäre wohl eine gute Idee, wenn wir uns alle vorstellen würden«, sagte ich und hatte sogleich Mitleid mit ihnen. Irgendjemand hatte es einmal als den schleichenden Tod beschrieben. Man sitzt dort, wartet und wiederholt in Gedanken, was man sagen will, während der Kelch immer näher kommt und du endlich an der Reihe bist … Zumindest war ich als Lehrerin als Erste dran.

Ich wollte schon loslegen, da fing ich den Blick eines der

beiden männlichen Teilnehmer auf. Er fläzte ganz hinten, wie ein Schuljunge, zwei Reihen hinter allen anderen. Am liebsten hätte ich laut gelacht, wie er mich so schräg angrinste, irgendwie selbstgefällig, als wollte er sagen: »Schau mich nur an, bin ich kein echter Rebell?«

Was für ein Idiot, dachte ich, und bat ihn nach vorne zum Rest der Gruppe. Er schlurfte näher und bedachte mich mit einem, wie er offensichtlich glaubte, glühenden Blick, was jedoch im Grunde aussah, als würde er einen Rülpser unterdrücken. Obwohl, als ich ihn genauer musterte, stellte ich fest, dass er gar nicht so übel aussah.

Ich gab meinen einstudierten Text zum Besten, darauf bedacht, meine Rede spontan klingen zu lassen.

»Hi, ich heiße Siobhan, und das ist mein erster Kurs für kreatives Schreiben, also seid bitte nachsichtig mit mir.« Sie alle lachten leise, was mir half, mich etwas zu entspannen. »Ich wohne hier in der Nähe, ich bin fünfunddreißig…«

»Kinder?«, fragte eine ältere Dame in der ersten Reihe.

»Keine Kinder, kein Ehemann, nur eine Katze«, sagte ich nur zu bereitwillig, Informationen preiszugeben. Als würde sie die Katze interessieren! Ich bin überrascht, dass ich ihnen nicht noch freiwillig meine Verhütungsmethode oder meine Abneigung gegen Anchovis offenbart habe…

Ich konnte allerdings nicht widerstehen, ihnen zu erzählen, dass ich Schriftstellerin bin – wobei das relevant ist, weshalb ich keine Gewissensbisse habe. Und dass ich vor ein paar Jahren ein Buch veröffentlicht habe. Vermutlich hoffte ich, dass zumindest einer von mir gehört hatte, aber sie sahen mich allesamt verdutzt an, woraufhin ich einfach fortfuhr:

»… Und jetzt schreibe ich gelegentlich als freie Journalistin Artikel, vor allem für Frauenmagazine. Ich spiele Tennis und habe eine Schwäche für Achtzigerjahre-Musik… Oh, das ist hart, ich weiß!«, lächelte ich gekünstelt und zwang mich, die Klappe zu halten. »Will jemand weitermachen?« Bevor ich euch von dem widerlichen Scheidenpilz erzähle, den ich letzten Monat hatte, oder dem Ameisennest hinter der Küchenzeile…

Dann waren die anderen an der Reihe. Da war Barbara, eine pensionierte Zahnarzthelferin; Jane, eine Stadtangestellte in einem teuren Kostüm; Mary, eine Frau mittleren Alters mit zwei erwachsenen Söhnen; Kathy, die uns unumwunden erzählte, dass sie lesbisch ist, vor allem – nehme ich an – weil sie wohl dachte, es würde die gutbürgerlichen Damen vor ihr schockieren. Sie hatte ein Glitzern in den Augen, das mich ansprach – auf eine nichtlesbische Art, wie ich schleunigst hinzufügen möchte.

Dann kam Brian. Er kratzte sich ständig am Kopf, und Unmengen an Schuppen rieselten auf die Schultern seiner Lederjacke. Der arme Kerl stottert auch leicht und hat die charmante Angewohnheit, sich die Nase zu reiben und die Hände dann an seiner Hose abzuwischen. Noch dazu hat er mir schöne Augen gemacht. Würg. Und er erklärte, dass er Fantasyromane schreibt. Würg.

Dann war der Rebell an der Reihe. Sein Name war Alex, und er war nicht gerade mitteilsam.

»Ich arbeite bei Bookjungle.com«, sagte er, »verkaufe die Bücher anderer Leute und wünschte, ich würde mein eigenes schreiben. Das ist alles.«

Also nur sechs Leute. Aber es könnte klappen. Jane war toll, sprühte vor Energie – ich wette, ihr Schreibstil ist gut. Und die Lesbe, Kathy, schien ganz interessant zu sein. Alex führt sich auf, als wäre er gegen alle anderen Studenten allergisch, jedenfalls sitzt er so weit wie möglich vom Rest entfernt und rümpft die Nase, sobald sie etwas sagen.

Aber Fehlanzeige, was anständige Männer betrifft. Ich muss gestehen, ich hatte mich der Fantasie über einen hinreißenden Enddreißiger mit herrlich pointierter Prosa und einem verruchten Lächeln hingegeben, der zugleich einfühlsam und bescheiden ist ... Herrje, ich fürchte, meine beiden männlichen Studenten fallen in die Kategorie: »Bin ich nicht unglaublich toll?« Wie das bei Kerlen so häufig der Fall ist. Ein paar schwache Einzeiler – oder in Brians Fall sechstausend kopflose Snarkkrieger – und sie glauben, sie halten einen Bestseller in Händen.

Der arme skrofulöse Brian – wahrscheinlich wurde er schon »Armer Brian« getauft, der Gute. Ich bin sicher, er ist ein echter Schatz, trotz seines Glotzens und der Akne. Nicht dass Alex viel besser wäre – der hält sich für den Größten. Er hat mich ebenfalls angeglotzt, aber auf die Art, wie Männer das manchmal tun, wenn sie nicht im Entferntesten auf dich stehen, sie allerdings wollen, dass du auf sie abfährst.

Wie dem auch sei, ich habe ihnen aufgegeben, Tagebuch zu führen und eine bedeutsame Unterhaltung aufzuschreiben, die sie kürzlich hatten. Alex fragte, ob ich ihre Hausaufgaben lesen würde, woraufhin ich sagte: »Nein, das ist privat. Ihr könnt alles schreiben, was ihr wollt. Ihr könnt sogar über mich schreiben, wenn ihr wollt.«

Es war ein Witz, aber Alex kritzelte mit hochgezogenen Augenbrauen etwas in sein Notizbuch. Wehe dir, du kleiner Mistkerl!

Sobald ich mit ihnen den leidigen Papierkram durchgegangen war, den das College benötigt – Anmeldung, Beurteilungsbogen, Lehrplan etc. – war die Zeit fast um. Der Unterricht endete für mich mit einem kleinen Dämpfer, nämlich mit der Frage, die ich seit der Erwähnung, ich sei Schriftstellerin, befürchtet hatte: Mary wollte wissen, wann mein nächstes Buch veröffentlicht werden würde.

Als wäre das Schreiben Fließbandarbeit. Ich brachte es nicht über mich, ihnen zu erklären, dass ich nur einen Vertrag für ein Buch erhalten hatte und kein zweites folgen würde. Irgendwann werde ich es ihnen eingestehen müssen, wenn wir bei dem Punkt angelangt sind, wo wir über das Einschalten eines Agenten und all dieses Zeug sprechen, aber vorläufig habe ich ihr erklärt, dass es langsam voranschreitet. »Dieser schwierige zweite Roman …« Ein Klischee, aber ach so wahr.

Donnerstag

Heute Morgen fühle ich mich so niedergeschlagen. Bisher habe ich es nicht erkannt, aber was ich beim Singledasein am meisten hasse, ist, allein aufzuwachen. Ich vermisse Phils Körper im Bett neben mir. Ich vermisse ihn, wenn ich nachts aufstehe, um mir ein Glas Wasser zu holen, dann wieder zurück ins Bett schlüpfe und keiner da ist, um den ich meine kalten Beine schlingen kann. Ich habe seine breite Brust geliebt, die, schwer vom Schlaf, geradezu glühend heiß gewesen war. Seine Haut fühlte sich im Schlaf irgendwie weicher an, und sein Atem war gleichmäßig und beruhigend, auf eine Weise, wie es Biggles flatteriger kleiner Katzenatem nie ist.

Später. Bin für einen Soja Decaf zu Starbucks in die High Street gegangen – ich hatte einfach solche Lust auf einen –, und wem verdammt noch mal laufe ich da in die Arme? Phil, natürlich. Er spazierte gerade herein, als ich aus der Tür kam.

»Ich dachte, du boykottierst Starbucks«, sagte er.

»Tue ich auch«, sagte ich, und wir starrten beide auf den Kaffee in meiner Hand. Er schafft es immer noch, mir das Gefühl der moralischen Unterlegenheit zu geben. »Grundsätzlich schon. Und Gap. Mein eigener kleiner antikapitalistischer Protest. Es ist nur so, ich entgifte gerade, weshalb ich keine Milchprodukte zu mir nehme, und sie haben keinen Soja-Cappuccino bei dem kleinen Italiener um die Ecke.«

Phil lächelte einfach auf seine entsetzlich herablassende Art, und ich dachte mir im Stillen, kein Wunder, dass ich ihn nur vermisse, wenn er schläft. Er ist viel zu blasiert, wenn er wach ist. Schlafend: schrecklich lieb; wach: nur noch schrecklich.

Um das Thema zu wechseln, fragte ich ihn in meiner Verzweiflung, wie es Lynn gehe.

»Gut«, sagte er. »Wir fliegen nächste Woche nach Portugal.«

Jäh blitzte ein Bild von den beiden in meinem Kopf auf, wie sie an einem weißen Sandstrand liegen und Phil ihr den Rücken mit Sonnenmilch einschmiert. Hoffentlich bekommen sie einen so schlimmen Sonnenbrand, dass sie nicht miteinander schlafen können. Aber Sonnenbrände vergehen, nicht wahr? Im Gegensatz zu … oh, hör auf, Siobhan, hör gefälligst auf! Sei stark. Denk an das Bild mit Phil und dem Sonnenbrand. Sehr schön. Und jetzt stell dir vor, wie du ihm einen Klaps auf die wunde Stelle gibst.

2

Alex

Mein freier Tag. Simon und Natalie waren in der Arbeit und ich allein zu Hause, ohne etwas zu tun zu haben, ich kam mir vor wie ein Eisbär im Zoo. Ich schlenderte von einem Zimmer ins andere, unfähig, mich zu entspannen oder mich auf irgendetwas zu konzentrieren. Ich verbrachte Stunden damit, mich durch Fotos von Menschen zu klicken, die ich oberflächlich auf Facebook kenne, und blieb hie und da an einer Seite hängen, wenn eine attraktive Freundin eines Freundes meine Aufmerksamkeit erregte. Ich war so gelangweilt, dass ich entschied, etwas Hausarbeit zu erledigen, und stellte eine Waschmaschine an.

Als ich die Taschen meiner Jeans durchsuchte, bevor ich sie in die Maschine stopfte, fand ich einen zusammengefalteten Zehner. Ein Zeichen Gottes, damit ich meinen gelangweilten dürren Arsch hochbekam und endlich etwas tat. Irgendetwas. Ich entschied, die U-Bahn zu nehmen und mich treiben zu lassen.

Auf dem Weg zum U-Bahnhof kehrten meine Gedanken zum Schreibkurs zurück. Während der letzten paar Tage habe ich lange darüber nachgedacht. Ich bin froh, den Sprung gewagt und mich eingeschrieben zu haben. Die Stunden bei der Arbeit vergehen rascher, seitdem ich etwas habe, worauf ich mich freuen kann. Okay, sie verfliegen nicht gerade, aber bislang sind sie wie ein verwundeter Soldat verstrichen, der mühsam über das Schlachtfeld kriecht. Indem ich dieses Tagebuch schreibe, geht es mir auch besser. Meine Gedanken auf Papier zu bringen – oder besser gesagt, auf den Computerbildschirm (Papier ist so altmodisch) – hindert sie daran, in meinem Kopf zu Eitergeschwüren zu wuchern.

Ich frage mich, worüber die anderen im Kurs in ihrem Tagebuch schreiben. Es ist nicht schwer, sich das auszumalen. Brian wird seines aus der Perspektive eines der Wesen aus seinen Fantasygeschichten schreiben: Brian, der blutige Schrecken, der über das Land zieht und die lüsternen Jungfrauen mit seinem magischen Stab beglückt. Kathy wird in ihrem Tagebuch ihre lesbischen Affären in epischer Breite beschreiben: Stoß um Stoß oder Lecken um Lecken, detaillierte Darstellungen ihrer sapphischen Eskapaden. Das würde ich sehr gerne lesen. Barbara wird Fotos ihrer Enkelkinder in ihres kleben, da sie ein Tagebuch mit einem Poesiealbum verwechselt, und lange Gedichte über Des Lynam verfassen. Ich kann mich kaum an die Namen der anderen Kursteilnehmer erinnern, so unscheinbar waren sie.

Ganz im Gegensatz zu der Lehrerin.

Siobhan. Sie kam mit einem wissenden Lächeln auf den Lippen in den Raum, streifte die Tasche von ihrer Schulter und ließ den Blick der Reihe nach über ihre neuen Schüler gleiten. Sie hat einen dieser kurzen, jungenhaften Haarschnitte, die mir so gefallen, und ihre Augen waren groß und strahlend, auch wenn ich ihre Farbe nicht ganz erkennen konnte. Sie schien sich zu verändern, während ich sie ansah: blau – nein, grau – nein, grün – nein, haselnussbraun. Sie sagte, sie wäre 35 – ich hatte schon immer das Gefühl, eine

Vorliebe für ältere, erfahrenere Frauen zu haben. Sie meinte ebenfalls, sie hätte keinen Ehemann, und ich frage mich, ob sie womöglich geschieden ist. Sie ist zu attraktiv, um nicht irgendwann vom Markt weggeschnappt worden zu sein. Da war etwas in ihren Augen, das Kummer und Enttäuschung erahnen ließen. Aber sie wirkte selbstbewusst, wie sie vor uns stand, als hätten jedwede Schwierigkeiten, denen sie in ihrem Leben die Stirn geboten hatte, sie nur stärker gemacht. Ich mag das. Ich mag es, wenn Frauen stark sind. Intelligent. Die Sorte Frau, die sich nicht so leicht kleinkriegen lässt. Ich könnte mir nicht vorstellen, mit einem Hasenfuß zusammen zu sein. Ich hätte mir allerdings in die Hose gemacht, hätte ich vor einer Gruppe Fremder stehen – oder auf einem Tisch sitzen müssen –, aber Siobhan hat das bravourös gemeistert.

Ich bin sicher, ihre Augen haben einen Tick länger auf mir geruht, während sie sich in der Klasse umsah. Sie berührte ihren Nasenrücken, als wollte sie eine Brille hochschieben. Eine Teilzeit-Brillenträgerin, so wie ich. Die Geste machte auf mich den Eindruck, als wollte sie einen besseren Blick auf mich erhaschen, als würde sie mich eindringlich mustern. Als sie zu reden begann und sich vorstellte, war ihre Stimme melodiös, wenn auch leise. Ich musste mich vorbeugen und konzentriert lauschen, um zu verstehen, was sie sagte. Es glich einem Schlaflied. Ich bemerkte, wie Barbara an ihrem Hörgerät hantierte.

Als ich mit der Vorstellung an der Reihe war, zitterte meine Stimme vor Anspannung, und ich bekam nur einen einzigen Satz heraus, bevor ich innehalten musste. Ich bin allerdings sicher, dass Siobhan mir das nicht ankreidet. Sie ist Schriftstellerin: Sie steht fast mit Sicherheit auf einfühlsame Männer. Ich war traurig, als der Kurs zu Ende war, weil das bedeutete, dass ich mich für eine Woche von ihr verabschieden musste. Aber diese Woche ist nun fast vorüber. In ein paar Stunden werde ich sie wiedersehen.

Die U-Bahn blieb genau hinter Oxford Circus im Tunnel stecken. Die Lichter flackerten, und die Elektrizität summte im Wagen. Niemand sah irgendjemanden an, niemand sagte ein Wort.

Es folgte der knisternde, unverständliche Versuch einer Durchsage, und ich spürte, wie mir heiß wurde und ich mich versteifte. Niemand um mich herum schien auch nur bemerkt zu haben, dass wir stehen geblieben waren. Eine Szene aus *The Rats – Sie sind überall* formte sich vor meinem inneren Auge, wo die Fahrgäste durch die Tunnel flüchten und im Dunkeln von Nagetieren mit rasiermesserscharfen Zähnen zerfleischt werden.

Die Frau mir gegenüber warf mir einen Blick zu. Sie biss sich einen Moment auf die Lippe und sagte dann: »Bei Ihnen alles okay?« Sie war Amerikanerin.

»Mir geht's gut.«

»Es ist nur so, dass Sie dieses Geräusch gemacht haben …«

Ich spürte, wie meine Wangen knallrot wurden.

Ich senkte den Kopf, konzentrierte mich auf den Abfall am Boden. Mit einem Mal setzte sich der Zug schleppend in Bewegung, und ich stieg beim nächsten Halt aus, wo ich auf dem Bahnsteig wartete, bis der nächste Zug eintraf.

Schließlich tauchte ich aus der Haltestelle Leicester Square wieder auf. Ich brauchte neuen Lesestoff und dachte sofort an die Secondhand-Buchhandlungen auf der Charing Cross Road. Ich durchforstete die Geschäfte, suchte die Tische mit den Augen ab, hob vergilbte Taschenbücher hoch, roch an ihnen und legte sie wieder zurück. Ich mag Secondhand-Buchgeschäfte, weil sie billig sind, aber gleichzeitig haftet ihnen etwas Widerliches an. Der Gedanke an all die schmierigen Hände, die diese Seiten schon angefasst hatten, die tote Haut, die sich im Falz angesammelt hatte. Als ich mir ein Buch genauer besah, fand ich eine zerquetschte Spinne zwischen den Seiten. Vielleicht hatte sie jemand als Lesezeichen benutzt.

Ich verbrachte zwei angenehme Stunden, in denen ich von einem Geschäft zum nächsten wanderte, bis ich mich in einem winzigen Buchgeschäft in der Nähe der U-Bahn-Station wiederfand. Wenn ich hier nichts finde, entschied ich, würde ich mein Geld für Alkohol ausgeben. Und genau in dieser Sekunde sprang mir etwas ins Auge.

Es lag auf dem Tisch. Der Titel lautete *Tara Liegt Wach*. Die Autorin, Siobhan McGowan. Meine Lehrerin. Ich bebte. Es kam einem heiligen Moment gleich. Ich hob das Buch mit scheuer Ehrfurcht auf und streichelte über den Rücken des Hardcovers, als wäre es ein geweihtes Artefakt. Siobhans Buch. Ich schlug den Deckel auf, suchte nach dem mit Bleistift hineingekritzelten Preis und sah, dass es nur 2 Pfund kostete. Ich hätte viel mehr dafür gezahlt. Ohne zu zögern, brachte ich es zum Ladentisch und schleuderte dem alten Kerl hinter der Kasse mein Geld hin.

»Hey, Ihr Wechselgeld …«, rief er mir hinterher, als ich die Tür aufstieß.

Draußen auf der Straße, das Wechselgeld nun sicher in meiner Tasche verstaut, betrachtete ich den Umschlag. Darauf war eine nackte Frau zu sehen – natürlich ästhetisch gemacht. Und da, auf der Innenseite des Schutzumschlags, blickte mir Siobhan höchstpersönlich entgegen. Sie war ein paar Jahre jünger, mit einem breiten Lächeln auf dem Gesicht, aber … nun, ich habe das Buch jetzt offen vor mir liegen. Sie sieht auf dem Foto nicht halb so gut aus wie in Wirklichkeit. Es sieht irgendwie gestellt aus, unnatürlich. Als sie vor uns im Klassenzimmer gestanden hat, war sie real, aber … ich weiß nicht so recht, wie ich es ausdrücken soll. Vermutlich will ich wohl sagen, dass, obwohl Siobhan auf dem Bild gut aussieht, sie jede x-beliebige Frau sein könnte. Doch die Frau, die letzte Woche vor uns im Klassenzimmer gestanden hat, war etwas Besonderes.

Auf dem Heimweg machte ich einen Abstecher zum Supermarkt und kaufte eine Flasche Wein, dann schloss ich mich mit dem Buch in meinem Zimmer ein und blieb den ganzen Abend dort.

Himmel, die Träume, die ich nach dem Lesen von *Tara Liegt Wach* hatte. Das Buch ist so sinnlich. So … sensuell. Gibt es das Wort überhaupt? Das muss ich nachschlagen. Will nichts Falsches sagen, wenn ich es mit der Autorin diskutiere. Wie auch immer, es ist verdammt sexy. Und wunderschön geschrieben. Sexy und wunderschön – und gewiss ist ein Buch ein Abbild der Autorin, oder nicht? Letzte Woche im Klassenzimmer habe ich einen Hauch davon gespürt, aber nur einen Hauch. Ich vermute, sie muss es vor den meisten Menschen verbergen. Eine solche Leidenschaft kann gefährlich sein. Man muss sie in Schach halten, eine Maske tragen. Doch ich habe das Gefühl, beim Lesen des Buches so viel über sie gelernt zu haben, und ich kann es kaum erwarten, bis sie mir ihr wahres Gesicht zeigt.

Siobhans Roman handelt von dieser Frau namens Tara, die Jungfrau ist, bis sie 21 ist. Sie hatte immer Angst vor

Männern und Beziehungen, und dann trifft sie diesen Kerl namens Luke. Er ist verheiratet und älter als sie. Und sie vögeln. Verdammt, wie die vögeln! Ich bin in der Welt herumgekommen. Ich war in Bangkok, wo die Mädchen angeblich jeden Trick aus dem Kamasutra kennen. Aber ich wette, diese Thai-Mädchen haben von ein paar Dingen noch nicht einmal gehört, die Tara und Luke in *Tara Liegt Wach* miteinander anstellen. Das Buch ist aus Taras Perspektive geschrieben, nach dem Ende ihrer Affäre. Sie liegt im Bett, denkt über all das Zeug nach, was sie getan haben, und berührt sich selbst. Sie hat die Beziehung wegen seiner Frau beendet, aber sie verzehrt sich immer noch nach ihm. Und auf der letzten Seite ertönt ein Klopfen an der Tür.

Das ist der Schluss des Buches.

Oh Siobhan, du wirkst äußerlich so ruhig, so gelassen. Aber unter der Oberfläche … Ich weiß, was in dir schlummert.

Oh Siobhan.

Ich will in dir sein.

Wie begeistert sie sein wird, wenn ich heute Abend mit ihrem Buch aufkreuze. Nein – Augenblick, ich werde ihr Buch nicht mitnehmen. Das ist viel zu plump, und einer der anderen könnte mich fragen, ob er es sich ausleihen dürfte, und dann könnte ich schlecht Nein sagen. Ich will das Buch nicht aus den Fingern geben. Dafür habe ich eine viel bessere Verwendung. Was kann ich nur tun, um Siobhan glücklich zu machen?

Natürlich. Es ist so offensichtlich …

3

Siobhan

Nun. Das war vielleicht ein Abend!

Ich bin früh zum College gefahren – ich wollte lieber die Erste sein im Gegensatz zu letzter Woche, als ich gleichzeitig mit den anderen Kursteilnehmern eintrudelte. Ich will mehr Autorität ausstrahlen. Ich habe mich diese Woche auch etwas mehr herausgeputzt, obwohl ich nicht sicher bin, warum ich das getan habe. Vielleicht, da ich jetzt ein bisschen selbstsicherer bin, weil ich weiß, dass sie nicht der einschüchterndste Haufen der Welt sind. Also habe ich meine hohen Stiefel und meine Netzstrumpfhose angezogen. Habe mich gegen den Jeansminirock entschieden – zu nuttig mit der Netzstrumpfhose –, aber für meinen knielangen schwarzen Cordrock und einen Rollkragenpulli. Es ist wirklich wahr, dass Attraktivität allein etwas mit dem Selbstbewusstsein zu tun hat. Ich fühlte mich richtig gut.

Als ich an der Geschäftsstelle vorbeikam, rief mich Betty, die Sekretärin, zu sich: »Ms McGowan? Jemand hat das hier für Sie abgegeben.«

Sie griff über den Schreibtisch und reichte mir einen Umschlag, der tatsächlich mit einer pinkfarbenen Schleife umwickelt war. Ich meine, wer bindet eine Schleife um einen Brief? Ich dankte ihr, und sie bedachte mich mit einem wissenden Blick über den Rand ihrer Halbbrille. Ich wollte ihn nicht auf der Stelle öffnen, weshalb ich auf die Behindertentoilette ging und die Tür abschloss, bevor ich den Brief aufriss. Ich dachte, ich würde eine Karte vorfinden, weshalb es mich überraschte, dass ich ein einzelnes bedrucktes DIN-A4-Blatt mit einer dieser extravaganten Schriftarten herauszog, die wirken sollen, als sei sie handschriftlich geschrieben.

Noch überraschter war ich wegen der Überschrift: »Bookjungle.com«, hieß es. »Der Leser Aparkinson hat dieses Produkt mit ✪✪✪✪✪ bewertet.« Fünf Sterne. Es war eine Rezension für *TLW*.

»Ein unvergleichliches, erotisches Meisterwerk«, lautete die Zwischenüberschrift. Ich überflog rasch die Seite, wobei mir die Superlative regelrecht um die Ohren flogen. Es war eine überwältigende Rezension, so glühend, dass sie fast neonfarben leuchtete. Im Grunde – und ich hätte nie gedacht, dass ich das jemals sagen würde – war sie fast zu überschwänglich. Zufrieden, wie ich war, war es gleichzeitig ein wenig peinlich. Wie dieser sonderbare Typ im Fitnessstudio, der andauernd davon sprach, wie sexy meine Waden seien. Es ist nett, ein Kompliment zu bekommen, aber manchmal einfach ein bisschen zu viel des Guten.

Ich konnte mir nicht vorstellen, wer dieser Aparkinson war, bis ich die Notiz am Ende sah:

»Liebe Siobhan, ich habe dein Buch gelesen. Nur für den Fall, dass du nicht auf Bookjungle nachschaust.« (Als ob! Alle Autoren lesen bei Bookjungle mit.) »Ich dachte, du wüsstest meine Rezension zu schätzen. Ich fand es wirklich toll. Liebe Grüße! Wir sehen uns im Kurs. Alex.«

Alex – der jugendliche Rebell. Wie seltsam! Ich hätte ihn nicht für die Sorte Schwärmerischer-pinke-Schleifen-Mann gehalten. Aber ich hatte mich schon gefragt, ob er auf mich steht. Vielleicht auch nicht. Vielleicht hat ihm das Buch wirklich gut gefallen. Das ist sehr süß von ihm. Ich war nicht ganz sicher, wie ich reagieren sollte. Ich meine, was sollte ich schon sagen? Danke?

Ich las die Rezension nun langsamer durch. Ich kann nicht behaupten, ich hätte mich nicht wie eine Schneekönigin gefreut – es ist Jahre her, seit jemand eine Beurteilung für *TLW* abgegeben hat, nicht seit dem Mistkerl, der meinte: »Grottenschlecht – das mieseste Buch, das ich je gelesen habe«, und ihm keinen einzigen Stern gab.

Zugegebenermaßen, es war herrlich, eine solch nette Rezension zu bekommen und zu wissen, dass sie für aller Augen im Internet stand. Ich wünschte nur, er hätte seinen Namen nicht preisgegeben, sodass die anderen Kursteilnehmer, wenn sie mein Buch schließlich – und zwangsläufig – suchten, sie nicht übergehen würden, weil sie wussten, dass er mich kennt.

Ich kann nicht widerstehen, ein paar ausgesuchte Zitate aufzuschreiben:

»Die Protagonistin Tara ist eine strahlende Persönlichkeit, die auf jeder Seite vor Esprit sprüht, die Sorte Mensch, von der wir im realen Leben nur träumen können, sie eines Tages kennenzulernen, es aber selten tun. Es ist unmöglich, ihr nicht zu verfallen.«

Aah – wie lieb!

»Der Schreibstil ist satt und süß wie Marzipan, aber nie übertrieben, nie zu viel. Stattdessen sind wir zufrieden, uns an diesen köstlichen Worten zu laben, von dem Zucker trunken zu sein, ausgelassen wie ein mit Süßigkeiten berauschtes Kind.«

Hm, das ist vielleicht ein bisschen übertrieben.

»Sexszenen sind von Natur aus schwierig, aber McGowan verführt den Leser auf dieselbe Art, wie der gutaussehende Luke die liebreizende Tara verführt. Eine unerfahrene Erotik befeuchtet diese Seiten, so sexy wie die Hölle, so betörend wie der Himmel.«

Jawohl! Das ist gut.

Wie dem auch sei, ich schob die Rezension in den Briefumschlag zurück, steckte ihn samt Schleife (Biggles wird es lieben, mit ihr zu spielen) in meine Tasche und verließ die Toilette, dankbar, dass sich keine Schlange an Menschen im Rollstuhl draußen vor der Tür gebildet hatte.

Als ich das Klassenzimmer betrat, rechnete ich mit Alex, der großspurig auf meine Reaktion warten würde, doch der Raum war leer abgesehen vom »Armen Brian«. Es war lustig, denn als er meine Stiefel und die Strumpfhose erblickte, riss er die Augen so weit auf, man hätte glauben können, ich sei nackt gekommen.

»H-h-h-hallo«, sagte er und würgte wie eine Cartoonfigur, die buchstäblich einen Kloß im Hals hatte.

Wir plauderten eine Weile – ich befragte ihn ein wenig zu seinem Fantasyroman, doch ich muss gestehen, in meinen Ohren klang es, als redete er in einer Fremdsprache, mit all den Ortsnamen und sonderbaren Außerirdischen und diesem Zeug. Ich sagte, dass ich *Der blinde Mörder* liebe und dass in dem Roman eine Science-Fiction-Geschichte eingebettet sei, doch er hatte noch nicht einmal von Margaret Atwood gehört!

Dann spähte er zur Tür, und für einen Moment glaubte ich, er würde über mich herfallen – er hatte diesen beunruhigenden erwartungsvollen Ausdruck in den Augen.

Oder Hals über Kopf verschwinden. Doch zu meiner Überraschung zog er eine Kopie von *TLW* heraus! Das hat nun meine jährlichen Verkaufszahlen verdoppelt. Ich fragte mich, ob sie alle losgezogen waren und es gekauft hatten? Das hoffte ich schwer. Aber ich war nicht sicher, was er von mir erwartete – er hielt es mir winkend unter die Nase.

»Willst du, dass ich es signiere?«, fragte ich, und er errötete dankbar und nickte. Ich signierte es gewissenhaft, und der arme Kerl sah aus, als würde er vor tiefer Verbundenheit sterben – allerdings war sein Verhalten viel ehrlicher als Alex' große Geste.

Die anderen kamen alle gemeinsam herein, gerade in dem Moment, als ich Brian das Buch zurückgab. Ich lächelte Alex kurz an, stellte jedoch keinen Blickkontakt mit ihm her. Ich war ein wenig… nervös… nehme ich an. Als würde ich ihm jetzt etwas schulden – auch wenn das natürlich Blödsinn war. Ich weiß nicht, woran es lag, aber sobald ich ihn sah, fühlte ich mich beklommen. Während ich ihn ansah, dürr und noch eingebildeter als vergangene Woche, schienen die Rezension und die pinkfarbene Schleife unangemessen. Ich lehnte mich lässig zur Seite und schob beides ganz tief in meine Tasche, damit es gut versteckt war. Mit einem Mal wollte ich ihn im Unklaren lassen, ob ich den Brief bekommen hatte oder nicht, und ich entschied, die Sache einfach völlig zu übergehen, bis er mich direkt darauf ansprach. Vielleicht würde ich ihm nächste Woche danken, ohne großes Aufhebens.

Am Ende der Stunde bemerkte ich, wie Alex hinter den anderen herumtrödelte, die plaudernd nach draußen spazierten. Nur Kathy blieb zurück, weshalb ich zu ihrem Platz ging und ihr sagte, wie sehr mir ihr Beitrag gefallen hatte, den sie vorhin laut vorgelesen hatte.

»Ich bin so froh, dass es dir gefallen hat«, sagte sie, und ihr Gesicht begann zu leuchten. Sie sieht wirklich hübsch aus, wenn sie lächelt, selbst mit ihrem strengen, kantigen Haarschnitt. Geschickt drehte ich mich leicht zur Seite, bis ich mit dem Rücken zu Alex stand und er nicht mehr in meinem Blickfeld war – obwohl ich dennoch spürte, wie er verstohlen dort herumlungerte.

»Eigentlich«, sagte Kathy, nachdem wir uns eine Minute über ihren Text unterhalten hatten, »hatte ich mich gefragt, ob ich kurz mit dir sprechen könnte?«

Puh, dachte ich – ein guter Grund, um Alex abzuwimmeln. Doch als ich mich umdrehte, marschierte er schon ohne ein Wort des Abschieds aus dem Klassenzimmer.

Ich wandte mich wieder um, und da stand Kathy, mit einem Strahlen im Gesicht – und einer Ausgabe von *TLW* in den Händen! Ich konnte es nicht glauben und musste lachen.

»Bald werde ich mich mit meinen Tantiemen zur Ruhe setzen können«, sagte ich. »Es ist toll – ihr alle habt es gekauft! Ich wusste doch, es gab einen Grund, um die Stelle als Dozentin anzunehmen.«

Kathy lachte ebenfalls und reichte mir ausgelassen einen Kugelschreiber. »Ich fand's brillant«, sagte sie. »Konnte es nicht aus der Hand legen.«

»Vielen Dank«, erwiderte ich und errötete. Ihr Lob fühlte sich irgendwie schlüssiger als Alex' schwülstige Worte oder die gestammelten Komplimente des »Armen Brian« an, und ich fühlte mich töricht, wegen Alex' Rezension – wenn auch nur in Gedanken – so euphorisch gewesen zu sein. Zumindest hatte ich keine Närrin aus mir gemacht, indem ich es auf irgendeine Weise angesprochen hatte. Und da drei der Teilnehmer mich auf das Buch angesprochen hatten, schwächte es den Eindruck definitiv ab, den sie bei mir hinterlassen hatte.

Ich frage mich, ob Kathy vielleicht ebenfalls ein Auge auf mich geworfen hat? Sie schien definitiv zu strahlen, als sie mit mir geredet hat. Aber vielleicht bin ich auch bloß schrecklich arrogant.

Auf meinem Heimweg vom College war ich so vergnügt wie schon lange nicht mehr, und die schmeichelnden Worte des Abends hallten in meinem Kopf wider. Vielleicht war es doch noch nicht zu spät, einen weiteren Vertrag zu ergattern. Ich muss ein gewisses Talent haben, um bei anderen eine solche Reaktion hervorzurufen. Ich hatte es nur vergessen, das war alles.

Entweder das oder ich habe drei neue Verehrer! Nicht schlecht, egal was von beidem es nun war.

4

Alex

Mittwoch

Ich habe den ganzen Nachmittag für meine Onlinerezension für *Tara Liegt Wach* verwendet. Ich habe sie auf der Website hochgeladen, ausgedruckt und das Papier geküsst, bevor ich es in den Briefumschlag steckte. Ich habe meine Festnetznummer auf den Ausdruck geschrieben (konnte mir kein neues Handy leisten, seit mir meines letzte Woche im Pub aus der Tasche geklaut wurde, und natürlich war es nicht versichert) und band die Schleife, die ich in Simons Zimmer gefunden hatte, um den Briefumschlag. Nat bastelt immer selbst Karten und stellt tolles Zeug mit Geschenken an, weshalb ich annehme, dass die Schleife ihr gehört. Ich bin sicher, es würde ihr nichts ausmachen, sie mir zu leihen.

Auf dem Weg zum Kurs habe ich mir ausgemalt, wie beeindruckt Siobhan wäre, sobald sie meine Rezension liest. Je länger ich darüber nachdachte, desto aufgeregter wurde ich. Mit einem Mal ging ich richtig schnell, marschierte im Gleichschritt zu meinem Herzschlag.

Ich war nicht ganz sicher, wie ich Siobhan meine Rezension übergeben sollte. Am liebsten wäre es mir gewesen, wäre sie einfach auf der Website darüber gestolpert, aber ich konnte nicht mit Gewissheit sagen, dass sie sie auch wirklich liest – Autoren checken anscheinend immer ihren eigenen Bookjungle-Verkaufsplatz, doch da das Buch vor so vielen Jahren veröffentlicht wurde, wäre es gut möglich, dass sie nicht mehr nachsieht. Ich wollte den Ausdruck nicht auf ihrem Tisch lassen, für den Fall, dass ein anderer Teilnehmer ihn fand. Und würde ich ihn ihr im Kurs überreichen, würden sich die anderen vielleicht fragen, ob zwischen uns etwas liefe. Aber das ging keinen von ihnen etwas an – das war etwas Privates zwischen Siobhan und mir.

Als ich das College betrat, sah ich die Sekretärin und entschied, es wäre das Beste, den Umschlag bei ihr zu hinterlegen, hauptsächlich weil es mich nicht die Bohne interessierte, was sie von mir hielt.

»Ist Siobhan McGowan schon da?«, fragte ich.

»Ich glaube nicht.«

»Könnten Sie ihr das geben, wenn sie kommt?«

Sie nahm den Umschlag und legte ihn beiseite.

»Sie werden es nicht vergessen, oder? Es ist sehr wichtig.«

Sie sah erst mich an, dann die pinkfarbene Schleife, die um den Brief gebunden war, und hob eine ordentlich gezupfte Augenbraue. »Nein, ich werde es nicht vergessen.«

»Danke schön.«

Anschließend musste ich eine Toilette aufsuchen. Ich war wohl länger als beabsichtigt dort drinnen geblieben, denn als ich das Klassenzimmer erreichte, waren alle, einschließlich Siobhan, schon da.

Ich öffnete die Tür und sah Siobhan, die mich von oben bis unten musterte. Ich schwöre, sie war beeindruckt. Und irgendwie gierig. Als wäre ich ein Mars-Riegel und sie Marianne Faithfull. Sie muss meine Rezension bereits gelesen haben und – nun, es machte den Anschein, als hätte ich keinen besseren Erfolg erzielen können. War es möglich, dass Lob sie scharfmacht? Sie die Person anziehend findet, die sie lobt?

Ist sie mir da so ähnlich?

Zu meiner Freude sah ich ein bisschen Pink aus ihrer Tasche lugen – die Schleife, die um den Briefumschlag, samt Karte und Rezension, gewickelt war. Demnach hat mich die Sekretärin nicht enttäuscht. Und als ich sah, was Siobhan anhatte ... wow! Die Stiefel und darunter, wenn ich mich nicht täusche, Netzstrümpfe an ihren langen, sexy Beinen und mehr Make-up als letztes Mal – obschon nicht zu viel, keineswegs nuttig oder billig. Sie sah sensationell aus.

Sie bat mich, mich hinzusetzen, und ich konnte ihre Augen auf mir spüren, während ich zu meinem Stuhl schlenderte. Mein Magen und meine Brust schnürten sich zusammen, ein Gefühl, das einen überkommt, wenn gleich etwas sehr Aufregendes passiert. Ich habe versucht, Siobhan nicht zu eindringlich anzustarren, mich cool zu geben, ruhig zu bleiben. Und dann hat sie alle Lichter gelöscht.

Anfangs war es ein Schock, plötzlich mit einer Gruppe fast Fremder im Stockdunkeln zu sitzen. Aber sehr rasch gewöhnte ich mich daran. Ich habe sogar vergessen, dass die anderen dort waren, und es fühlte sich an, als wären nur ich und Siobhan anwesend. Brian kratzte sich nicht wie ein räudiger Hamster, Kathy warf mir keine hasserfüllten Vibes zu, nur weil ich ein Mann war, und Barbara schnarchte nicht. Es waren nur ich und Siobhan, Siobhan und ich, und es war so finster mit den heruntergelassenen Verdunklungsrollos, dass man die Hand nicht vor den Augen sehen konnte und niemand bemerkte, wie erregt ich war, während ich Siobhans berauschender, rauchiger Stimme lauschte.

Sie bat uns, an eine Figur zu denken, aber die einzige Figur, an die ich denken konnte, war sie, und dann waren da auf einmal zwei in der Geschichte in meinem Kopf, sie und ich. Ich konnte den Teil, in dem ich in meinem Zimmer in meiner Kindheit stand, nicht heraufbeschwören. Alles, was ich sah, war mein heutiges Zimmer und zerknäulte Bettlaken unter zwei eng umschlungenen Körpern.

Ich hatte das Gefühl, als würde sie mich mit ihren Worten liebkosen, die Hand durchs Zimmer zu mir ausstrecken und mir über die Haare und das Gesicht streicheln, meine Lider berühren und mit den Fingern an meinem Nacken herabgleiten, dann zu meiner Brust und – oh Gott! – meinem Schritt. Ich konnte sie riechen – ihre Haut und ihr Parfüm und ihre Haare –, und als das Licht wieder anging, wäre ich fast vom Stuhl gefallen in dem verzweifelten Versuch, meine Beine zu überschlagen.

Ich muss allerdings zugeben, dass die Stimmung ein wenig getrübt wurde beim Anblick des Sabbers auf Grandmas haarigem Kinn. Doch als sich meine Augen an die Helligkeit gewöhnten, konnte ich nicht anders, als Siobhan anzustarren. Sie fing meinen Blick auf und sah dann rasch weg, schüchtern, süß, kokett.

Als ich niederschreiben sollte, was ich mir vorgestellt hatte, musste ich mir etwas aus den Fingern saugen. Ich konnte wohl kaum die Wahrheit sagen, oder? Dieses Tagebuch ist der einzige Ort, an dem ich vollkommen ehrlich sein kann.

Der Kurs endete, und die anderen begannen, im Gänsemarsch nach draußen zu marschieren. Brian stammelte ihr im Vorbeigehen etwas zu, und sie lächelte ihn mitleidig an. Ich blieb zurück, darauf wartend, dass alle verschwanden. Ich wollte mit Siobhan über ihr Buch und meine Rezension sprechen. Ich wollte ihr die Möglichkeit geben, mir zu sagen, wie erfreut sie wäre. Doch die blöde Kathy wollte nicht abhauen. Sie blieb wie angewurzelt auf ihrem Stuhl hocken und kritzelte etwas in ihren Block. Siobhan kam herüber und fing ein Gespräch mit ihr an. Es machte nicht den Anschein, als würde Kathy in Bälde verschwinden. Da ich erkannte, dass ich nicht länger herumlungern konnte, ohne wie ein Spinner zu wirken, schlich ich mich hinaus.

Aber ich machte mir keine allzu großen Sorgen, weil ich wusste, dass Siobhan lieben würde, was ich geschrieben hatte – und ich war überzeugt, dass sie mich anrufen würde, um mit mir darüber zu sprechen. Sie … verdammt, das Telefon klingelt.

Fehlalarm. Es war irgendjemand für Simon. Natürlich war das nicht sie. Sie würde sich den Anschein von Coolness geben, würde mich nicht wissen lassen, wie aufgewühlt sie gewesen war, als sie meine Worte verschlungen hatte. Vermutlich wird sie morgen anrufen, am Donnerstag. Ich wünschte, ich besäße noch mein Handy – ich hatte vergessen, wie es sich anfühlt, buchstäblich am Telefon auf einen Anruf zu warten.

Ich bezweifle, dass ich heute Nacht schlafen kann. Bin viel zu aufgeregt.

Donnerstag

Hatte einen schrecklichen Abend. Bin im Wohnzimmer gesessen, habe ferngesehen und darauf gewartet, dass das Telefon läutet. Im Fernsehen gab es nichts außer einer Dokumentation über Löwen: Alles, was sie zu tun scheinen, ist schlafen und vögeln. Habe mir den Umschlag von Siobhans Buch angesehen, die nackte Frau, Siobhans Foto, bis die beiden Bilder ineinander verschmolzen. Ich starrte zum Telefon. Es starrte zurück, verspottete mich. Es klingelte einmal, was mich wie von der Tarantel gestochen vom Sofa aufspringen ließ. Es war Si, der mich fragte, ob ich mit ihm und Nat auf ein Bierchen gehen möchte.

»Kann nicht.«

Er seufzte. »Du musst mehr ausgehen, Alex. Du konntest schon gestern nicht mit wegen deinem Schreibkurs. Du kannst nicht dauernd unsere Einladungen ausschlagen. Sonst sind wir beleidigt.« Im Hintergrund vernahm ich das Klirren von Gläsern, Lady Gaga aus der Jukebox. Ich legte rasch auf, besorgt, die Leitung besetzt zu haben.

Ich rauchte sechs Zigaretten und durchwühlte Simons Nachtkästchen auf der Suche nach seinem Dope-Vorrat. Nur ein paar harte Krümel. Ich aß sie. Sie hatten keinen Effekt.

Um zehn überprüfte ich den Telefonanschluss. Da erkannte ich, wie mitleiderregend ich war. Vielleicht sollte ich das Telefon ausstecken, dachte ich. Damit sie mich dann, wenn sie anrief, nicht erreichen könnte; es würde läuten und läuten, und sie säße dort und würde sich Sorgen machen, sich fragen, wo ich steckte. Ich kniete mich hin, um das Kabel aus der Wand zu ziehen. Doch ich konnte es nicht tun.

Ich wünschte, ich hätte die Gelegenheit gehabt, nach dem Kurs mit ihr zu reden. Vielleicht war ich zu subtil vorgegangen, indem ich einfach nur meine Telefonnummer hingeschrieben hatte. Vielleicht hätte ich eine »Ruf mich an«-Geste während der Stunden machen sollen. Aber das hätte mich wie einen Trottel aussehen lassen. Und ich bin sicher, Siobhan ist die Sorte Mensch, die Feinheiten versteht. Ihr

Roman ist subtil. Warum hat sie dann den Fingerzeig nicht verstanden und mich angerufen? Hält sie mich für einen Loser, der nicht einmal ein Handy besitzt?

Oder womöglich ist sie schüchterner, als sie auf den ersten Blick scheint.

Freitag

Vielleicht hat sie meine Telefonnummer verloren. Das könnte der Grund sein. Sie könnte die Karte verloren haben, die ich ihr geschrieben habe. Vielleicht sogar ihre Tasche. Vielleicht hat sie ihre ganze Wohnung oder ihr Haus auf den Kopf gestellt, in dem immer verzweifelteren Bemühen, mich anzurufen, da sie besorgt war, ich könnte es ihr übel nehmen. Natürlich werde ich sie beschwichtigen, ihr sagen, es ist schon in Ordnung, lass uns auf einen Drink, ein Abendessen ausgehen, und wer weiß, was sich daraus ergibt.

Freitagabend und ich hocke in meinem Zimmer. Es ist halb zwölf und durch die dünnen Wände höre ich, wie Si und Nat wieder zu Gange sind und mehr für die anglofranzösischen Beziehungen tun als Concorde, Großmärkte und Julian Barnes zusammen. Ich habe Kopfhörer aufgesetzt, um die Geräuschkulisse auszublenden, aber wenn ich die Augen schließe, kann ich nichts weiter als nacktes Fleisch sehen.

Aber es ist nicht nur der Sex. Keineswegs. Nein, nein, ich habe keine schmutzigen Gedanken. Nicht wie damals, als Mom mich mit den Magazinen im Bad erwischte. Ich musste mich mit dem Bimsstein abreiben: die Hände abreiben und … nein, das gehört der Vergangenheit an. Ich will mich nicht daran erinnern.

Immer noch kein Anruf. Ich habe einen Spaziergang gemacht, bis hinüber zum College. Ich war nicht sicher, ob Siobhan am Wochenende unterrichtet. Hatte die Hoffnung, ihr zufällig über den Weg zu laufen. Bin ich nicht.

Als ich nach Hause zurückkehrte, habe ich an Simons Tür geklopft.

»Betreten auf eigene Gefahr.«

Ich ging hinein. Das Zimmer roch nach Dope und Sex. Keine Spur von Natalie. Simon war an seinem iMac und schaute Pornos im Netz an. Das Mädchen auf dem Bildschirm wirkte sehr jung. Ich musste wegschauen.

»Hat jemand für mich angerufen?«, fragte ich.

Er griff nach seinen Zigaretten und zündete sich eine an. »Ja … jetzt, wo du mich fragst … irgendeine Tussi hat angerufen.«

»Was? Wann?«

»Gestern Nachmittag, als du in der Arbeit warst.«

»Was hat sie gesagt?«

Er grinste. »Sie hat gefragt, ob ich Geld sparen will bei meiner Heizrechnung?«

»Du Arsch!«

»Sie war aber nett. Vielleicht hätte ich ein Blinddate für dich arrangieren können.« Er lachte und hustete gleichzeitig.

In Gedanken packte ich seinen blöden, grinsenden Kopf und rammte ihn durch den Bildschirm seines Computers. In Wirklichkeit murmelte ich bloß »Wichser« und verließ das Zimmer.

»Sei nicht gleich so sauer, Alex«, rief er mir hinterher. »War doch nur ein Witz.«

Ich kam in mein Zimmer und knallte die Tür zu. Dann schaltete ich meinen eigenen PC ein und starrte den flackernden Bildschirm an, während er hochfuhr und die Festplatte mühsam zum Leben erwachte. Ich konnte mein Spiegelbild im Monitor sehen. Meine Haare standen zu allen Seiten ab, und meine Augen waren verquollen. Ich brauchte ein Bad.

Aber was, wenn das Telefon klingelte, während ich in der Wanne lag …

Ich loggte mich bei Facebook ein und tippte Siobhans Namen in die Suchleiste. Es gab fünf Siobhan McGowans in Großbritannien, plus ein paar in Irland und eine Seite voll in den Staaten. Zwei von ihnen waren beim Suchergebnis als in London lebend aufgelistet. Von den zweien hatte eine ein Foto von einem Baby als Profilbild, die andere das Foto einer Katze.

Siobhan hatte kein Baby – aber ich erinnerte mich, dass sie uns von ihrer Katze erzählt hatte, als sie sich in der ersten Kursstunde vorgestellt hatte. Ich klickte mich durch die Seiten. Da mich ihre Datenschutzeinstellungen daran hinderten, ihr volles Profil zu sehen, kam ich nur an einen kleinen Teil ihrer Informationen heran, einschließlich des Umstands, dass sie 82 Freunde hatte. Doppelt so viele wie ich. Ich überflog ihre Liste. Keiner aus dem Kurs.

Mein Mauscursor glitt über den »Als Freund hinzufügen«-Button. Sollte ich es tun? Warum nicht? Immerhin waren wir Freunde, oder nicht? Sicherlich bessere Freunde als die Hälfte der Leute, die ich als Freunde aufgeführt hatte, der Großteil von ihnen Kollegen oder Menschen, die ich seit der Schulzeit nicht mehr gesehen hatte oder mit denen ich hätte reden wollen.

Ich klickte auf den Button und gab mich einem köstlichen kleinen Tagtraum hin, in dem ich mir vorstellte, wie lange es dauern würde, bis ich die Worte »In einer Beziehung mit Alex Parkinson« auf ihrer Seite sehen würde.

Die nächsten zwei Stunden aktualisierte ich die Seite immer wieder. Ich erfuhr, dass einem meiner »Freunde« langweilig war, ein anderer sich erkältet und einer von ihnen gerade die zweite Staffel von *Prison Break* zu Ende gesehen hatte. Aber Siobhan hatte mich noch nicht als Freund hinzugefügt. Ich klickte auf Twitter, doch alles, was ich fand, war ein Account auf den Namen Siobhan MacGowan mit einem einzigen Tweet, der vor sechs Monaten gepostet worden war: »Das also ist Twitter, hm? Ich frage mich, was der ganze Hype soll. Werde von nun an jeden Tag twittern.« Konnte unmöglich sie sein, außer sie hatte ihrem Nachnamen versehentlich ein zusätzliches »a« hinzugefügt – sehr unwahrscheinlich, würde ich meinen.

Montag

Habe heute Morgen entschieden, es sei an der Zeit, nicht länger zu Hause herumzuhocken und Trübsal zu blasen. Hör auf, so erbärmlich und passiv zu sein. Tu etwas, Alex! Ich bin mit einem Plan im Kopf, wenn auch einem gefährlichen, in die Arbeit gegangen. Ich würde eines der wenigen Vergehen verüben, für das man fristlos gekündigt werden konnte.

Ich hockte mich an meinen Schreibtisch und setzte das Headset auf. Meine Vorgesetzte Jackie sah zu mir herüber und stellte sicher, dass ich keine Zeit vertrödelte, bevor ich mich einloggte. Wie uns andauernd gesagt wird, ist Bookjungle der größte Onlinebuchhändler der Welt – nicht dass man das an unserem Gehalt ablesen könnte –, und wir müssten unsere Kunden bei Laune halten, indem wir zulassen, dass sie mit uns reden, als wären wir Dreck, und sie keinesfalls in Warteschleifen hängen lassen, wenn sie uns das sagen wollen.

Ich nahm ein paar Anrufe von Leuten entgegen, die sich über verspätete Lieferungen ihrer Bücher beschwerten, und tat dann das, was ich eigentlich nicht tun dürfte.

Nachdem ich mich überzeugt hatte, dass mir niemand zusah, klickte ich mich in das, was wir als »Back Office« bezeichnen, den Teil des Computersystems, auf den die Öffentlichkeit keinen Zugriff hat. Die Datenbank, in der wir die Details zu all unseren Kunden haben. Wir können sie gegebenenfalls aufrufen, um die Fragen der Anrufer zu beantworten: Wir sehen ihre Adresse und all die Bücher und CDs, die sie bestellt haben. Aber wir dürfen nur die Details von Kunden anklicken, mit denen wir gerade telefonieren, und auch nur dann, wenn die Informationen dringend für ihre Anfrage benötigt werden, zum Schutz, dass niemand die Angaben zu seinen Freunden und Feinden nachschlägt. Um uns abzuschrecken, macht der Computer wahllos Stichproben, was bedeutet, man muss seinem Vorgesetzten beweisen können, dass man mit dem Kunden am Telefon gesprochen hat, dessen Informationen abgefragt wurden. Diese Stichproben kommen nur bei einem von fünfzig Kunden vor, die wir nachschlagen, aber normalerweise ist es das Risiko nicht wert.

Heute jedoch war es das Risiko wert.

Insgeheim war ich überzeugt, dass Siobhan eine unserer Kundinnen wäre. Immerhin sind wir der größte Internethändler unserer Art und jeder, der viel liest, wie das bei Siobhan der Fall sein muss, hatte mit größter Wahrscheinlichkeit schon einmal ein Buch bei uns bestellt.

Ich tippte ihren Namen ein.

Es gab 13 Siobhan McGowans in der Datenbank. Die meisten wohnten in Irland, aber drei waren in London sesshaft, eine mehr als bei Facebook. Zwei von ihnen hatten eine Postleitzahl, die zu North London gehörte. Ich war nicht sicher, welche von beiden die richtige wäre, weshalb ich beide anklickte. Ich war nervös und schwitzte stark, während ich mich beeilte, mir die Details anzusehen. Die erste Siobhan McGowan hatte ein paar CDs gekauft (Norah Jones, Gareth Gates – oh Gott!) und ein Delia-Smith-Kochbuch. Das konnte doch gewiss nicht meine Siobhan sein? Ich wäre schrecklich enttäuscht, sollte dies zutreffen. Ich klickte auf die zweite Siobhan und besah mir ihren Warenkorb. Er war riesig. Rasch überflog ich die Liste: Ryan Adams, The Cure, Belle and Sebastian, Sting… nun, kein Mensch ist vollkommen. Und zwischen all den vielen Büchern gab es eines über das Lehren von kreativen Schreibkursen – und *Tara Liegt Wach* von Siobhan McGowan! Genau genommen hatte sie ihr eigenes Buch mehrmals bestellt. Ich klickte auf ein weiteres Symbol, und schon tauchten ihre persönlichen Daten auf. Ihre Festnetz- und Handynummer samt E-Mail-Adresse. Ich kopierte sie in eine E-Mail, verschickte diese dann an mich nach Hause und löschte die Nachricht aus meinem Gesendet-Ordner.

Den restlichen Tag konnte ich mich nicht konzentrieren.

Alles, woran ich denken konnte, war: Ich weiß jetzt, wo sie wohnt.

Victoria Gardens war eine hübsche kleine Straße: Nett und ruhig zweigte sie in einem Halbkreis von der Hauptstraße ab, eine kleine viktorianische Häuserreihe, sehr anheimelnd. Nah genug an Camden, um hipp zu sein, und nah genug an Hampstead, um anständig und sicher zu sein. Siobhan wohnte in Nummer 54. Ich spazierte die Straßenseite mit den ungeraden Zahlen hinab und versuchte, ungezwungen zu wirken und mir nicht anmerken zu lassen, dass ich die Zahlen auf den Häusern las. In dem düsteren Licht fiel es mir sowieso schon schwer genug, doch glücklicherweise hatte die Nummer 54 ein riesiges Messingschild an der Haustür. Siobhans Haus. Nur ein paar Meter entfernt.

Nah genug, um sie zu spüren.

Nach diesem ersten Erkundungsgang kam ich nach Hause, um zu überprüfen, ob es neue Nachrichten auf dem Anrufbeantworter gab. Fehlanzeige. Dann ging ich auf Google Maps und besah mir die Lage ihres Zuhauses. Es befand sich einen knapp dreißigminütigen Spaziergang von meiner Wohnung entfernt, wenn ich die Abkürzungen nahm, die ich mir zuvor sorgfältig aufgeschrieben hatte.

Ich konnte sie schlecht anrufen, weil sie dann wissen wollen würde, woher ich ihre Telefonnummer hätte. Oh, ich habe im Computer in der Arbeit ein wenig herumgeschnüffelt und gegen den *Data Protection Act* verstoßen, Siobhan. Nein. Das war unmöglich. Aus denselben Gründen konnte ich ihr nicht mailen. Aber ich konnte noch einmal an ihrem Haus vorbeispazieren und vielleicht, nur ganz vielleicht, hätte ich Glück. Sie würde nach draußen kommen und überrascht aussehen, und ich würde sagen: »Was für ein Zufall, ich habe einen Freund, der gleich am Ende der Straße wohnt. Ich habe ihn gerade besucht. Ja, eine Tasse Kaffee wäre toll. Du hast die Karte mit meiner Nummer verloren? Nein, kein Problem, das habe ich mir schon gedacht. Und, nebenbei bemerkt, ich habe ein Handy, es wurde mir nur kürzlich geklaut. Haha.«

Ich nahm ein Bad und trank ein paar Gläser Absolut auf ex. Nicht genug, um besoffen zu sein, nur um mir auf die feine englische Art Mut anzutrinken. Oder besser gesagt auf die feine schwedische Art.

Es war fast neun Uhr, bis ich endlich genügend Mumm hatte, um zu Siobhans Haus zurückzukehren. Es war dunkel, und nur die matt orangefarben leuchtenden Straßenlaternen erhellten die Gässchen, die ich einschlug. Es waren kaum Menschen zu sehen: ein paar Anwohner, die ihre Hunde ausführten, ein Grüppchen Teenager, die neben dem Pub *The Lock* abhingen, niedergedrückt vom Gewicht ihres Gesichtsschmucks. Ich spazierte an ihnen vorbei und weiter Richtung Hampstead.

Als ich die Nummer 54 erreichte, blieb ich nicht stehen – sondern marschierte einfach daran vorbei, warf jedoch einen verstohlenen Blick nach rechts. Unten waren die Lichter aus, aber oben im ersten Stock im Erkerfenster, höchstwahrscheinlich dem Schlafzimmer, brannte Licht: kein helles Licht, vielleicht eine Lampe oder Kerzen. Es war erst kurz vor zehn – zu früh, als dass sie zu Bett gegangen sein könnte, oder?

Ich spazierte bis zum Ende der Straße und dann zurück, wobei ich mich wieder an die ungeraden Zahlen hielt. Ich zündete mir eine Zigarette an. Ich war verunsichert, was ich tun sollte. Ich konnte wohl kaum die ganze Zeit auf und ab marschieren. Mir war übel. Sollte ich hingehen und an der Tür klopfen? Nein, natürlich nicht. Welche Ausrede könnte ich ihr liefern? Es gab keine.

Ich war ungefähr fünf Häuser von Siobhans entfernt, als die Lichter im Erdgeschoss angingen. Kurz danach wurde die Haustür geöffnet.

Ich duckte mich hinter ein Auto, bevor jemand herauskam. Mein Atem kam mir in meinen Ohren so laut vor, dass ich Angst hatte, sie könnte ihn von der anderen Straßenseite aus hören. Doch als ich einen Blick um die Motorhaube des Wagens wagte, sah ich, dass die Person, die aus dem Haus trat, nicht sie war. Es war ein Kerl, ein großer, dunkelhaariger Typ mit Schultern wie ein Bulle. Mir rutschte das Herz in die Hose.

Dann hörte ich, wie sich die Tür wieder schloss, und das Nächste, was ich bemerkte, waren Schritte, die direkt auf mich zukamen.

Ich hielt den Atem an und fragte mich, was zum Teufel ich nun tun sollte. Doch dann verklangen die Schritte jäh, und eine Autotür öffnete und schloss sich. Ein Motor kreischte auf, und ich spähte durch das Fenster des Wagens, hinter dem ich in Deckung gegangen war. Ich konnte ihren Besuch in seinem Auto sehen, diesen riesigen, erschöpft aussehenden Mann. Er umklammerte das Lenkrad und fuhr davon.

Ich prägte mir sein Nummernschild ein.

Und nachdem alle Lichter in Siobhans Haus ausgegangen waren, kehrte ich nach Hause zurück.

5

Siobhan

Montag

Sobald Phil durch meine Haustür war, erzählte er mir, dass er und Lynn sich getrennt hätten.

»Warum?«, fragte ich und versuchte, mir meine Schadenfreude nicht anmerken zu lassen.

»Wir wollten unterschiedliche Dinge«, sagte er. Ich hätte beinahe laut losgelacht. Diese bequeme, nichtssagende Floskel von einer Erklärung, ähnlich wie Bands, die sich wegen »musikalischer Unstimmigkeiten« trennten. Meiner Meinung nach *müssen* Pärchen unterschiedliche Dinge wollen. Das Leben wäre schrecklich, wenn Pärchen immer im Partnerlook herumliefen, dasselbe von der Speisekarte bestellten, jedes Jahr bis zu ihrem Lebensende zum selben Urlaubsort reisten, weil es ihnen beiden dort so gut gefiel. Natürlich wusste ich, dass er in Wirklichkeit meinte: »Sie will Kinder und ich nicht«, aber das kümmerte mich nicht. Mir tat sie nicht einmal leid, was mich überraschte. Eigentlich hatte ich mich immer für einen einfühlsameren Menschen gehalten.

»Also ist der Urlaub gestrichen?«

Er nickte und sah so niedergeschlagen aus, dass ich vergaß, dass er nun streng genommen single war, und ich berührte ihn an der Schulter. Dies ließ mich vor ungeahnten

Möglichkeiten erzittern und rief vertraute Gefühle in mir wach, etwa wie sich sein muskulöser Körper unter seinem gestreiften T-Shirt anfühlte. Ich hatte vergessen, wie sehr er mich immer angetörnt hatte – zumindest bis wir richtig zur Sache kamen. Bei Phil war die Vorstellung immer besser gewesen als die Realität: Die Vorfreude war alles. Es ist sonderbar, wie mich mein Körper ständig hatte glauben lassen, diesmal würde es toll werden. Ich muss eine sexuelle Optimistin sein, sollte ein solcher Ausdruck denn überhaupt existieren.

»Und was tust du hier?«, fragte ich. »Du weißt, ich bin kein Fan unangekündigten Besuchs – was, wenn das Haus ein völliges Chaos gewesen wäre?«

Er lachte abschätzig und fläzte sich so aufs Sofa, wie er es früher immer getan hatte, mit angezogenen Knien, damit seine Füße nicht über den Rand schauten. Er zerdrückte all meine Kissen, und am liebsten hätte ich sie ihm unter dem Hintern herausgezogen und wieder aufgeschüttelt.

»Dein Haus ist nie ein Chaos, Shuv. Ich wollte bloß mit einer alten Freundin reden, das ist alles. Du hast doch nichts dagegen, oder?«

Eine alte Freundin? Verdammt noch mal, ich bin keine alte Freundin! Seine Strümpfe waren an den Sohlen abgewetzt, und ich dachte mir im Stillen, ich hätte sie schon vor langer Zeit entsorgt. Ich hatte überhaupt nicht bemerkt, dass er die Schuhe ausgezogen hatte, aber als ich wieder hinblickte, waren sie im Flur gestanden, genau wie in alten Zeiten. Ich fragte mich verwundert, ob er beim nächsten Mal, wenn ich mich umdrehte, splitterfasernackt vor mir säße, ohne dass ich es bemerkt hätte.

»Es war schön, dich kürzlich vor Starbucks getroffen zu

haben. Tut mir leid, dass ich ein bisschen kurz angebunden war – Lynn und ich hatten gerade gestritten – und ich – nun ja –, nach dem Wiedersehen habe ich gemerkt, wie sehr ich dich vermisse.«

Ich musste ihn mit einem besonders dämlichen Gesichtsausdruck angesehen haben. Er streckte den Arm aus und berührte mich an der Wange, und ich spürte, wie sein schwieliger Finger über meine Wange glitt. »Ich vermisse dich wirklich, Siobhan«, sagte er.

Mit einem Mal wollte ich ihn so sehr, dass ich schon glaubte, gleich weinen zu müssen. Es war ein Gefühl, als würde man sich verzweifelt nach Schokolade sehnen, wenn der Blutzuckerspiegel im Keller ist, oder dieses überwältigende Verlangen nach einem Glas Wein am Ende eines langen, harten Tages. Ich gierte nach der Vertrautheit seiner Haut und seinen weichen, unbeholfenen Küssen, sogar seiner behaarten Brust. Ich wollte jemanden, der mir morgens Tee ans Bett brachte.

Ich zerrte ihn geradezu hoch ins Schlafzimmer und riss ihm die Kleider vom Leib, und dann folgte der Schock der kalten Laken über und unter unserer heißen Haut…

…und nichts hatte sich verändert. Die Katzenhaare brachten ihn immer noch zum Niesen. Er zerdrückte mich mit seinem Gewicht. Er stöhnte und grunzte und stieß zu, riss an meinen Haaren und benutzte die Finger an allen falschen Stellen. Die ersten zwei Minuten war ich schrecklich angetörnt, doch dann dachte ich mir bloß die ganze Zeit: Ich will einen richtigen Kerl. Ich will von einem Mann mit einem Riesenschwanz gevögelt werden, nicht von dieser mickrigen kleinen Entschuldigung eines Penis. Ich will dreimal in einer Nacht kommen.

Es tut mir leid, aber Phil ist mies im Bett. Ich hatte vergessen, was für eine Niete er war, aber wirklich, all diese gekünstelten Klapse auf den Po und das schreckliche Flüstern von Fantasiewörtern? Wie kann er glauben, dass das irgendjemanden antörnt? Und noch schlimmer: Er redete nun in dieser widerlichen Babysprache – »Will meine kleine Shuvvie mal so richtig von ihrem großen Jungen Phil rangenommen werden?« Igitt!! (Und »großer Junge«? Ich meine, hallo? Was soll das?) Ich verdrehte die Augen, als er kam. Die Babysprache geht wohl auf Lynns Konto – so etwas hat er früher nie gemacht.

Im Großen und Ganzen ist die Vorstellung von Phil weit besser als die Realität. Er ist ein wunderbarer Kerl. Wir haben uns wirklich sehr gemocht, und er hat mich zum Lachen gebracht und mir, ohne rot zu werden, Tampons gekauft, wenn ich ihn darum bat – aber jetzt erinnere ich mich, warum es mir nicht das Herz gebrochen hatte, als er sich von mir trennte. Jetzt erinnere ich mich, dass ich damals dachte: Okay, vielleicht bekomme ich jetzt zur Abwechslung einmal guten Sex, falls mich überhaupt noch jemand will.

So schön, wie es wäre, morgens Tee ans Bett gebracht zu bekommen, konnte ich die Vorstellung plötzlich nicht mehr ertragen, dass Phil die Nacht blieb; heute Nacht oder irgendeine andere Nacht. Ich würde mir meinen eigenen Tee kochen – keine große Sache. Doch bevor ich sagen konnte: »Ja, also, vielen Dank für alles, Phil, aber jetzt muss ich wirklich mit meinem Leben weitermachen«, sprang er schon aus dem Bett und hastete ins Bad, um seinen Schwanz im Waschbecken zu waschen, wie er es immer tat. (Welch ein unliebsamer Gedanke – die männliche Anatomie ist im Grunde wenig erbaulich, sobald der Einfluss der Erregung nachlässt. Vielleicht sollte ich lieber lesbisch werden, so wie Kathy.)

Ich zog mir meinen Morgenmantel über und folgte ihm ins Bad, nachdem ich ihm höflicherweise zuerst zwei Minuten des Schwanzsäuberns zugestanden hatte. Als ich eintrat, hatte er sich ein Handtuch um die Hüfte geschlungen und putzte sich enthusiastisch die Zähne mit der alten grünen Zahnbürste, die einmal ihm gehört hatte. Er musste sie aus der hintersten Ecke des Badezimmerschranks ausgegraben haben.

Ich lehnte mich gegen den Türrahmen und sagte unumwunden: »Wir sind nicht wieder zusammen, mach es dir also lieber nicht allzu gemütlich.« Es klang viel brutaler, als es gemeint war.

Ich hatte meine Brille nicht auf, weshalb ich die Kränkung in seinen Augen nicht sah, die in den verspiegelten Türen des Badezimmerschranks reflektiert wurden, doch ich konnte seine Stimme hören, undeutlich durch einen Mundvoll Zahnpasta: »Aber … ich dachte, wir … ich brauche dich, Shuv.«

Mit meiner verschwommenen Sicht und seinem behaarten Rücken erinnerte er mich an einen großen, trübsinnigen schwarzen Bären, wie er so am Waschbecken stand. Als er sich zu mir umdrehte, der Mund weiß vor Schaum, dachte ich, wie sehr mir seine Brust das Gefühl gab, als würde ich ersticken, mit all diesen dicken Haaren unter meiner Nase, wenn wir im Bett lagen. Das hatte ich ebenfalls vergessen.

»Nein, tust du nicht«, sagte ich. »Begnüg dich nicht mit jemandem, den du eigentlich gar nicht willst. *Du* hast mit *mir* Schluss gemacht. Glaube bloß nicht, nur weil sie dich abserviert hat, würde das gleichzeitig bedeuten, dass die Sache zwischen uns auf einmal perfekt ist.«

»Sie hat mich nicht abserviert«, sagte er und drehte sich zum Waschbecken zurück, wo er sich wieder frenetisch die Zähne putzte und dann heftig ausspuckte. Er putzte sich immer die Zähne wie jemand, der Seetang vom Rumpf eines Schiffs schrubbte. Es würde mich überraschen, hätte er überhaupt noch einen Hauch von Zahnschmelz auf den Zähnen.

»Oh. Du hast also ihr den Laufpass gegeben?«

Er antwortete nicht, obwohl ich im Spiegel sah, dass er die Augen wie ein kleines Kind schloss, das glaubt, dass, wenn es dich nicht sehen kann, du es auch nicht sehen kannst.

Ein Anflug von Bedauern überkam mich, als ich an die zwei Wochen Urlaub in Portugal dachte, die nun ungenutzt bleiben würden. Ich war froh um den kreativen Schreibkurs, denn andernfalls wäre ich womöglich versucht gewesen, ihn zu fragen, ob ich Lynns Stelle einnehmen könnte. Vielleicht hatte ich überstürzt gehandelt. Es gab auch viel an Phil, das toll war. Er war süß und liebevoll und geduldig. Und sein behaarter Körper hielt wunderbar warm in kalten Nächten …

Aber nein. Ich glaubte nicht wirklich, dass die Sache zwischen uns funktionieren würde. Es war einfach so – wahrscheinlich ebenso sehr meine Schuld wie seine.

»Tut mir leid«, endete ich. »Das war fies. Es spielt keine Rolle, wer mit wem Schluss gemacht hat. Hier geht's um dich und mich, nicht um dich und Lynn. Wir hätten eben nicht miteinander schlafen dürfen – es ist immer ein Fehler, einen Schritt zurückzugehen. Lass es uns einfach einen abschließenden Sex um der alten Zeiten wegen nennen, okay?«

Seine Schultern sackten herunter, und mit einem Mal tat er mir schrecklich leid. Ich ging zu ihm und legte ihm die Arme um die Schultern.

»Oh Phil, es war wunderschön, dich wiederzusehen, wirklich, und es tut mir leid, dass die Sache zwischen dir und Lynn nicht geklappt hat. Aber ich glaube einfach nicht, dass es eine gute Idee wäre, wenn wir versuchen würden, dort anzuknüpfen, wo wir aufgehört haben. Ich denke, es war die richtige Entscheidung, Schluss zu machen.«

Diplomatischer hätte ich mich nicht ausdrücken können, ohne auf die Worte »Bleistift« und »Schwanz« zurückzugreifen. Es war nicht seine Schuld, dass er nicht gut im Bett war. Und vielleicht würde er ein Mädchen kennenlernen, dem seine kleinen … Marotten … gefielen. Ich hatte ihn früher einmal geliebt. Ich wünschte ihm nichts Böses. Es war nur der Stachel der Zurückweisung, der noch schmerzte – doch nun, da wir diesen One-Night-Stand gehabt hatten, fühlte ich mich irgendwie besser. Zum ersten Mal hatte ich wirklich das Gefühl, als hätte ich jemand Besseren als Phil verdient.

»Dann willst du wohl, dass ich jetzt gehe«, sagte er und trocknete sich den Mund an einem meiner Handtücher ab.

Ich nickte und verzog bei der Ablehnung das Gesicht. »Tut mir leid«, wiederholte ich. »Ich mag dich sehr, Phil, aber …«

»Ich verstehe«, sagte er trübsinnig und verschwand im Schlafzimmer, um sich anzuziehen. Ich ließ ihm seine Ruhe und faltete die Wäsche auf dem Wäscheständer, der vor der Heizung im Wohnzimmer stand. Biggles hatte sich darunter zum Schlafen zusammengerollt – er liebte diesen Platz und spielte in seinem feuchten höhlenartigen Versteck gern mit den BH-Trägern.

»Bis dann, Siobhan.« Phil kam ins Zimmer, angezogen und mit den Autoschlüsseln klappernd. Er wollte mir nicht in die Augen schauen, während er mir einen kurzen, nach Pfefferminze riechenden Abschiedskuss gab.

»Pass auf dich auf«, erwiderte ich und ärgerte mich über mich selbst, da mir Tränen in die Augen stiegen. Ich steckte ein Paar Socken zusammen und warf sie in den Wäschekorb, damit er nicht sah, wie aufgewühlt ich war.

Er nickte kurz und ging zur Haustür. Ich schob den Vorhang beiseite, um ihm zuzusehen, wie er mit seinen breiten Schultern in seinen Wagen einstieg, und hörte das Knallen der Tür in der menschenleeren Straße widerhallen. Als seine Scheinwerfer die abgestellten Fahrzeuge vor ihm anstrahlten, war ich überzeugt, aus den Augenwinkeln eine plötzliche Bewegung bemerkt zu haben, als würde sich jemand hinter ein Auto ducken. Ich kniff die Augen zusammen, doch es war nichts zu sehen, weshalb ich annahm, es müsse ein Fuchs oder eine Katze gewesen sein, die von einem Autodach gesprungen war. Ich hoffte, es war kein Einbrecher.

Ich ging zur Vorder- und Hintertür, um zu überprüfen, dass sie abgeschlossen waren, und seufzte schwer, während ich die Treppe zurück nach oben stieg. *Alone again* – natürlich – wie es in dem Lied so schön hieß … In dem Moment, als ich wieder in meinem Schlafzimmer war und das zerwühlte Bettlaken sah, klingelte das Telefon. Ich seufzte erneut, diesmal vor Verärgerung, und nahm den Hörer ab. Was hatte er vergessen?

»Phil?«

Nichts. Die Leitung war tot.

Ich saß eine Weile auf dem Bett, ohne mich zu bewegen, und fragte mich, ob ich die richtige Entscheidung getroffen hatte.

Heute ist meine Entschlossenheit stärker. Am nächsten Morgen war ich sicher, die richtige Entscheidung getroffen zu haben – es war besser, allein zu sein, als einen faulen Kompromiss einzugehen und mit jemandem zusammen zu sein, von dem man nicht völlig überzeugt war. Ich verbrachte das Wochenende bei Mom für den Fall, dass Phil noch einmal vorbeikäme und mich wieder zu einer Beziehung überreden wollte, aber seit letzter Woche habe ich nichts mehr von ihm gehört … Ich habe Mom ein wenig erzählt, was passiert ist, dass er und Lynn getrennt sind – die zensierte Version natürlich, obwohl es mir sehr schwerfiel, ihr zu erklären, warum ich nicht wieder mit ihm zusammen sein will, ohne erwähnen zu müssen, dass er einen Schwanz von der Größe eines Cocktailwürstchens besitzt und nicht den blassesten Schimmer hat, was er damit anstellen soll. Mom hatte immer eine Schwäche für Phil. Ich glaube, unsere Trennung hat sie stärker getroffen als mich.

Sie wiederholte andauernd, wie besorgt sie um mich sei, egal wie oft ich ihr versicherte, dass alles in Ordnung ist: Ich bin nur single, das ist alles. Es ist keine Krankheit. Manchmal habe ich das Gefühl, ich sollte ihr erzählen, ich sei krank, damit sie etwas Konkretes hat, worauf sie sich mit Inbrunst stürzen kann, anstatt dieser vagen und unbegründeten Besorgnis wegen nichts. Nun, während ich das niederschreibe, ist es mir doch ein Trost, dass es da jemanden gibt, dem ich genug bedeute, dass er sich so viele Gedanken um mich macht. Und sie ist meine Mom. Es ist ihre Aufgabe, sich Sorgen um mich zu machen.

Es ist schön, wieder zu Hause zu sein, obwohl ich heute nicht viel Arbeit geschafft habe. Stattdessen war ich im Putzrausch, habe mit dem Staubwedel die Sockelleisten gesäubert, die Teppiche zusammengerollt, die Fußböden geschrubbt und selbst unter dem Sofa nach Wollmäusen gesucht. Diese viktorianischen Häuser sauber zu halten ist fast unmöglich. Egal, was ich tue, spüre ich immer Jahrzehnte von Schmutz, die sich über mir türmen. Am liebsten würde ich das ganze Holzparkett herausreißen und durch Laminat ersetzen, doch das originale Fischgrätenmuster sieht so viel schöner aus. Außerdem läuft es mir bei dem Gedanken an all den Staub und Dreck, der dabei aufgewirbelt werden würde, kalt den Rücken herunter.

Während ich die Bücher abstaubte, fiel mein Blick zufällig auf *TLW* im Regal. Es ist sonderbar, denn seit vielen, vielen Monaten habe ich es nicht mehr bemerkt. Vermutlich habe ich mich derart an diesen Anblick gewöhnt, dass ich es überhaupt nicht mehr sehe – es gehört längst genauso zum Inventar meines Hauses wie die Samtkissen oder der Paul-Klee-Druck über dem Kamin. Mich überkommt nicht mehr dieser Schauder des Stolzes, sobald meine Finger über die Buchstaben des Buchdeckels gleiten, ich hole es nicht mehr heraus, blättere genüsslich darin herum und kann kaum glauben, dass ich mir höchstpersönlich all diese Worte ausgedacht habe. (Auch wenn ich mich immer noch manchmal frage, wie um alles in der Welt ich es überhaupt geschafft habe. Woher hatte ich all die Zeit?)

Aber heute betrachtete ich es in einem anderen Licht. Als ich es letzte Woche im Kurs auf einmal sah, hatte ich das Gefühl, dass es irgendwie ein Teil von mir ist, und ich erinnerte mich an die Verletzlichkeit, die ich früher verspürte, als es gerade veröffentlicht worden war. Insbesondere Alex bereitet mir aus irgendeinem Grund Kopfzerbrechen – wahrscheinlich wegen der Rezension, die er geschrieben hat. Was, wenn er glaubt, dass ich Tara bin? Noch schlimmer – was, wenn er glaubt, dass das, was Tara im Bett tut, das ist, was ich tue? Zumindest kommt nicht sonderlich viel Sex vor. Ich würde vor Scham im Boden versinken, wenn mein Name unter einem Porno stünde. Es gibt nur zwei richtige Sexszenen in *TLW*, und ich wage zu behaupten, dass sie beide künstlerisch gehalten und notwendig für das Verständnis der Charaktere sind… Ich wünschte, ich hätte tatsächlich solchen Sex!

22 Uhr

Nun, wie konnte es anders sein! Phil ist gerade vorbeigekommen. Ich hatte angenommen, dass er nach allem, was ich ihm am Montag gesagt hatte, die Botschaft verstanden hätte. Scheinbar nicht.

»Ich kann nicht aufhören, an dich zu denken«, sagte er. »Der Sex letzte Woche war unglaublich.«

Zu diesem Zeitpunkt musste ich mir regelrecht auf den Fingerknöchel beißen. Aber er schien wirklich mitgenommen zu sein. Wenn er tatsächlich so aufgebracht war, warum hatte er dann überhaupt mit mir Schluss gemacht? Doch eine solche Frage wäre unfair gewesen.

»Hast du mich eigentlich angerufen, nachdem du letzte Woche gegangen bist?«

Er wirkte überrascht. »Nein. Hat jemand angerufen? Ein bisschen spät, oder?«

»Das habe ich mir auch gedacht. Aber es war niemand in der Leitung, als ich drangegangen bin.«

»Wahrscheinlich hat sich nur jemand verwählt.«

Ich nickte, obwohl ich nicht aufhören konnte, über den dunklen Schatten nachzudenken, den ich hinter dem Auto gesehen hatte. »Es tut mir leid, dass du dich schlecht fühlst, Phil«, sagte ich.

Er beugte sich vor, um mich zu küssen, doch ich drehte den Kopf weg, und seine Lippen berührten mein Ohr. Ich verspürte ein leises Aufkeimen von Lust, ermahnte mich jedoch, mich zusammenzureißen. Ich versuchte, nett zu sein, und betonte, dass ich mich weiterentwickelt hätte – ich tischte ihm sogar seine eigene Ausrede auf, dass wir beide unterschiedliche Dinge wollten (ganz oben auf meiner Prioritätenliste: anständiger Sex). Aber er schien mich nicht zu verstehen. Schließlich musste ich es ihm unverblümt sagen.

»Phil. Du bist ein wunderbarer Kerl und ein toller Freund, aber ich habe wirklich das Gefühl, dass wir beide sexuell nicht harmonieren.«

Er schluckte schwer und blinzelte mich überrascht an.

»Früher hast du dich nie beschwert«, sagte er argwöhnisch.

Ich benutzte die faule Ausrede, es erst vergangene Woche bemerkt zu haben – ich wollte seine Gefühle nicht unnötig verletzen –, doch Phil ist außergewöhnlich dünnhäutig. Er wich vor mir zurück, schnappte sich seinen Mantel und stürzte aus der Tür. Ich folgte ihm hinaus auf die Straße.

»Geh nicht so, Phil, bitte«, sagte ich in dem Versuch, leise zu sprechen, um meinen Nachbarn keine Gratis-Show zu liefern. Immerhin war das hier keine Folge von *Sex and the City*. »Es tut mir wirklich leid. Ich wollte dich nicht verletzen. Ich will bloß nicht dorthin zurück, wo wir aufgehört haben. Lass uns bitte Freunde bleiben. Ich will dich nicht verlieren.«

Er sah mich an, und ich konnte die Demütigung in seinen Augen lesen. »Tschüss«, sagte er ohne den Anflug seiner früheren Selbstgefälligkeit.

Männer und ihr Stolz! Insbesondere was ihr sexuelles Können betrifft.

Trotzdem, ich wäre wohl ebenso wenig erbaut, wenn ein Ex von mir behaupten würde, ich sei eine Niete im Bett. Armer Phil. Aber zumindest hat er die Botschaft nun verstanden. Und ich habe keine Gewissensbisse deswegen.

Mittwoch

Etwas sehr Sonderbares ist heute Morgen passiert. Ich habe eine Karte bekommen, anonym. Sie ist – nun ja, sie ist eigenartig. Ich weiß nicht, was ich davon halten soll.

Die Post kam genau in dem Moment, als ich das Haus verlassen wollte, um Tennis-Dennis zu treffen. Ich sammelte alles von der Fußmatte auf und stopfte es in meine Tennistasche. Ich war rechtzeitig auf dem Platz, aber Dennis war wie üblich zu spät. Ich versuchte mich aufzuwärmen, indem ich meinen Aufschlag übte, doch ich hatte nur vier Bälle dabei, und nach ein paar Versuchen hatte ich die Nase voll, ständig auf die andere Seite des Platzes zu laufen, um die Bälle aufzusammeln.

Niemand außer mir war in der Nähe, abgesehen von einem einsamen Jogger, der im Park seine Runden drehte, und einem Mann in einer hellgrünen Latzhose, der knapp dreißig Meter entfernt ein Blumenbeet umgrub. Er hörte »Losing My Religion« von REM, das von einem Pritschenwagen dröhnte, der neben ihm geparkt war. Ich war froh, dass Dennis noch nicht da war – ich genieße das Gefühl, fast ganz allein in der Tennisanlage zu sein, mit den Bäumen um mich herum, die allmählich die Farbe ändern, den Eichhörnchen, die über meinem Kopf auf Ästen umherhuschen, der frischen Luft in meinen Lungen.

Ich spazierte hinüber und setzte mich mitten auf den Platz, lehnte mich gegen den Pfosten des Netzes und zog die Post heraus. Zwei Rechnungen, eine Postkarte von Paula aus Phuket und dieser interessant aussehende Brief, auf dem mein Name und meine Adresse gedruckt waren. Ein guter, dicker Briefumschlag.

Im Innern lag eine Postkarte mit einem Gustav-Klimt-Bild: *Wasserschlangen I (Freundinnen I)*. Es ist eines seiner wunderschönen, goldenen, erotischen Gemälde, von einer Frau, die auf dem Rücken liegt, mit diesem stirnrunzelnden Blick im Gesicht und geschlossenen Augen, der eher an einen Orgasmus als an Schlaf erinnert. Ihre nackte Brust ist zu sehen, und ihr Arm umschlingt eine zweite Frau, die aussieht, als würde sie an der anderen Brust saugen. Die zwei Frauen wirken, als seien sie eins. Es ist komisch, dass er die Köpfe der Frauen so häufig im Neunzig-Grad-Winkel zu ihren Körpern gezeichnet hat.

Als ich die Karte umdrehte, waren ein paar Zeilen notiert, handschriftlich. Dort stand:

...

Ich kann es nicht einmal aufschreiben. Ich bin wahrlich kein prüder Mensch, aber es ist mir peinlich, weil dort beschrieben wird, was jemand mit mir tun will. Die Unterschrift fehlt. Ich werde die Karte hier einkleben, sobald ich den Tesafilm finde – es ist nicht die Sorte Brief, den ich gerne herumliegen lasse, damit Mom ihn findet.

Ich kenne die Handschrift nicht, aber Phil weiß, dass ich Klimt mag. Und es wäre gut möglich, dass er seinen schlechten Ruf im Bett wettmachen will – obwohl es ihm gar nicht ähnlich sieht, dass er auf Softpornos steht. Ich dachte, ich würde ihn gut genug kennen, um zu wissen, dass das nicht sein Genre ist.

Im Grunde war ich ziemlich geschockt. Ich bemerkte erst, wie geschockt ich war, als Tennis-Dennis wie aus dem Nichts auftauchte, einem Weberknecht gleich durch den Park stolzierte, und ich beinahe das Gleichgewicht verloren hätte, als ich aufstand, um ihn zu begrüßen. Dennis wirkte richtig besorgt.

»Geht's dir gut?«, fragte er in seinem lustigen Wiltshire-Akzent. »Du siehst ein bisschen blass aus.«

Normalerweise hätte ich mich Tennis-Dennis niemals anvertraut, diesem ein Meter fünfundneunzig großen, religiösen, tennisspielenden Klempner. Er trägt seinen Tennisschläger und seine Bibel zusammen mit seiner Saugglocke und seinen Schraubenschlüsseln umher. Unsere Beziehung beschränkt sich rein aufs Tennisspielen, und ich weiß nicht einmal, wo er wohnt – aber auf einmal musste ich unbedingt mit irgendjemandem reden, weshalb es einfach aus mir herausplatzte. Natürlich erzählte ich ihm nicht wortwörtlich, was auf der Karte stand, sondern nur, dass mich der Inhalt ein wenig aus der Fassung gebracht hatte. Und dass ich mit einem früheren Freund Schluss gemacht hätte und besorgt sei, dass er es mir übel nähme. Dennis schien die Angelegenheit schrecklich unangenehm zu sein, und er murmelte etwas, das sich verdächtig danach anhörte, dass er für mich beten würde, falls ich das möchte. Am liebsten hätte ich gesagt: »Nein, ist schon okay, lass mich einfach mal zur Abwechslung ein Spiel gewinnen.«

Dann kam mir plötzlich in den Sinn: Was, wenn die Karte von ihm ist? Stille Wasser sind häufig tief.

Augenblicklich verwarf ich die Idee. Doch dann dachte ich, dass es auch Phil nicht sein könnte. Ich kenne Phil gut genug, um zu wissen, dass er nicht so einfallsreich ist – ich hatte acht Monate mit diesem Mann zusammengelebt. Nicht Phil, nicht Dennis, wer dann?

Was war mit dem Armen Brian, der womöglich tief getroffen von meiner Zurückweisung war? Aber nein, woher sollte er wissen, wo ich wohnte? Dasselbe galt auch für Alex, meinen anderen potentiellen Bewunderer. Auf dem Bild waren zwei Frauen … es könnte nicht von Kathy sein, oder? Nein – eine Frau wäre rein anatomisch nicht fähig zu einigen der Dinge, die auf der Karte beschrieben waren. Ich kann mir auch keinen anderen Exfreund vorstellen, der plötzlich aus der Versenkung aufgetaucht sein könnte. Warum ein anonymer Brief, wenn es einer von ihnen wäre? Es muss Phil sein.

Unnötig zu erwähnen, dass Tennis ein Desaster war. Ich spielte miserabel, und Dennis schlug mich 6-1 und 6-0, was mich maßlos ärgerte, obwohl ich eine solch herbe Niederlage verdient hatte. Meine Gedanken waren wie der Ball, flogen wild herum, waren überall, nur nicht auf dem Tennisplatz. Ich musste die ganze Zeit an diese Worte denken und sah vor meinem geistigen Auge die Verzückung auf dem

Gesicht dieser Klimt-Frau mit ihren langen Haaren, die ihr über die Schultern fielen und sich mit denen der anderen Frau vermischten.

Als ich nach Hause kam, besah ich mir noch einmal den Briefumschlag. Er war in Kentish Town aufgegeben, was bedeutete, dass derjenige, der ihn abgeschickt hatte, ganz in der Nähe war. Meine Hände waren feuchtkalt, während ich die Karte herauszog und sie noch einmal las, sie zwischen Zeigefinger und Daumen hielt, als könnte sie mich vergiften.

Nach dem zweiten Lesen kam mir, dass sie vielleicht gar nicht so obszön war. Sie war, nun ja, erotisch. Es war allein der Umstand, dass die Karte keine Unterschrift trug, was sie so unheimlich machte. Hätte ich sie von jemandem bekommen, in den ich schrecklich verknallt war, wäre ich wohl geschmeichelt gewesen. Und erregt.

Wer steht so sehr auf mich, dass er solche Fantasien hat und sie mir – wenn auch anonym – schickt?

6

Alex

Dienstag

Ich benötigte fast eine Stunde, um die Klimt-Karte auszuwählen, aber sobald ich sie gekauft und nach Hause gebracht hatte, schrieb ich die Botschaft in einem fieberhaften Rausch, ließ meine Gefühle durch meinen Stift strömen und verschloss den Umschlag, bevor ich meine Meinung ändern konnte.

Dann druckte ich ihre Adresse auf den Umschlag und nahm ihn mit zur Post. Ich stand da, die Finger fest um den Brief gekrallt, und wusste nicht, was ich tun sollte. Ich wollte, dass sie die Karte las und sich gut fühlte. Ich wollte sie wissen lassen, dass sie diese Gefühle in jemandem hervorrief, auch wenn ich nicht sicher bin, ob ich will, dass sie herausfindet, von wem der Brief stammt. Ich muss es ruhig angehen – darf nicht zu versessen wirken. Das schreckt Frauen nur immer ab oder führt zu Missverständnissen.

Womöglich muss ich um Siobhans Zuneigung kämpfen. Wer war dieser Mann, der kürzlich spätabends aus ihrem Haus gekommen ist? Ihr Freund? Ein Bekannter? Vielleicht war es bloß ihr Bruder. Kein Grund, schon jetzt eifersüchtig zu sein.

Während ich neben dem Briefkasten stand, zitterte meine

Hand: Meine Entschlossenheit wankte. Da hörte ich jemanden sagen: »Ist der für mich?«

Es war ein Postbote. Er musste den Briefkasten aufgeschlossen und den Inhalt geleert haben, ohne dass ich ihn bemerkt hatte. (Manchmal scheine ich irgendwie einen Blackout zu haben und jeglichen Sinn für meine Umgebung zu verlieren; mein Verstand beschwört dann eine Fantasiewelt herauf, die die Realität überschreibt.)

»Ich habe nicht den ganzen Tag Zeit, Kumpel«, sagte der Postbote.

Ich reichte ihm den Umschlag. Sobald es getan war, war ich heilfroh, die Karte geschrieben zu haben.

Jetzt wünschte ich, ich könnte bei ihr sein und zusehen, wie sie den Brief öffnet. Ihr Lächeln sehen. Zusehen, wie ihr die schamhafte Röte des Verlangens von den Wangen bis zum Schlüsselbein kriecht.

Sie sagen hören: »Ich will dich auch.«

Mittwoch

Bin mit Kopfschmerzen und einem feuchten Laken aufgewacht. Kurz vor dem Einschlafen habe ich noch mal meine Lieblingsstelle aus *Tara Liegt Wach* gelesen – diejenige, wo Tara und Luke in der Umkleide des Sportzentrums vögeln. Ihre Körper riechen nach Chlor vom Schwimmbad. Ich muss diese Stelle schon zwanzig Mal gelesen haben. Ich frage mich, ob diese Szene rein ihrer Vorstellungskraft entsprungen ist oder auf einer realen Begebenheit beruht? Das Bemerkenswerteste, was mir jemals in einem Sportzentrum passiert ist, war die Warze, die ich mir eingefangen habe.

Heute Abend ist wieder der Kurs. Ich kann es kaum erwarten, obwohl ich schrecklich nervös bin. Ich müsste zur Arbeit, aber ich glaube nicht, dass ich es ertragen würde. Ich werde mich krankmelden.

Habe es gerade getan – Jackie, meine Vorgesetzte, klang komisch. Nun ja, komischer als gewöhnlich, dieses verklemmte Miststück. Sie ist ein archetypischer kleiner Hitler. Ein bedeutungsloser Fisch in einem winzigen Teich, vergiftet von Macht. Sie beobachtet mich in letzter Zeit ganz genau, weil meine Statistik im Keller ist. Vergangene Woche habe ich vierzehn Prozent weniger Anrufe entgegengenommen als der Durchschnittsmitarbeiter und hatte, abgesehen von Blasenentzündungs-Sharon, mehr Pinkelpausen als der Rest. Ihre Lieblingsphrase dreschend erklärte mir Jackie, ich müsse mich zusammenreißen, denn ansonsten würde sie mich zu Martin schicken, dem Big Boss. Oh, mir schlottern die Knie vor Angst! Aber ich lasse mich von ihr nicht ärgern. Es gibt viel wichtigere Dinge auf der Welt.

Wie der heutige Abend. Wie die Frau zu sehen, die ich …

Oh, komm schon, Alex, gib's ruhig zu!

Die Frau, die ich liebe.

Na also. Ich habe es gesagt. Oder besser gesagt, geschrieben. Ich liebe Siobhan. Ich liebe sie, ich liebe sie, ich liebe sie! Herrgott, das fühlt sich gut an. Ich will das tun, was sie in all diesen kitschigen Liebesliedern tun: es vom höchsten Berg herabschreien, vom höchsten Gebäude verkünden. Ich spüre, wie es in mir kribbelt, ein wirbelndes, Farben sprühendes Feuerrad. Ein Piranha, der an meiner Magenschleimhaut nagt. Blasen, die sich aufblähen und nach oben steigen, mich leicht machen, bis mir schwindlig wird. All das. Denn:

ICH LIEBE SIE!

Ich war früh dort, ohne es geplant zu haben. Ich wollte nicht riskieren, mit Siobhan allein zu sein, weshalb ich auf dem Parkplatz die Zeit totschlug und mich hinter einem Busch versteckte, bis ich Barbara und Jane ins Gebäude gehen sah. Dann machte ich mich auf den Weg ins Klassenzimmer, schenkte ihnen ein breites Lächeln und setzte mich.

Alle anderen kamen herein und dann erst Siobhan. Sie musterte uns, und ihr Blick ruhte, wie mir nicht entging, eine Sekunde länger auf mir als den anderen. Vermutlich war es ihr peinlich, weil sie meine Telefonnummer verloren hatte. Heute Abend trug sie nicht ihr sexy Outfit, stattdessen hatte sie einen schwarzen Rollkragenpullover und eine Jeans an. Sie sah trotzdem gut aus, wie sich ihr Pullover um ihre Brüste schmiegte, ihr Hintern wohlgeformt in ihrer Jeans. Bei ihrem Anblick wurde mir ganz heiß, sodass ich ein Fenster öffnen musste, was Barbara zu einem Murren veranlasste.

Siobhan blickte auf ihre Uhr. »Wir sollten noch auf Brian warten.«

Doch er tauchte nicht auf. Nach fünf Minuten, während Siobhan mit Kathy plauderte, sagte sie: »Nun, wir fangen wohl besser an.« Sie wirkte etwas beunruhigt. Vielleicht wird sie pro Teilnehmer bezahlt. Oh Siobhan, könnte ich mich multiplizieren, um dir zu helfen, würde ich es tun. Aber ich würde Brian nicht vermissen. Insbesondere da ich nun der Hahn im Korb war.

Obwohl das nicht bedeutete, dass ich der Einzige war, der ein Auge auf Siobhan geworfen hatte. Im Laufe des Kurses bemerkte ich, wie durchdringend Kathy sie ansah. Jedes Mal, wenn Siobhan sich umdrehte, starrte Kathy ihr auf den Arsch. Und sie versuchte, sich bei jeder Gelegenheit ins Rampenlicht zu drängen. Man hätte fast glauben können, das hier wäre *Fame School* und kein Kurs für kreatives Schreiben, und dass wir im Grunde alle schwarzes Lycra tragen müssten.

»Wer möchte seinen Text von letzter Woche vorlesen?«, fragte Siobhan.

Augenblicklich rief Kathy: »Ich!« Verdammte Streberin!

Sie erklärte, der Kerl in der Geschichte wäre ihr einfach so gekommen, »wäre plötzlich vor ihrem inneren Auge aufgetaucht«, wie sie sich ausdrückte. Siobhan lächelte und nickte ihr zu. Er war einsam, sagte sie, und sehnte sich nach jemandem, der sich um ihn kümmerte. Er hatte eine schwierige Kindheit verlebt und eine noch schlimmere Jugend, in der er allein in seinem muffigen Zimmer hockte. Jetzt hatte er jemanden getroffen, in den er sich verliebt hatte, aber er war zu schüchtern, um sich dieser Person zu nähern (eine geschlechtslose Person, wie ich feststellte). In der Szene, die sie laut vorlas, schrieb der Junge – Michael – gerade in sein Tagebuch, dass er es wunderbar fände, einen Tag mit der geliebten Person zu verbringen: ein Tag am Meer, Zuckerwatte essend und im kalten Ärmelkanal paddelnd. Am Abend würden sie dasitzen und den Lichtern am Pier zusehen, die sich auf der Oberfläche des Meers brachen. Am Ende des Abschnitts schien Siobhan den Tränen nahe und hatte feuchte Augen. Am liebsten hätte ich Kathy angeschrien: »Sieh nur, was du angerichtet hast – du hast sie aus der Fassung gebracht.«

Doch dann sagte Siobhan: »Das war wunderschön, Kathy.«

Mein Gott! Lauerte da noch mehr Konkurrenz? Nicht nur der Mann, der ihr Haus verlassen hatte (falls er denn ein Mitstreiter war), sondern auch noch Kathy? Nachdem ich Siobhans Roman gelesen hatte und wusste, wie sinnlich sie war, konnte ich mir durchaus vorstellen, dass sie Experimenten nicht abgeneigt wäre – oder vielleicht war sie auch durch und durch bisexuell. Und ich war überzeugt, dass diese Kampflesbe auf meine Siobhan stand. Wem könnte man das verübeln?

Ich wünschte, ich hätte selbst etwas zum Vortragen gehabt. Etwas, das noch schöner war – etwas von der Sorte, das ich auf Siobhans Karte geschrieben hatte. Barbara war als Nächstes an der Reihe, und ihre Geschichte war einfach grauenvoll, *quelle surprise!*, aber ich hörte sowieso nur mit halbem Ohr hin. Ihre Worte wurden von dem Summen in meinem Kopf übertönt.

Und getragen von dem Summen dachte ich nach. Darüber, wie schrecklich bald Siobhan erkennen würde, dass ich abgesehen von ihr der beste Schriftsteller in der Klasse bin. Und sie wird mich bitten, dass ich ihr im Bett vorlese, während unser vermischter Schweiß immer noch auf unserer Haut trocknet. Und während ich lese, wird sie mich streicheln. Sie wird alle möglichen wunderschönen Dinge mit den Händen und ihrem Mund machen.

Anschließend fiel es mir noch schwerer, mich zu konzentrieren.

Am Ende der Stunde trödelte ich herum. Siobhan hatte uns eine weitere Hausaufgabe aufgegeben: Sie will, dass wir unsere Protagonisten in ein Unwetter versetzen. Ich denke, das wird mir gut gelingen, sobald ich mir eine Hauptperson ausgedacht habe. Diese Woche hatte ich mich noch einmal vor dem Lesen drücken können – zum Glück hatte Jane so viel geschrieben und sich in solch epischer Breite ausgelassen (wahrscheinlich hat sie geschummelt, und es war ein Auszug aus ihrem unfertigen Roman), dass wir keine Zeit mehr hatten – aber mein Glück würde nicht ewig währen. Wie sonderbar, dass es als Glück bezeichnet werden kann, einer stinklangweiligen siebenseitigen Beschreibung eines Gartens zuhören zu müssen.

Siobhan sagte etwas zu Kathy auf ihrem Weg zur Tür, dann begann sie, ihre Sachen zusammenzupacken.

»Das war eine gute Stunde«, sagte ich.

Mit weit aufgerissenen, leuchtenden Augen sah sie zu mir hoch. »Alex.«

»Mir gefällt der Kurs wirklich gut«, sagte ich.

Sie lächelte. »Das ist toll.«

»Und ich habe heute viel über die Fauna Nordlondons gelernt.«

Einen Moment lang wirkte sie verwirrt, dann verstand sie den Witz und lachte. Ich denke, sie hatte ein schlechtes Gewissen, denn sie hob die Hand an den Mund und biss sich auf die Lippe. Innerlich strahlte ich. Ich hatte sie zum Lachen gebracht!

»Ich fand deinen Roman toll«, sagte ich. »Wahrscheinlich einer der besten Romane, den ich seit Langem gelesen habe.«

Jetzt war sie an der Reihe mit Strahlen. »Vielen Dank für deine wundervolle Rezension. Nur schade, dass ich in der Presse keine solchen Kritiken bekommen habe. Du hättest mir genauso gut einfach sagen können, dass es dir gefallen hat, anstatt dir all die Mühe zu machen.«

»Ich wollte dich vor all den anderen Kursteilnehmern nicht in Verlegenheit bringen.«

»Oh, keine Sorge. Lob bringt mich nicht in Verlegenheit. Wie dem auch sei, nochmals vielen Dank.« Sie nahm ihre Tasche und warf sie sich über die Schulter. »Dann bis nächste Woche.«

Sie machte einen Schritt zur Tür, und ich wusste, ich müsste schnell handeln, bevor mir die Gelegenheit durch die Hände glitt. »Siobhan.«

Sie drehte sich zurück. »Hmm?«

»Würdest du … ich meine … vielleicht könnten wir irgendwann einmal etwas trinken gehen? Um über deinen Roman zu reden.«

Sie stand mit dem Rücken zur offenen Tür. »Du bittest mich um ein Date.«

Ich war nicht sicher, ob es eine Frage oder eine Aussage war.

»Nun … ja. Ich denke schon.« Ich gab mein Bestes, um Augenkontakt mit ihr zu halten.

Sie räusperte sich. »Es tut mir leid, Alex. Das kann ich nicht. Collegeregeln. Lehrern ist es untersagt, mit Schülern auszugehen. Tut mir leid.«

»Aber … wer würde schon davon erfahren?«

Ganz offensichtlich war sie über diese Regel ebenfalls nicht glücklich – sie wirkte konsterniert. Oh, arme Siobhan. Ich wollte sie trösten, war aber von dem, was sie gesagt hatte, wie erstarrt.

Sie murmelte etwas in der Art, dass Regeln nun einmal Regeln wären und sie es sich mit dem College nicht verscherzen könnte. »Es wäre so schwierig, es geheim zu halten.«

Bevor ich etwas erwidern konnte, fügte sie hinzu: »Dann bis nächste Woche.« Sie verließ das Klassenzimmer, und ich blieb allein zurück. Ich streckte die Hand nach ihr aus, aber sie war längst verschwunden.

Auf dem Heimweg dachte ich über alles nach. Sie hatte Angst. Aber hatte sie Angst, die Regeln zu brechen, oder vor der Liebe selbst? Benutzte sie die Collegeregeln nur als Ausrede? Vielleicht hatte ihr jemand kürzlich wehgetan? Von der Art, wie sie mich ansieht, weiß ich, dass sie mich will. Aber sie fürchtet sich, wie ein Tier, das sich vor Menschen fürchtet, entweder weil sie von Natur aus schüchtern oder ein Opfer von Grausamkeit ist. Das musste auch der Grund sein, weshalb sie meine Facebook-Freundschaftsanfrage noch nicht angenommen hatte.

Wenn ich ihre Liebe für mich gewinnen will, muss ich den goldenen Mittelweg finden. Ich muss ihr zeigen, dass sie keine Angst haben muss, dass Liebe ein zartes Band ist, kein Käfig. Ich muss auf Zehenspitzen gehen und flüstern, anstatt sie zu überfallen und laut zu schreien. Ich muss sie kennenlernen: wie sie lebt und fühlt und denkt. Und das wäre wohl kaum ein Opfer meinerseits. Es wäre Spaß, diese Frau, die ich liebe, auszukundschaften, denn es würde bedeuten, dass ich ihr nahe sein kann.

Aber was, wenn sie dich zurückweist? Wenn sie dich nicht will?

Die Stimme, die mir ins Ohr flüsterte, hörte sich erschreckend wie die meiner Mutter an. Ich wollte ihr mit der Faust auf den Mund schlagen, sie zum Schweigen bringen. Denn, flüsterte ich zurück: Siobhan *will* mich, sie *wird* mich wollen. Amor, dieser fette kleine Engel, der unser Schicksal mit einem unsichtbaren Pfeil wendet, hat uns ausgewählt. Unsere Herzen waren sein Ziel, und sein Pfeil lügt nie. Siobhan und ich sind füreinander bestimmt.

Ein Leben ohne sie? Dann wäre es besser, wir wären beide tot.

Ich brauchte einen Drink, weshalb ich vor einer Bar stehen blieb. Es war nicht die Art Kneipe, in die ich normalerweise ging. Zu schick. Aber die Menschen, die ich durch die Scheibe sah, wirkten so glücklich und strahlten, und die feuchten, schimmernden Bierflaschen auf den Tischen waren eine unwiderstehliche Verlockung. Und all die Pärchen, die eng aneinandergeschmiegt dasaßen und lachten, brachten mich nicht wie sonst zum Kotzen.

Ich drückte meine Zigarette aus und ging hinein, kaufte eine Flasche Corona und nahm sie mit zu einem Tisch in der Ecke.

Siobhan raucht nicht – zumindest habe ich sie nie rauchen gesehen –, also sollte ich vielleicht auch aufhören. Womöglich mag sie den Geruch nicht. Allerdings ist es noch wahrscheinlicher, dass er sie an mir nicht stören wird. Vielleicht findet sie ihn sogar sexy, maskulin.

Ich zog mein Notizbuch heraus und begann, an meiner Hausaufgabe für nächste Woche zu arbeiten. Ich wollte, dass mein Protagonist männlich war, stark, belesen und welterfahren. Eine Art moderner Indiana Jones. Ich hatte das Gefühl, Siobhan würde das gefallen.

Ich kritzelte glücklich los, völlig vertieft in mein Tun. Die Bar war sehr ruhig, und das Hintergrundsummen war angenehm, geradezu beruhigend. Ich leerte mein Bier und stand auf, um mir ein neues zu holen, und als ich an dem Nebentisch vorbeiging, bemerkte ich ein Gesicht, das mir bekannt vorkam.

Doch erst als ich die Theke erreichte, begriff ich, wer es war. Das war *er* – der Typ, den ich kürzlich aus Siobhans Haus hatte kommen sehen. Während ich zu meinem Tisch zurückschlenderte, hielt ich den Kopf gesenkt und beobachtete ihn aus dem Augenwinkel. Ja, das war definitiv er. Ich erkannte das gespaltene Kinn (wie ein Hintern) und die Säcke unter seinen Augen wieder. Er trug dieselbe Jeansjacke. Aber die dürre Frau, die bei ihm saß, war definitiv nicht das Objekt meiner Begierde.

Ich setzte mich mit dem Rücken zu ihnen und lauschte ihrer Unterhaltung. Es war nicht leicht, weil sie sehr leise sprachen, sodass mir einige Wörter entgingen. Doch ich hörte genug.

Er sagte: »Ich will, dass wir es noch mal versuchen.«

»Ich weiß nicht, ob ich dir vertrauen kann, Phil.«

»Warum nicht?«

»Weil … (*unverständlich*).«

»Aber Lynn, Liebling, ich schwöre dir. Es ist aus zwischen mir und Siobhan.«

»(*Unverständlich*) … seit letzter Woche?«

»Ich schwöre es dir. Auf (*die folgenden Worte habe ich nicht verstanden*) Leben. Ich habe diese Woche nicht mal mit Siobhan geredet.«

Die nächsten paar Sätze konnte ich überhaupt nicht hören. Ihre Stimmen wurden so leise und flüsternd, und dann verstummten sie völlig. Ich wagte einen verstohlenen Blick über die Schulter. Sie hatten sich über den Tisch gebeugt, hielten Händchen und küssten sich.

»Ich liebe dich«, hörte ich den lügenden Mistkerl sagen.

»Ich liebe dich auch«, sagte die arme Frau. »Lass uns nach Hause gehen.«

»Um zu feiern?«

Sie lachte kehlig. Ich vermute, dass sie wiederum Speichel austauschten, und dann sagte Phil: »Lynn … du findest nicht, dass ich eine Niete im Bett bin, oder?«

»Äh? Wie kommst du darauf?«

»Keine Ahnung. Ich … Du findest nicht, dass ich mies bin, oder?«

»Nein! Alles gut.«

Er musste sich mit diesem schwachen Lob zufriedengegeben haben, denn das Nächste, was er sagte, war: »Na schön, lass uns gehen. Ich muss nur zuerst noch aufs Klo.«

Er erhob sich und durchschritt den Raum zur Toilette. Und ich folgte ihm, mit einer Hand die Augenbraue kratzend, um mein Gesicht zu verbergen.

Ohne mich anzusehen, hielt er die Tür auf und steuerte direkt auf eine Kabine zu. Niemand sonst war auf der Männertoilette. Perfekt. Ich hörte, wie er den Reißverschluss aufzog und die Jeans auf den Boden streifte. Er seufzte beim Hinsetzen. Ich wartete, bis ich das erste Platschen hörte.

»Phil«, sagte ich durch die Kabinenwand.

Ein kurzes Schweigen. »Wer ist da?«

»Mein Name spielt keine Rolle. Du musst mir nur zuhören. Im Grunde bin ich eine Art Schutzengel – wenn auch nicht deiner.«

»Was?« Ich hörte, wie er ein Stück Klopapier abriss. Ich musste mich beeilen.

»Ich weiß, dass du Lynn angelogen hast. Ich weiß, dass du Siobhan kürzlich getroffen hast. Ich will, dass du dich von Siobhan fernhältst. Du redest nicht mit ihr. Du triffst dich nicht mit ihr. Wenn du es doch tust, werde ich dafür sorgen, dass Lynn von den Lügen erfährt, die du ihr aufgetischt hast.«

»Wer zum Teufel …?«

Doch bevor er sich den Hintern abgeputzt und seine Hose hochgezogen hatte, war ich draußen: aus der Eingangstür und um die Ecke. Phil konnte wegen Lynn nicht meine Verfolgung aufnehmen. Er hatte mein Gesicht nicht gesehen, weshalb er völlig im Dunkeln tappen musste, wer ihn angesprochen hatte. Und das, was ich ihm gesagt hatte, entsprach der Wahrheit: Ich bin ein Schutzengel. Ich hatte gerade Siobhan geholfen, ein störendes Hindernis aus ihrem Leben zu beseitigen.

Als ich nach Hause kam, war ich immer noch aufgeregt und selbstzufrieden. Mehr als alles andere wollte ich Siobhans Stimme hören.

Ich drückte die 151, um meine Nummer zu unterdrücken, dann rief ich Siobhan an. Das Telefon klingelte sechs oder sieben Mal. Es blieb mir gerade genug Zeit, um mich zu fragen, ob sie im Bad war, was wiederum ein wundervolles Bild in mir aufsteigen ließ, ihre Haut, rosafarben vom heißen Wasser, ihre Brustwarzen, die durch eine Schicht Schaum hindurchblitzten, als sie »Hallo?« sagte.

Ich blieb stumm.

»Hallo?«

Himmel, wie sehr ich ihre Stimme liebte. Wie schade, dass ich auflegen musste.

Donnerstag

Ich meldete mich erneut krank. Jackie fragte: »Morgen kommst du aber, oder?« Ich antwortete, dass ich das nicht mit Sicherheit sagen könnte.

Das Haus war leer. Si und Nat waren beide in der Arbeit. Ich frühstückte nackt, dann klickte ich auf Facebook, um zu überprüfen, ob Siobhan meine Freundschaftsanfrage angenommen hätte. Kein Glück. Aber als ich ihre Freundesliste noch einmal durchging, stellte ich fest, dass Kathy nun aufgelistet war. Es war zum Kotzen! Siobhan hatte die Freundschaftsanfrage dieser Lesbe angenommen, aber meine nicht.

Wütend stürmte ich ins Bad und holte mir einen runter, um mich zu beruhigen, unfähig, das Bild von Siobhan und Kathy beim lesbischen Liebesakt zu verdrängen. Nachdem ich gekommen war, zog ich mich an, warf mich aufs Sofa und schaute eine Weile das bescheuerte Frühstücksfernsehen. Es war eine Anrufsendung über Beziehungen: Hauptsächlich riefen Frauen an und beschwerten sich, wie unromantisch ihre Ehemänner wären, dass sie sie nicht mehr schick ausführten oder ihnen Blumen kauften. Das brachte mich auf eine Idee.

Ich eilte zum Markt. Die Blumen dort waren so teuer.

»Haben Sie etwas Billigeres?«, fragte ich.

Der Kerl hinter dem Stand verdrehte leicht die Augen und sagte: »Ich habe die Lilien da. Die sind schon ein bisschen welk, aber Sie können sie für ein Pfund haben.«

In meinen Augen sahen sie okay aus. Ich entschied, sie geradewegs zu Siobhans Haus zu bringen. Mein Plan lautete, sie auf die Türschwelle zu legen, zusammen mit einem kleinen Kärtchen. Ich durchsuchte meine Tasche nach einem Stift, aber ich fand keinen, also könnte ich ihr keine Nachricht hinterlassen. Na schön – außerdem würde es die Romantik nur steigern, falls Siobhan glaubte, die Blumen stammten von einem geheimnisvollen Verehrer.

Ich erreichte Victoria Gardens und zögerte an Siobhans Gartentor, das weit offen stand. Musik drang aus dem Innern des Hauses: ein Lied, das ich nicht kannte. Ich fragte mich, in welchem Teil des Hauses sie sich befand. Solange sie nicht aus einem Fenster blickte, das nach vorne hinausging, wäre alles in Ordnung. Immerhin durfte ich nicht wissen, wo sie wohnte.

Mit schnell hämmerndem Herzen hastete ich den kurzen Weg zur Haustür entlang. Ich wollte gerade den Blumenstrauß auf ihre Stufen legen, als ich einen Schlüsselbund vom Schlüsselloch baumeln sah. Was war das? Eine Einladung? Dreh den Schlüssel und tritt ein, Alex. Aber nein, sie wusste nicht, dass ich kam. Erwartete sie jemand anderen? Ich war verwirrt. Doch dann erkannte ich, dass es ein Zeichen war.

Die Blumen immer noch an mich gepresst zog ich den Schlüssel behutsam aus dem Schlüsselloch, drehte mich um und rannte zurück zur Hauptstraße, wo ich auf dem Weg hierher einen Schuhreparatur-Service gesehen hatte. Auf einem Schild vor dem Geschäft hatte gestanden: »SCHLÜSSEL IM HANDUMDREHEN«.

Ich musste nur fünf Minuten warten, dann raste ich zu Siobhans Haus zurück und schlich mich zur Eingangstür, um den Schlüssel wieder ins Schloss zu stecken. Meine eigene Kopie ihres Haustürschlüssels lag sicher in meiner Tasche. Jetzt könnte ich in ihr Territorium eindringen und mehr über sie herausfinden, wann immer es mir passte. Dieser Gedanke versetzte mich in einen solchen Zustand der Erregung, dass ich kaum gehen oder atmen konnte. Ich war versucht, mich einfach dort auf die Lauer zu legen und zu warten, bis sie das Haus verließ, doch letztlich hielt ich es für das Beste, ein andermal wiederzukommen. Bevor ich verschwand, legte ich die Blumen auf die Treppe. Schlüssel und Blumen. Ein Geschenk für uns beide.

7

Siobhan

Donnerstag

Der Kurs gestern Abend verlief gut. Ich glaube, ich mache Fortschritte – nun ja, wahrscheinlich wir alle. Ich habe ein paar vielversprechende Arbeiten gehört. Kathys Geschichte war fantastisch. Es überrascht mich immer wieder, wie die Schönheit von Worten mich bis ins Mark trifft – sie hat eine Erzählung über Sehnsucht und Einsamkeit und Liebe vorgelesen, und ich hatte fast das Gefühl, mir würde sich die Kehle zusammenschnüren. Sie sprach von Zuckerwatte als »winzige rosafarbene Fäden verwobenen Verlangens«, und die eisige, klirrende Kälte des Meerwassers ließ die Fußknöchel ihres Protagonisten taub werden.

Es erinnerte mich so sehr an meine (eine und einzige) Urlaubsromanze, als ich sechzehn war, mit Colin aus Glasgow. Wir mussten uns mithilfe von Zeichensprache unterhalten, weil sein Akzent unglaublich stark war. Und Körpersprache. Was ist nur mit all seinen Briefen passiert? Ich glaube nicht, dass ich sie noch habe. Kathys Geschichte hat all diese Erinnerungen zurückgebracht, wie ich mich damals fühlte, als seine Mom mir die kurze Notiz schrieb, dass er bei einem Autounfall gestorben ist. Das Leben ist grausam. Ich frage mich häufig, ob er und ich irgendwann zusammengekommen wären. Ich weiß, wir waren damals noch Kinder, aber ich habe wirklich etwas für ihn empfunden. Ich kann sein Gesicht nicht mehr vor meinem inneren Auge heraufbeschwören, nur dieses Durcheinander aus schwarzen Locken, die vom Wind zerzaust waren, diese blauen, tiefblauen Augen und dann dieses klamme Gefühl, zu lange im nassen Badeanzug gewesen zu sein. Am Ende des Tages ins Hotel zurückgekehrt zu sein, am ganzen Körper sandig und bebend vor Lust – das erinnert mich an Colin. Ich glaube, dass ich seitdem für niemanden mehr eine solche Leidenschaft empfunden habe.

Das bringt mich auf den Gedanken, dass, wenn man die Liebe gefunden hat, man sie mit beiden Händen packen und nie wieder loslassen sollte.

Wie dem auch sei. Zurück zum Kurs. Brian ist nicht aufgetaucht, sodass ich das schreckliche Gefühl hatte, dass er mir womöglich die Karte geschickt hat. Phil ist immer noch mein Verdächtiger Nummer eins – wie zum Teufel sollte Brian meine Adresse herausgefunden haben? –, aber vermutlich ist das wohl irgendwie möglich. Wenn auch nicht wahrscheinlich …

Wo ich schon beim Thema Verehrer bin, Alex hat mich auf ein Date gebeten. Vielleicht ist die Karte von ihm? Er muss mich mögen. Ich habe Nein gesagt, obwohl ich einen Moment gezögert habe – es ist nicht so, als wäre er hässlich. Es ist nicht einmal so, dass da kein Funke wäre, würde ich es zulassen. Aber er hat etwas an sich … ich kann es nicht genau beschreiben … das mich verstört. Vielleicht bloß seine sonderbare Energie.

Er schien meinen Korb jedoch gelassen zu nehmen, weshalb ich annehme, dass er einfach zu seiner nächsten Eroberung weiterschreitet. Wahrscheinlich mag er mich nicht einmal sonderlich, sondern ist bloß beeindruckt, dass ich eine berühmte Autorin bin, wie er mich einmal in seinem starken Nordlondoner Akzent genannt hat. Oder besser gesagt nur eine »Audorin«.

Er hat mir eine Freundschaftsanfrage auf Facebook geschickt, wo ich normalerweise nur selten anzutreffen bin. Kathy ebenfalls, was nett war. Aber ich werde Alex' Anfrage ignorieren, weil ich mehrere Fotos von mir im Bikini hochgeladen habe, vom Urlaub letztes Jahr auf Malta mit Phil. Ich will nicht, dass sich einer meiner männlichen Studenten daran aufgeilen könnte. Aber dann hätte ich wohl auch Kathy eine Abfuhr erteilen sollen …

Und der blöde Phil hat mich auf Facebook »entfreundet«! Das weiß ich, weil ich auf sein Profil gehen wollte, um zu sehen, ob er immer noch den Status »in einer Beziehung« hat, und nicht auf seine Seite zugreifen konnte. Vermutlich habe ich seine Gefühle mehr verletzt, als ich angenommen hatte.

Freitag

Verwelkte Blumen. Phil hat mir tatsächlich einen Strauß verwelkter Blumen auf die Türschwelle gelegt. Ich kann es nicht fassen. Jemandem so etwas anzutun ist wirklich schrecklich. Ich kann es ihm nicht verübeln, dass er sauer ist – er wurde von mir *und* Lynn abserviert –, aber wie konnte er sich zu etwas so Feigem und Erbärmlichem herablassen?

Es muss Phil sein. All diese merkwürdigen Dinge können kein Zufall sein. Hat er völlig den Verstand verloren? Das sieht ihm überhaupt nicht ähnlich. Erst die erotische Karte.

Dann die anonymen Telefonanrufe, sechs oder sieben Mal in den vergangenen paar Tagen. Und jetzt die verwelkten Blumen.

Je länger ich darüber nachdenke, umso wütender werde ich. Er weiß, dass ich Lilien hasse. Und diese haben überall braune Flecken auf den Blütenblättern und schleimige Stiele. Wie geht gleich noch mal das Sonett, in dem Shakespeare davon spricht, wie schlimm Lilien stinken?

Habe es gerade nachgeschlagen:

»In Sauerstes kehrt Süßestes sein Wesen.
Unkraut riecht lieblicher als Lilien, die verwesen.«

Das bringt es perfekt auf den Punkt, Phil, du Blödmann! Am liebsten würde ich in sein Büro stürmen und ihm die Blumen in den Allerwertesten schieben.

Vielleicht werde ich ihn stattdessen einfach anrufen. Ihn am Telefon zusammenstauchen. Es ist die Energie nicht wert, die es mich kosten würde, persönlich dort hinzufahren.

Ich habe die Lilien in den Abfall unter der Spüle geworfen, die Stiele auseinandergebrochen und versucht, sie so hineinzustopfen, dass die hölzernen Enden den Müllbeutel nicht zerreißen. Alle Blütenblätter sind sofort abgefallen, und die widerlich stinkenden Pollen haben sich über meine Hände, den Küchenfußboden und den Deckel des Mülleimers verteilt. Als ich endlich alles geputzt hatte (was eine Ewigkeit dauerte, weil meine ersten Versuche nur überall verschmierte gelbe Kreise hinterließen und ich alle Oberflächen mit Bleichmittel bearbeiten musste), war ich so entrüstet, dass sich meine Zu-Immobilienmaklern-unflätig-sein-Stimme wie von selbst einstellte:

»Phil Harmony, bitte.«

»Tut mir leid, er ist im Urlaub. Soll ich Sie zu seiner Sekretärin durchstellen?«

Diese Aussage machte mich sogar noch wütender. Ich ertrage Idioten nicht, die dir am Telefon Falschinformationen erteilen. Natürlich war er verdammt noch mal nicht im Urlaub, sein Urlaub war abgeblasen worden. Diese Empfangsmitarbeiterin war noch nie die Hellste gewesen.

»Hallo, Siobhan«, sagte Diane, als ich zu Phils Büro durchgestellt wurde. »Er ist leider nicht hier. Er ist im Urlaub.«

Oh – na schön, die freien Tage hatte er natürlich längst beantragt. Ich hatte ein schlechtes Gewissen, so schlecht über die Empfangsdame gedacht zu haben. Aber sie würde es nie erfahren. Sie würde nie erfahren, wie ich mich abfällig über sie mokiert hatte, also musste ich mich auch nicht schlecht fühlen. Da gewann meine Wut wieder die Oberhand.

»Keine Sorge, ich versuche es bei ihm zu Hause«, sagte ich und wollte schon auflegen.

»Er ist nicht zu Hause«, sagte Diane und klang verwirrt und zugleich ungeduldig – ein wenig wie: Welchen Teil von »Er ist im Urlaub« hast du nicht verstanden? »Er ist in Portugal.«

Die Hand, mit der ich den Hörer hielt, begann jäh zu zittern. Ich hatte Kaugummi gekaut, und bei dem Schock rutschte er tiefer zum Gaumen, weshalb ich für einen Moment in Panik geriet. Ich musste ihn wieder in die Mundhöhle saugen. Dann nahm ich ihn aus dem Mund, rollte ihn zwischen Daumen und Zeigefinger und spürte, wie sich die Konsistenz veränderte, er immer härter und glatter wurde, wie ein kleiner Klumpen personifizierte Angst, die an meiner Haut klebte.

»Wann genau?«, fragte ich und hatte das sonderbare Gefühl, dass der Kaugummi immer noch in meiner Kehle steckte und mir die Luft raubte.

»Sie … ich meine, er ist gestern Vormittag geflogen. Er hat noch mal vom Flughafen aus angerufen.«

»Sie? Er ist mit Lynn gefahren?«

Es folgte ein Moment der Stille.

Ich sackte gegen die Lehne des Sofas, hätte fast das Telefon fallen gelassen. Es war mir völlig gleich, ob er und Lynn wieder zusammen waren – sollten sie doch die Algarve mit ihrer Babysprache unsicher machen und sich die abstrusesten Kosenamen ins Ohr säuseln –, aber meine Gedanken überschlugen sich, und obwohl ein Teil von mir es nicht wahrhaben wollte und sich an die Frage klammerte, warum er mich immer noch von Portugal aus anrief und auflegte, wo Lynn bei ihm war, oder wie die Blumen heute auf meiner Türschwelle aufgetaucht sein konnten … erkannte der kognitive Teil von mir, woher die Angst rührte.

Denn wenn Phil gestern nach Portugal gefahren war, konnte er die Lilien nicht vorbeigebracht haben. Und wenn er die Lilien nicht vorbeigebracht hatte, hatte er höchstwahrscheinlich auch die Karte nicht geschickt. Oder diese anonymen Anrufe getätigt.

Doch wenn Phil es nicht gewesen war …

Wer zum Teufel war es dann gewesen?

Keine Ahnung. Vielleicht waren es meine Hormone. Mich packte dieses sonderbare, leicht irreale Gefühl, das ich auch manchmal bei PMS habe, als würde ich in einem Paralleluniversum leben, einem, das diesem nicht unähnlich ist, nur diffuser, schmerzhafter. Beängstigender. Ein Universum, in dem ich mich zusammenrollen und schlafen will und mich nach jemandem sehne, der auf mich aufpasst. Außerdem verliere ich ständig Dinge. Ich habe schon wieder meine Schlüssel verloren und auf der Suche nach ihnen das Haus auf den Kopf gestellt (obwohl »das Haus auf den Kopf gestellt« nicht der richtige Ausdruck ist. »Hochheben, nachsehen und fein säuberlich zurücklegen« wäre wohl zutreffender. Dr. Bedford meinte, ich hätte ein Sauberkeits- und Ordnungsproblem. Da widerspreche ich heftig. Ich denke, es hat mehr damit zu tun, in einem großen, chaotischen Haus aufgewachsen zu sein, wo nie irgendjemand etwas gefunden hat. Ich konnte das nie leiden, selbst als kleines Mädchen).

Doch das Sonderbare bei den Schlüsseln war, dass ich als Erstes, als ich bemerkte, dass sie verschwunden waren, an der Haustür nachgeschaut hatte, und da waren sie nicht. Vermutlich war ich tatsächlich ein wenig zerstreut, weil ich gleichzeitig Biggles davon abhalten wollte, wieder hinaus auf die Straße zu laufen, aber ich habe definitiv nachgesehen. Ich bin wieder hinein, habe den Kühlschrank geputzt, Biggles gefüttert, zur Kontrolle nochmals nachgesehen – und da hingen sie, baumelten seelenruhig am Schlüsselloch. Es war bizarr. Und das war der Moment, als ich die Blumen fand.

Ich hatte mir gedacht, was für ein Schlappschwanz Phil war, die Blumen liegenzulassen und einfach wegzulaufen, ohne mir zu sagen, dass meine Schlüssel draußen in der Haustür steckten – ich meine, jeder hätte reinkommen können!

Aber die schreckliche Wahrheit ist, dass es nicht Phil war. Ein anderer muss die Schlüssel gesehen haben. Ein anderer. Derselbe Jemand, der mir auch die Karte geschickt hatte, auf der stand, dass er mit mir vögeln wollte. Derselbe Jemand, der angerufen und schweigend aufgelegt hatte. Als ich dachte, es sei Phil, war ich nur wütend gewesen. Aber jetzt…

Oh Gott! Was, wenn ich gerade nicht allein bin? Was, wenn sich jemand hinter einer Tür versteckt hat, vielleicht hinter der dort…?

Ich bin ganz außer Atem. Bin mit dem Schürhaken in der Hand die Treppe hinauf- und hinuntergelaufen, habe alle Türen aufgerissen, in alle Schränke geschaut. Habe *Combat Rock* voll aufgedreht – mit The Clash fühle ich mich immer mutig. Biggles ist entrüstet. Er ist mir mit steil aufgestelltem Schwanz die Treppe nach oben und wieder hinunter nachgejagt. Anfangs dachte ich in meiner Paranoia, er würde etwas Sonderbares spüren. Dann kam mir: Ja, natürlich tut er das, nämlich mich, die wie eine Verrückte mit einem Schürhaken herumrennt und die Musik so laut aufdreht, dass ihm die Haare zu Berge stehen.

Selbstverständlich war niemand hier.

Trotzdem verstehe ich immer noch nicht, wie es passieren konnte, dass ich die Schlüssel beim ersten Mal nicht gesehen habe, aber andererseits überrascht es mich auch nicht wirklich. Ich bin schon jetzt so zerstreut, dass ich mit fünfzig wahrscheinlich völlig dement bin. Genau dasselbe ist der Großtante meiner Mutter passiert. Sie ist in einer Nervenanstalt gestorben. Großer Gott, solches Zeug ist erblich, nicht wahr?

Mit einem Mal musste ich unbedingt mit jemandem reden. Ich rief Paula an, aber eine ihrer Mitbewohnerinnen – ich kann sie einfach nicht auseinanderhalten – meinte, sie käme erst am Sonntag aus Thailand zurück.

Dann versuchte ich es bei Jess, aber sie war ebenfalls nicht da. Ich habe keine Nachricht hinterlassen. Die Dinge zwischen uns sind ein wenig angespannt, seit sie Tom hat. Ich weiß, ich bin eine schlechte Taufpatin, aber ganz ehrlich, sie könnte wirklich etwas nachsichtiger sein. Sie wohnt so weit weg – wie kann sie erwarten, dass ich sie regelmäßig besuche und den Kleinen bespaße? Wahrscheinich will sie nur einen Gratis-Babysitter. Wie dem auch sei, wir haben seit Wochen nicht mehr miteinander gesprochen, und ich wollte keine jammernde Nachricht hinterlassen.

Wenn ich darüber nachdenke, ist es vielleicht gut, dass sie nicht da war. Sie hätte sich nur wieder über Toms schleimigen Husten und seine senfgelben Windeln ausgelassen – igitt, Babys! Eine Katze reicht mir schon.

Schließlich habe ich Mom angerufen, und sie war auch nicht zu Hause. Dad ging ans Telefon, aber ich hatte keine Lust, ihm die ganze Obszöne-Karte/anonyme-Anrufe/tote-Blumen-Geschichte zu erzählen, weshalb ich ihn einfach bat, ihr auszurichten, sie solle mich später zurückrufen. Ich bin sicher, wenn ich es ihr erzähle, werden wir eine logische Erklärung finden. Oder zumindest würde es helfen, einen klaren Kopf zu bekommen und herauszufinden, wer dahintersteckt und was los ist.

In der Zwischenzeit werde ich mich wohl in die Arbeit stürzen. Versuchen, mich abzulenken und auf andere Gedanken zu kommen.

8

Alex

Donnerstag

Heute Morgen war ich glücklich. Richtig glücklich, mit Endorphinen, die in meinem Blutkreislauf blubbernd herumzischten. Ich spürte Siobhans Schlüssel in meiner Hosentasche, und das Metall glühte, wo es mein Bein durch den dünnen Stoff berührte. Ich fuhr mir ständig über die Tasche, ein blödes Grinsen im Gesicht. Es kümmerte mich nicht, was die anderen von mir dachten, und ich ignorierte die Blicke, die mir auf dem Weg in die Arbeit zugeworfen wurden. Ich war derart im siebten Himmel, dass ich buchstäblich zu schweben schien.

Warum mussten sie dann alles kaputtmachen?

Ich dachte mir gerade im Stillen, dass es vielleicht gar nicht so schlimm wäre, heute mit den Kunden zu reden. Ich meine, manchmal ist es sogar lustig. Obwohl man sich immer nur an die Arschlöcher erinnert, während 95 Prozent der Kunden okay sind. Natürlich war es nicht mein Traumjob, aber auf dem Weg von der U-Bahn zum Büro erkannte ich, dass ich die Arbeit ertragen könnte, bis ich meinen Roman geschrieben und den Durchbruch geschafft hatte.

Sobald ich ins Büro kam, wusste ich, dass etwas nicht in Ordnung war. Auf der anderen Seite des Flurs sah ich, wie mehrere Leute mich anstarrten und dann hastig wegblickten. Während ich zu meinem Schreibtisch schlenderte, fühlten sich die Teppichfliesen schwammig und riesig an, und Jackie – meine Callcenter-Kommandantin, das weibliche Pendant zu Hitler-mit-Mundgeruch – trat mir in den Weg.

»Martin will dich sehen.«

»Ist es wegen meiner Fehltage?«, fragte ich. »Ich war nur zwei Tage krank. Ich war wirklich krank. Ich kann ein Attest bringen.«

Der gehässige Ausdruck auf ihrem Gesicht wurde von etwas abgelöst, das stark an Mitleid erinnerte. Sie sagte, ich solle einfach zu Martin gehen.

Was ich auch tat.

Martin ist nur ein Jahr älter als ich, aber er hat es geschafft, der größte Fisch in diesem beengten Aquarium zu werden. Und das, wo er beschränkter ist als der durchschnittliche Fußballspieler. Ein Sieg von Ehrgeiz über Talent, vergleichbar mit Victoria Beckhams Karriere. Häufig beglückt er uns mit Witzen, die er beim sonntäglichen Rugbyspiel aufgeschnappt hat, und wir müssen alle so tun, als fänden wir sie brüllend komisch. Man könnte wohl durchaus sagen, dass ich ihm keinen großen professionellen Respekt entgegenbringe. Aber er ist der Boss, weshalb ich es mir mit ihm nicht verscherzen darf. Wegen des Umstands, dass wir fast gleich alt sind und beide einen Penis besitzen – nun ja, bei ihm muss der Beweis noch erbracht werden –, legt er mir gegenüber eine geheuchelte Freundlichkeit an den Tag, fragt mich, ob ich am Wochenende Fußball geschaut habe und gibt vor, von den Bands gehört zu haben, die ich mag. Bei unseren Gesprächen würde ich am liebsten vor Verzweiflung weinen.

»Ich war nur zwei Tage krank«, sagte ich, sobald ich mich in seinem Büro hingesetzt hatte. Auf seinem Schreibtisch stand das Foto eines Golden Retrievers. Sein bester Freund.

Er schüttelte langsam den Kopf. »Es ist nicht wegen deiner Fehltage, Alex. Jedem steht es zu, gelegentlich krank zu sein. Selbst ich war letztes Jahr einen Tag unpässlich, als ich diese Infektion hatte.«

Ich wartete ab. Allmählich beschlich mich ein ungutes Gefühl.

Er verschränkte die Arme vor der Brust, ein klassisches Abwehrverhalten. Schlechte Neuigkeiten. Die Art von Neuigkeiten, die in ihm die Sorge aufsteigen lassen, ich könnte ihn angreifen. Selbst in diesem Moment, mit seinem »Oh, ist es nicht schrecklich, Manager zu sein, wo wir doch im wahren Leben so tolle Kumpels sein könnten?«-Ausdruck auf dem Gesicht, hätte ich ihm am liebsten einen Kinnhaken verpasst. Ihm seine bescheuerte Nase durch den Kopf gerammt.

»Wir hatten eine Meldung von der IT-Abteilung, dass du eine unserer wichtigsten Regeln gebrochen hast, Alex. Wir wissen, dass …« Er schloss die Augen, als wäre allein die Vorstellung dessen, was er nun sagen müsste, diese Sache, die ich getan hatte, so schrecklich, dass er es kaum aussprechen konnte. »Wir wissen, dass du die privaten Daten eines unserer Kunden aufgerufen hast.«

Ich sagte kein Wort.

Und den Rest des Gesprächs möchte ich lieber nicht wiederholen. Ich will nicht aufschreiben müssen, dass eine zufällige Stichprobe offenbart hatte, wie ich unbefugt in der Kundendatenbank geschnüffelt hatte. Und die Anruferüberwachung hatte bestätigt, dass dieser Kunde an jenem Tag nicht angerufen hatte. Dass die IT-Abteilung jede Nachricht aufzeichnete, die wir von unserem Mail-Account verschicken, und sie wissen, dass ich die persönlichen Daten dieses Kunden in eine Nachricht kopiert und mir nach Hause weitergeleitet hatte.

Dass ihm keine andere Wahl bliebe, als mir zu kündigen. Mit sofortiger Wirkung.

Und ganz sicherlich will ich nicht bis ins kleinste Detail erzählen, wie ich ihn fragte, während er dasaß, die Arme immer noch vor der Brust verschränkt und unfähig, mir in die Augen zu sehen, wie zum Teufel ich jetzt meine Rechnungen bezahlen sollte. Wie bei dem Gedanken, obdachlos und ohne jegliches Geld zu sein, ein kaltes Entsetzen allmählich durch mich hindurchsickerte. Ich konnte nicht glauben, dass mich der Stichprobengenerator ausgewählt hatte... Es hätte mich nicht überrascht, hätte Martin die IT-Abteilung wegen meiner schlechten Statistik in letzter Zeit angewiesen, alles aufzuzeichnen, was ich tat, damit die Wichser einen Grund hätten, mich loszuwerden.

Aber ich muss der Realität ins Gesicht sehen. Wie soll ich meine Miete bezahlen? Wie soll ich an Essen kommen? Der einzige Lichtblick ist, dass ich – Gott sei Dank! – für Siobhans Schreibkurs im Voraus bezahlt habe.

Ich verließ Martins Büro, schob die Doppeltüren zum Großraumbüro auf und spürte erneut, wie mir alle Augen folgten. Jackie wich meinem Blick aus. Was ist nur los mit diesen Leuten? Warum haben sie kein Rückgrat? Auf einmal war ich jemand, für den sie sich schämten, der ihnen peinlich war. Ich war ein Versager, und sie wollten, dass ich so schnell wie möglich verschwand.

Ich zog die Schublade des Rollwagens unter meinem Schreibtisch auf und begann, den Inhalt auszuräumen. Da gab es nicht viel. Zwei Bücher, ein Computermagazin, ein paar Unterlagen, etwas Büromaterial. Ich nahm eine Plastiktüte und stopfte diese erbärmliche Sammlung an Dingen hinein. Dann drehte ich mich um und bemerkte, wie Sally, die Frau, die neben mir saß, mich anstarrte.

Sie fragte mich, was passiert sei. Ich erzählte es ihr.

»Sie wollten mich einfach nur loswerden, und das war ihre Ausrede, dieses Gespinst aus Lügenmärchen.«

»Wenn du es nicht getan hast, dann solltest du dich wehren. Diese Kündigung ist dann sicherlich nicht rechtens!«

Ich seufzte. Ich wollte ihr nicht sagen, dass die Anschuldigung der Wahrheit entsprach. Ich schämte mich zu sehr.

Hastig schnappte ich mir meine Tüte und verschwand, wollte mit einem Mal unbedingt von dort weg, konnte das alles plötzlich nicht mehr ertragen, während in meinem Kopf die Stimme meiner Mom dröhnte: V-E-R-S-A-G-E-R – das bist du, und das wirst du immer sein.

Scheiß auf meine Mom! Scheiß auf den Job! Scheiß auf sie alle! Ich brauche sie nicht. Ich werde es ihnen schon noch zeigen. Weil ich jetzt jemanden gefunden habe, den ich liebe. Das wird mir Stärke verleihen. Und wenn ich daran denke, wie viel mehr Zeit ich nun haben werde! Im Grunde ist es ein Segen. Gewiss, erst auf den zweiten Blick, aber das ist es. Noch ein Zeichen, oder? Ein Zeichen, dass ich meinem eigenen Glück mehr Zeit widmen sollte. Und Siobhan.

Meine Gedanken wirbelten wild umher, während ich das Gebäude verließ und auf dem Weg nach draußen beim Sicherheitsdienst meinen Firmenausweis abgab. All die Schreckensszenarien und Gefühle schossen mir durch den Kopf: Geld, Rache, Groll, Erleichterung, Verwirrung, Wut… Schossen durch mich hindurch, rissen mich in die Höhe und knallten mich auf den Boden, wo sie mich schwindelig und betäubt zurückließen. Und aus all diesem mentalen Lärm schälte sich ein einziger Gedanke heraus:

Ich will Siobhan sehen. Ich will ihr nahe sein.

Ich war wie eine Motte, die vom Wetter arg gebeutelt und nun verwirrt und verloren war. Aber eines war klar – das Verlangen, meinem Instinkt zu vertrauen. Und in Siobhans Licht zu flüchten.

Rasch steckte ich die Hand in die Tasche und spürte den Schlüssel: fest, warm, einem Glücksbringer gleich. Er gab mir Kraft. Er gab mir Sicherheit.

Ich fuhr allerdings nicht gleich nach Hampstead. Zuerst kam ich hierher zurück. Ich brauchte einen Kaffee und Zigaretten. Und ich wollte erst noch ein paar Dinge erledigen.

Sobald ich durch die Tür trat, rief ich nach Simon, da ich wusste, dass ich ihm die Neuigkeit schonend beibringen musste. Auf dem Weg nach Hause war ich zur Bank gegangen und hatte meinen Kontostand abgefragt. Ich hatte genug Geld für einen Monat, aber das war es auch schon. Ich habe kein Händchen fürs Sparen. Da waren der neue Computer (und den kann ich nicht verkaufen, immerhin muss ich dieses Tagebuch schreiben und meine Hausaufgaben fürs College erledigen, für Siobhan) und meine Hälfte der Rechnungen … und die Miete hier ist so verdammt hoch und mein Gehalt so armselig, dass mir sowieso kaum etwas zum Sparen übrig geblieben wäre.

Simon war nicht zu Hause, was eine echte Erleichterung war. Ich eilte direkt in mein Zimmer, setzte mich an den PC und ging sofort ins Internet. Zuallererst habe ich Martin bei einem Haufen Hardcore-Pornoseiten angemeldet. Dann habe ich diese wirklich widerlichen, koprophagen Seiten gefunden und seine E-Mail-Adresse auf ihre Mailingliste gesetzt. Zum Spaß fügte ich auch noch Jackies hinzu. Nun, immerhin gehen ihnen Menschen am Arsch vorbei, oder? Es passte also. Auch wenn mir anschließend richtig übel war.

Ich versuchte, mir etwas Einschneidenderes auszudenken, was sie wirklich in die Bredouille bringen würde … und erkannte dann, dass es mir im Grunde egal war. Die Anmeldung auf diesen ekelhaften Seiten war genug, zumindest für den Moment. Worin lag der Sinn, noch weiter Rache zu üben? Es würde mir ein paar Minuten Genugtuung bereiten, und dann würde sie verblassen und ich immer noch in derselben Situation stecken. Bei dieser Entscheidung fühlte ich mich sehr erwachsen und tugendhaft. Siobhan wäre stolz auf mich.

Ich wünschte, ich hätte dort sein können, um ihr Gesicht zu sehen, sobald sie die Blumen bemerkte, die ich für sie gekauft hatte. Sie muss sich diebisch gefreut haben. Ich kann mir bildlich vorstellen, wie sie ihren Freundinnen von dem Geschenk erzählt und sich aufgeregt fragt, wer ihr geheimnisvoller Bewunderer ist. Aber sie ist so klug, dass sie sicherlich nicht lange brauchen wird, um das Rätsel zu lösen. Und dann wird sie Feuer und Flamme sein. Sie wird mir gehören. Aber zuvor kann ich nicht riskieren, ihr meine Gefühle zu offenbaren, kann eine Zurückweisung nicht riskieren. Obwohl es keine große Rolle spielt. Denn in der Zwischenzeit kann ich ihr trotzdem nah sein.

Mir kam gerade ein schrecklicher Gedanke. Was, wenn mein Arbeitgeber – oder besser gesagt früherer Arbeitgeber – Siobhan kontaktiert, um ihr zu erzählen, dass ich mir ihre persönlichen Daten angesehen habe? Höchstwahrscheinlich wollen sie vor den Kunden verheimlichen, dass ihre privaten Daten nicht 100 Prozent sicher sind. Aber es besteht trotzdem die Möglichkeit, dass sie es tun könnten. Vielleicht besteht eine gesetzliche Vorschrift, die sie dazu verpflichtet.

Vielleicht sollte ich zuerst mit ihr sprechen. Erklären, warum ich es getan habe. Denn wenn sie es ihr sagen, wirft das ein schlechtes Licht auf mich, und sie könnte mir womöglich den Laufpass geben.

Ich verließ das Haus und eilte in Siobhans Licht. London fühlte sich heute so grau und grausam an, mit einem trockenen Wind, der zwischen den Gebäuden blies, in denen all die Drohnen hart arbeiteten, angekettet an ihre Arbeitsplätze, und wofür? Ich bin keine Drohne mehr – und bei diesem Gedanken fühlte ich mich frei, kurzzeitig von allen Sorgen erlöst. Der Himmel mochte düster sein, die Gebäude trostlos, aber diese Stadt strotzte vor Schönheit. Und ich würde in ihrer Nähe sein.

Ich war verunsichert, was ich zu Siobhan sagen sollte. Ich könnte ihr beichten, dass ich ihre Adresse nachgeschlagen habe, weil mein ursprünglicher Plan gewesen war, ihr die Buchrezension nach Hause zu schicken, aber dass ich dann entschieden hätte, es wäre eine Verletzung ihrer Privatsphäre, und es mir wirklich leidtäte.

Doch dann ist etwas passiert:

Ich ging in einen Zeitschriftenladen, um mir ein Päckchen Zigaretten zu kaufen. Und genau in dem Moment, als ich die Tür öffnen wollte, um das Geschäft zu verlassen, sah ich sie. Siobhan, die die Straße direkt auf mich zukam. Ihr Blick war nach unten gerichtet, und sie bemerkte mich nicht, weshalb ich mich hinter einem Postkartenständer versteckte, bis ich glaubte, den richtigen Moment abgepasst zu haben, um wieder aufzutauchen. Aber als ich es tat, war sie längst fort. Sie marschierte den Hügel hinab, weg von ihrem Haus, in Richtung Camden Lock. Ich musste jäh eine Entscheidung treffen. Entweder konnte ich ihr unauffällig die Straße hinab folgen. Oder ich konnte zu ihr nach Hause gehen – wo ich vielleicht herausfinden könnte, ob sie wegen mir benachrichtigt worden war.

Ich schob die Tür des Zeitungsladens auf und eilte den Hügel hinauf.

Als ich endlich Siobhans Haus erreichte, war ich verschwitzt. Ein Kerl mit einem schwarzen Hund kam mir auf dem Bürgersteig entgegen. Ich blieb knapp vor Siobhans Tor stehen und tat so, als suchte ich etwas in meiner Tasche. Nachdem er an mir vorbei war, ließ ich den Blick noch einmal schweifen und ging den schmalen Pfad zu ihrer Haustür entlang. Meine Handflächen waren feuchtkalt, und der Schlüssel wäre mir fast aus der Hand geglitten, während ich ihn ins Schloss steckte. Ich wollte keine Aufmerksamkeit auf mich ziehen, weshalb ich mich nicht erneut verstohlen umsah. Mein Puls war mir bewusster als je zuvor in meinem Leben, da drehte ich den Schlüssel und stürmte durch die Tür.

Im Haus war es totenstill. Ich hörte nicht einmal das leiseste Ticken einer Uhr. Was wohl der Grund war, weshalb ich zusammenfuhr, als meine Schritte die Holzbohlen zum Knarzen brachten.

Ich lachte. Das Geräusch hallte unglaublich laut in der Stille wider. Wahrscheinlich war es nur meine Konditionierung – eine Stimme, die mir sagte, dass das hier falsch ist. Aber in Wirklichkeit wusste ich, dass ich nichts Schlimmes tat. Ich kundschaftete nur Siobhans Territorium aus, schaute mich an dem Ort um, an dem sie wohnte. Schon bald, das wusste ich, würde sie mir sowieso freiwillig Einlass in ihr Heiligtum gewähren (oh Gott, mir gefällt, wie das klingt: Einlass in ihr Heiligtum gewähren), und als ich mir das sagte, entspannte ich mich. Ein Modigliani hing neben der Haustür an der Wand, eine dunkelhaarige Frau, die sich verführerisch auf dem Bett räkelt, nackt, den Blick eindringlich auf den Künstler und den Betrachter gerichtet. Als ich die Rundungen ihrer Brüste und den Schatten ihrer Scham betrachtete, spürte ich, wie erregt ich war. Warum hatte Siobhan ein solch erotisches Bild genau neben ihre Haustür gehängt? Was bedeutete das? Ich streckte die Hand aus, sehnte mich danach, das Glas zu berühren, das den Druck schützte. Doch ich zügelte mich. Ich wollte keine Spuren hinterlassen.

Mein Blick glitt die Treppe hinauf. Ich wollte nach oben gehen, herausfinden, wo Siobhan schlief, aber ich musste mich wieder zurückhalten. Ich würde nicht finden, was ich dort zu finden hoffte. Stattdessen ging ich ins Wohnzimmer. Es war sehr klein, aber lichtdurchflutet. Weitere Bilder an der Wand, auch wenn ich die Künstler nicht kannte. Und der Raum war so ordentlich – unglaublich ordentlich. Es sah aus wie ein Hotelzimmer, kurz nachdem das Zimmermädchen da gewesen war. Nein, es war sogar noch sauberer. Es gab keinerlei Zeitschriften oder Papiere auf dem Boden: Stattdessen waren sie fein säuberlich in Boxen aufgeräumt, die man bei Ikea bekommt. Der Teppich war makellos – ich hatte das Gefühl, ich sollte die Schuhe ausziehen. Welch ein Kontrast zu meinem Zimmer mit den Bücherstapeln auf dem Boden, der Unterwäsche, die aus den Schubladen quillt, dem Aschenbecher, den ich immer zu leeren vergesse.

Es gab keine Spur von den Blumen, die ich ihr gekauft hatte, ebenso wenig von der Karte. Die Karte liegt wahrscheinlich irgendwo an einem besonderen Ort versteckt – vielleicht unter ihrem Kopfkissen, damit sie sie herausholen und nachts lesen kann, wenn sie nicht in den Schlaf findet. Vielleicht berührt sie sich, während sie sie liest. Dieser Gedanke gefällt mir – meine Worte, die ihr helfen zu kommen.

Ich durchschritt das Zimmer, ließ mich dann auf das Sofa fallen und rieb mit den Handballen über den Stoff. Dies hier, dachte ich mit einem Beben der Erregung, ist der Platz, an dem Siobhan sitzt und fernsieht. Ich konnte ihren Abdruck fast auf dem Polster ausmachen. Konnte sie riechen, ein sauberer, süßer Duft. Ich barg das Gesicht in dem Stoff und atmete ein. Köstlich.

Ich erhob mich und ging zur anderen Seite des Zimmers, wo ein Computer auf einem Schreibtisch stand. Ein schmaler Laptop, ein sehr sexy aussehendes, kleines MacBook Air. Sie hatte es nicht ausgeschaltet, was mich ein wenig beunruhigte – wollte sie schon bald wieder zurück sein? –, aber ich konnte mich nicht zurückhalten, setzte mich auf den Schreibtischstuhl und glitt mit den Händen über die Tastatur, dem Instrument, mit dem sie ihre Romane schrieb. Die Tasten, denen ihre Haut so vertraut war, die das sanfte Drücken ihrer Finger schon Millionen Mal gespürt hatten.

Ich musste ihre E-Mails lesen, um zu sehen, ob sie etwas von Bookjungle gehört hatte. Ich öffnete das E-Mail-Programm und überflog die Liste mit Nachrichten, die sie erhalten hatte. Nichts. Aber was, wenn eine geschickt worden war, seit Siobhan das letzte Mal ihre E-Mails abgerufen hatte? Ich drückte auf »Posteingang«. Eine neue Nachricht erschien. Ich seufzte vor Erleichterung – sie war nicht von meiner früheren Arbeit. Stattdessen war sie von einer Frau namens Patricia Collins. Mir sagte der Name etwas, obwohl es ein paar Sekunden dauerte, bis ich wusste, woher ich ihn kannte. Ich hatte ihn bei der Danksagung von *Tara Liegt Wach* gelesen: ein riesiges Dankeschön an meine Lektorin Patricia Collins.

Ich überflog die E-Mail:

Liebe Siobhan,
wir haben schon seit einer Weile nichts mehr voneinander gehört. Aber du weißt ja, wie sich Gelegenheiten manchmal aus heiterem Himmel auftun. Ich bin gerade geschäftlich aus Amsterdam zurück, und während ich dort war, habe ich mich zufällig mit jemandem von deinem niederländischen Verlag unterhalten, Mareliese van der Zee. Sie hat sich nach dir erkundigt und wollte wissen, ob bald ein zweiter Roman von dir herauskäme.
Interessanterweise war Tara Liegt Wach – wie du weißt – in den Niederlanden eine Art Kulthit. Und ein Radiosender hat dort kürzlich eine Hörbuch-Adaption gesendet, was ein erneutes Interesse an dem Buch hervorgerufen hat. Sie hat gefragt, ob du nach Amsterdam kommen könntest, um ein paar Signierstunden zu geben. Nichts Großes – aber ich denke, es wäre gut für dich, wieder »nach draußen« zu kommen.
Natürlich wäre es gut möglich, dass du TLW lieber endgültig hinter dir lässt und dich lieber auf dein nächstes Projekt konzentrierst. Das liegt ganz bei dir. Ihre E-Mail-Adresse lautet: mareliese@marelievanderzee.nl.

Und melde dich bitte bei mir, sobald dein neuer Roman fertig ist. Ich fände es wunderbar, ihn als Erste zu lesen.
Liebe Grüße,
Patricia

Ich starrte die E-Mail eine gefühlte Ewigkeit an. Amsterdam? Ein schreckliches Bild stieg in mir auf, Siobhan, die entschied, dort hinzufahren und dann für immer dort zu bleiben! Und selbst wenn sie nicht dorthin umziehen würde, wie lange wäre sie fort? Viele Tage! Bei dem Gedanken, sie könnte so weit weg von mir sein, drehte sich mir der Magen.

Mir blieb keine andere Wahl, als die E-Mail zu löschen. Außerdem wäre es sehr verdächtig, sollte sie bemerken, dass die Nachricht bereits geöffnet war, wo sie sie nicht selbst gelesen hatte.

Nachdem ich mich ausgeloggt hatte, fiel mein Blick auf etwas neben dem Laptop: eine Kreditkarte. Ich hob sie auf und hielt sie mit beiden Händen fest. Da kam mir eine Idee. Ich bückte mich zum Drucker, nahm ein Blatt Papier heraus und schrieb die Nummer, das Gültigkeitsdatum und die Kartenprüfnummer ab. Anschließend faltete ich das Blatt und steckte es in meine Tasche.

Als Nächstes ging ich zurück in den Gang und überprüfte ihr Telefon nach Nachrichten. Auch hier nichts. Gott sei Dank!

Ich spazierte in die Küche. Hier war ihr Ofen, ihr Kühlschrank, ihr Abwasch. Nirgends war ein einziger schmutziger Teller oder eine benutzte Tasse zu sehen – im Grunde war überhaupt kein Geschirr zu sehen. Ich öffnete den Küchenschrank über der Spüle, und da war alles funkelnd und makellos sauber. Ich streckte den Arm aus und nahm eine Tasse heraus: eine schlichte weiße Tasse. Ich hob sie an die Lippen und küsste ihren Rand.

Da hörte ich ein Poltern im Gang.

Erschrocken ließ ich die Tasse fallen. Sie landete auf der Arbeitsplatte und drehte sich im Kreis, zerbrach glücklicherweise aber nicht. Ich wirbelte zum Korridor herum. Mein Magen verkrampfte sich, mein Herz setzte aus. Ich erwartete, Siobhan durch die Haustür kommen zu sehen.

Doch es war nur eine rot-orange Katze. Sie musste einen riesigen Satz vom oberen Treppenabsatz gemacht haben und jetzt tapste sie auf mich zu. Dieses verrückte Tier war unglaublich fett und schwerfällig für eine Katze. Sie kam in die Küche und rieb sich schnurrend an meinen Fußknöcheln.

»Hallo. Möchtest du etwas essen?«, fragte ich.

Ich öffnete ein paar Küchenschränke und fand eine Schachtel mit Katzenleckerlis. Das Schnurren der Katze wurde lauter, und ich beugte mich herab, um ihr ein paar Kekse auf den Boden zu werfen. Ich streichelte das Tier, während es aß. »Ich bin bald dein Daddy«, flüsterte ich.

Ich stellte die Leckerlis weg und blickte aus der Hintertür in den kleinen Garten. Wäsche hing an einer Leine. Zwei T-Shirts, eine Jeans, ein Pullover. Ein schwarzer BH und ein paar Unterhosen. Ich beugte mich näher ans Fester, um besser sehen zu können. Die T-Shirts wirkten abgetragen, die Unterhosen ein wenig verschlissen, und der BH war ausgewaschen. Ich kam nicht umhin, mir zu denken, dass sie etwas Besseres verdient hatte. Könnte ich es mir nur leisten, ihr hübsche, neue Kleidung zu kaufen, Unterwäsche, die sich wie Seide auf ihrer Haut anfühlte, die ihr schmeichelte und ihr das Gefühl gab, sexy zu sein. Aber nun, da ich meinen Job verloren hatte, konnte ich kein Geld dafür erübrigen.

Dieser Gedanke stimmte mich traurig. Und mir wurde schmerzlich bewusst, dass ich verschwinden musste.

Ich verabschiedete mich von der Katze, die immer noch ihre Leckerlis kaute, und schlich zurück zur Haustür. Ich war überzeugt, dass dies hier einen wichtigen Wendepunkt darstellte. Jetzt habe ich das Gefühl, Siobhan viel besser zu kennen, und kann meinen nächsten Besuch kaum erwarten. Am liebsten wäre ich nach oben gegangen und hätte ihr persönlichstes Refugium betreten, aber vielleicht, so kam mir in den Sinn, wäre es besser, sich dieses Vergnügen noch aufzusparen, es mir jetzt zu verwehren, damit es noch süßer würde, wenn es tatsächlich passierte.

Behutsam öffnete ich die Haustür und spähte durch den Spalt. Während ich dort stand und den Blick nach links und rechts schweifen ließ, um sicherzustellen, dass ich nicht beobachtet wurde, spürte ich eine Bewegung an meinen Füßen. Die Katze schob sich an meinen Beinen vorbei, zwängte sich durch den Türspalt und machte einen Satz in Richtung Straße. Mist! Ich schloss die Tür und folgte der Katze. Doch sie schoss bereits über die Straße und verschwand im Nachbargarten.

Ich bin sicher, dass ihr nichts zustößt. Und während ich nach Hause spazierte, hörte ich auf, mir Sorgen um das Tier zu machen und auch über alles andere – längst hatte ich vergessen, dass ich meinen Job verloren hatte.

Ich war zu aufgeregt, um mich zu ärgern. Ich würde Siobhan zeigen, dass es nicht falsch war, manchmal über die Stränge zu schlagen. Es war offensichtlich, dass sie sich selbst kaum etwas Schönes gönnte und es an mir war, dies für sie zu übernehmen. Und wenn ich es mir recht überlegte, war das nicht das, was Geliebte füreinander taten?

9

Siobhan

Donnerstag

Also jetzt ist wirklich etwas Sonderbares passiert. Entweder hat Biggles plötzlich gelernt, Türen zu öffnen – was er bisher geschickt vor mir verborgen hat –, oder ich werde verrückt.

Egal, wie sehr ich mir den Kopf zermartere, kann ich keine logische Erklärung finden, wie es ihm gelungen sein kann, eine Handvoll Go-Cats aus einer Schachtel zu holen, die in einem geschlossenen Küchenschrank steht. Es waren neue Go-Cats – das habe ich nachgeprüft, um auszuschließen, dass er sie zuvor verdaut und wieder hochgewürgt hat, aber sie waren überhaupt nicht matschig. Sie hatten immer noch diese staubige Oberfläche, als kämen sie frisch aus der Schachtel. Und ich begreife nicht, wie er in den Garten geschlüpft sein konnte, als ich zurück vom Fitnessclub kam – ich bin sicher, ich habe ihn schlafend auf dem Sofa zurückgelassen. Er muss unbemerkt an mir vorbeigeflitzt sein.

Und was noch seltsamer ist, so kann ich mir einfach keinen Reim darauf machen, wie er auf den Küchenschrank geklettert sein kann, sich eine Tasse geholt und sie dann dort stehen gelassen hat …! Sie war am Boden angeschlagen, was definitiv nicht ich gewesen bin. Die Tasse kann nicht auf der Arbeitsplatte gestanden haben. Ich verlasse nie das

Haus, ohne vorher die Küche aufzuräumen – hauptsächlich deshalb, weil ich nicht will, dass Biggles dort herumtapst und Katzenhaare auf meinem Geschirr hinterlässt oder noch ekliger, das Essen ableckt. Ich weiß, Katzen sind reinliche Tiere – ich hätte keine, wenn dem nicht so wäre –, aber trotzdem, ich hasse die Vorstellung, dass seine Pfoten all meine Oberflächen berühren. Was, wenn er zuvor im Katzenklo herumgewühlt hat?

Vermutlich habe ich den Becher draußen stehen gelassen, aber wie konnte ich übersehen, dass eine Ecke angeschlagen war? Dieses Gefühl behagt mir überhaupt nicht. Ich hasse es, nicht die Kontrolle zu haben. Es ist wie in der Achterbahn, wo man den Leuten nicht sagen kann, dass man aussteigen will. Oh Gott, bitte lass das nicht der Anfang einer Demenz sein, das könnte ich nicht ertragen. Vielleicht sollte ich Paula fragen, was sie von Sterbehilfe hält – ich werde jemanden brauchen, der sich bereiterklärt, mir ein Kissen aufs Gesicht zu drücken, wenn alle Stränge reißen.

Ich kann es nicht erwarten, bis Paula zurückkommt. Ich will ihr unbedingt von Phil und den toten Blumen und der obszönen Postkarte erzählen. Ich habe lange darüber nachgedacht und bin zu dem Entschluss gekommen, dass es vielleicht doch Phil war – verdrehte Machoallüren, um seine Männlichkeit zu beweisen oder was auch immer … Ich will gar nicht ins Detail gehen. Ich bin sicher, wenn ich keine Reaktion zeige, wird er mich nicht weiter belästigen. Es muss ihn richtig hart getroffen haben, wenn er so weit geht, jemanden zu bitten, tote Blumen auf meine Türschwelle zu legen, während er in Portugal ist. Was ist es, eine besondere Art Fleurop? Vielleicht hat er eine dieser Agenturen beauftragt, die auf den Rückseiten von Magazinen damit werben, anderen Streiche zu spielen, wenn man sich an jemandem rächen will.

Wäre es nur die Postkarte, würde ich auf Alex tippen – immerhin hat er mich auf ein Date eingeladen und eine pinkfarbene Schleife um die Rezension gebunden –, aber er hätte mir sicherlich keine toten Blumen vor die Haustür gelegt, oder? Außer er ist wütend auf mich, weil ich ihm einen Korb gegeben habe? Aber er wirkte kein bisschen sauer oder auch nur aufgebracht. Und außerdem kann er ähnlich wie Brian unmöglich wissen, wo ich wohne. Das College hätte meine Adresse niemals herausgerückt, und McGowan ist ein weit verbreiteter Nachname.

Montag

Paula ist zurück. Ich habe sie angerufen. Dummerweise litt sie unter solchem Jetlag, dass sie kein Wort von dem verstanden hat, was ich ihr von Phil und dem Rest erzählt habe. Sie wollte über nichts weiter als ihren Urlaub sprechen, der sich genauso anhörte wie der Stoff, aus dem meine schlimmsten Albträume sind: ein Aufenthalt in einer dieser billigen und zwielichtigen Pensionen in Phuket, kein Toilettenpapier, Moskitoschwärme, ständige Magenverstimmungen und Durchfall – und so etwas nennt sie Urlaub? Das ist meine Vorstellung der Hölle. Doch man muss ihr zugutehalten, dass sie erst vierundzwanzig ist. Sie ist lernfähig.

Nun, meine Demenz scheint mit großen Sprüngen voranzuschreiten. Ich habe heute Morgen ein Paket bekommen, mit Eilzustellung: eine wunderschöne Schachtel mit herrlicher Unterwäsche, nämlich ein verführerischer purpurfarbener Body mit winzig dünnen Spaghettiträgern und elfenbeinfarbener Spitze, die Art Spitze, die so weich ist, dass es sich wie ein Hauch von Nichts anfühlt, eingebettet wie ein Kranker in mehrere Lagen weißes Seidenpapier.

Doch mein Entzücken über ein solch exquisites Päckchen wurde sogleich zunichtegemacht, als ich die Rechnung am Boden der Schachtel fand. 75 Pfund, abgebucht von meiner Kreditkarte – Lady Alzheimer lässt grüßen… Ich musste es bestellt und dann vergessen haben, oder mir ist ein blöder Fehler im Internet unterlaufen. Ich kann mir nicht vorstellen, wie das geschehen konnte. Wahrscheinlich ist es an dem Tag passiert, als ich durch diese Fashion-Websites geklickt habe, diejenigen, die Paula mir aufgeschrieben hatte. Es gibt dort fantastische Schnäppchen bei Mode aus der letzten Kollektion, und das bei allen möglichen Designern. Ich muss aus Versehen auf das Feld KAUFEN geklickt haben. Ich *war* in jener Nacht tatsächlich ziemlich betrunken. Ich verstehe nicht, wie das funktioniert – haben sie automatisch meine Adresse durch meine Kreditkarte? Vielleicht ist es dasselbe wie bei dieser 1-Click-Zahlungsmethode, die ich eingerichtet habe, um Bücher und CDs auf Bookjungle zu kaufen. Ich werde jemanden fragen, der sich mit diesen Internetsachen ein bisschen besser auskennt – vielleicht Tennis-Dennis.

Ich muss es zurückschicken. Ich kann mir im Moment keine 75 Pfund leisten, nicht bis ein paar weitere Artikel akzeptiert wurden. Es sind immer noch vier offen und liegen bei Redakteuren, die sich längst bei mir hatten melden wollen (ich muss ihnen nachtelefonieren).

Der Body ist so wunderschön, dass ich nicht aufhören kann, ihn zu streicheln. Die Seide ist angenehm kühl, und ich kann mir vorstellen, wie er sich auf meiner Haut anfühlen würde. Wie schade! Ich wünschte, ich wäre reich! Aber glücklicherweise habe ich eine 36 bestellt und kann mit bloßem Auge erkennen, dass er mir viel zu klein ist. Er würde sofort in die Arschspalte rutschen, und ich hätte den ganzen Tag über ein unangenehmes Gefühl und würde alles darum geben, ihn wieder herauszuzupfen, könnte das aber erst in der Ungestörtheit meiner eigenen vier Wände. Hier gewinnt die Pragmatik die Oberhand – zehn Minuten von dieser Art Folter, und es ist mir völlig gleich, wie kuschelweich die blöde Seide ist.

Mittwochabend

Etwas Schreckliches ist gerade passiert. Ich bin vom Pub nach Hause spaziert, wo Kathy und ich nach dem Kurs ein Bierchen getrunken haben (darüber werde ich später schreiben, wenn ich ruhiger bin). Ich habe gerade die Abkürzung über den Parkplatz beim Schwimmbad genommen und war fast auf der anderen Seite, als ich plötzlich Schritte hinter mir hörte, verstohlene, zurückhaltende kleine Schritte. Ich habe mich umgeblickt, aber da war niemand. Nach dem, was mir damals mit vierzehn passiert ist, ist das die Sache, die mich garantiert zum Ausflippen bringt. Ich war augenblicklich nicht mehr in der Lage, richtig zu atmen, und begann, unkontrolliert zu schnaufen. Ich beeilte mich, und kurz bevor ich die Colne Road erreicht hatte – ich werde NIE wieder nachts über einen verlassenen Parkplatz gehen –, wirbelte ich ein zweites Mal herum. Diesmal habe ich jemanden erspäht, eine dunkle Gestalt, die sich beim Behindertenparkplatz gegen die Mauer drückte, in dem Versuch, ungesehen zu bleiben. Jetzt rannte ich wie eine Verrückte los, die Tasche fest an mich gepresst für den Fall, dass es ein Straßenräuber wäre, und überlegte, wie zugänglich meine Kleidung wäre, falls es ein Vergewaltiger wäre.

In meinem ganzen Leben bin ich noch nie so schnell gelaufen. Ich rannte in einem solchen Tempo, dass ich nichts weiter hören konnte als meine eigenen Absätze, die auf den Bürgersteig aufschlugen, und mein eigenes Keuchen – und genau vor meinem Gartentor drehte ich mich nochmals um, und, oh Gott!, er hatte mich verfolgt. Ich habe ihn gesehen, ich habe bloß nicht sein Gesicht erkannt, aber ich schwöre, es war derselbe Mann, der nun am Ende der Straße herumschlich und mich beobachtete.

Er weiß, wo ich wohne. Er weiß, wo ich wohne. Er weiß, wo ich wohne. Wer ist er?

Ich muss mit jemandem reden.

Habe es bei Mom und Dad probiert und bei Paula, aber bei beiden ging nur der Anrufbeantworter dran. M&D schlafen wohl, und Paula ist wahrscheinlich unterwegs. Immerhin ist es erst Mitternacht, also früh für sie. Es ist besser, einfach weiterzuschreiben. Vielleicht fühle ich mich besser, wenn alles draußen ist: Bring den Schrecken auf Papier, und dann sind es nichts weiter als kleine schwarze Buchstaben und weiße Zwischenräume, nichts, wovor man sich fürchten müsste.

Ich stürzte ins Haus, verriegelte die Tür, rannte kopflos umher, riss alle Vorhänge zu und stellte sicher, dass die Hintertür und sämtliche Fenster abgeschlossen waren. Ich zitterte so sehr, dass meine Finger fast nicht arbeiten konnten. Dann goss ich mir ein riesiges Glas Gin ein und versuchte, mich in den Sessel zu setzen, doch ich konnte nicht still sitzen, selbst als Biggles auf meinen Schoß sprang und gestreichelt werden wollte.

Ich schob ihn auf den Boden und schritt nervös auf und ab, benommen und fiebrig vor Angst. Was wollte dieser Mann? War er jetzt, genau in diesem Moment, vor meinem Haus? Hatte er es auf meine Tasche abgesehen oder etwas Schlimmeres vor? Was, wenn er einbrechen würde? Ich wusste nicht, ob ich die Polizei anrufen sollte oder nicht. Ich wünschte, Phil wäre nicht in Portugal. Mich überkam das plötzliche Verlangen, Kathy anzurufen, aber das habe ich natürlich unterlassen.

Ich habe eine Ewigkeit in meinem Schlafzimmer gesessen und durch einen winzigen Schlitz zwischen den Vorhängen die Straße abgesucht, bis meine Augen vom Luftzug ganz trocken waren und ich anfing, hinter jedem Gartenzaun dunkle Schatten zu sehen. Aber wer auch immer es gewesen war, ist – hoffentlich – längst fort. Jetzt ist es spät, weit nach zwei, aber ich kann nicht schlafen, weshalb ich einfach weiterschreibe.

Auf einmal traf mich ein richtig, richtig entsetzlicher Gedanke… Was, wenn das alles in direktem Zusammenhang steht? Was, wenn jemand in mein Haus eingebrochen ist und die Tasse deshalb auf der Anrichte war und Biggles nach draußen geschlüpft ist und dieser Jemand vielleicht meine Kreditkartennummer notiert hat und das genau die Person ist, die mich eben nach Hause verfolgt hat? Das könnte auch derjenige sein, der mir die Blumen geschickt hat – ohne zu ahnen, dass sie verwelkt sind? – und die Karte geschrieben hat. Oh Gott, oh Gott!

Ich bin gerade die Treppe nach unten gelaufen und habe die Hintertür ein zweites Mal überprüft. Keine Spur eines Einbruchs. Die Tür ist immer noch abgesperrt, samt Riegeln, die unten und oben vorgeschoben sind. Das Sicherheitsschloss mit Kette ist vorgelegt. Die Riegel an den Fenstern sind eingehakt.

Das kann nicht sein. Das ist unmöglich. Ich bin offensichtlich nur völlig durch den Wind wegen dem Nachhauseweg. Ich genehmige mir noch einen Drink …

Hatte drei große Gläser. Bin jetzt ein bisschen betrunken. Schreibe weiter.

Das alles hätte mich nicht so getroffen, wäre da nicht die Geschichte gewesen, als ich vierzehn war. Damals hatte er sich nicht gegen die Mauer gedrückt und versucht, sich zu verstecken, als ich mich umdrehte. Stattdessen hatte ich ihn klar und deutlich unter der Straßenlaterne gesehen, wie er auf mich zukam. Er war jung und mager, mit borstigen Haaren und enger Jeans. Er trug eine billige Bomberjacke mit elastischem Bündchen an der Taille – heute Nacht hatte ich nicht einmal ausmachen können, ob der Mann schwarz oder weiß war.

Damals hatte ich zwei Hände gespürt, die sich schwer auf meine Schultern legten, so wie es Leute in der Schule tun, wenn sie sich einen Schrecken einjagen wollen. Ich war zusammengefahren und hatte sogar halb gelacht in dem Versuch, den Kopf so herumzudrehen, dass ich ihn mir genauer ansehen konnte.

Es muss jemand sein, den ich kenne, hatte ich gedacht. Ich wartete, dass er sich zu erkennen gab. Vielleicht war es dieser Typ aus der Zehnten, der mit Donna im After School Club beim Schwimmen war, derjenige, auf den Donna stand. Aber er sagte kein Wort, und ich erkannte ihn nicht. Ein Arm schob sich vor und nahm mich am Hals in den Polizeigriff, sodass mein Kopf gegen seine Brust gedrückt wurde. Ich wurde nicht erdrosselt, weil mir sein abgewinkelter Ellbogen am Adamsapfel genug Platz zum Atem ließ, aber ich konnte mich nicht bewegen.

»Was tust du da?«, versuchte ich zu sagen. In meiner Erinnerung war meine Stimme ganz leise und stotternd. Ich konnte seinen Atem an meinem Ohr riechen, sauer, schwer, mehr Mann als Junge.

Ich spürte, wie sein anderer Arm an meinem Körper herabglitt, seine Finger nach der Öffnung zwischen den beiden untersten Knebelverschlüssen meines Dufflecoats suchten. Seine Hand schoss hinein und griff zwischen meine Beine, unter den bauschigen Stoff meines Laura-Ashley-Kleids und über meine cremefarbene Wollstrumpfhose. Ich erinnere mich haargenau an das, was ich damals trug: diesen schrecklichen grünen, mit Blumen gesprenkelten Laura-Ashley-Kittel. Die Strumpfhose war mir zu klein und beim Gehen ein bisschen nach unten gerutscht, und ich spürte, wie sein Daumen über meinen nackten Bauch oberhalb des

Bündchens strich, und es war genau dieses Gefühl von Haut auf Haut, das mich aus meiner Starre riss. Ich versuchte, mich zu wehren, aber er hielt mich zu fest umklammert. Seine Hand bewegte sich, eine Stahlklaue, die mich auf kalte, fast leidenschaftslose Art packte, und ich fühlte mich wie in einem Schraubstock, bereit, seziert zu werden. Es war fast so, als würde er mich wegen eines Juckreizes kratzen, nur viel heftiger. Und ohne meine Einwilligung.

Ich gab mir mehr Mühe, ihn mit meinen Schultern abzuschütteln, drosch mit Armen und Händen auf ihn ein. Es gelang mir, ihm einen Ellbogen in die Rippen zu rammen, und er keuchte auf, ließ jedoch nicht los. Er hielt mich immer noch fest umklammert, mechanisch, schmerzhaft, als wären wir in einem kurzen, stillen Tanz vereint, ein Rücken-an-Brust-Walzer der Lust und des ungläubigen Entsetzens. Ich packte sein Handgelenk und versuchte, ihn von mir wegzuziehen, aber seine Hand schien mit Sekundenkleber an meinem Schritt festgeklebt zu sein.

Mit aller Gewalt trat ich ihm auf den Fuß, was ihn aus dem Gleichgewicht brachte, und wir taumelten gemeinsam gegen die Häuserwand des kleinen Gässchens. Ich war vor ihm, weshalb ich zuerst gegen das Mauerwerk knallte. Ich spürte ein schreckliches Schrammen und Zerren an meiner rechten Gesichtsseite, als meine Haut über die rauen Ziegel kratzte, und dann eine beißende Hitze gefolgt von einem Rinnsal aus Blut, das mir die Wange hinab und in den Kragen meines Dufflecoats tropfte.

Verdammt! Woher kam das? Ich glaube, ich habe die ganze Zeit beim Tippen den Atem angehalten, so sehr stresst mich die Sache immer noch. Damals war ich vierzehn, und zwanzig Jahre später drehe ich immer noch durch bei dem Gedanken, dass sich jemand an mich heranschleichen könnte. Und ich hatte Glück – ich konnte fliehen. Ich wurde nicht einmal vergewaltigt, nur »sexuell belästigt«, wie die Polizistin sagte, als ich meine Aussage zu Protokoll gab. Aber zumindest wusste der Täter damals nicht, wo ich wohnte.

Es ist vier Uhr. Ich muss ins Bett. Ich bin jetzt so müde und betrunken, dass ich auf jeden Fall schlafen kann.

Donnerstag

Bin heute Morgen wirklich fix und fertig. Zwei Absagebriefe von Redakteuren – nun ja, zumindest hat mir das die Zeit erspart, ihnen hinterherzutelefonieren. Der eine meinte, die Botox-Sache sei »zu abgedroschen«, und der andere sagte nur lapidar, dass sie im Moment keine Arbeit von freien Mitarbeitern annähmen. Ich überlege, ob ich in den sauren Apfel beißen und mir irgendwo einen richtigen Job suchen sollte. Ich könnte Manuskripte lesen. Vielleicht könnte ich einen Job in einer Literaturagentur ergattern. Obwohl wahrscheinlich jeder einzelne erfolglose Schriftsteller auf der ganzen Welt – und von uns gibt es weiß Gott genug – dieselbe Idee hat.

Vielleicht könnte ich irgendwo ganz weit wegziehen und mich verstecken. Ich und Biggles. Irgendwo, wo es sicher ist und niemand uns folgt und tote Blumen schickt.

Habe gerade gemerkt, dass ich überhaupt nichts über den Kurs am Mittwochabend geschrieben habe – war wohl zu geschockt von dem, was anschließend passiert ist.

Es ist gut gelaufen, denke ich, allmählich verschaffe ich mir ein Bild von ihren Stärken und Schwächen. Wir haben eine weitere Sinnesübung gemacht, und sie waren diese Woche viel aufmerksamer, nun da sie die Aufgabe kennen. Es gab nicht einmal annähernd so viel Herumgezappele und Gekratze.

Apropos Herumgezappele und Gekratze, Brian war nicht da, zum zweiten Mal in Folge. Irgendwie habe ich ein ungutes Gefühl wegen seiner Abwesenheit – ich meine, ich weiß, wir sind nicht in der Schule, und er kann kommen und gehen, wie es ihm passt, ohne dass er eine Entschuldigung seiner Mom braucht –, aber was, wenn es ihm zu peinlich ist, in den Kurs zu kommen, weil er derjenige ist, der die Karte geschrieben hat?

Wie dem auch sei, Kathys Arbeit war erneut ausgezeichnet. Die Hausaufgabe der letzten Woche war, über einen Protagonisten und seine Reaktion auf Lärm zu schreiben, und sie hat eine unglaublich lustige Geschichte über Straßenarbeiten aus dem Hut gezaubert. Ihre Beschreibungen waren so lebhaft und anschaulich, dass ich augenblicklich wusste, wovon sie sprach – seit einer Ewigkeit sind sie dabei, die Straße am Park aufzugraben –, und als wir anschließend ein wenig plauderten, fragte ich sie, ob ich mit meiner Vermutung recht hätte. Wie sich herausstellte, war dem so, und sie wohnt nur ein paar Straßen von mir entfernt.

Wir sind dann gemeinsam nach Hause spaziert und genau, als wir am *George V* vorbeikamen, erwähnte ich, was für ein tolles Pub das sei, und sie sagte: »Ich weiß, ist meine Stammkneipe. Ich wohne gleich dort auf der anderen Straßenseite. Wie wär's, sollen wir? Ich bin am Verdursten.«

Bevor ich michs versah, standen wir im Pub, sahen uns nach einem leeren, nicht ganz so klebrigen Tisch um und hängten unsere Mäntel über die Lehnen zweier unbesetzter Sessel.

»Es ist komisch«, sagte ich und war auf einmal nervös, als sei ich gerade um ein Date gebeten worden, »aber ich musste zwei Einladungen von anderen Studenten ablehnen, weil es gegen die Collegeregeln verstößt.«

Sie lachte. Sie ist hübsch, wenn sie lacht – sie bekommt Lachfältchen um die Augen, und ihr Kinn wird ganz spitz. Lesbische Frauen haben mich schon immer fasziniert. Ich frage mich dann sofort, ob sie auf mich stehen, und bin gekränkt, wenn dem nicht der Fall ist. Vermutlich geht das den meisten Männern in Gegenwart hübscher Frauen so. Mir gefällt die Vorstellung einer »lesbischen Erfahrung«, obwohl ich nicht sicher bin, ob ich den Mut besäße, die Sache wirklich durchzuziehen.

»Männliche Studenten, nehme ich an. Nun, dann ist es nicht sonderlich schwierig zu erraten, um wen es sich handelt, da wir nur zwei haben.«

Ich versuchte, mich herauszureden, und tat so, als seien es Studenten aus anderen Kursen, die ich unterrichte, nicht aus unserem. Das wäre ein bisschen taktlos von mir. Aber sie nahm es mir nicht ab.

Wir machten es uns mit unseren Drinks – Wodka Tonic für mich, Jack Daniel's und Cola für sie – in den zwei großen, abgewetzten Sesseln neben dem Kamin bequem, und nur damit ich ein Gesprächsthema hatte, erzählte ich ihr von der Unterwäschelieferung. Lachend erklärte ich, wie schrullenhaft ich in letzter Zeit wäre, doch sie warf mir einen etwas sonderbaren Blick zu.

»Es ist völlig unmöglich, dass du das Zeug im Internet gekauft hast, ohne es zu merken«, sagte sie.

»Nun, das muss ich aber getan haben. Meine Kreditkarte wurde belastet.«

»Du hättest deine Adresse angeben, den Betrag bestätigen und deine Kartennummer eintippen müssen, und dann hätte die Seite mit allergrößter Wahrscheinlichkeit den Einkauf mit einer anschließenden E-Mail bestätigt. Sie tun das, um Betrügereien zu verhindern.«

»Wie kann es dann …?«

Sie schüttelte den Kopf. »Keine Ahnung. Außer du warst richtig betrunken – oder hast wirklich nicht alle Tassen im Schrank.«

Ja, vielen Dank auch, Kathy.

Ich seufzte und war für einen Moment versucht, ihr wegen all der sonderbaren Dinge, die im Laufe der vergangenen zwei Wochen geschehen sind, mein Herz auszuschütten, doch stattdessen schweiften wir in eine Unterhaltung übers Schreiben und dann das Verlagswesen ab – Kathy hatte früher einmal einen Literaturagenten gehabt, doch der hatte sie fallengelassen, nachdem es ihm nicht gelungen war, einen Verlag für ihren ersten Roman zu finden. Ich erzählte ihr von dem *TLW*-Fiasko, und sie fühlte mit mir mit, weshalb es mir gleich noch schlechter ging. Es hatte eine Zeit gegeben, als die Menschen beeindruckt waren, dass ich ein Buch veröffentlicht hatte, und kein Mitleid mit mir hatten. Ich kann es nicht ertragen, ein Relikt der Vergangenheit zu sein.

Ich wollte mich schon verabschieden und gehen, als Kathy aufstand. Ihre Beine waren nur Zentimeter von mir entfernt, und ich fragte mich jäh, was sie wohl täte, würde ich mein Gesicht in ihre Jeans drücken. Sie hat hübsche Beine, wie die einer Barbiepuppe. Alle Männer im Pub sahen sie an, als sie sich erhob.

»Noch einen Drink?«

Ich warf einen Blick auf mein Handy – halb elf –, obwohl mein Entschluss uhrzeitunabhängig war, denn ich hatte mich längst entschieden, nach Hause zu gehen. »Lieber nicht. Um ehrlich zu sein, bin ich ein bisschen müde.«

»Soll ich dich heimfahren? Mein Wagen steht gleich auf der anderen Straßenseite. Das wäre kein Problem.«

Ich lachte – wie ironisch im Rückblick. Warum habe ich das Angebot nicht einfach angenommen? »Nein, das ist nicht nötig, danke. Es sind nur fünf Minuten von hier.«

An der Tür des Pubs folgte ein Moment des peinlichen Schweigens. Ich wusste nicht, ob ich ihr die Hand geben oder sie auf die Wange küssen sollte, und ihr schien es ähnlich zu gehen. Am Ende grinsten wir uns an und winkten verlegen.

»Dann bis nächsten Mittwoch.«

»Ja. Danke für den Drink, Nachbarin. Tschüss.«

Kathy verschwand um die Ecke, wobei sie beim Gehen gleichzeitig ihren Mantel zuknöpfte und in der Tasche nach ihren Schlüsseln kramte. Sie scheint ein Multitasking-Mensch zu sein. Ich fragte mich, ob wir nach Beendigung des Kurses Freundinnen sein könnten, und entschied, dass dies durchaus möglich wäre. Es wäre nett, eine Freundin – oder etwas mehr als eine Freundin – um die Ecke wohnen zu haben, denn niemand, den ich kannte, wohnte hier in der Nähe.

Dann begann ich, nach Hause zu spazieren, und schlug den Weg über den Parkplatz am Schwimmbad ein, und das war der Moment, als ich bemerkte, dass ich verfolgt wurde.

Oh Gott, was, wenn es ein und derselbe Mensch ist, der die Karte und die Blumen und die Unterwäsche geschickt hat? Das würde bedeuten, dass er in meinem Haus war. Was soll ich nur tun? Soll ich zur Polizei gehen? Habe ich einen Stalker? Ich weiß nicht, ob es mir peinlich sein oder ich mich geschmeichelt fühlen sollte. Ich weiß allerdings, dass ich schreckliche Angst hätte, würde ich es wirklich glauben. Nein.

Das ist einfach unmöglich.

10

Alex

Mittwoch

Beim Anblick der beiden heute Abend wurde mir regelrecht übel. Die Art, wie sie lachten und sich über den Tisch beugten, so glücklich in der Gesellschaft der anderen. Es war schlimm genug, dass sie Kathy als Freundin auf Facebook akzeptiert hatte, während sie meine Anfrage ignorierte, aber diese Enttäuschung hier war herber. Es hätte *ich* sein müssen, der dort drinnen mit Siobhan saß, ein Bierchen mit ihr trank, ihr von mir erzählte, sie freudig anstrahlte. Das hätte ich sein müssen! Sie hat mich angelogen, es ist ihr nicht verboten, mit Studenten auszugehen. Das schmerzt mehr als alles andere – vielleicht sogar noch mehr als der Umstand, dass sie Kathy mir vorzieht.

Warum enttäuschen uns die Menschen, die wir lieben, immer so sehr?

Ich hoffe, Siobhan wird sich nicht auf Kathy und eine verrückte sapphische Affäre einlassen. Ich glaube nicht, dass Siobhan lesbisch ist. Ich weiß doch, wie sie mich ansieht – das sind Blicke, die sagen: »Ich mag Männer«, auch wenn sie sich ihre Gefühle für mich noch nicht eingestanden hat. Aber ich fühle mich trotzdem so betrogen. Nachdem ich sie vom College zum Pub verfolgt hatte, schaute ich von draußen durchs Fenster und hatte sie die ganze Zeit im Blick. Mein Magen drehte sich, und ich konnte mich gerade noch davon abhalten, mich zu übergeben.

Nachdem sie sich verabschiedet hatten, folgte ich Siobhan ein Stück, da ich bei ihr sein wollte, aus ihrer Nähe Kraft schöpfen wollte. Aber sie hätte mich fast ertappt – ich musste mich tief in die Schatten ducken –, und dann ist sie weggelaufen.

Oh Siobhan, ich hasse dich nicht. Ich liebe dich immer noch. Ich will immer noch, dass wir zusammenkommen. Also nein, mein Liebling, mein Engel, ich gebe dir keine Schuld. Natürlich nicht. Es ist dieses Miststück Kathy. Sie trifft alle Schuld. Sie hat dich überredet, mit ihr ins Pub zu gehen … vielleicht hat sie dich sogar gezwungen und ist dir so lange in den Ohren gelegen, bis du keine andere Wahl hattest.

Ich frage mich, ob du heute Abend die neue Unterwäsche getragen hast, Siobhan. Kathy wusste nichts davon, nicht wahr? Von der wunderschönen Seide, die du unter deiner Kleidung trägst. Das war unser Geheimnis. Deines und meines.

Vor meinem geistigen Auge kann ich mir vorstellen, wie du sie ausziehst: die Träger vor dem Spiegel von den Schultern streifst, deine Brüste noch weicher durch die sanfte Berührung der Seide. Dann setzt du dich aufs Bett, schiebst den Rest nach unten und schleuderst den Body genüsslich fort, einen lüsternen Ausdruck im Gesicht. Und ich bin bei dir, wie ein Schatten. Du kannst mich nicht sehen, Siobhan, aber du spürst mich. Du öffnest die Arme, und ich falle in deine Umarmung. Wir küssen uns, und du streichst mit den

Händen an meinem Rücken hinab, und du stöhnst und wisperst meinen Namen: »Oh Alex, bitte, ich will dich«, und du ziehst mich an dich, und du bist längst feucht, so feucht, und ich gleite in dich und …

Kathy könnte dir das nie geben.

Donnerstag

Ich habe schreckliche Kopfschmerzen und fühle mich, als hätte mir jemand das ganze Blut aus den Venen gepumpt und es mit Sand ausgetauscht, der zuvor mit Lager durchtränkt und dann in einen Aschenbecher getaucht worden war. Ich habe gerade die Stelle gelesen, die ich letzte Nacht geschrieben hatte, kurz bevor ich das Bewusstsein verlor. Da steht eine leere Wodkaflasche neben meinem Bett, die ich nicht hätte kaufen sollen. Eigentlich kann ich sie mir nicht leisten.

Ich erinnere mich vage, gestern Nacht auch ins Internet gegangen zu sein. Habe ich noch mehr Zeug bestellt?

Aua … mein Kopf. Ich brauche Wasser. Und mehr Schlaf. Ich will weiterschreiben, aber mein Schädel tut so weh, also gehe ich zurück ins Bett. Zumindest habe ich keinen bescheuerten Job, der auf mich wartet.

Nachmittag

Nachdem ich am Morgen wieder zurück ins Bett gegangen bin, bin ich erst um vier aufgewacht. Ich taumelte in die Küche, wo ich mir ein Glas Wasser holte. Simon und Natalie waren da. Sie sahen mich beide mit hochgezogenen Augenbrauen an.

»Hast du geschlafen?«, fragte Natalie.

Meine Antwort war ein Grunzen.

»Dann warst du wohl nicht auf Monster.com?«, fragte Si. Er hatte mir versprochen, mich wegen eines neuen Jobs nicht zu nerven, obwohl ich ihm versichert habe, alles Menschenmögliche zu tun, um so schnell wie möglich einen zu finden. Im Grunde hat er es richtig cool aufgenommen, als ich ihm sagte, dass ich gefeuert worden bin. Er meinte, er könnte meinen Anteil der Miete für einen Monat übernehmen, bis ich etwas Neues gefunden habe. Ich verstehe also nicht, warum er heute auf einmal das Thema Arbeitssuche auf den Tisch bringt. Vielleicht hat ihm Natalie deswegen die Hölle heißgemacht – zweifellos besorgt, dass er nun weniger Geld übrig hat, das er für sie ausgeben könnte.

»Ich war gestern drauf«, sagte ich. »Reine Zeitverschwendung.«

Simon schnaubte, sagte aber nichts, sondern nahm sein iPhone zur Hand und bearbeitete den Bildschirm mit dem Daumen. Natalie kam zu mir und drückte mir die Schulter. »Es ist schwer, einen Job zu finden«, sagte sie freundlich mit ihrem sexy französischen Akzent. Ihre Haare waren zerzaust – ich denke, sie und Simon haben heute beide blaugemacht, um einen Tag zusammen zu verbringen. Natalie roch schwach nach Sex. Es war einfach zu viel.

Ich musste raus. Ich kaufte ein paar Dosen Bier und setzte mich neben das *Lock*. Ich musste nachdenken. Und der Nachschub an Alkohol hob meine Stimmung und ölte die kleinen grauen Zellen in meinem Kopf.

Siobhan und Kathy gestern Abend zusammen gesehen zu

haben hat mir gezeigt, dass eigentlich ich ihr Freund sein sollte und dass es möglich war, denn ganz offensichtlich gab es keine strikten Regeln, die besagten, dass sie sich nicht mit Studenten treffen durfte. Ich will sie fragen, warum sie mich angelogen hat, und ich will ihr zeigen, wie sich das anfühlt. Das will ich doch, oder? Oh … ich weiß nicht so recht. Aus Erfahrung weiß ich, dass es das Beste ist, zuerst mit einer Frau befreundet zu sein und nichts zu überstürzen. Aber was, wenn Siobhan im Moment nur Zeit für eine einzige neue Freundschaft hat?

Kathy.

Zeit für Kathy und nicht für mich.

Sobald ich meine letzte Dose Lager geleert hatte, wusste ich, dass ich etwas wegen Siobhans neuer Freundin tun musste.

Ich spazierte am College vorbei zu dem Pub, diesem *George V*, wo ich gestern beobachtet hatte, wie sie sich gemütlich einen Drink genehmigt hatten, und spähte durchs Fenster. Keine Spur von Kathy. Ich bin wieder nach Hause gegangen und habe auf dem Heimweg noch ein paar Dosen Bier gekauft.

Ich werde morgen zurückkehren, obwohl ich nicht den blassesten Schimmer habe, was ich ihr sagen oder was ich tun soll.

Oh fuck! Verliebt zu sein, wie ich es jetzt bin, bringt mich noch um.

Sonntag

Bin zum *George V* zurückgekehrt. Immer noch keine Spur von Kathy.

Habe *TLW* gelesen. Zweimal.

Habe Kathy gegoogelt und versucht herauszufinden, wo sie wohnt, aber ohne Erfolg.

Habe Siobhans Foto geküsst. Tausendmal.

Montag

Oh!

Fuck! Was für eine …

Meine Hände zittern so stark, dass ich kaum tippen kann. Ich weiß nicht einmal, ob ich das überhaupt aufschreiben sollte. Was, wenn …? Aber ich muss es rauslassen. Ich muss es loswerden, so wie man sich übergeben sollte, wenn man zu viel getrunken hat und glaubt, eine Alkoholvergiftung zu haben.

Der Tag begann folgendermaßen:

Ich wurde von der Türklingel geweckt. Ich drehte mich um, und es läutete noch einmal. Dann öffnete ich ein Auge und blickte auf den Wecker. Halb neun – Si war sicherlich längst in der Arbeit. Ich rollte halb aus dem Bett und ging, nur mit Boxershorts bekleidet, zur Tür. Es war der Postbote.

Er sah mich von oben bis unten an und hob eine Augenbraue. »Pakete für Siobhan McGowan.«

»Hä?«

»Ich habe zwei Päckchen für eine Ms Siobhan McGowan. Habe ich die falsche Adresse?«

»Oh, nein ... Nein. Sie wohnt hier, aber sie ist nicht da.«

Er reichte mir die Päckchen, bedachte mich mit einem weiteren Blick und machte auf dem Absatz kehrt. Ich schloss die Tür und betrachtete die Päckchen, die beide weich und labberig waren, mit dem Aufdruck TheBoutique.com auf der Verpackung. Ich öffnete sie und hielt auf einmal einen schwarzen Rock und ein tief ausgeschnittenes Top in Händen, beide mit einem Prada-Etikett. Da kam die Erinnerung zurück: An jenem Abend, nachdem ich Siobhan verfolgt hatte, bin ich online gewesen, und ich muss das hier mit Siobhans Kreditkarte gekauft haben. Nur dass ich diesmal einen Fehler begangen und meine eigene Adresse angegeben hatte.

Doch beim Anblick der Kleidung geriet ich regelrecht in Hochstimmung. Ich weiß nicht viel über Mode, aber selbst ich konnte sehen, dass das hier Spitzenqualität war und genau die Kleidung, die Siobhan perfekt stünde, genau die Sorte Zeug, die sie sich aus irgendeinem unerfindlichen Grund nie selbst kaufen würde. Sie könnte das über ihrer neuen Unterwäsche tragen. Wow, sähe das heiß aus!

Diesmal wollte ich ihren Gesichtsausdruck sehen, wenn sie die Kleidung fand.

Ich legte den Rock und das Top in eine Tüte und machte mich nach dem Anziehen auf den Weg Richtung Victoria Gardens.

Wie gewöhnlich lag die Straße fast verlassen da. Zwei Elstern saßen auf Siobhans Dach, eine dreifarbige Katze huschte über die Straße. Eine bunte Katze bringt Glück, was für ein gutes Zeichen. Während ich sie betrachtete, kam eine schwarze Katze aus der Hecke. Verdammt. Aber es zählt das erste Tier, das man gesehen hat. Glaube ich zumindest.

Ich ging den kleinen Pfad in Siobhans Vorgarten hinauf, nahm die Kleidung aus der Tüte und legte sie behutsam auf ihre Türschwelle. Dann klingelte ich an der Tür und lief den Weg so schnell ich konnte zurück. Mit guter Sicht auf die Tür kauerte ich mich hinter ein Auto und wartete, dass Siobhan auftauchte und die Kleidung fand. Wie aufgeregt sie sein würde: meine Karte, die Blumen, die Unterwäsche und nun das. Sie muss glauben, jeder Tag wäre Weihnachten!

Ich wartete, aber Siobhan öffnete nicht die Tür. Sie muss schon wieder außer Haus sein, dachte ich.

Ich zählte leise bis zehn und stand dann auf. Mir war eine weitere brillante Idee gekommen. Ich wollte die Kleidung nicht den ganzen Tag auf der Treppe zurücklassen, für den Fall, dass ein unehrlicher Fußgänger sie sah und heimlich einsteckte. Meine Idee bedeutete zwar, dass ich Siobhans Gesicht nicht sehen würde, wenn sie ihre neuen, herrlichen Kleidungsstücke bemerkte, aber ich entschied, dass es das wert wäre.

Ich ging den Pfad zurück, zog meinen Schlüssel aus der Tasche, nahm die Kleidung an mich und ging hinein. Siobhan musste vor der Post aus dem Haus gegangen sein, denn sie lag unordentlich verstreut auf dem Boden da. Ich hob sie auf und stapelte sie auf dem Beistelltisch.

Mir gefällt Siobhans Haus wirklich gut, und ich kann es kaum erwarten, bis sie mich bittet, bei ihr einzuziehen, doch ich hatte keine Zeit zum Herumtrödeln. Ich wusste nicht, ob sie einfach nur kurz nach draußen gegangen war, um Milch zu kaufen. Ich marschierte geradewegs in die Küche und sah aus dem Fenster, das auf ihren kleinen Garten zeigte. Wäsche hing auf der Leine. Ich entriegelte die Hintertür und trat hinaus. Hohe Mauern umschlossen den Garten, weshalb ich sicher war, dass mich niemand beobachtete, während ich rasch das tat, wofür ich gekommen war. Es war an der Zeit, ein paar der abgetragenen, alten Klamotten, in denen Siobhan herumlief, durch diese neuen, schmeichelhaften Kleidungsstücke auszutauschen. Ich zog eine alte Jeans und ein ausgebeultes T-Shirt mit einem I ❤ NY-Aufdruck auf der Vorderseite von der Leine und hängte den Prada-Rock und das Top an ihren Platz. Mir fiel auf, dass die Unterwäsche, die ich ihr geschickt hatte, nicht auf der Wäscheleine hing. Vielleicht trug sie sie genau in diesem Augenblick. Am liebsten wäre ich nach oben geschlichen und hätte ihre Schubladen durchsucht, aber die Zeit machte mir einen Strich durch die Rechnung. Bevor ich jedoch ins Haus zurückkehrte, bemerkte ich eine kleine Tür in der Mauer in der Ecke des Gartens. Ich warf einen Blick darüber – sie führte zu einem kleinen Gässchen. Ich behielt diese Information im Hinterkopf.

Nachdem ich die Jeans und das T-Shirt an mich genommen hatte, ging ich zurück nach drinnen, schob die Riegel vor die Hintertür und hastete vorne aus dem Haus.

Als ich wieder auf der Straße stand, hörte ich ein *Miau*.

Ich drehte mich um. Es war Siobhans Katze, die auf der Mauer hockte. War sie mir aus dem Haus gefolgt? Ich hatte sie nicht einmal gesehen. Sie machte einen Satz von der Mauer und rannte über die Straße, blieb auf dem Bürgersteig stehen und blickte zu mir zurück.

Da kam mir eine neue Idee. Vielleicht könnte ich Siobhans Katze benutzen, um ihr eine Nachricht zu übermitteln. Ich kramte in meinen Taschen und holte ein Stück Papier und einen Stift heraus. Ich schrieb »Ich liebe dich« darauf und überquerte die Straße in Richtung Katze. Ich würde das Stück Papier in ihr Halsband stecken.

Als ich mich der Katze näherte, schlich diese auf Zehenspitzen davon, blieb jedoch immer knapp außerhalb meiner Reichweite. Sie muss ein Weibchen sein, dachte ich amüsiert. Sie neckt mich.

»Komm schon«, sagte ich und gurrte leise. »Komm zu deinem zukünftigen Daddy.«

Sie blinzelte mich an.

Ich kroch näher, hielt ihr das Stück Papier hin und versuchte es jetzt mit leisen Kussgeräuschen. Gott sei Dank war niemand da, der mich sehen konnte. Nur ein Auto fuhr die Straße entlang. Ich blieb stehen und streckte die Hand nach der Katze aus, die sich nun leckte.

»Komm schon, du kleine …«, sagte ich, und genau in dem Moment machte ich einen Satz und warf mich auf sie, um ihr Halsband zu packen.

Ich verfehlte sie. Meine Hände streiften über ihr Fell am Rücken, aber das Tier glitt unter ihnen hindurch und raste mit katzenhafter Höchstgeschwindigkeit auf die Straße – genau in die Spur des Autos. Durch die Finger, die ich mir vors Gesicht geschlagen hatte, sah ich einen verschwommenen Fleck aus rötlich braunem Fell, ein Aufblitzen von Silber, dann hörte ich Reifen kreischen und:

BANG.

Ich schlug die Augen auf und schob die Hände aus dem Gesicht. Die Katze war nirgends zu sehen. Aber das Auto … Mist! Der Wagen war ausgewichen und in Siobhans Haus geschlittert, wo nun Ziegel und Staub herabflogen. Ich sah ein Gesicht durch die Windschutzscheibe, das sich zu mir drehte: eine Frau, die benommen und verängstigt aussah, aber glücklicherweise lebendig, ohne jede Spur von Blut.

Und was tat ich? Ich rannte los, bin wie der Blitz von dort verschwunden, die Plastiktüte mit Siobhans alter Kleidung immer noch fest an mich gepresst. Erst als ich zu Hause war, bemerkte ich, dass ich das Stück Papier mit den Worten »Ich liebe dich« fallen gelassen haben musste.

Aber das war nicht das Schlimmste, was heute passiert ist.

Es war erst später Vormittag, als ich wieder hierher zurückkam. Ich hing den ganzen Tag im Haus herum und zermarterte mir den Kopf, was Siobhan denken würde, wenn sie die Zerstörung sah, die das Auto an ihrer Hauswand hinterlassen hatte. Wahrscheinlich würde es die köstliche Erregung dämpfen, wenn sie ihre neuen Designerklamotten sah. Und was war mit der Katze? War sie verletzt?

Eine fürchterliche Erinnerung traf mich, von damals, als ich noch ein Kind gewesen war. Annette hatte einen neuen Hamster namens Chips bekommen. Ich liebte diesen Hamster und wünschte mir sehnlichst, auch einen haben zu dürfen, aber ich durfte nicht einmal mit ihm spielen. Eines Tages, als alle fort waren und ich allein im Haus war, rannte ich nach oben und holte Chips aus dem Käfig. Er lief ein paarmal an meinem Arm auf und ab, dann wurde mir langweilig, und ich wollte ihn wieder zurück in seinen Käfig sperren. Doch der Käfig besaß eine Tür, die automatisch zufiel – und als ich Chips durch den Spalt schob, ließ ich die Tür zu früh los, und sie schnappte an seinem Bein zu. Er erstarrte, ich erstarrte. Ich wusste nicht, was ich tun sollte. Chips lag völlig still in meiner Hand, das kleine Gesicht schmerzverzerrt, die Zähne sichtbar.

Ich legte ihn in den Käfig zurück und hoffte, dass er vielleicht von alleine gesund werden würde. Ich saß den ganzen Tag an seinem Käfig, redete mit ihm, flehte ihn an, wieder aufzustehen und herumzuspringen, vielleicht sein Laufrad zu benutzen. Doch er tat nichts. Er lag einfach nur da und starrte mich vorwurfsvoll an.

Moms Reaktion, als sie heimkam und Chips sah…

Ich kann nur sagen, dem Himmel sei Dank, dass er überlebte, auch wenn er eine Weile humpelte. Ich weiß nicht, was sie getan hätte, wäre er tatsächlich gestorben. Und genau so habe ich mich heute Nachmittag gefühlt, während ich mir Sorgen um Siobhans Katze machte. Denn wenn Siobhan annähme, ich hätte ihre Katze verletzt, wäre die Sache zwischen uns wohl vorbei. Und außerdem war es eine nette Katze. Viel netter als die meisten Menschen, die ich kenne.

Am Nachmittag hatte ich mich in eine solch beklemmende Angst hineingesteigert, dass ich aus dem Haus musste. Si und Nat waren nach Hause gekommen und ermahnten mich ständig »verdammt noch mal endlich still sitzen zu bleiben«. Und vielleicht war es eine Angewohnheit, die ich im Laufe der letzten paar Tage angenommen hatte, denn ich machte mich auf den Weg in Richtung *George V*. Ich brauchte einen Drink, selbst wenn Kathy nicht dort wäre. Im Grunde konnte ich überhaupt nicht klar denken: Ich wusste nicht, was ich tun würde, sähe ich dort Kathy. Aber auf dem Weg zum Pub kehrte die Erinnerung zurück, wie ekelerregend es gewesen war, sie und Siobhan wie Busenfreundinnen plaudernd gesehen zu haben. Könnte sie doch einfach verschwinden, den Kurs verlassen und nie wieder zurückkommen. Dieser Gedanke hinterließ ein schmerzendes Gefühl in meiner Magengegend.

Als ich das Pub betrat, war es halb leer. Zehn Sekunden später ereilte mein erstes Glas Bier dasselbe Schicksal. Ich setzte mich und trank, während sich das Pub allmählich füllte, es immer lauter wurde und die Tische um mich herum in Beschlag genommen wurden von Leuten, die für ein schnelles Bierchen nach der Arbeit hereinströmten. Für viele von ihnen wurde aus dem schnellen Bierchen ein langsames zweites Bierchen, und der Alkohol übertünchte die Enttäuschung eines weiteren langweiligen Tages im Büro. Ich bemitleidete sie fast. Wie sehr sie meine Freiheit beneiden mussten!

In Gedanken versunken zerriss ich einen Bierdeckel, da hörte ich eine weibliche Stimme.

»Alex?«

Ich blickte auf und sah Kathy, die mich überrascht anstarrte.

»Was tust du hier?«

»Ich bin hier ab und an«, sagte ich.

»Ich habe dich hier noch nie gesehen.«

»Ich komme gewöhnlich untertags. Und das ist auch schon eine Weile her.«

Ihre Augen verengten sich zu schmalen Schlitzen, während sie mich einen Moment eindringlich musterte. Sie blickte sich um, wahrscheinlich um herauszufinden, ob es noch einen freien Tisch gäbe. Fehlanzeige.

»Stört es dich, wenn ich mich zu dir geselle?«

Ich meinte, natürlich nicht, und sie ging zur Bar, um sich etwas zu trinken zu kaufen. Ich fühlte mich jetzt viel gelassener, da der Alkohol in meinem Blut zirkulierte und beruhigend auf mich einwirkte. Kathy kam zurück zum Tisch, setzte sich und sagte: »Das wird fast schon zur Gewohnheit – hier mit jemandem aus dem Schreibkurs ein Bierchen zu trinken.« Dann glitt ein besorgter Ausdruck über ihr Gesicht, nur für den Bruchteil einer Sekunde. Vielleicht hatte Siobhan ihr von der Lüge erzählt, die sie mir aufgetischt hatte wegen des Verbots, sich mit Leuten aus dem Kurs zu treffen. Kathy ließ kein Wort mehr darüber fallen.

Während der ersten Stunde redeten wir über den Kurs und die anderen Studenten. Kathy imitierte Brian hervorragend. Ich genoss die Unterhaltung sehr, vor allem weil es mir unzählige Mal die Gelegenheit bot, Siobhans Namen auszusprechen. Mir entging nicht, dass jedes Mal, wenn ihr Name fiel, Kathy diesen besonderen Ausdruck in den Augen hatte. Aber das hielt mich nicht ab, mich köstlich zu amüsieren. Ich hätte fast vergessen, dass ich diese Frau eigentlich nicht mögen durfte: Immerhin war sie meine Rivalin. Doch sie war lustig und hochintelligent. Ich wusste, wie sehr Siobhan Kathys Schreibstil gefiel, und das ärgerte mich, aber dann kaufte Kathy zwei Bier, und nachdem wir die geleert hatten, spendierte ich eine weitere Runde, und zu dem Zeitpunkt war mir warm, und ich fühlte mich leicht benommen. Ich wurde sogar etwas rührselig, als trauerte ich um etwas, das noch gar nicht eingetreten war. Ein sonderbares Gefühl.

Dann, nachdem ich Siobhan zum vielleicht zwanzigsten Mal erwähnt hatte, sagte Kathy: »Du magst sie, nicht?«

»Hä?«

»Du stehst auf Siobhan, oder? Komm schon, du redest nonstop von ihr. Siobhan hier, Siobhan da.« Sie lachte kehlig. »Würde ich sie nicht selbst mögen, wäre ich zutiefst gelangweilt.«

»Du magst sie?«, fragte ich.

»Du brauchst nicht so besorgt zu klingen. Ich mag sie

nicht auf diese Art – nur als guter Kumpel. Ich habe das Gefühl, dass Siobhan und ich richtig gute Freundinnen werden.«

Dieser Gedanke war beängstigend genug, aber dann sagte sie: »Siobhan hat mir erzählt, dass du sie auf ein Date eingeladen hast.«

Ich schluckte. »Hat sie sonst noch was über mich gesagt?«

»Nein, nicht wirklich. Sie hat nicht über dich hergezogen, wenn du das meinst. Im Grunde, keine Ahnung, ich weiß nicht, ob wir überhaupt darüber reden sollten.«

Und dann sprudelte alles aus mir heraus. Ich konnte mich nicht zurückhalten. Es ist das eine, über meine Gefühle für Siobhan zu schreiben, doch auf einmal überkam mich der überwältigende Drang, mit jemand anderem darüber zu reden, es jemandem zu erzählen. Ich gestand Kathy, dass ich mich in unsere Lehrerin verliebt hatte, dass ich sie nicht mehr aus meinem Kopf bekam und ich ihr meine Gefühle offenbaren wollte, aber Angst vor einer Zurückweisung hatte. Ich erzählte ihr sogar von der Karte und der Unterwäsche. Kathy saß einfach da und hörte mir mit hochgezogenen Augenbrauen zu.

Mit einem Mal war mir übel. Ich erklärte Kathy, ich bräuchte eine Toilette, und machte mich auf die Suche nach einer. Im Männerklo sperrte ich mich in eine Kabine und übergab mich augenblicklich. Und während ich mir den Mund mit einem Stück schimmerndem Toilettenpapier abwischte, klärten sich meine Gedanken. Oh fuck, dachte ich. Was hatte ich nur getan? Kathy wird Siobhan alles brühwarm erzählen – wahrscheinlich sogar noch mit blumigen Details ausschmücken. Sie wird mich als einen besessenen Verrückten darstellen. Und sie werden darüber reden, was ich überhaupt im *George V* wollte. Großer Gott! Ich setzte mich auf den Toilettendeckel und stützte den Kopf in die Hände. Warum war ich ein solcher Vollidiot? Ich hatte mich mit Kathy unterhalten, sie besser kennenlernen, herausfinden wollen, wie ich sie auf dieselbe geschickte Art wie diesen blöden Phil von der Bildfläche verschwinden lassen könnte. Und ich hatte mir selbst einen Strich durch die Rechnung gemacht.

Verdammt!

Ich trat aus der Kabine und spritzte mir beim Waschbecken kaltes Wasser ins Gesicht. Ich sah mich im Spiegel an. In welch einem Zustand ich war! Ich wollte unbedingt nach Hause, ins Bett kriechen und mich vor der Welt verstecken. Aber das konnte ich nicht. Ich musste den Schaden beheben, den ich angerichtet hatte.

Ich ging zurück zum Tisch. Da sagte Kathy: »Ich habe nur noch gewartet, um mich zu verabschieden. Ich sollte nach Hause gehen. Mir dreht sich der Kopf.«

Nach Hause. Damit sie Siobhan anrufen, ihr erzählen konnte, was ich ihr anvertraut hatte, und meine Worte zu Lügen verdrehen konnte.

»Wo wohnst du?«, fragte ich.

Sie meinte, sie wohne genau auf der anderen Straßenseite, in einem Apartmentblock.

»Musst du wirklich schon gehen?«, fragte ich. »Ich find's toll hier mit dir.«

Sie warf einen Blick auf die Uhr, dann auf ihr leeres Glas. Eines hatte ich im Laufe der letzten paar Stunden gelernt: Kathy war dem Alkohol nicht gerade abgeneigt. »Nun … ich denke, ich könnte noch zu einem letzten Gläschen überredet werden. Aber du müsstest zahlen. Ich bin völlig blank.«

Ich zog meine Geldbörse heraus und sah hinein. Eine Zehn-Pfund-Note klemmte in der Seitentasche, doch Kathy konnte sie von ihrem Platz aus nicht sehen. »Mist«, sagte ich. »Ich habe auch nichts mehr.«

Das war der Moment, als Kathy mich mit einem langen, abschätzenden Blick musterte. »Ich habe noch etwas Alkohol zu Hause.«

Mein Herz begann schneller zu schlagen. »Das klingt gut.«

»Du weißt, dass ich nicht auf dich stehe, oder? Du weißt, dass ich lesbisch bin.«

»Wie könnte man das vergessen?«

Meine Antwort brachte sie zum Lachen. Sie erhob sich und zog ihre Jacke an. Ich folgte ihr aus dem Pub und über die Straße zu einem Apartmenthaus. Nachdem Kathy die Tür aufgeschlossen hatte und wir hineingegangen waren, drückte sie auf den Kopf für den Lift. Sie taumelte, als der Aufzug sich in Bewegung setzte, und wäre mir beinahe in die Arme gefallen. »Mein Gott, ich bin richtig betrunken«, lachte sie.

»Ich auch.« Aber in Wirklichkeit war ich nüchtern. Stocknüchtern.

Sie wohnte zwei Stockwerke unter dem Dach. Wir betraten ihr Apartment, und sie ging geradewegs zum Kühlschrank, während ich das Zimmer zum Fenster hin durchschritt. Sie hatte eine unglaubliche Aussicht über ganz Nordlondon, wo die Lichter der Stadt in der Nacht schimmerten und pulsierten. Kathy kam zu mir und reichte mir eine Flasche Bier. »Toller Ausblick, nicht wahr? Viele Leute bemitleiden mich, wenn ich ihnen erzähle, dass ich in einem Apartmentblock wohne, aber sie ändern schnell ihre Meinung, sobald sie die Aussicht sehen.«

»Sie ist atemberaubend.«

Sie lachte. Ich bemerkte, dass ich am Etikett der Bierflasche zupfte. Ich war unglaublich angespannt. Alle Muskeln in meinem Rücken waren verkrampft, Schweiß sammelte sich unter meinen Achseln. Ich wusste immer noch nicht, was ich tun sollte. Ich wusste nicht einmal genau, weshalb ich hier war.

»Die Aussicht vom Dach ist sogar noch besser. Man kann bis rüber zum Canary Wharf sehen«, sagte sie und nahm einen tiefen Schluck von ihrem Bier. Sie liebte Alkohol.

»Das Dach?«

»Ja. Man kann über die Feuerleiter hochklettern. Wie sieht's aus? Hast du Lust?«

»Ist das nicht gefährlich?«, fragte ich.

»Es ist ein bisschen wackelig, aber ich habe es schon oft gemacht, und es ist immer gutgegangen. Du wirst doch nicht kneifen, oder?«

Ich zögerte. Unzählige Möglichkeiten schwirrten mir im Kopf herum.

»Dann mal los«, sagte ich, und sie marschierte durch die Wohnung zu einer Glastür, die auf einen Balkon hinausführte. Von dort ging eine Metallleiter hinauf zum Dach und hinunter zum Garten. Tief hinunter zum Garten. Die Feuerleiter wirkte nicht sonderlich stabil. Ich blickte noch einmal nach unten, und jäh überkam mich ein Anflug von Höhenangst. Meine Hände wurden schweißnass. Die eine Hälfte von mir wollte nach Hause gehen. Aber da war eine Stimme in meinem Kopf, die mir befahl, was ich tun sollte.

»Alles klar bei dir?«, fragte sie, als sie sich zu mir umdrehte, ein dämliches, betrunkenes Lächeln im Gesicht.

Ich nickte.

Kathy trat auf die Feuerleiter, und ich folgte ihr …

Ich kann nicht mehr schreiben. Es ist zu viel. Zu viel.

Ich bin den ganzen Weg nach Hause gerannt.

Und ich weiß, wenn ich heute Nacht die Augen schließe, werde ich nichts anderes sehen als ihren verrenkten Körper im Innenhof. Ich werde nichts anderes hören als ihren lauten Schrei.

Der wie die erste Silbe meines Namens klang.

11

Siobhan

Montag

Es ist zu viel. Erst die Karte, dann die Blumen und die Unterwäsche... und jetzt ist das bisher Sonderbarste passiert. Noch eigenartiger als die blöde Frau mit ihrem Auto, die den Großteil meiner Gartenmauer zerstört hat.

Wäre es jemand anderem passiert, hätte ich es wohl lustig gefunden. Als ich heute Morgen von Sainsbury's zurückkam und gerade die Fischstäbchen ins Gefrierfach legte, hörte ich ein paar Tropfen Regen gegen das Fenster trommeln. In diesem Moment erinnerte ich mich jäh, dass meine Wäsche noch draußen hing, weshalb ich in den Garten stürmte und dort, brav auf der Wäscheleine aufgereiht, hing diese Kleidung, die überhaupt nicht mir gehörte!!!! Anfangs war mir übel, und Wut stieg in mir auf, da derjenige, der sie dort hingehängt hatte, gleichzeitig mein Lieblings-NY-T-Shirt und meine Vintage-Levis geklaut hatte. All diese paranoiden Gedanken gingen mir durch den Kopf, von Sexualstraftätern und Psychopathen, die mich mit einem Feldstecher ausspionierten – bis ich erkannte, dass a) niemand in mein Schlafzimmer sehen kann und b) es unwahrscheinlich ist, dass irgendein kleiner Perverser so viel Geld ausgeben würde, wie diese Kleidungsstücke offensichtlich kosteten. Sie waren von Prada! Baumwoll-Jersey. Ein schwarzer Rock und ein aufreizendes T-Shirt, bei denen die Etiketten noch unversehrt waren. Ich nahm sie von der Wäscheleine und besah sie mir genauer. Sie fühlten sich wunderbar an, dieses weiche, dicke, gute Jersey von bester Qualität.

Mein erster Gedanke war: Die will ich behalten. Ich nahm sie mit hinein. Sie sahen aus, als würden sie mir perfekt passen. Doch als ich darüber nachdachte, was sie dort draußen zu suchen hatten, war es zu viel – mit einem Mal tat mir der Kopf weh. Ich brauchte frische Luft und Platz zum Nachdenken, weshalb ich die Kleidung in meinen Schrank hing – hier war sie zumindest sicher aufgehoben – und die Tür schloss. Wenn alles ein großes Missverständnis war, wäre sie sowieso nicht lange in meinem Besitz. Ein Teil von mir hoffte, dass sie verschwunden wäre, sobald ich nach Hause zurückkehrte, dass die Prada-Fee oder wer auch immer sie gebracht hatte, sie wieder mitnehmen würde, während ich die Straße nach unten spazierte und mir eine Zeitung kaufte. Ein größerer Teil von mir hingegen hoffte insgeheim, dass sie immer noch da wäre, wenn ich zurückkam. Was natürlich auch der Fall war.

Ich tätigte ein paar zögerliche Telefonate, nur um auszuschließen, dass irgendeiner meiner Freunde sie zum Spaß dort hingehängt hatte, aber natürlich hatte ich kein Glück. Dann probierte ich es sogar bei Phil– und habe ihm eine Nachricht auf dem Anrufbeantworter hinterlassen, aber er hat nicht zurückgerufen. Ich bin zwar sicher, dass er nicht hinter dem Geschenk steckt, doch er scheint jeden Kontakt mit mir zu meiden. Ich habe ihn ein paarmal angerufen – er muss längst aus Portugal zurück sein –, aber er meldet sich nicht. Ich muss ihn wohl tief verletzt haben.

Nun, höchstwahrscheinlich werde ich schon bald herausgefunden haben, wer die Kleidung dort deponiert hat. Niemand würde so viel Geld für mich ausgeben und lange anonym bleiben wollen.

Donnerstag

Am Montagabend wurde die Polizei nach Beulah Mansions in der Grove Road in Camden gerufen, wo eine Frauenleiche auf dem Grundstück des Apartmenthauses gefunden worden war. Sie wurde später als die 31-jährige Kathy Noonan identifiziert, eine Bewohnerin von Beulah Mansions. Es gab keine Zeugen, aber in dem Polizeibericht heißt es, dass Ms Noonan vom Dach des Gebäudes in den Tod gestürzt sei. Ein Polizeisprecher erklärte, dass Ms Noonan an jenem Abend in einer Kneipe getrunken hatte und von keinem Verbrechen ausgegangen wird. »Allem Anschein nach wollte sie über die Feuerleiter zum Dach klettern und ist ausgerutscht«, fuhr der Sprecher fort. »Viele Bewohner des Gebäudes nutzen es als Aussichtspunkt.«

Das Ham and High *sprach mit einem Bewohner von Beulah Mansions, der uns erzählte: »Die jungen Leute in den oberen Etagen klettern ständig dort hoch. Ich habe sie gewarnt, weil es gefährlich ist, aber sie wollen nicht hören.«*

Es gab keinen Abschiedsbrief, und Ms Noonans Eltern behaupten, sie hätten noch am selben Tag mit ihrer Tochter gesprochen, die bei bester Laune gewesen sei. Die Beerdigung findet am Freitag, den 2. Oktober, um dreizehn Uhr in St. Peter's in Highgate statt.

Freitag

Habe schon seit einer Ewigkeit nicht mehr Tagebuch geschrieben. Seit zwei Wochen – das ist schrecklich. Habe im Grunde auch nicht sonderlich viel in diesen zwei Wochen getan, mit all dem Mist, der im Moment los ist. Als Zeichen des Respekts für Kathy habe ich eine Kursstunde ausfallen lassen – den Leuten vom College hat das nicht sonderlich gefallen, aber ich war einfach nicht in der Lage zu unterrichten –, und dann waren Trimesterferien. Ich hatte keine Lust, irgendetwas zu schreiben, nicht einmal Tagebuch. Aber wahrscheinlich sollte ich alles aufschreiben, denn andernfalls werde ich es vergessen.

Ich fand es angebracht, zu ihrer Beerdigung zu gehen. Immerhin waren wir – fast – Freundinnen und sie eine meiner Studentinnen. Was ich nicht erwartet hatte, war der Umstand, wie sehr mich die Sache mitnehmen würde. Wahrscheinlich kann ich mich glücklich schätzen, in meinem fortgeschrittenen Alter von fünfunddreißig erst auf zwei Beerdigungen gewesen zu sein, beide für über Achtzigjährige. Aber diese Beerdigung hier war fürchterlich, eine völlig andere Liga des Schreckens als die von Großmutter oder Tante Dot. Die Kirche war brechend voll mit jungen Menschen, und alle – ich eingeschlossen – weinten. Schluchzten lautstark.

Ich werde niemals die Verzweiflung in den Gesichtern ihrer Eltern vergessen, ein trostlos aussehendes Paar Mitte sechzig, die abwechselnd verwirrt, entsetzt und dankbar über den riesigen homosexuellen Menschenauflauf waren. Hoffentlich wussten sie bereits, dass Kathy lesbisch war – doch ich bin sicher, sie wussten es. Immerhin hatte sie ein großes Sendungsbedürfnis. Ich erinnere mich noch so deutlich an die erste Stunde, als sie sagte: »Ich bin Kathy, und ich bin lesbisch«, mit ihrem wirklich stolzen, trotzigen Gesichtsausdruck, als wäre es ein Grund zum Feiern, etwas, das sie von allen Dächern schreien wollte.

Was wohl eine unpassende Wortwahl ist.

Der Gottesdienst war so, so bewegend. Kathy hatte offenkundig viele Freunde, und sie waren alle so geschockt über ihren plötzlichen… Tod. Da war ebenso sehr Fassungslosigkeit wie Trauer in den Augen der Menschen zu lesen. Ich bin sicher, dass es nichts weiter als ein Unfall war, und auch niemand sonst hegt einen Zweifel… aber immer, wenn ein solcher Schicksalsschlag eintritt, kommt man nicht umhin, sich zu fragen, ob es nicht doch etwas anderes war. Da gibt es diese leise, nagende Stimme, die sagt: »Was, wenn sie gesprungen ist?« Und was wäre, wenn sie es nun wirklich getan hat? Sie ist und bleibt tot.

Die vier oder fünf Menschen, die vortraten, um etwas über sie zu sagen – mit zitternden Stimmen, sich ständig räuspernd und mit den Tränen kämpfend –, sprachen von ihrer unbändigen Lebenslust, ihrem abenteuerlustigen Charakter, ihrem Wunsch, sich immer selbst zu übertreffen.

Nein, es war ausgeschlossen, dass sie sich vom Dach eines Hochhauses hinuntergestürzt hätte.

Eine Frau im Besonderen bekam kaum ein Wort heraus. Die Arme. Sie erzählte, sie und Kathy seien seit ihrer Kindheit beste Freundinnen – ich erinnerte mich, dass Kathy sie kurz im Pub erwähnt hatte. Sie war recht hübsch, auf diese eher weiche Art. Wahrscheinlich hatte sie ein Pferdegesicht, wenn sie lächelte – doch da ich sie natürlich nicht lächeln sah, kann ich das nicht mit Gewissheit sagen. Sie bekam zwei Sätze ihrer Rede heraus und brach dann zusammen. In der Kirche war es vollkommen still, eine tiefe, schwere, intensive Stille, die selbst das leise Schluchzen der anderen nicht durchbrechen konnte, und wir warteten alle, dass sie ihre Trauerrede beendete, wie die qualvollen Sekunden, bei denen man einen Stotterer mit Willenskraft dazu bringen möchte, dass er endlich die Worte herausbringt; aber sie schaffte es nicht. Ihr Gesicht wurde röter und immer röter, und schließlich schüttelte sie den Kopf und floh zurück auf ihren Platz. Es war entsetzlich.

Die ganze Angelegenheit war schrecklich.

Aber da war ein klitzekleiner Teil von mir – und das würde ich niemals irgendjemandem eingestehen –, der eifersüchtig war. Unglaublich, auf eine tote Frau eifersüchtig zu sein! Aber die Liebe, die all ihre Freunde ihr entgegenbrachten, war so greifbar, und all die wundervollen Dinge, die sie über sie sagten. Ich nehme an, jeder sagt etwas Nettes über dich, sobald du tot bist, aber Kathy war sichtlich ein ganz besonderer Mensch gewesen. Ich wünschte, ich hätte mehr Zeit gehabt, um sie besser kennenzulernen. Und gleichzeitig fragte ich mich, ob die Menschen dasselbe über mich bei meiner Beerdigung sagen würden.

Während wir am Ende alle im Gänsemarsch aus der Kirche marschierten (nur die Familie und enge Freunde gingen weiter zum Krematorium), spielten sie »I Just Don't Know What To Do With Myself« von Dusty Springfield, da es eines von Kathys Lieblingsliedern gewesen war. In diesem

Augenblick dachte wohl jeder Einzelne in der Kirche dasselbe, nämlich dass jetzt, wo Kathy von uns gegangen war, niemand von uns wusste, was er mit sich anfangen sollte, und dass, selbst wenn wir sie nicht besonders gut gekannt hatten, nichts jemals wieder so sein würde wie zuvor.

Da vernahm ich eine Stimme an meiner Schulter. Zuerst erkannte ich nicht, dass es Alex aus dem kreativen Schreibkurs war, so heftig weinte ich.

»Ist es nicht schrecklich?«, sagte er. Er sah ebenfalls mitgenommen aus, mit aschfahlem Gesicht und geröteten Augen. Ich hatte überhaupt nicht gewusst, dass er mit Kathy befreundet gewesen war. Ich nickte und versuchte, mich zusammenzureißen, spürte jedoch, wie sich meine Mundwinkel für einen weiteren Schwall Tränen nach unten zogen. Er reichte mir ein unbenutztes Taschentuch, und seine Finger zuckten irgendwie, als wollte er sie ausstrecken und mich trösten. Ich bin froh, dass er es nicht getan hat – hätte mich jemand in diesem Moment berührt, wäre ich wohl völlig zusammengebrochen.

»Es ist schön, dass du gekommen bist«, sagte ich und bereute meine Worte sogleich. Es hörte sich an, als hätte ich diese Beerdigung ausgerichtet. Wir starrten in das schwer gezeichnete Gesicht des jeweils anderen, und mit einem Mal war ich erleichtert, dass er dort war. Ich kannte sonst niemanden und hätte es nicht über mich gebracht, zu der anschließenden Trauerfeier zu ihnen nach Hause zu gehen. Ihr Vater hatte zögerlich alle Anwesenden eingeladen.

»Kann ich dich irgendwohin mitnehmen?«, fragte ich und tupfte mir mit dem Taschentuch die Augen ab, wobei ich mir wünschte, ich hätte an wasserfeste Wimperntusche gedacht.

»Danke«, kam es wie aus der Pistole geschossen, ohne dass er sagte, wohin er müsste. »Das wäre toll.«

Später im Auto, sobald ich wieder ruhig genug zum Fahren war, erklärte Alex, dass er und Kathy ein paarmal nach dem Unterricht etwas trinken gegangen waren und sich auch einmal zum Mittagessen getroffen hatten. Ich fand es eigenartig, dass sie es mir gegenüber mit keiner Silbe erwähnt hatte, aber wahrscheinlich hielt sie es nicht für sonderlich wichtig, weil er ein Mann war. Er wirkte nervös, wie er an den Nägeln knabberte und aus dem Fenster starrte und mich dann beim Fahren immer wieder verstohlen musterte, als würde er glauben, dass ich es nicht bemerkte.

Wie sich herausstellte, wohnte er ganz in der Nähe. Ich hatte den Namen seiner Straße vorher nie gehört, aber er sagte, sie läge nur zehn Minuten von meiner entfernt. Und ehe ich michs versah, hörte ich mich sagen: »Komm doch auf einen Kaffee herein, wenn du möchtest.« Wahrscheinlich wäre ich nur geknickt herumgesessen und hätte den ganzen Nachmittag geweint, wäre ich allein nach Hause gegangen.

Er nickte wie einer dieser Spielzeugdackel, die hinten an der Heckscheibe von Autos sitzen.

»Was ist mit deiner Mauer passiert?«, fragte er, während er über den Schutthaufen stieg, um zu meiner Haustür zu gelangen. Ich hatte ihm nicht gesagt, welches Haus meines war, aber er marschierte voraus, ohne jedes Zögern. Zu dem Zeitpunkt war es mir komisch vorgekommen, aber ich war emotional zu erschöpft gewesen, um länger darüber nachzudenken. Ich hätte nachhaken müssen. Ich hätte ihn niemals in mein Haus bitten dürfen. Ich bin eine törichte Närrin.

Und so sonderbar, wie es mir zu jenem Zeitpunkt vorkam, dass er mein Haus kannte, wurde die Angelegenheit noch eigenartiger, sobald wir drinnen waren. Ich bat ihn, auf dem Sofa Platz zu nehmen, und er setzte sich ganz an den Rand. Er schien immer noch äußerst nervös zu sein, doch ich führte es auf die Ergriffenheit der Beerdigung zurück. Ich bereitete Kaffee zu und brachte die Becher ins Wohnzimmer.

Es folgte ein betretenes Schweigen. Alex sah so komisch aus, dass mir mit einem Mal all diese Gedanken durch den Kopf schossen: Wenn er weiß, wo ich wohne, war es dann er, der mich nach dem Kurs nach Hause verfolgt hat? Ich hatte ihn im Verdacht gehabt, dass er mir die Karte geschrieben und die Blumen vor die Tür gelegt hatte, aber jetzt war ich mir fast sicher. Vielleicht war er nur auf die Beerdigung gegangen, weil er geahnt hatte, dass ich kommen würde! Vielleicht hat er auch die Kleidung gekauft – es muss ihm eine solche Genugtuung gewesen sein, mich in den blöden Klamotten zu sehen –, ich hatte mich schon gefragt, warum er sie so eindringlich angestarrt hatte. Eigentlich war es überhaupt nicht mein Plan gewesen, sie zu tragen, zumindest nicht, solange ich den Absender nicht kannte, doch dann hatte ich meinen Schrank aufgemacht, um etwas Passendes für die Beerdigung herauszusuchen, und da waren sie, einfach perfekt mit meiner schwarzen Jacke über dem Oberteil…

Ich stand vom Sessel auf und beugte mich – ganz beiläufig, wie ich hoffte – über das Fensterbrett und hoffte, dass Mrs Roberts wie üblich auf der anderen Straßenseite in ihrem Sessel an ihrem eigenen Wohnzimmerfenster saß. Zumindest müsste er, falls er denn tatsächlich etwas vorhatte, es vor den wachsamen alten Augen von Mrs Roberts tun.

Meine Hände begannen zu zittern, und ein Schwall Kaffee schwappte auf den Teppich. Ich war wirklich verärgert – mein makelloser Teppich! –, aber ich wagte nicht, mich zu bewegen und einen Lappen zu holen. Ich wollte die Sicherheit des Fensters nicht verlassen. Sehnsüchtig dachte ich an den Fleckenteufel unter der Spüle und hätte dann fast laut gelacht. Dieser Kerl dort war ein potentieller Psychopath, und ich machte mir Sorgen über einen winzigen Spritzer Kaffee auf meinem Teppich? Man bräuchte mehrere Dutzend Fleckenteufel, um mein Blut aus diesem Teppich zu bekommen, falls Alex tatsächlich ein Massenmörder war.

Aber irgendwie spürte ich, dass egal, wie unwohl ich mich in diesem Moment in seiner Gegenwart fühlte, er wohl nicht gefährlich war. Wahrscheinlich … Obwohl ich offensichtlich die Augen vor der Realität verschloss.

Und dann sagte er, was er sagte, während er auf den Fleck starrte, meinem Blick ausweichend und fast schüchtern in seinen Kaffee flüsternd: »Ich bin froh, dass du deine neue Kleidung trägst.«

Beinahe hätte mein Herz ausgesetzt. Obwohl ich ihn im Verdacht gehabt hatte, war es ein riesiger Schock, als er es nun plötzlich zugab. »Was?«

»Die Kleidung.« Er hielt inne und lächelte mich dann an, ein offenherziges, stolzes Strahlen, als wäre ich seine Mutter, und er erwartete nun die lobenden Worte: Oh, was für ein kluger Junge du bist! »Sie ist von mir. Ich habe sie für dich als Überraschung auf deine Wäscheleine gehängt.«

Ich stellte meinen Kaffeebecher auf die Fensterbank und schüttete dabei noch mehr aus. Dann griff ich nach hinten und umklammerte das glänzende weiße Sims mit beiden Händen, um Halt zu finden und sie davon abzuhalten, weiter zu zittern. Ich wünschte, ich hätte das Fensterbrett abreißen und ihn damit verprügeln können, denn in diesem Moment erkannte ich, dass er hinter allem steckte: einfach allem – die Karte, die Blumen, der Mann, der mich nach Hause verfolgt hatte; wahrscheinlich war er sogar für die Unterwäsche verantwortlich, von der ich geglaubt hatte, ich hätte sie versehentlich bestellt…

»War die Unterwäsche auch von dir?«, fragte ich mit erstickter Stimme.

Er nickte stolz und errötete wie ein Schuljunge. Ich schloss die Augen.

»Wie… kann… es… dann… sein, dass sie mit meiner eigenen Kreditkartebezahltwurde?« Die letzten Worte kamen in einem einzigen unaufhaltsamen Schwall heraus, weil ich nicht ganz sicher war, ob ich die Antwort hören wollte.

Schuldbewusst blickte er zu Boden. »Ich wollte nur, dass du ein paar hübsche Dinge hast«, murmelte er.

Da fiel mir auf, wie seine Wimpern auf seine Wangen fielen, träge und weich. Ich denke, es lag an diesen Wimpern, dass er wie ein kleiner Junge aussah. Und es war das Gefühl von Macht und Dominanz über ihn, das mich vorübergehend meine Angst vergessen ließ und meiner kochenden, schäumenden Wut gestattete, wie Erbrochenes in meinem Innern hochzusteigen und sich über ihn zu ergießen. Zehn Sekunden lang kümmerte es mich nicht, ob er gefährlich war oder dass er fünfzehn Zentimeter größer und höchstwahrscheinlich stärker als ich war. In diesem Augenblick hätte ich ihn wie einen Käfer zermalmen können.

»Sag jetzt ja nicht, dass ich für diese verdammte Kleidung auch bezahlt habe«, zischte ich, mein Gesicht nur noch wenige Zentimeter von seinem entfernt. Fast hätte ich ihn vor Zorn angespuckt.

Da stand er auf, hob einen Arm und schien mich um mehrere Köpfe zu überragen. So rasch, wie sich meine Wut entzündet hatte, war sie auch wieder erloschen, und eine Welle der Angst überrollte mich.

»Du liegst mir am Herzen, Siobhan«, sagte er, streckte den Arm aus und zog mit seinem Zeigefinger eine weiche Linie an meiner linken Gesichtshälfte hinab. »Ich will, dass wir Freunde sind. Deshalb habe ich dir die Karte und die Lilien geschickt. Ich wollte dir zeigen, dass ich dich mag. Wirklich mag. Es tut mir leid, falls die Karte ein bisschen zu heftig war, du weißt schon, zu früh, aber es ist einfach über mich gekommen. Du bist so wunderschön.«

Ich wich vor ihm zurück. Meine Knie zitterten so heftig, dass ich all meine Kraft aufbringen musste, um nicht auf den Boden zu sinken. Es kam mir vor, als hätte jemand meine Kniescheiben entfernt.

»Bitte geh. Jetzt sofort«, brachte ich mühsam hervor. »Oder ich rufe die Polizei.«

Bei dieser Drohung sah er verängstigt aus, rührte sich aber nicht.

»VERSCHWINDE!« Ich wollte ihn schubsen, doch ich hatte immer noch das Gefühl, knielos zu sein. Ich stand einfach da und starrte ihn an, mit aufgestellten Nackenhaaren und gefletschten Zähnen. Da schien er den Schwanz einzuziehen.

»Es tut mir leid«, sagte er fast lautlos. Er drehte sich um und ging aus dem Zimmer, und ich hörte die Haustür, die leise hinter ihm ins Schloss fiel.

12

Alex

Freitagabend

Ich war so glücklich, Siobhan in ihrer neuen Kleidung zu sehen – und ich behielt recht: Sie stand ihr ausgezeichnet und ließ sie wie eine Prinzessin aussehen, ganz in Schwarz, eine Prinzessin der Dunkelheit? –, dass ich es für ein weiteres Omen erachtete. Sie hatte mich zu sich nach Hause eingeladen. Sie trug meine Kleidung. Vielleicht hatte sie sogar ihre neue Unterwäsche an. Ich denke, es war ein Silberstreifen am finsteren Horizont von Kathys Tod.

Aber dann … Siobhans wütendes Gesicht. Sie sah wirklich sexy aus in ihrer Wut, ihr Hals und ihr Gesicht vor Zorn gerötet, mit riesigen Pupillen und der Luft um uns herum, die vor Anspannung knisterte. Wut und Leidenschaft sind immerhin eng verwandt. Oh Gott, wie lange wird es wohl dauern, bis sie sich wieder beruhigt hat?

Was, wenn sie die Polizei ruft, so wie sie es angedroht hat?

Was, wenn …?

Klopf, klopf, klopf.

Das ist wahrscheinlich die Polizei. Ein guter Cop und ein böser Cop, mit argwöhnischen Augen und Gedanken und allen möglichen Fragen.

Wie sind Sie an die Kreditkartennummern gelangt, Sir? Wo waren Sie in der Nacht, als Kathy Noonan starb?

Es war nicht die Polizei. Es war eine Frau, die Natalie sprechen wollte.

»Ah, hi. Bin ich hier richtig?«

»Nach wem suchen Sie denn?«

Für den Bruchteil einer Sekunde fürchtete ich, sie könnte eine Polizistin in Zivil sein – eine Sexfalle von der MET, zu mir geschickt, um mir ein Geständnis zu entlocken. Sie war zwar ein bisschen zu pummelig für eine Sexfalle, aber sie war nicht unattraktiv. Sie hatte blaue Augen, die vergnügt funkelten. Außerdem schien sie ein wenig nervös zu sein – vielleicht war sie einer dieser Menschen, die das Verhalten ihres Gegenübers spiegeln.

»Natalie Sauvage.«

»Oh nein. Ich meine ja. Natalie wohnt hier – irgendwie. Also, äh, ihr Freund wohnt hier.« Ein Anflug von Hugh Grant schien mich zu überkommen.

Die Frau lächelte mich an. Wahrscheinlich war sie ein Hugh-Grant-Fan. »Ist sie da?«

»Nein. Sie ist in der Arbeit, denke ich.«

Sie schaute auf ihre Uhr. »Oh ja, natürlich. Es war nur so, dass ich gerade in Camden war und mir dachte … ist auch egal, können Sie ihr ausrichten, dass Emily hier war?«

»Emily. Okay.«

Und dann spazierte sie auch schon wieder weg, warf mir einen Blick über die Schulter zu und lächelte, bevor ich die Tür schloss.

Ich legte mich eine Weile aufs Bett und wartete, bis sich mein Herz beruhigt hatte. Als ich die Augen schloss, brannte sich Siobhans Gesicht in meine Lider.

Ich wollte sie anrufen, mit ihr sprechen. Ich wollte, dass sie mich verstand. Meine Eingeweide verknoteten sich, eine brodelnde Angst schoss durch mich hindurch. Hatte ich alles vermasselt? Ich will nicht vorgeben, ein großer Frauenversteher zu sein, aber ich weiß, dass Frauen Unterwäsche mögen (solange sie nicht kratzt und genitalfrei ist), sie jegliche Art Blumen lieben und einfach alle von Kleidung besessen sind. Warum war Siobhan dann so wütend? Hm … vielleicht hätte ich ihr lieber Schokolade schicken sollen.

Wahrscheinlich sollte es mich nicht überraschen – Siobhan ist nicht wie andere Frauen. Sie ist einzigartig. Okay, ich habe sie wütend gemacht. Ich habe Fehler begangen.

Aber es muss einen Weg geben, die Sache wieder ins Lot zu bringen. Ich muss mehr über Siobhan erfahren, wirklich in ihren Kopf eindringen, ihre tiefste Intimsphäre erkunden. Das ist es. Sobald ich in ihre Seele geblickt habe, weiß ich genau, wie ich ihr Herz für mich gewinnen kann.

Später

Ich war gerade mit Si und Nat ein Bierchen trinken. Sie sind etwa gegen sieben nach Hause gekommen; ich hatte geschlafen. Musste wohl völlig erschöpft gewesen sein. Ich habe allerdings nichts geträumt. Zumindest nichts, woran ich mich erinnert hätte. Simon hat an meiner Tür geklopft und mich gefragt, ob ich mit ihnen ausgehen möchte.

Ich meinte, ich wäre nicht in der Stimmung, aber er ließ nicht locker. »Es ist an der Zeit, dass du aus deinem Zimmer kommst, Kumpel«, sagte er. Er kann nicht wissen, dass jedes Mal, wenn ich mein Zimmer verlasse, etwas schiefläuft.

Aber ich hatte keine Lust, mich mit ihm zu streiten. Noch dazu hatte ich keinen Alkohol mehr im Haus und brauchte einen Drink, um das Zittern unter Kontrolle zu bekommen, das meinen ganzen Körper gepackt hatte.

Wir gingen zu einem Pub hinter der Camden High Street, dem Stammlokal von Simon und Natalie. Es ist eine gemütliche Kneipe, mit einer älteren Klientel und einem irischen Barmann, dessen politische Sympathien in Grün auf seine Unterarme tätowiert sind.

Wir setzten uns und tranken unsere Pints. Ich befürchtete, Si könnte mich ausfragen, wie meine Jobsuche liefe, weshalb ich etwas angespannt war. Außerdem musste ich ständig daran denken, was beim letzten Mal passiert ist, als ich ein Pub besucht hatte. Jemand war gestorben. Glücklicherweise unterhielten wir uns über alles außer der Jobsuche: Fußball, Fernsehen, Musik, all das Zeug, das uns davon abhält, über wichtige Dinge zu sprechen. Das ist einer der Gründe, warum Si und ich uns gut verstehen: Wir umschiffen geschickt jegliche tiefgründigen oder emotionalen Themen.

Und genau deshalb war ich so überrascht, als Simon anfing, dass er sich Sorgen um mich mache.

»Warum? Was meinst du?«

Er und Nat tauschten Blicke aus.

»Nun, Kumpel, du gehst kaum noch weg, verkriechst dich in deinem Zimmer und tippst auf deinem Computer vor dich hin. Du hast Gewicht verloren, du rauchst wie ein Schlot und redest fast kein Wort mehr mit uns. Es hat mich überrascht, als du zugestimmt hast, uns heute zu begleiten.«

»Ich konnte nicht viel ausgehen, weil ich nicht viel Geld habe. Ich mache mir Sorgen um die Jobsuche.«

»Wie läuft's denn?«, fragte Nat, aber Simon hob die Hand, um sie zum Schweigen zu bringen. (Er war längst betrunken – ansonsten hätte er sich das niemals getraut.)

»Das weiß ich, Kumpel. Aber du warst schon so, bevor du diesen beschissenen Job verloren hast. Und es war ein Scheißjob, nicht wahr? Es hat mich schon deprimiert, dich einfach nur jeden Tag von dort nach Hause kommen zu sehen. Du bist ein intelligenter Kerl. Du solltest etwas anderes tun, etwas Besseres. Ich meine, schau mich an ...«

Dann schwadronierte er darüber, wie wichtig er wäre und wie sehr es sich finanziell lohnte, Werbetexte für Hundefutter und pfiffige Slogans für Tamponreklamen zu schreiben. Natalie nickte heftig. Aber abgesehen von dem leeren Geschwafel hatte er Recht. Das wusste ich. Ich hatte die letzten zehn Jahre meines Lebens damit verbracht, mich von einem beschissenen Job zum nächsten treiben zu lassen, in der Weltgeschichte herumzureisen, sobald ich es mir leisten konnte, ohne je Geld auf dem Bankkonto zu haben, und näherte mich nun der dreißig, ohne auch nur die geringste Karriere oder eine Familie vorweisen zu können. Nicht dass ich irgendetwas davon wollte. Ich will bloß ... nun ja, was will ich überhaupt? Die einzige Antwort auf diese Frage lautet »Siobhan«. Sie ist alles, was ich will. Okay, da gibt es noch andere Dinge, die ich will – mein Buch schreiben, etwas Geld haben, nicht die ganze Zeit gelangweilt sein. Aber wenn Siobhan und ich zusammenkämen, würde sich der Rest wie von selbst ergeben. Sie und ich würden zusammenziehen und an unseren Büchern schreiben, ein bisschen wie Iris Murdoch und ihr Ehemann, nur hoffentlich ohne Alzheimer. Doch falls Siobhan wirklich erkranken sollte, würde ich sie pflegen. Im Grunde würde mir das gefallen. Und ich würde dafür sorgen, dass nichts schiefginge, nicht wie bei Chips, dem Hamster.

Simon war abgeschweift, und er und Nat warfen sich Blicke zu, bei denen man am liebsten gesagt hätte: »Sucht euch ein Hotelzimmer.« Wenn ich es mir recht überlegte, vögelten sie in letzter Zeit weniger oder zumindest leiser. Heute Nacht hätte ich wohl weniger Glück. Da ich wusste, dass ich mehr Alkohol bräuchte, um mir die Kante zu geben, erhob ich mich, um eine weitere Runde zu holen. Si trank Guinness. Ich zeigte auf Nats Glas. »Was ist das, Wodka und Orange?«

»Nur Orangensaft, bitte.«

Ich musste ewig an der Bar warten, und als ich endlich zurückkam, stand eine Frau am Tisch und unterhielt sich mit Nat.

»Hallo«, sagte sie und sah mich an.

Es war dieselbe Frau, die heute an die Tür geklopft hatte. Wie lautete gleich noch mal ihr Name? Emily. Genau.

»Du hast mir gar nicht ausgerichtet, dass Emily vorbeigeschaut hat«, sagte Nat.

»Oh … tut mir leid. Das habe ich vergessen.« Ich lächelte Emily entschuldigend an, die zurücklächelte und dann zur Bar ging, um sich etwas zu trinken zu kaufen, da Natalie sie eingeladen hatte, sich zu uns zu gesellen.

Sobald ich wieder saß, sagte Simon: »Oh Mist, ich habe auch vergessen, dir etwas auszurichten. Deine Mum hat angerufen.«

Ich erstarrte. »Meine Mum?«

»Ja. Ich war überrascht, weil sie noch nie angerufen hat. Nicht wie meine Mum, die sich jeden zweiten Tag meldet.«

Ich konnte ein paar Sekunden nicht sprechen. »Hat sie gesagt, was sie wollte?«

Er schüttelte den Kopf.

»Nun, was hat sie gesagt?«

»Sie hat nur gefragt, ob du da bist. Ich habe ihr gesagt, dass du unterwegs bist. Und sie sagte: ›Kannst du ihm ausrichten, dass ich angerufen habe?‹, und dann hat sie aufgelegt. Das muss vorgestern gewesen sein.«

Ich stand auf. Mit einem Mal wollte ich nichts mehr trinken. Das Pub war viel zu heiß, zu überfüllt. Ich bekam keine Luft in die Lungen. Ich sagte: »Ich muss gehen.«

Simon konnte nicht protestieren, weil ich mich rasch umdrehte und in Richtung Ausgang stürmte, wo ich Emily in die Arme lief. Sie wollte etwas sagen, aber ich glitt an ihr vorbei und bahnte mir einen Weg zur Tür. Erleichtert sog ich die kalte Nachtluft in mich ein und hastete zurück in die Sicherheit meines Zimmers.

Sonntag

Sobald ich heute Morgen aufgewacht war, wusste ich, dass ich Siobhan sehen musste. Wenn ich nicht mit ihr sprechen und versuchen könnte, ihr verständlich zu machen, wie gut wir zusammenpassten, würde sich alles bewahrheiten, was Mum immer gesagt hatte. Waschlappen. Feigling. All dieses Zeug. Ich hatte immer noch nicht den blassesten Schimmer, warum sie mich sprechen wollte, und ich werde sie nicht zurückrufen, um es heraufzufinden. Vielleicht sind es gute Nachrichten. Vielleicht hat sie mich angerufen, um mir zu sagen, dass sie unheilbar krank ist.

Ich nahm ein Bad und rasierte mich, wobei ich mich ein paarmal schnitt und Taschentücher auf die Wunden drücken musste, um den Blutfluss zu stoppen. Während ich mit dem Einwegrasierer in der Hand vor dem Spiegel stand, stellte ich mir vor, dass es in Wirklichkeit ein Rasiermesser wäre und Mum hinter mir stünde. Ich würde mich umdrehen, und da wäre Blut auf dem Badezimmerboden.

Nach der Rasur schlüpfte ich in Sis Zimmer und lieh mir etwas von seinem Aftershave. Bei jeder Berührung zuckte ich zusammen, da es auf meinem wunden Gesicht wie die Hölle brannte. Ich zog meine beste Jeans und mein Lieblingshemd an und warf einen Blick in den Spiegel. Ich hatte mich ganz schön herausgeputzt. Vielleicht war ich tatsächlich ein bisschen dünn, wie Si sagte, aber ich war kein Monster.

Auf dem Weg zu Siobhans Haus fragte ich mich, ob ich ihr ein Geschenk mitbringen sollte, entschied jedoch, dass die letzten Präsente, die ich ihr gekauft hatte, nicht sonderlich gut angekommen waren. Es wäre das Beste, einfach nur präsent zu sein. Dieses Wortspiel brachte mich zum Schmunzeln, während ich den Hügel hinaufspazierte.

Von der Katze fehlte jede Spur. Ich hatte sie auch nach der Beerdigung nicht gesehen, aber Siobhan hatte nichts erwähnt, weshalb ich annahm, dass sie unversehrt war. Meine Nerven lagen blank, als ich mich der Haustür näherte, doch als ich zögerte, hörte ich die Stimme meiner Mum in meinem Kopf und zwang mich, mein Vorhaben durchzuführen. Ich klingelte und wartete ab.

Nichts geschah.

Ich läutete erneut und klopfte, nur für den Fall, dass die Klingel nicht funktionierte. Immer noch nichts. Für eine Schriftstellerin schien sie unglaublich viel Zeit außer Haus zu verbringen.

Ich wollte schon wieder gehen, als ich etwas Heißes in meiner Tasche spürte. Es kam mir wirklich so vor, als versuchte sich der Schlüssel einen Weg durch den Stoff zu brennen. Fast glaubte ich, er würde nach mir rufen: Benutz mich, benutz mich. Ich zog ihn aus der Hosentasche. Er war wie eine Zigarette, die mich anflehte, geraucht zu werden, obwohl ich wusste, dass sie schlecht für mich war. Ich konnte nicht widerstehen.

Ich sperrte die Tür auf und schlüpfte hinein. Und diesmal wusste ich, wohin ich gehen würde. In ihr Allerheiligstes. Die Treppe hinauf. Wo ich mehr über sie erfahren würde.

Mehrere gerahmte Fotografien hingen an der Wand neben der Treppe. Wie schon zuvor wollte ich sie berühren, hielt mich jedoch zurück. Es waren Schwarz-Weiß-Fotografien einer wunderschönen Frau, die Kleidung aus den Zwanziger- und Dreißigerjahren trug. Es musste eine Verwandte von Siobhan sein – sie hatte dieselben Augen und dieselben süßen Lippen, die zum Küssen einluden. Aber ich wusste, wie gefährlich es war, irgendetwas zu berühren. Als ich in panischer Angst, jemand könnte mich sehen, aus Kathys Wohnung gerannt war, hatte ich mir wegen Fingerabdrücken Sorgen gemacht. Ich hatte die Bierflasche mitgenommen, damit niemand annahm, jemand wäre an diesem verhängnisvollen Abend bei ihr gewesen. Die einzige Möglichkeit, wie sie es herausfinden könnten, wäre, nach Fingerabdrücken zu suchen, und das täten sie nur, wenn sie an ein Verbrechen glaubten. Ich war unglaublich erleichtert gewesen, als ich den Zeitungsbericht mit seinen beruhigenden Worten gelesen hatte. Ein Unfall unter Alkoholeinfluss, nichts Verdächtiges.

Ich erreichte den oberen Treppenabsatz. Dort war eine

Kopie des Covers von *TLW* gerahmt. Taschenbücher stapelten sich auf einem Tisch. Drei Türen gingen vom Korridor ab: ein kleines Zimmer, das bis oben mit Krempel zugemüllt war (Kartons, alte Teddybären, mehr Bücher, ein alter Plattenspieler samt dazugehöriger Schallplatten; die Überreste von Siobhans Kindheit?; Zeug, das sie nicht mehr brauchte, aber gleichzeitig nicht wegwerfen konnte); ein Badezimmer und ein großes Schlafzimmer. Alles war sehr aufgeräumt – selbst in der Abstellkammer war eine gewisse Ordnung zu spüren – und geschmackvoll eingerichtet. Ich fragte mich, ob sich Siobhan manchmal einsam fühlte, ganz allein in diesem Haus. Hatte Phil jemals hier gewohnt? Ich hasste den Gedanken, dass er ihre Luft verpestet hatte, fast wie ein Einbrecher, der in diesen heiligen Ort eindrang und ihn schändete. Glücklicherweise hatte meine Warnung funktioniert, und Phil war von der Bildfläche verschwunden. An jenem Tag hatte ich zwei Frauen einen großen Gefallen erwiesen.

Zuerst ging ich ins Bad. Wiederum war alles sehr ordentlich und makellos sauber. Der Spiegel glänzte – nicht wie der Spiegel bei mir, mit seinen Lagen an Staub und Spritzern von Rasierschaum und Zahnpasta, die dein Spiegelbild sprenkeln. Ich musste bewusst den Atem verlangsamen, als ich die Wanne sah. Dort waren überall Kerzen verteilt, all die wundervollen Lotionen und Badezusätze, die die allermeisten Frauen besitzen: Schaumbäder, verschiedene Körperöle und Sprudelbäder und japanische Kristalle, was auch immer das sein mag. Das hier war der Ort, wo Siobhan ihre intimsten, nacktesten Momente verbrachte. Ich glitt mit der Hand über die Wanne und streichelte die Keramik. Da klebte ein Haar an der Seite – eines, das sie beim Putzen übersehen haben musste. Ich zwirbelte es zwischen den Fingern, dann rollte ich es zu einer kleinen Kugel zusammen und steckte es ein.

Ich öffnete den Badezimmerschrank und schaute hinein. Kopfschmerztabletten, verschiedene Medikamente in kleinen braunen Plastikfläschchen. Zahnseide und Pinzetten, Nagelknipser und Wattestäbchen. All die kleinen Dinge, mit denen sie sich noch hübscher machte. Mein Blick glitt zum untersten Regalbrett, wo ich ein Kontaktlinsenmittel bemerkte. Daneben stand eine Vielzahl an Tuben. Savlon, wenn die arme Siobhan sich schnitt oder eine wunde Stelle hatte. Deep Heat, wenn Siobhan verspannt war und niemanden hatte, der sie massierte. Preparation H, Hämorrhoidensalbe, wenn… nun ja, vielleicht hat Phil doch bei ihr gewohnt.

Ich schloss das Badezimmerschränkchen und sah zur Toilette, die regelrecht funkelte. Wiederum nicht mit der Toilette in meinem Haus zu vergleichen. Ich knöpfte meine Jeans auf, schob sie herunter und setzte mich auf den Toilettensitz. Nur für ein paar Sekunden. Ich tat nichts, sondern saß nur da. Dann stand ich auf, zog meine Hose hoch und ging in Richtung Schlafzimmer.

Es war ein wunderschönes Zimmer, mit weiß gestrichenen Wänden, an denen weitere Modigliani-Drucke hingen: nackte Frauen, die sich räkelten und schnurrten. Apropos schnurren, Siobhans Katze lag auf dem Bett und blinzelte mich an. Erleichterung durchflutete mich. Sie war also doch unverletzt. Ich setzte mich neben sie und streichelte das Tier, was ihm Geräusche des Wohlbehagens entlockte. Ein Spuckefaden tropfte von seinen Lippen auf die Tagesdecke. Siobhan würde das nicht gefallen. Im Grunde überraschte es mich sowieso, dass sie die Katze auf dem Bett schlafen ließ, mit all dem Fell und dem Risiko von Flöhen. Vielleicht war sie im Schlafzimmer ein bisschen lockerer. Vielleicht war das Schlafzimmer der Ort, an dem die wahre Siobhan zum Vorschein kam, ein herrlicher, sinnlicher Schmetterling, der seine Flügel entfaltete…

Ich erhob mich vom Bett und ging im Zimmer umher, darauf bedacht, mich weit genug vom Fenster fernzuhalten. Es war wundervoll, wie das Licht das Zimmer durchflutete. Siobhan konnte sich glücklich schätzen, dieses Haus zu besitzen. Jetzt brauchte sie nur noch jemanden, mit dem sie es teilen konnte. Ich konnte mir bildlich vorstellen, wie ich in diesem Bett neben Siobhan lag, mit der Katze am Bettende. Ich würde Siobhan Frühstück bringen und neben ihr die Zeitung lesen, während sie Toaststreifen in ein weich gekochtes Ei tunkte. Dann würde sie ihren Teller beiseiteschieben und mir zu verstehen geben, dass ich die Zeitung weglegen sollte. »Ich liebe dich so sehr«, würde sie sagen. Und dann würde sie dieses unanständige Glitzern in die Augen bekommen und hauchen: »Warum besorgst du es mir nicht?«

Ich schlich mich durchs Schlafzimmer. Ein riesiger Schrank stand in einer Ecke. Ich öffnete ihn und bemerkte, wie wenig Kleidung darin war. Keine Spur von den Kleidungsstücken, die ich ihr gekauft hatte.

Ich schloss die Tür und wandte mich wieder zum Bett um. Das war der Moment, als mir ein gebundenes Büchlein auf dem Nachttisch ins Auge sprang. Ich beugte mich hinab, um es aufzuheben, und erkannte in einem Anflug schuldbewusster Erregung, dass es ihr Tagebuch war. Auf dem Einband war das aktuelle Jahr geschrieben. Ich setzte mich neben die Katze. In meinem Magen öffnete und schloss sich eine Faust. Sollte ich es aufschlagen? Ich wusste, ich sollte es nicht tun, aber was, wenn dort etwas über mich stand? In diesem Buch könnte etwas geschrieben sein, das mir aufzeigte, wie ich Siobhans Herz für mich gewinnen könnte – der Schlüssel, nach dem ich gesucht hatte.

Ich klappte es auf einer willkürlichen Seite auf und las die folgende Passage. Ich kann mich an jedes einzelne Wort erinnern – sie haben sich tief in mein Gedächtnis eingegraben:

Ich zerrte ihn geradezu hoch ins Schlafzimmer und riss ihm die Kleider vom Leib, und dann folgte der Schock der kalten Laken über und unter unserer heißen Haut …

… und nichts hatte sich verändert. Die Katzenhaare brachten ihn immer noch zum Niesen. Er zerdrückte mich mit seinem Gewicht. Er stöhnte und grunzte und stieß zu, riss an meinen Haaren und benutzte die Finger an allen falschen Orten. Die ersten zwei Minuten war ich schrecklich angetörnt, doch dann dachte ich mir bloß die ganze Zeit: Ich will einen richtigen Kerl. Ich will von einem Mann mit einem Riesenschwanz gevögelt werden, nicht von dieser mickrigen kleinen Entschuldigung eines Penis. Ich will dreimal in einer Nacht kommen.

Jäh schlug ich das Tagebuch zu.

Unter mir hatte sich die Haustür geöffnet und wieder geschlossen.

Jemand war hereingekommen.

13

Siobhan

Sonntag

Bin gerade vom Tennis zurückgekommen. Dennis konnte nicht glauben, wie gut ich spiele – ich ehrlich gesagt auch nicht. Es war, als würde ich jedes bisschen Angst und Wut und Verwirrung über diese Alex-Sache nehmen, alles in einen kleinen grünen, fluoreszierenden Ball packen und ihn zu ihm schmettern, wieder und immer wieder, in die Ecken des Tennisplatzes, über Dennis' Kopf hinweg, knapp innerhalb der Seitenlinien. Ich habe gegen ihn gewonnen, zum allerersten Mal. 6-1.

Das Tennis war eine kurze und willkommene Abwechslung von der Alex-Situation, aber ich bin auf eine sonderbare Art geradezu besessen, so viele verschiedene Meinungen wie möglich darüber einzuholen. Gestern habe ich stundenlang mit meiner Mum telefoniert. Ich war sehr ruhig (zu diesem Zeitpunkt!), doch ich glaube, sie hat geweint. Dann habe ich Paula angerufen, und wir haben uns lange unterhalten, und anschließend habe ich Jess angerufen. Sie und ich hatten unser erstes anständiges Gespräch seit Wochen, und sie hat Toms Probleme beim Zahnen nur ein einziges Mal erwähnt. Ich habe sogar angeboten, meinen Taufpatenpflichten nachzukommen und ihn einen Nachmittag zu nehmen, was sie mit Begeisterung angenommen hat. Doch hauptsächlich sprachen wir über Alex. Außerdem habe ich sie über das Phil-Desaster auf den neuesten Stand der Dinge gebracht. (Ich habe versucht, ihn gestern Abend anzurufen, aber er scheint nie zu Hause zu sein, oder er ist immer noch eingeschnappt. So ein Depp!)

Sie alle – Mum, Dennis, Paula und Jess – sagen, ich sollte zur Polizei gehen. Alex hat meine Kreditkarte benutzt und Hunderte von Pfund ausgegeben. Ich weiß, sie haben Recht, aber irgendetwas lässt mich zögern. Immerhin ist er nicht in mein Haus eingebrochen oder hat sich an mir vergangen oder was auch immer. Er hat wohl einfach irgendwann meine Karte aus meiner Tasche gezogen, die Nummer aufgeschrieben und sie dann wieder zurückgelegt. Ich will sein Verhalten überhaupt nicht schönreden, aber zumindest hat er die Karte zurückgegeben. An die Wäscheleine muss er gekommen sein, indem er über die Mauer im Garten geklettert ist, und ich bin sicher, dass ich den Becher in der Küche einfach vergessen habe. Und auch für das Katzenfutter muss ich verantwortlich sein. Er ist kein Houdini, er kann nicht in mein Haus eingedrungen sein, ohne ein Schloss aufgebrochen oder ein Fenster eingeschlagen zu haben – in letzter Zeit bin ich in puncto Sicherheit so paranoid.

Ich kann nicht mit Gewissheit sagen, dass er derjenige ist, der mich vergangene Woche verfolgt hat, und was kann man ihm sonst noch ankreiden? Nichts, abgesehen von der Karte, auf der er schreibt, wie sehr er mich mag und auf mich steht (okay, das war vielleicht ein bisschen unangebracht, aber es ist ihm offensichtlich peinlich). Er hat mir Blumen geschickt (okay, er hatte nicht gemerkt, dass sie verwelkt waren) und teure Geschenke gemacht (MIT MEINEM EIGENEN GELD, Siobhan, du Volltrottel!).

Wie dem auch sei, ich habe mich entschieden, wie ich die Sache angehen will. Ich habe ihm klar und deutlich gemacht, dass seine Annäherungsversuche unerwünscht sind … auch wenn ein winziger Teil von mir das schade findet. Die Erinnerung an den Ausdruck in seinen Augen, als er mir sagte, ich sei wunderschön, will mir einfach nicht aus dem Kopf gehen. Es war einer dieser herrlich sehnsüchtigen Blicke, so voller Zuneigung. Phil hat mich nie so angesehen.

Hör auf! Dieser Kerl ist wahrscheinlich ein echter Psychopath. Er hat mir Angst eingejagt und mich beraubt. Aargh, das ist so verwirrend!

Also schön. Ich werde ihn bitten, mir das Geld zurückzuzahlen, und wenn er den Betrag nicht bis auf den letzten Penny begleicht, werde ich zur Polizei gehen. Ich werde die Unterwäsche behalten, weil es einfach zu sonderbar wäre, sie ihm zurückzugeben, insbesondere da ich sie schon getragen habe, obwohl ihm das womöglich gefallen würde. (Glücklicherweise sitzt der Body doch wie angegossen und rutscht nicht in meine Pospalte.) Die Kleidung habe ich ebenfalls ganz offensichtlich schon getragen – was ein weiterer triftiger Grund ist, warum die Polizei mir nicht zuhören wird –, aber ich werde sie zur Reinigung bringen, sie ihm zurückgeben, und er kann sie in einem dieser Secondhand-Designerläden verkaufen. Oder er kann sie meinetwegen selbst tragen oder sie seiner Gummipuppe anziehen. Ist mir egal.

Und was ist damit, dass ich ihn jede Woche im Kurs sehen muss? Jess und Paula finden beide, ich sollte ihn hinauswerfen lassen, aber dann muss ich eine offizielle Beschwerde einreichen und all diese bürokratischen Hürden nehmen.

Ich denke, ich werde ihm stattdessen lieber schreiben. Immerhin habe ich seine Adresse. Ja. Ich werde ihm schreiben und ihm sagen, wie viel er mir schuldet und dass er die Prada-Sachen zurückbekommt. Und ich werde ihm nahelegen, dass es das Beste wäre, wenn er freiwillig aus meinem Kurs aussteigt.

Ich schreibe das hier auf dem Fußboden des Badezimmers, wo ich darauf warte, dass sich die Wanne endlich füllt. Ich bin so verschwitzt – als ich ins Schlafzimmer geschlüpft bin, um mir das Tagebuch vom Nachttisch zu holen, lag Biggles auf dem Bett und warf mir einen »Oh, du stinkst«-Blick zu, mit diesem überheblichen Ausdruck im Gesicht, den Katzen so vorzüglich beherrschen.

Diese Badewanne ist so schrecklich langsam. Mir tut der ganze Körper vom Tennis weh, und ich bin immer noch durcheinander von all dem, was gestern mit Alex passiert ist, und von Kathys Beerdigung, aber trotz dieses Durcheinanders fühle ich mich auf sonderbare Weise belebt. Nicht nur von der körperlichen Anstrengung. Ich weiß nicht, wie ich es ausdrücken soll, aber es ist eine Mischung aus vielen Dingen: die Katharsis, mit guten Freunden und der Familie gesprochen zu haben. Das Geduldspiel, eine Lösung gefunden zu haben. Das heimliche Entzücken, dass mich jemand wirklich mag und sogar so weit geht, mir richtig teure Kleidung zu kaufen. Ja, ja, ich weiß – ich habe für die verfluchte Kleidung selbst bezahlt, aber trotzdem. Ich wünschte, Alex wäre weniger verkorkst oder reicher. Er sieht nicht schlecht aus, und hätte er die Prada-Klamotten aus eigener Tasche bezahlt, würde ich jetzt im siebten Himmel schweben. Ich liebe Männer, die mir Kleidung kaufen. Gestern hat er mich zu Tode erschreckt, aber vermutlich waren es nur die Emotionen der Beerdigung, weshalb ich überreagiert habe. Mit Typen wie ihm werde ich fertig. Der Umstand, dass er mich wunderschön findet, verleiht mir ein Gefühl von Stärke, von Macht, von Dominanz. Ich fühle mich sexy.

Es ist toll, wenn ein Mann dir sagt, dass du wunderschön bist. Vor allem ein jüngerer Mann! Wenn auch ein verrückter Spinner … Ich habe mir gerade die verschwitzten Tennissachen vom Körper gestreift, mich vor den großen Badezimmerspiegel gestellt und mir dabei zugesehen, wie ich mich im Dampf allmählich in einen Geist verwandle, wobei ich versucht habe, mich durch die Augen eines Fremden zu sehen. Durch die unkritischen Augen eines Fremden.

Und ich muss sagen: nicht schlecht. Alles recht straff. Ich bin keine Cheryl Dole, aber zumindest habe ich keine Zellulite oder Speckröllchen. Ich wünschte, mein Busen wäre größer, aber immerhin hängt er mir noch nicht bis zu den Knien, und ich muss meinen Körper beim Sex nicht mehr verstecken, so wie ich es früher am liebsten getan hätte.

Jetzt sitze ich in der Badewanne und schreibe. Kürzlich habe ich herausgefunden, dass, wenn ich mich gegen das Badekissen lehne, mein Tagebuch auf die Knie lege und meine Hände nicht nass mache, ich mühelos weiterschreiben kann. Ich liebe lange, ausgedehnte, heiße Bäder, aber sofern man kein Buch liest oder Radio hört, ist es eine solche Zeitverschwendung, und dieses blöde Tagebuch ist so aufwändig. Ich denke, ich habe genauso viel Zeit darauf verwandt, über Alex und die »Situation« zu schreiben, wie ich darüber gesprochen habe, nämlich STUNDEN. Ich wünschte, ich würde nur halb so viel Zeit auf meine Schriftstellerei verwenden. Meine letzten zwei Tagebücher allein beinhalten mehr Wörter, als ich in drei Romane packen könnte. Wie schade, dass mein Leben normalerweise so langweilig ist – eine schonungslose Autobiographie wäre ein Kinderspiel, hätte ich denn irgendetwas Spannendes zu erzählen …

Ich kann Biggles im Schlafzimmer hören – Gott sei Dank kommt er nie in die Nähe des Badezimmers, wenn ich drinnen bin. Er glaubt wohl, ich will ihn waschen. Seit die Mauer eingestürzt ist, ist er nicht mehr der Alte. Die Frau in dem Wagen erzählte Doreen von nebenan, sie wäre einer rotbraunen Katze ausgewichen, die vor ihr auf die Straße gesprungen ist. Ich frage mich, ob er unter einem posttraumatischen Stresssyndrom leidet? Vielleicht …

– Was ist das für ein Geräusch?

14

Alex

Sonntag (Fortsetzung)

In panischer Verzweiflung suchte ich das Zimmer ab, während mich mein Instinkt anschrie, endlich ein Versteck zu finden. In der hintersten Ecke meines Verstands schälte sich ein Bild heraus: ich, der auf dem Bett saß; Siobhan, die nach Hause kam, bei meinem Anblick lächelte, mir »Hi, Liebling« zurief und mir einen sanften Kuss gab. Aber das war die Zukunft. Im Moment musste ich mich verstecken. Aber wo? Unter dem Bett? Nein, da war kein Platz. Hinter den Vorhängen? Die waren zu kurz, und es gab keinen Balkon. Der Kleiderschrank war die einzige Möglichkeit. Beobachtet von Siobhans Katze (»Verrat mich nicht«, formte ich still mit dem Mund) öffnete ich den Schrank, schlüpfte hinein und kauerte mich auf dem soliden Eichenboden zusammen. Es war, als befände ich mich in einem riesigen Lautsprecher, mit meinem Herzen, das den Bass vorgab.

Ich spitzte die Ohren, um zu hören, was in der Welt außerhalb des Kleiderschranks vor sich ging. Anfangs konnte ich nichts weiter als meinen hämmernden Puls ausmachen, doch dann vernahm ich ein Knarren und mehrere rasche Schritte. Ich presste das Ohr gegen die Schranktür. Siobhan kam in meine Richtung – das Trippeln ihrer hübschen Füße, die zu mir huschten. Hier war sie, mitten im Schlafzimmer. Da überkam mich jäh ein entsetzlicher Gedanke: Hatte ich daran gedacht, das Tagebuch zurück auf den Nachttisch zu legen? Ja – ja, hatte ich. Gott sei Dank. Ich hörte, wie sie stehen blieb und etwas zu ihrer Katze sagte: »(*Irgendwas, irgendwas*) Biggles.« Nun, jetzt wusste ich zumindest, wie das Tier hieß. Irgendwie süß, auch wenn es vielleicht auf einen zweifelhaften Literaturgeschmack hindeutete … Was zum Teufel tat ich hier, die Qualität des Namens von Siobhans Katze zu hinterfragen? Sie stand immer noch im Schlafzimmer, und ich hatte schreckliche Angst, dass sie die Tür öffnen könnte – nicht weil ich sie nicht sehen wollte, aber ich hatte das Gefühl, es könnte unserer Beziehung einen gewissen Dämpfer geben, wenn sie mich zusammengekauert in ihrem Kleiderschrank vorfände.

Doch sie verließ das Schlafzimmer. Wohin war sie verschwunden? Ein paar Sekunden später wurde meine Frage beantwortet: Ich hörte das Gluckern von Rohren und das Rauschen von Wasser. Sie ließ sich ein Bad ein. Ich holte tief Luft.

In diesem Moment, auf der anderen Seite des Korridors, in einem Zimmer, in dem ich eben noch gestanden hatte, zog sie ihre Kleidung aus, warf sie auf den Boden und tauchte ihre Hand ins Wasser, um die Temperatur zu messen. Vielleicht gab sie Badeöl hinein oder ein bisschen von dem Schaumbad. Oh Gott, womöglich rasierte sie sich sogar die Beine oder Achseln. Oder tat sie das in der Wanne? Ich habe nie mit einer Frau zusammengelebt, nie mit einem anderen weiblichen Wesen außer Mum und Annette ein Badezimmer geteilt, und ich hatte nie das Bedürfnis gehabt, *denen* beim Baden zuzusehen. Gelegentlich hatte mich die

Fantasie überkommen, ein paar Piranhas ins Wasser fallen zu lassen, wenn Mum ein Bad nahm, aber hier endete mein Mutter/Badezimmer-Interesse.

Der Wasserhahn wurde abgedreht. Der Boiler gluckste noch eine Weile, dann war mit einem Mal alles still. Die Badewanne musste voll sein. Jetzt würde sie hineinsteigen, mit den Zehen voran, die Wasseroberfläche durchbrechend, dann ein Knöchel, und schließlich würde sie langsam hinabsinken in die heiße, ölige Flüssigkeit, während ihre Haut allmählich rot von der Hitze wurde … Oh Gott. Ich konnte mir ihren Körper bildlich vorstellen. Ich wusste, wie er aussehen würde: der Hintern von Kylie, der Bauch von Angelina Jolie, die Brüste von Halle Berry. Eine makellose Haut, vielleicht ein paar vereinzelte Sommersprossen auf den Schultern. Ihre Augen würden sich schließen, sobald sie ins Wasser sank.

Woran dachte sie wohl?

Dachte sie an mich?

Eines von Siobhans Kleidern hing direkt vor meinem Gesicht. Ich zog es näher, an meinen Mund und meine Nase, atmete ihren Geruch ein … da erwachte ich schlagartig aus meinem erotischen Tagtraum. Das war meine Gelegenheit zur Flucht. Während Siobhan in der Wanne lag, konnte ich unbemerkt aus dem Haus schlüpfen. Sofern die Badezimmertür geschlossen war.

So leise wie möglich öffnete ich die Schranktür und blinzelte gegen das grelle Sonnenlicht an. Vorsichtig schob ich mich aus meinem dunklen Versteck und erhob mich. Ich blickte zum Nachttisch – das Tagebuch war nicht dort! Ich suchte das Bett ab. Ich hob Biggles hoch, um sicherzugehen, dass es nicht unter ihm lag. Die Katze war über die Behandlung nicht sonderlich erbaut, holte mit der Tatze aus und kratzte mich an der Hand. Vor Schmerz musste ich mir auf die Lippe beißen, um nicht laut aufzuschreien. Ich beobachtete, wie sich der Kratzer rot verfärbte, und lutschte an meiner Haut. Biggles schloss die Augen und nickte wieder ein, und ich schlussfolgerte, dass Siobhan das Tagebuch mitgenommen haben musste.

Die Schlafzimmertür stand offen, und als ich den Korridor hinabblickte, konnte ich sehen – dem Himmel sei Dank! –, dass die Badezimmertür geschlossen war.

Ich schlich den Gang hinab.

In der Badezimmertür war ein Milchglasfenster eingelassen, das von innen mit Dampf beschlagen war. Ich stand genau vor der Tür. Ich zitterte. Die Frau, die ich liebte, lag hinter dieser Glasschicht, nackt ... eine Frau, die von einem Mann mit einem Riesenschwanz gevögelt werden wollte. Ich war nicht ganz sicher, ob ich in diese Kategorie fiel, aber das eine wusste ich: Siobhan war ebenso frustriert wie ich, hatte dieselben Bedürfnisse wie ich. Und ich wusste – ich weiß –, dass wir uns gegenseitig helfen könnten und in den Armen des anderen, im Bett des anderen genau das finden würden, wonach wir uns sehnten.

Ich schlich noch näher an die Badezimmertür und versuchte, durch die Glasscheibe zu spähen. Doch alles, was ich sah, waren undeutliche Schemen und verschwommene Schatten, die meine Fantasie nur weiter anstachelten. Wasser spritzte und plätscherte.

Meine Hand schwebte über dem Türgriff. Ich müsste nichts weiter tun, als den Griff zu drehen, die Tür aufzustoßen, und dort wäre sie ...

Siobhan würde sich lächelnd umdrehen, eine Augenbraue

hochziehen. Dann die Seife nehmen und sie mir entgegenstrecken. »Sei nicht so schüchtern, Alex. Warum kommst du nicht her und wäschst mich …«

Hastig zog ich die Hand vom Türgriff weg. Ich konnte es einfach nicht tun.

Ich ging an der Tür vorbei und geradewegs die Treppe hinunter – und während ich hinabhastete, stolperte ich, verlor das Gleichgewicht und musste mich am Geländer festhalten, um nicht zu fallen. Mein Fuß knallte gegen die nächste Stufe.

Ich erstarrte. Ich konnte die Haustür unter mir sehen. Über mir hörte ich ein lautes Platschen, das Geräusch eines Körpers, der aus dem Wasser auftauchte. Siobhan musste mich gehört haben. Sie musste sich erschreckt haben und sich verwundert fragen, woher zum Teufel der Lärm herrührte. Oh Gott, ich wollte ihr keine Angst einjagen, ich hasste den Gedanken, sie könnte sich fürchten. Eine Welle der Übelkeit brach über mir zusammen. Das hier war ein Fehler. Was tat ich nur hier? Das war alles falsch. Und mit einem Mal erkannte ich, dass ich genau das tun musste, weswegen ich von Anfang an hergekommen war: Ich musste mit ihr reden.

Ich erreichte den unteren Treppenabsatz. Doch anstatt durch die Haustür zu verschwinden, wandte ich mich nach rechts und ging ins Wohnzimmer. Ich setzte mich aufs Sofa und wartete, krank vor Angst.

Eine Minute später hörte ich oben im Korridor Schritte: Siobhan kam langsam die Treppe hinunter, mein Engel, der zu mir herabsank. Ich fuhr mir mit den Fingern durchs Haar und atmete in die hohle Hand, um sicherzustellen, dass ich keinen Mundgeruch hatte.

Ich musste nicht lange warten.

Kurz nachdem ich meinen Atem zum dritten Mal überprüft hatte, tauchte sie im Türrahmen auf. Zuerst spähte sie in die Küche, doch dann drehte sie den Kopf in meine Richtung.

Sie zuckte zusammen, schlug sich die Hand aufs Herz. Ihr Mund formte ein O, ihre Augen einen Umlaut darüber. Ich versteifte in Erwartung eines Schreis – doch sie blieb still … ein paar Sekunden lang. Dann sagte sie: »Alex.«

»Hallo Siobhan.«

Wir starrten uns an, ohne dass einer von uns ein Wort sagte. Ihre Brust hob und senkte sich hastig. Erregung? Angst? Beides, dachte ich – eine Mischung aus Beklemmung und überschäumender Freude, die wir alle angesichts einer bedeutsamen Begegnung verspüren. Dasselbe magenumdrehende Gefühl, das dich überkommt, wenn du in einer Achterbahn Platz nimmst. Siobhan machte einen Schritt auf mich zu – sie trug einen blauen Morgenmantel. Ihre nackten Füße hinterließen feuchte Fußabdrücke auf dem Teppich. Sie war unerträglich schön – so schön, dass es mich schmerzte, sie anzusehen, als würde man in die Sonne starren.

»Wie bist du hereingekommen?«, fragte sie. Ihre Stimme klang heiser.

Ich griff in meine Hosentasche, zog den Schlüssel heraus und streckte ihn ihr hin. Sie nickte langsam, während sich ein Ausdruck der Erkenntnis in ihre Augen grub. »Wie oft warst du schon hier?«

Ich zuckte mit den Schultern. »Zwei- oder dreimal. Ich … Ich wollte dich besser kennenlernen. Mehr über dich erfahren. Ich habe Biggles getroffen, und er scheint mich zu mögen.«

Sie machte einen Schritt auf mich zu. Sie hatte die Hände ausgestreckt, die Handinnenflächen in meine Richtung. Ihr Blick huschte zum Telefon, das neben dem Schreibtisch stand.

»Du brauchst keine Angst haben, Siobhan«, sagte ich. »Ich liebe dich. Ich werde dir nichts antun.«

»Nein …«, sagte sie sehr leise.

»Versprochen, Siobhan. Du würdest mir doch auch nicht wehtun, oder? Du würdest niemals jemandem wehtun, den du liebst oder der dich liebt.« Beinahe hätte ich ein »außer« hinzugefügt, aber ich hielt mich zurück.

»Du liebst mich nicht«, sagte sie. »Du denkst, du würdest es tun, aber das tust du nicht, nicht wirklich …«

»Doch!« Ich stand auf, und sie wich hastig einen Schritt zurück. Tränen blitzten in ihrem Gesicht auf.

»Setz dich«, sagte sie, ihre Stimme ein Flüstern. »Bitte.«

Ich tat wie mir geheißen, wollte ihr gehorchen: sie lieben, sie ehren, ihr gehorchen. Wenn wir einmal heiraten, dachte ich, werde ich diese Worte sagen – sie werden Teil meines Ehegelöbnisses sein. Sie lieben, bis der Tod uns scheidet, sie von diesem Tag an ehren und … was noch? In guten wie in schlechten Tagen, für immer und ewig, Amen.

Sie blickte wieder zum Telefon und schien einen Moment nachzudenken. Dann drehte sie sich zu mir zurück. »Alex«, sagte sie, »du musst mir zuhören. Du liebst mich nicht. Du hast dich in mich verknallt, was zu einer Obsession geworden ist. Du magst glauben, dass du mich liebst, aber du kennst mich nicht wirklich. So … So funktioniert das nicht. Normalerweise lernt man jemanden kennen, geht mit ihm etwas trinken, vielleicht in ein Restaurant, man hat ein Date, redet, küsst sich, schläft miteinander und dann, wenn man viel Glück hat, verliebt man sich irgendwann im Laufe dieser

Zeit. Ich weiß, du wolltest mit mir ausgehen, und ich habe dich angelogen, aber das bedeutet nicht – ich meine, das gibt dir nicht das Recht, mich zu stalken.«

Stalken? Es dauerte ein paar Sekunden, bis das Wort in mein Bewusstsein drang. Ich wiederholte es laut: »Stalken? Du denkst … ich habe dich gestalkt?«

»Ich … sieh mal, es spielt keine Rolle, wie du es nennst, aber es muss aufhören. Das ist … Das ist falsch, Alex, das ist völlig verkorkst. Du dürftest nicht in meinem Haus sein! Du dürftest meinen Schlüssel nicht haben. Ich weiß nicht einmal, wie du in seinen Besitz gekommen bist. Aber ich weiß jetzt, dass du so an meine Kreditkarteninformationen gelangt bist.«

Ich sagte nichts.

»Was denkst du, wird die Polizei sagen, wenn ich ihnen davon erzähle? Das ist Diebstahl.«

Ich schluckte. »Wirst du sie rufen?«

Sie zögerte. »Nicht sofort. Aber das werde ich – außer du zahlst mir das Geld zurück, das du ausgegeben hast. Jeden einzelnen Penny.«

Ich ließ den Kopf sinken. »Okay.«

»Und du wirst außerdem nicht mehr in den Kurs kommen. Ich will dich dort nie wieder sehen.«

»Aber …«

»Nein. Wenn du dort auftauchst, oder wenn ich dich auch nur irgendwo in der Nähe herumschleichen sehe, rufe ich sofort die Polizei.«

»Aber ich mag den Kurs. Ich will von dir lernen.«

»Dafür ist es zu spät. Du wirst mich nie mehr wiedersehen, Alex. Keine weiteren Karten oder Blumen. Keine Geschenke. Auf keinen Fall irgendwelche Besuche. Ich will, dass du den Schlüssel neben dich aufs Sofa legst. Genau so. Gut.«

»Wie werde ich dir das Geld zurückzahlen?«

»Du kannst es mir schicken. Immerhin kennst du meine Adresse.« Sie holte tief Atem. »Und jetzt will ich, dass du gehst, mein Haus verlässt. Es ist vorbei, Alex.«

Sie verstummte, verschränkte die Arme vor der Brust und starrte mich an. Ich erhob mich, ließ den Schlüssel liegen und durchschritt das Zimmer in ihre Richtung.

Ich blieb genau vor ihr stehen. Knapp zwanzig Zentimeter trennten uns voneinander. Würde ich einen weiteren Schritt machen, würde sich die Entfernung vergrößern und mit jedem Schritt zunehmen, bis ich außer Sicht war, außerhalb ihrer Welt. Bei dem Gedanken wurde mir übel, und ich bekam Angst. Ich wusste, ich musste ihr gehorchen – mich bewegen, weitergehen –, aber meine Beine wollten keine Befehle befolgen. Und da war noch etwas, etwas, das mir sagte, dass das hier völlig falsch war, dass Siobhan einen schweren Fehler beging: Ich konnte es spüren – eine Energie, die zwischen uns floss. Elektrizität. Eine besondere Chemie. Siobhan zitterte. Verwundert fragte ich mich, ob sie erkannte, was sie gerade wegwarf.

»Verschwinde, Alex«, wiederholte sie, und schließlich ging ich fort.

Aus der Tür. Aus ihrem Leben.

Als ich nach Hause kam, legte ich mich ins Bett und weinte. Aber selbst während ich in diesen Abgrund der Verzweiflung fiel und heiße Tränen in meinen Augen brannten, wusste ich, dass es noch nicht vorbei war. Auf keinen Fall. Das Schicksal erlaubte es nicht.

Zweiter Teil

15

Siobhan

Ich scheine den Schock nur schwer verdauen zu können, Alex in meinem Haus vorgefunden zu haben. Eine Woche ist seitdem vergangen, und ich kann immer noch nicht aufhören, darüber nachzugrübeln. Über die Art, wie er mich angesehen hat, irgendwie gierig, beschämt und aufsässig, alles in einem. Ich glaube, ich habe mich nie verletzlicher gefühlt als in diesem Moment, während ich dort stand und auf den Teppich tropfte. Ich hatte das Gefühl, mein Morgenmantel wäre durchsichtig – derart unbewegt starrte er auf meine Scham und meine Brustwarzen. Zeitweise wirkte er ebenso erschrocken wie ich – und dann wiederum jagte er mir eine Höllenangst ein.

Was hätte ich getan, hätte er sich auf mich gestürzt, mir den Morgenmantel von den Schultern gerissen und den Reißverschluss seiner Jeans geöffnet? Wie der Mistkerl in dem Gässchen, doch diesmal das volle Programm. Ich habe mir häufig vorgestellt, wie es sich anfühlen muss, vergewaltigt zu werden. Die trockenen, unwillkommenen Stöße, der Schmerz, die Erniedrigung. Die entsetzliche Frage, ob man den Angriff überlebt oder getötet wird, um nicht zur Polizei gehen zu können.

Ich weiß nicht, wie ich reagiert hätte, wie sehr ich mich hätte wehren können. Ich weiß, was man im Ernstfall tun soll – mit den Fingern in die Augen stechen, Knie in die Eier rammen, schreien –, aber der Unterschied zwischen Theorie und Praxis ist riesig, wenn man vor Schreck gelähmt und halbnackt dort steht, wie ein jungfräulicher Teenager auf einem Opferaltar. Allein bei der Erinnerung habe ich das Gefühl, als würden sich meine Lungen verschließen, als wäre der Sauerstoff ein Eindringling, der sich mit Gewalt Zugang zu meinem Körper verschaffen will, während ich dagegen ankämpfe.

Im Grunde bin ich stolz auf mich, weil ich es geschafft habe, ihm deutlich zu sagen, dass er mir das Geld zurückzahlen muss. Er soll wissen, dass ich es ernst meine, weshalb ich gestern Morgen seine Adresse in meinen Studentenakten nachgeschlagen und ihm eine Nachricht geschickt habe, einen kurzen, nüchternen Brief mit der Erinnerung an den exakten Betrag, den er mir für die Kleidung schuldet (524,98 Pfund), und dass ihm der Besuch meines Kurses untersagt ist. Sollte er noch einmal aufkreuzen, werde ich nicht nur dem College in aller Ausführlichkeit die Gründe erklären, warum ich ihn aus dem Kurs geworfen habe, sondern schnurstracks zur Polizei gehen. Das Gleiche gilt, wenn ich das Geld nicht innerhalb eines Monats erhalte.

Ich habe auch das Schloss an der Haustür ausgewechselt, nur für den Fall, dass er zwei Kopien meines Schlüssels hat anfertigen lassen. Als ich nach meiner ersten Post-Alex-Besorgung nach Hause zurückkam, war ich felsenfest überzeugt, dass er sich wieder Eintritt verschafft hatte. Um ehrlich zu sein, habe ich mich regelrecht hineingesteigert. Die Luft im Flur fühlte sich irgendwie bewohnt an, der Staub flirrte unnatürlich still in der Luft, von der Sonne angestrahlt durch die Buntglasscheiben.

Was ich – wohlgemerkt – schon gespürt hatte, noch bevor ich die Haustür öffnete. Ich hatte den Schlüssel gedreht und war hineingeschlüpft, ganz leise, mit meinem Pfefferspray in der einen Hand (Jess hatte es mir gekauft) und meinem höchsten, spitzesten Stöckelschuh in der anderen, bereit, ihm den Absatz in den Kopf zu rammen, sollte ich ihn sehen. Aber da war nichts. Ich schlich auf Zehenspitzen (nun ja, so gut, wie man mit einem Stöckelschuh am Fuß und dem anderen in der Hand schleichen kann. Den anderen behielt ich an für den Fall, dass ich ihm in die Eier treten müsste) durch das ganze Haus, fand jedoch nichts außer einer riesigen Spinne in der Badewanne und Biggles im Schlafzimmer, der mich ansah und dabei die Augen verdrehte.

Apropos Biggles, vor ein paar Tagen gab es einen kleinen Zwischenfall. Sicherlich ist Alex auch dafür verantwortlich. Ich saß gerade an meinem Computer und versuchte, mir einen interessanten Dialog für meine Protagonisten auszudenken, als ich von oben das unverkennbare und deprimierende Geräusch einer würgenden Katze hörte. Immer zwei Stufen auf einmal nehmend rannte ich nach oben und tatsächlich, Biggles hatte genug Magenschleimhaut und Haare ausgespuckt, um einen Tennisschläger zu bespannen. Und das überall auf mein Bett. Er würgte und zitterte und hatte diesen schrecklich beschämten Ausdruck im Gesicht, den Katzen dann immer bekommen. Wir mussten also sofort zum Tierarzt fahren, mit ihm, der die ganze Zeit über Schleim hustete und stöhnte. Ich hatte schreckliche Angst, dass er sterben könnte und vergiftet worden war. Doch der Tierarzt beschwichtigte mich und meinte, dies sei extrem unwahrscheinlich und dass eher ein infektiöser Erregerstamm der Katzengrippe dahintersteckte, der im Moment herumging. Oder eine verdorbene Maus. Ich hatte immer noch meine Zweifel, weshalb ich alle Fressnäpfe von Biggles desinfiziert und die offene Packung Katzenfutter weggeworfen habe, sobald wir wieder zu Hause waren. Der Tierarzt hat ihm die teuerste Injektion der Welt gespritzt – das Katzenäquivalent für Botox, zumindest was die Kosten anbelangt, Milliliter für Milliliter, und jetzt scheint es ihm wieder gut zu gehen. Vielleicht hat Alex überhaupt nichts mit der Sache zu tun, aber alles wirkt im Moment so … keine Ahnung … so ungeheuer gewaltig. Ich kann nichts dagegen tun, als immer gleich voreilige Schlüsse zu ziehen.

Komisch, dass ich seit dem Vorfall nicht darüber schreiben konnte. Nicht bis gerade eben. Ich habe seit einer Woche nichts mehr geschrieben.

Vermutlich kenne ich allerdings den Grund. Es ist nämlich so, dass ich mein Tagebuch immer mit dem Deckel nach oben auf meinen Nachttisch lege, und als ich an dem besagten Tag vom Tennis zurückkam, lag es andersherum da. An mir nagt das schreckliche, schreckliche Gefühl, dass Alex womöglich darin gelesen haben könnte. Irgendwie ist das fast so schlimm wie eine Vergewaltigung. Ich meine, ich weiß, dieses Tagebuch ist mehr Bridget Jones als Proust, aber es ist dennoch vollkommen privat. Der Gedanke, ein Fremder könnte es gelesen haben, kommt einem Missbrauch gleich, und mir wird übel. Jedes Mal, wenn ich in der vergangenen Woche danach gegriffen und es überflogen habe, habe ich es durch die Augen eines anderen gesehen: all die Banalitäten und triviale Oberflächlichkeit.

Die Ironie des Schicksals – gestalkt zu werden ist erschreckenderweise das Interessanteste, was mir jemals widerfahren ist. War es Dorothy Parker, die sagte: »Brave Mädchen schreiben Tagebuch, die bösen haben keine Zeit dafür«? Gut möglich.

Ich dürfte keine Zeit haben, Tagebuch zu schreiben. Ich sollte mich mit einem Buschmesser durch den Urwald schlagen oder Trinkwasserbrunnen in Afrika bauen. Oder diesen Roman schreiben. Oder zumindest alle Hände voll zu tun haben mit zwei kleinen Kindern und einem erschöpften, aber liebevollen Ehemann.

Doch ich tue nichts von alledem. Ich ergehe mich hemmungslos in Selbstmitleid und blähe eine relativ belanglose Sache – aus der ich völlig unbeschadet hervorgegangen bin – zu einem riesigen Ereignis auf.

Ich sollte die positive Seite sehen. Alle waren so unglaublich mitfühlend (abgesehen von Phil, der auf meine Anrufe immer noch nicht reagiert hat. Allmählich kann er mich mal.) Mum und Dad wollten, dass ich zu ihnen ziehe, doch das hätte ich nicht ertragen. Sie haben schließlich aufgehört, darauf zu beharren, nachdem ich das Schloss ausgetauscht hatte, und Paula ein paar Nächte bei mir geschlafen hat. Vor ein paar Tagen war ich sogar mit Jess und Tom Mittagessen, wo sie mir das Pfefferspray gegeben hat. Mein Patensohn ist wirklich süß. Er sitzt jetzt in einem Hochstuhl und schlägt mit Löffeln auf den Tisch – das letzte Mal, als ich ihn gesehen habe, hat er nichts weiter getan, als faul herumzuliegen und zu pupsen (also im Prinzip eine Miniversion von Phil. Kein Wunder, dass ich als Patentante eine Niete war). Ich werde mich in Zukunft mehr bemühen, mit ihnen in Kontakt zu bleiben, und Jess war ganz erpicht darauf, auf den neuesten Stand der Alex-Saga gebracht zu werden.

Aber abgesehen von den Gedanken an Alex, die wie Schmeißfliegen in meinem Kopf herumschwirren, geht mein Leben seinen gewohnten Gang. Ich schreibe jeden Tag etwa fünfundsiebzig Wörter an meinem Roman. Ich spiele Tennis mit Dennis. Ich verriegle das Haus jede Nacht, als wäre es der Hochsicherheitstrakt von Belmarsh, nehme Taxis nach Hause und haste zum Briefschlitz, um nachzusehen, ob Alex' Scheck gekommen ist – Fehlanzeige. Keine Anrufe, bei denen sofort wieder aufgelegt wird, kein unauffälliges Herumlungern vor meinem Haus. Ihm bleibt ein Monat, um mir das Geld zurückzuzahlen, anschließend werde ich auf jeden Fall zur Polizei gehen.

Höchstwahrscheinlich.

Niemand im Schreibkurs hat Fragen gestellt, als ich meinte, Alex würde nicht mehr kommen. Seit Kathys Tod ist die Luft sowieso aus dem Kurs raus.

Obwohl wir letzte Woche eine richtig gute Stunde hatten. Mein Herz schlug mir bis zum Hals, als ich auf dem College-Parkplatz aus meinem Wagen stieg, doch falls Alex dort gewesen sein sollte, hat er sich geschickt hinter einem Busch versteckt. Ich war schrecklich nervös, zurück ins Klassenzimmer zu gehen, aber auch hier keine Spur von ihm. Unter Barbaras Polyesterrock stachen immer noch ihre Waden mit den riesigen purpurfarbenen Venen hervor. Janes Handy vibrierte immer noch laut in ihrer Handtasche, bis sie es ausschaltete und sich entschuldigte – so wie jede Woche. Das Schlimmste war der Umstand, wie sehr ich Kathy vermisste – es fühlte sich so komisch an, dass sie nicht bei uns war. Sogar noch sonderbarer als Alex, der sich in meinem Haus versteckt hatte, während ich ein Bad nahm.

Wie dem auch sei, irgendwie brachte ich die Stunde hinter mich. Ich quasselte in einem fort, wann man einen Dialog einbauen und wann die Erzählstimme zum Einsatz kommen sollte, all dieses handwerkliche Zeug, und dann machten wir eine Übung, und schließlich war die Zeit um.

Offen gestanden freue ich mich, wenn ich diesen Kurs nicht mehr unterrichten muss…

16

Alex

Heute Abend um halb sieben hörte ich jemanden nach Hause kommen. Ich hatte keine rechte Lust, diesem Jemand zu begegnen. Ich wollte nur in meinem Zimmer sitzen und über Siobhan nachdenken und was zum Teufel ich als Nächstes tun sollte. Siobhans Brief – ihre Rechnung, wie man es wohl treffender bezeichnen sollte, mit den sauber aufgelisteten Geldbeträgen, die ich von ihrer Karte abgebucht habe – lag auf meinem Schreibtisch. Ich hatte ihn zwanzig Mal gelesen, um ihn nur ja zu verstehen, in dem verzweifelten Versuch, eine Lösung zu finden. Wie könnte ich die Sache mit Siobhan bereinigen? Indem ich das Geld besorgte. Wie könnte ich an das Geld gelangen? Indem ich mir einen Job suchte. Aber wie sollte ich einen Job bekommen, wenn ich mich so schrecklich fühlte?

Ich zermarterte mir den Kopf und las den Brief wieder und immer wieder, da vernahm ich einen Schrei aus dem Wohnzimmer: ein schrilles Jaulen gefolgt von einem Keuchen. Ich stand auf. Hatten Natalie und Simon etwa dort drinnen Sex? Nein, ich hatte nur eine Person nach Hause kommen gehört, und das klang beileibe nicht nach an einem Lustschrei.

Ich rannte aus meinem Zimmer und stürzte ins Wohnzimmer.

Natalie saß auf dem Sofa, nach vorne gebeugt, den Kopf zwischen den Knien. Sie rang nach Luft.

»Natalie?«

Sie blickte auf. Ihr Gesicht war schweißüberströmt, ihre Augen waren zu schmalen Schlitzen verengt, als schaute sie in ein grelles Licht. Sie murmelte etwas auf Französisch.

Das war der Moment, als ich das Blut sah – ein kleines Rinnsal, das an der Innenseite ihres Beins entlanglief, unter ihrem kurzen Rock in Richtung ihrer Turnschuhe sickerte.

»Fuck.«

Ich wirbelte herum, packte das Telefon und wählte die 999. Dann schrie ich den Mitarbeiter in der Notrufzentrale an, dass ich einen Krankenwagen bräuchte. Er stellte mir unzählige Fragen: *Was ist das Problem?* Meine Freundin blutet. *Ist es ein Notfall?* Ja, verdammt noch mal, natürlich ist es ein Notfall. *Beruhigen Sie sich, Sir.*

Sie versicherten mir, dass der Krankenwagen bald bei uns wäre. Ich ließ den Hörer sinken und ging zu Natalie, beugte mich herab und tätschelte ihr die Schulter. »Es tut weh«, sagte sie. Ihre Stimme war die eines kleinen Mädchens.

Erneut griff ich nach dem Telefon und tippte hastig die Nummer der hiesigen Taxizentrale ein. »Ich brauche ein Taxi, sofort. Zum Krankenhaus. Bitte.«

Die Frau am anderen Ende der Leitung war freundlich und sehr besorgt. Sie versprach mir, dass das Taxi in zwei Minuten bei uns wäre. Ich setzte mich neben Natalie, legte ihr den Arm um die Schulter und sprach beruhigend auf sie ein, dass alles gut werden würde, dass das Taxi schon zu uns unterwegs wäre. Sie nickte, während ihr der Schweiß von Nase und Kinn tropfte. Sie sah aus, als würde sie gerade entbinden, und bei dem Gedanken erkannte ich, was los war.

Das Taxi fuhr draußen vor, und ich rannte zur Haustür, um dem Fahrer zu zeigen, dass wir ihn bestellt hatten. Als Nächstes lief ich ins Bad und schnappte mir ein Handtuch. Dann zog ich Natalie vom Sofa, ohne genau zu wissen, ob ich das Richtige tat, allein von dem Bewusstsein getrieben, dass ich sie schnellstmöglich ins Krankenhaus bringen musste, während mir all die Horrorgeschichten über Menschen durch den Kopf schossen, die stundenlang auf Krankenwagen warteten. Ich half ihr zum Taxi und legte das Handtuch auf die Rückbank, besorgt, der Fahrer könnte sich weigern, uns mitzunehmen, sollte er glauben, wir würden seinen Bezug mit Blut besudeln. Ich versuchte, an alles zu denken.

Das Taxi brachte uns in Windeseile zum Krankenhaus. Als es aus unserer Straße bog, hörte ich hinter uns das Heulen einer Krankenwagensirene. Während ich Natalies Hand hielt, glitten meine Gedanken zu Siobhan und wie stolz sie auf mich wäre, könnte sie mich jetzt sehen, wie ich einer guten Freundin half. Sie hatte mit mir geredet, als wäre ich ein Monster … ein Stalker, verdammt noch mal! Aber ich war lediglich ein Kerl, der verliebt war und sich in eine lange Tradition von Menschen einreihte, die von der Liebe, von dem Wahnsinn und der Leidenschaft übermannt wurden, die diese Emotion hervorrief, womöglich besessen – das gestehe ich gerne ein –, aber deshalb gleich gefährlich?

Ich drehte mich zu Natalie und flüsterte: »Halt durch, halt durch, es wird alles gut. Halt durch, Siobhan …«

Sie lehnte sich an mich. Sie war warm, und ich schloss die Augen und stellte mir vor, dies wäre eine normale Taxifahrt nach Hause und dass die Frau, die sich an mich kuschelte, in mich verliebt war, und wir zu ihrem Schlafzimmer zurückfuhren, wo sie sich ausziehen, sich um mich schlingen und mit Küssen bedecken würde, ihr Körper ein Balsam auf meinen Wunden.

»Wir sind da«, sagte der Taxifahrer. Jäh wurde ich aus meinem Tagtraum gerissen und erinnerte mich, wo ich war, wer bei mir war und was ich hier tat. Der Taxifahrer und ich halfen Natalie zum Eingang der Notaufnahme.

Ich schnappte mir eine Krankenschwester und sagte: »Sie hat eine Fehlgeburt.« Und im nächsten Moment wurde sie weggebracht, einen Korridor hinunter, der nach Medizin und Tod und Blut und Leben stank. Sie würden sich jetzt um sie kümmern. Sich um alles kümmern.

Ich blickte auf und erkannte, dass der Taxifahrer immer noch wartete.

»Oh.« Ich griff in meine Hosentasche und zog sämtliches Geld heraus, das ich besaß. 2,37 Pfund. Und ein paar zusammengeknüllte Kaugummis.

Der Taxifahrer schnalzte missbilligend mit der Zunge und schüttelte den Kopf. »Vergessen Sie's«, sagte er und ging weg.

Ich lungerte eine Weile im Wartezimmer herum und beobachtete die Parade an Schwachen und Verwundeten, die an mir vorbeizog. Jeder Einzelne von ihnen rief der Reihe nach um Hilfe, die Zaghaften und die Lautstarken, diejenigen, die einen sitzen hatten, und diejenigen, die so schwer verletzt waren, dass sie nicht einmal mehr sitzend hereingerollt werden konnten. Angesichts des noch recht frühen Abends war ich erstaunt, wie viele Betrunkene hier herumtaumelten, nach Aufmerksamkeit heischend und mit ihrem stinkenden Atem die Luft der anderen Patienten verpestend. Ich wollte nach Hause gehen, zurück in meine Höhle, um Trübsal zu blasen und nachzudenken, aber ich konnte Natalie nicht allein lassen. Ich hatte nicht einmal gewusst, dass sie schwanger war. Vielleicht hatten sie und Simon es selbst auch noch nicht gewusst… Schlagartig fiel mir ein, dass ich ihn noch gar nicht angerufen hatte. Mist. Die Ärzte hätten ihn womöglich angerufen, aber Natalie war nicht in der Verfassung, um ihnen seine Nummer zu geben, und wahrscheinlich nahmen sie an, dass ich ihr Freund war.

Ich wartete, bis ein besoffener Schotte aufhörte, seine Frau von der einzigen Telefonzelle aus anzuschreien, die es hier zu geben schien (er und ich mussten die letzten Menschen auf Erden ohne ein Handy sein), dann rief ich Simon an. Die Sprechmuschel des Telefons stank nach abgestandenem Whisky. Fast hätte ich mich übergeben, aber gleichzeitig kam mir der Gedanke, wie schön es wäre, sich jetzt einen Drink zu genehmigen. Gütiger Himmel, ich konnte es regelrecht schmecken – die in Flaschen abgefüllte Besinnungslosigkeit, die nach mir rief.

Fünfzehn Minuten später war Simon da, das Gesicht blass wie ein Krankenhauslaken. Er redete sogleich mit der Dame am Empfang und verschwand in einem der Korridore.

Ich wartete noch ein wenig, wobei ich mich jetzt inständig nach diesem Drink sehnte und mir der Gedanke durch den Kopf schoss, dass ich vielleicht später wieder hier landen würde, ein weiterer lärmender Betrunkener, der den Kampf um seine Würde verloren hatte. Da kam Simon zurück. Seine Augen waren rot und feucht, und er legte mir die Hand auf die Schulter.

»Vielen Dank, dass du sie hergebracht hast«, sagte er.

Ich nickte. »War es eine…?«

»Eine Fehlgeburt. Sie haben einen speziellen medizinischen Fachbegriff benutzt, aber«, er tippte sich auf den Kopf, »ich habe gerade Schwierigkeiten, mir Dinge zu merken. Ich hatte mich gerade mit dem Umstand angefreundet, dass sie schwanger ist. Wir wollten es am Wochenende allen erzählen.« Er blinzelte mich an. »Sie sagten, sie hätte in Lebensgefahr geschwebt … und dass sie Glück hatte, so schnell hergebracht worden zu sein. Also, vielen Dank.«

Ich glaubte schon, er würde mich umarmen, aber er drückte mir nur wieder die Schulter. Seine Augen schimmerten vor Tränen.

»Willst du, dass ich noch ein bisschen hier warte?«, fragte ich.

Er schüttelte den Kopf. »Nein, ist schon in Ordnung. Du kannst gehen, wenn du willst.«

»Okay.«

Ich drehte mich um, da sagte er: »Alex.«

Ich sah ihn an.

»Danke, Kumpel.«

Ich nickte. »Keine Ursache.«

Ich spazierte nach Hause. Ein sonderbares Gefühl der Unbeschwertheit packte mich, während Adrenalin durch meinen Körper peitschte. Ich fragte mich, ob es Benimmregeln gab, die ich nun einhalten müsste. Eine Karte schreiben? Blumen kaufen? Ich entschied mich, es lieber bleiben zu lassen. Karten und Blumen hatten mich in letzter Zeit ganz schön in Schwierigkeiten gebracht.

Ich kam nach Hause und schaute eine Weile fern. Etwa um zehn rief Simon an.

»Wie geht es ihr?«, fragte ich.

»Sie wollen sie über Nacht hierbehalten, weshalb ich noch

so lange bleiben werde, bis sie mich rauswerfen. Sieh mal, ich rufe an, um dich um einen Gefallen zu bitten. Nat wollte heute Abend mit Emily weggehen, und ich habe ihre Nummer nicht auf meinem Handy gespeichert. Könntest du sie für mich heraussuchen? Sie hängt an der Pinnwand.«

»Klar.«

Ich ging in die Küche und fand das Stück Papier, auf das Emilys Nummer gekritzelt war. Ich nahm es ab, ging zurück ins Wohnzimmer und las sie ihm vor.

»Vielen Dank.« Er zögerte. »Eigentlich könntest du sie anrufen.«

»Wen?«

»Wen schon? Emily.«

»Wie bitte? Warum?«

»Weil sie dich mag, hast du das gar nicht gecheckt? Hör mal, willst du, dass ich sie zu dir schicke?«

»Was? Jetzt?«

Er stöhnte verzweifelt auf. »Natürlich jetzt.«

»Nein, nein, ist schon gut. Ich …«

»Alex, ich muss Schluss machen. Ich muss Emily anrufen und dann zurück zu Nat. Wenn du mit der Info, die ich dir gerade gegeben habe, irgendetwas anfangen willst, dann ruf sie später an. Ich kann dir garantieren, sie wird nicht Nein sagen.« Er legte auf.

Emily. Emily. Seit unserem Treffen hatte ich kaum einen Gedanken an sie verschwendet, zu sehr war ich mit Siobhan beschäftigt gewesen. Ich konnte nicht einmal mit Gewissheit sagen, ob ich Emily mochte oder nicht – ich war nur überrascht, dass sie mich mochte. Geschockt und geschmeichelt und aufgeregt und erschrocken. Und verwirrt. Ich starrte auf den Fetzen Papier, auf dem ihr Name und ihre Nummer mit blauem Kugelschreiber notiert waren. Mit der Fingerkuppe strich ich über die Zahlen. Diese Frau mochte mich. Stand auf mich. Ich sollte sie anrufen, dann könnten wir uns auf einen Drink treffen, vielleicht ein zweites Date ausmachen, all die Dinge tun, von denen Siobhan gesprochen hatte, während ich auf ihrem Sofa saß, all die Dinge, die sich in Liebe verwandeln könnten.

Aber das ist nicht Siobhan. Das ist nicht die Frau, mit der ich zusammen sein will. Oh Emily, warum ist dein Timing so schlecht? – Ich bin bereits in jemanden verliebt. Wenn ich dich jetzt anrufe, würde ich die Frau betrügen, die ich liebe. Es käme einem Seitensprung gleich.

Aber Siobhan liebt dich nicht, flüsterte eine Stimme in meinem Kopf, eine Stimme, die sich sehr nach der meiner Mum anhörte. Sie hält dich für einen Stalker. Sie will dich nicht.

Ich war so durcheinander. Doch während ich auf Emilys Telefonnummer starrte, konnte ich nichts weiter als Siobhans Gesicht sehen. Ohne genau zu wissen, was ich tat, knüllte ich das Stück Papier zu einem Ball. Ich ging in die Küche und warf es in den Abfall, da blickte ich auf und sah im Fenster mein Spiegelbild, das sich hell gegen die Welt dort draußen abzeichnete, ein glühender Geist meiner selbst in der Dunkelheit.

Am liebsten würde ich behaupten, dass das Telefon genau in diesem Moment läutete – diese Fügung hätte mein literarisches Zartgefühl berührt –, aber so war es nicht. Ich wanderte ziellos im Haus herum, aß ein Sandwich und trank eine Dose von Simons Bier, das sich seit dem Sommer im hintersten Teil des Kühlschranks versteckt hatte. Dann ging ich aufs Klo und schaute noch etwas fern. Ich war wie betäubt und so ausgelaugt, dass ich nicht einmal die Energie aufbrachte, mir Sorgen zu machen. Ich wusste, die Angst würde morgen zurückkehren oder vielleicht mitten in der Nacht. Auch das Verlangen käme zurück. Vielleicht würde ich losziehen, um Siobhan wiederzusehen. Würde versuchen, sie zu überzeugen, mir eine Chance zu geben. Würde versuchen, es in ihren Kopf zu hämmern: Wir sind füreinander bestimmt. Ihr von Liebe und Schmerz erzählen.

Da klingelte das Telefon.

»Hallo?«

»Äh … hi. Ist da Alex? Hier spricht Emily, Natalies Freundin.«

»Emily.«

»Ja. Simon hat mich gerade angerufen und mir gesagt, was passiert ist. Die arme, arme Nat.«

»Ich weiß.«

Keiner von uns beiden wusste, was er sagen sollte. Da meinte Emily: »Alex … äh, ich habe mich gefragt … ob du … Himmel, ich befürchte, das ist irgendwie stillos, dass ich an mich denke, wo meine Freundin gerade ein Baby verloren hat … aber Simon hat mir erzählt, wie du Nat ins Krankenhaus gebracht hast und wie dankbar er dir ist, und da musste ich über dich nachdenken, und ich konnte nicht widerstehen, dich anzurufen …« Sie plapperte drauflos und klang sogar noch nervöser, als ich mich fühlte.

»Möchtest du dich vielleicht irgendwann einmal mit mir treffen?«, fragte sie.

Es gibt Zeiten in unserem Leben, da scheint es leichter zu sein, Nein zu sagen. Ein Nein ist die leichte Entscheidung, auch wenn man eigentlich Ja sagen will. Manchmal weiß man, dass ein Ja eine größere Anstrengung, ein Risiko birgt.

Aber es gibt Zeiten, da kann man nicht Nein sagen. Da kann man sich keine Ausrede ausdenken. Und vielleicht liegt es daran, dass du weißt, dass es keine Ausreden gibt, zumindest keine guten.

Ich weiß wirklich nicht, warum ich zugestimmt habe, als Emily mich auf ein Date einlud. Vielleicht lag es an der Art, wie sie mich fragte: Sie klang so nervös, so süß. Und vielleicht habe ich für den Bruchteil einer Sekunde Siobhan vergessen. Wie dem auch sei, auf einmal hörte ich mich sagen: »Okay.«

Und Emily war so glücklich, als ich dieses Wort sagte, dass ich es sogleich wiederholte: »Okay. Ja. Ja.«

Wir treffen uns morgen. Ich habe ein Date. Und trotz allem, was in letzter Zeit vorgefallen ist, kann ich nichts dagegen tun: Ich bin verdammt aufgeregt!

Später: vier Uhr morgens

Bin gerade aus einem Traum erwacht und kann nicht wieder einschlafen. In diesem Traum habe ich mit Emily geschlafen, aber ich wusste, dass uns jemand beobachtet. Ich konnte seine Gegenwart hinter dem Vorhang spüren, obwohl wir uns im ersten Stock befanden. Ich zog den Vorhang zurück, und da war Kathy, die wie der Vampir in *Brennen muss Salem* vor dem Fenster schwebte. Ihr Leichnam grinste mich an und glitt mit ausgestreckten Händen durchs Fenster, um mich in ihre feste Umarmung zu schließen …

17

Siobhan

Sonntag

Ich muss mir einen neuen Tennispartner suchen. Ich will nicht länger mit Dennis spielen, mit seinen festen, ächzenden Aufschlägen und Bibelzitaten. Ganz zu schweigen von seinen geschürzten Lippen, sobald ich fluche. Und seine Beine machen mich nervös, so haarlos wie sie sind.

Ich kann immer noch nicht glauben, was er heute zu mir gesagt hat. Wir haben ein wenig geplaudert, wie wir es immer zwischen den Sätzen tun, und ich erzählte ihm gerade von meinem Verdacht, dass Alex womöglich Biggles vergiftet haben könnte, dass er mir außerdem noch immer nicht meine fünfhundert Pfund zurückgezahlt hatte und ich besorgt sei, diese Stille könnte ein schlechtes Omen sein, dass ich eines Nachts nach Hause käme und Alex wie aus dem Nichts auftauchen würde, mit einem Tranchiermesser und einer Rolle Klebeband in Händen … da fiel mir Dennis ins Wort:

»Können wir jetzt bitte über etwas anderes reden?«

Also ehrlich, was ist sein Problem?

»Das ist nicht sonderlich christlich von dir, Dennis«, sagte ich. »Hier stehe ich, mitten in einer großen Lebenskrise mit diesem schrecklichen Psychopathen, der mich stalkt, und du willst das Thema wechseln? Es tut mir unglaublich leid, dass ich dich langweile.«

Eigentlich hatte ich angenommen, dass ihn diese Worte zum Schweigen bringen und er sich bei mir entschuldigen würde, aber er murmelte nur etwas in sich hinein, stand auf und knallte mir dann ein Dutzend unhaltbarer Aufschläge um die Ohren. Mit einem Mal hielt er inne und marschierte auf mich zu. Er sah richtig wütend aus, was mich völlig überraschte. Seine Augenbrauen wurden fast weiß, und sein Gesicht war ziegelrot, mit einem kleinen zuckenden Muskel in der Wange.

Ich sah ihn stirnrunzelnd an. »Was ist los?«

»Siobhan«, sagte er. »Du musst aufhören, über diesen Kerl zu reden. Du hattest einen Schock, aber das ist jetzt über zwei Wochen her. Seitdem hat er dich in Ruhe gelassen. Du hast keinerlei Beweise, dass er deine Katze vergiftet hat. Ich meine, ich will ihn keineswegs in Schutz nehmen, das, was er getan hat, war fürchterlich – aber du musst nach vorne schauen. Du kannst dir dein Leben von dieser Sache nicht so verpfuschen lassen.«

So eine Frechheit! Ich traute meinen Ohren nicht. Verärgert schnappte ich mir die Hülle meines Tennisschlägers und stürmte aus dem Tor hinaus, nachdem wir gerade einmal eine halbe Stunde gespielt hatten. Normalerweise nutze ich auf diesen Tennisplätzen jede einzelne Minute voll aus, da sie nicht gerade billig sind, aber ich würde nicht zulassen, dass dieser scheinheilige, kleine Spießer so mit mir redete.

»Ihr Männer«, sagte ich über die Schulter. »Ihr seid alle gleich. Ihr kotzt mich an – und ich dachte, du wärst mein Freund!«

»Ich bin dein Freund«, rief er, als ich zurück zu meinem

Auto marschierte. Ich beachtete ihn nicht weiter. So ein Arsch!

Das war wohl der Grund, weshalb ich anschließend nicht gerade in Hochstimmung war. Vielleicht liegt es an meinen Hormonen. Meine Tage können jederzeit kommen. Ich habe versucht, Jess und Paula anzurufen, um mich bei ihnen auszuheulen, aber sie waren beide nicht zu Hause, weshalb ich ihnen lange Nachrichten auf dem Anrufbeantworter hinterlassen habe (und wegen denen ich ein latent schlechtes Gewissen habe. Ich hasse es, wenn mir Leute ellenlang auf den Anrufbeantworter quatschen, aber es ist so verlockend, dein Herz auf dem eines anderen auszuschütten).

Es war ein wunderschöner sonniger Herbsttag, weshalb ich mich entschloss, zu *Angelo* zu spazieren und zu versuchen, zum Mittagessen einen Tisch im Freien zu ergattern, wobei ich meinen üblichen Trick anwendete, indem ich vorgab, auf eine Freundin zu warten, die dann leider absagte (was so viel weniger peinlich ist als zuzugeben, dass man allein zu Mittag isst). Ich nahm ein Notizbuch und einen Stift mit und dachte mir im Stillen, es wäre eine gute Möglichkeit, meine Nachbarn zu belauschen und ein paar Charakterstudien für den Roman anzufertigen. Und nicht zu vergessen, ein Auge auf alle süßen Männer zu werfen, die womöglich dort waren; vielleicht ein netter, reicher, geschiedener Mann, der seine kleine Tochter zum Mittagessen ausführt – das wäre genau das, was ich im Moment bräuchte. Ein neuer Freund, der mich von Alex ablenkt.

Wie dem auch sei, ich bekam einen perfekten Tisch am Rand der Terrasse und wartete eine Weile auf meinen griechischen Salat (ich hatte dem Kellner gesagt, ich würde schon einmal bestellen, da meine »Freundin« immer zu spät käme). Es waren tatsächlich einige vielversprechende Männer anwesend, einschließlich des besagten Kellners. Nicht gerade mein Typ, ein bisschen klein und mit schütterem Haar, aber erfrischend witzig und schäkernd, was meine Laune hob. Ich versuchte, mit den beiden Männern am Nebentisch Augenkontakt herzustellen, aber sie blieben unbeeindruckt. Vielleicht waren sie schwul.

Als mein Salat endlich serviert wurde und ich eine Gabel Feta im Mund hatte, wurde dieser schreckliche Tag sogar noch schlimmer: Ich erblickte Phil und eine Frau, höchstwahrscheinlich Lynn. Phil-Lynn. Hört sich irgendwie nach etwas an, das der Zahnarzt unter Vollnarkose mit dir anstellt. Und beim Anblick der beiden kam es mir auch wirklich fast so vor, als würde mir ein Zahn gezogen werden. Ich erspähte sie am anderen Ende der Straße, wie sie Arm in Arm in meine Richtung schlenderten, zwei widerlich tuschelnde Turteltäubchen. Sie hatte sogar den Kopf an seine Schulter gelehnt – ich hoffe, sie bekommt einen steifen Hals. Hastig setzte ich meine Sonnenbrille auf und unterzog meinen Salat einer genauen Prüfung, doch zu meinem Entsetzen blieben sie stehen. Wie konnte er es wagen, sie hierher zu bringen? Das war unser Stammrestaurant! Wo ich gerade völlig mutterseelenallein saß. Es war eine solche Schmach.

Sie nahmen zwei Tische von mir entfernt Platz und verschränkten sogleich die Finger über dem Tisch, als wären sie monatelang getrennt gewesen. Da sah ich, dass er einen lächerlichen, kleinen Schnauzer hatte, der fast so aussah, als hätte er ihn sich angeklebt oder mit einem schwarzen Filzstift aufgemalt. So ein Depp. Ich stützte den Ellbogen auf den Tisch und versteckte die ihnen zugewandte Seite meines Gesichts mit der Hand, aber es war zu spät. Ich bemerkte, wie sie mich anstarrte, dann beugte sie sich vor und flüsterte ihm etwas zu. Er riss den Kopf hoch, und in seinen Augen lag ein solcher Ausdruck von Panik, dass ich tief gekränkt war – ich meine, um Himmels willen, ist es wirklich so schrecklich, mich zu sehen?

»Siobhan«, sagte er irgendwie heiser in meine Richtung. Es machte den Anschein, als wollte er aufspringen, dann änderte er seine Meinung und setzte sich wieder. Lynn presste die Lippen auf eine Art zusammen, die ein Lächeln andeuten sollte, aber es wirkte ebenso freundlich wie ein Becken voller Piranhas.

Ein weiteres Pärchen kam und setzte sich an den Tisch zwischen uns, aber ich fand, er sollte nicht so leicht davonkommen, weshalb ich aufstand und zu ihnen ging. Wenn schon, denn schon, dachte ich.

»Hi!«, sagte ich und streckte Lynn die Hand hin. »Ich bin Siobhan.«

»Ja«, erwiderte sie. »Ich weiß. Wir sind uns schon einmal in Phils Büro begegnet.«

Ich erinnerte mich nicht, aber das war kein Wunder. Sie war völlig unscheinbar – mausgraue Haare, wässrige Augen, dürr und phlegmatisch aussehend. Selbst ich mit meinem nicht sonderlich ausgeprägten Selbstbewusstsein wusste, dass ich viel hübscher als sie war. Dann schoss mir der Gedanke durch den Kopf, dass ich es jederzeit mit ihr aufnehmen könnte. Ich musste wirklich PMS haben.

»Und, wie geht es dir? Hattet ihr eine schöne Zeit in Portugal?«, zwitscherte ich durch zusammengebissene Zähne.

»Es war wundervoll, danke«, sagte Phil.

»Wirklich ganz wundervoll«, fügte Lynn hinzu.

Reibt es mir ruhig unter die Nase, dachte ich.

Phil reckte den Hals, um zu dem Stuhl zu sehen, der meinem gegenüberstand. »Bist du ... mit jemandem hier?«, fragte er. Er schien sich wirklich unwohl in seiner Haut zu fühlen. Insgeheim freute ich mich, immer noch eine solche Wirkung auf ihn zu haben; freute mich, dass er eifersüchtig auf meinen neuen Freund war. Vorübergehend vergaß ich sogar, dass ich streng genommen überhaupt keinen neuen Freund hatte.

»Ja ... er kommt später. Steckt im Stau fest ... du weißt, wie schlimm es hier am Wochenende mit all den Straßenarbeiten ist. Er hat gestern seine Mutter besucht.«

Phil wirkte nun sogar noch entsetzter. Was für ein Weichei!

»Wenn ich ehrlich bin«, sagte er, und sein Blick huschte für eine Nanosekunde über die Speisekarte, »weißt du was, Lynny?« (*Lynny! Kotz-würg.*) »Irgendwie spricht mich hier gerade nichts an. Ich kenne einen Mexikaner, bei dem ist das Essen noch authentisch und real.«

Er lachte nervös und erklärte uns beiden: »Real! Der mexikanische Real! Verstanden?«

»Der Real ist die brasilianische Währung. In Mexiko ist es der Peso«, sagte ich mit verschränkten Armen und bemerkte erfreut, dass er auf dem Kopf eine kahle Stelle bekam.

»Na ja. Derselbe Kontinent«, sagte er. »Haha.«

»Haha«, erwiderte ich.

Lynn warf mir längst böse Blicke zu und stand auf.

»Ja, ich fände mexikanisch auch besser ... lass uns zum *Padres* gehen. Schön, dich wiedergesehen zu haben, Siobhan.«

Sie begann, sich zwischen den Tischen hindurchzuschlängeln.

»Hast du meine Nachrichten bekommen, Phil?«, rief ich ihnen hinterher.

Er drehte sich halb um. »Nein. Habe ich nicht.« Und im nächsten Moment waren sie verschwunden, ohne ein einziges Wort des Abschieds.

Ich ging zurück zu meinem Platz und setzte mich wieder auf meinen schrecklichen Korbstuhl, der mir die Rückseite meiner Beine aufkratzte, doch mir war der Appetit gründlich vergangen. Meine Tomaten sahen halb gar und matschig aus, und der Feta hatte eine unappetitliche weiße Soße auf dem Teller hinterlassen.

Es ist sonderbar, dass man im einen Moment mit einem Menschen intim sein kann, und im nächsten behandelt er dich wie jemanden, der ihn im Pub über den Tisch gezogen hat. Die Zunge dieses Mannes war an Stellen gewesen, die nicht einmal ich selbst kannte, und jetzt war es ihm sogar schon zu viel, sich zu verabschieden oder mich zurückzurufen? Es ist wirklich deprimierend. Ich weiß, dass ich ihn nicht zurückwill, aber ich komme nicht umhin, auf das eifersüchtig zu sein, was er offensichtlich mit Lynn hat. Warum kann ich keinen Mann finden, der mich auf diese Art liebt? Warum hat Phil mich nicht so geliebt? Was ist nur los mit mir? Ich vermisse es, einen Freund zu haben.

Ich ließ den Rest meines Salats stehen, legte eine Zehn-Pfund-Note auf den Tisch und trottete den Hügel zurück in mein leeres Haus. Mit einem Mal kam mir der Gedanke, dass selbst die Aussicht, Alex hier vorzufinden, besser wäre als diese … Einsamkeit.

Einsamkeit und eine Kreditkartenrechnung in Höhe von 631,80 Pfund – meine neuen Tennisschuhe plus das Geld, das Alex mir gestohlen hat. Und das er immer noch nicht zurückgezahlt hat, dieser Mistkerl. Das lasse ich mir auf keinen Fall gefallen.

Später…

Ich habe an meinem neuen Roman gearbeitet, was mir fast wie ein Wunder vorkommt. Es ist das erste Mal seit einer Ewigkeit, dass ich in die Geschichte hineingesogen wurde. Diese Stevie ist keine schlechte Protagonistin – im Grunde fange ich langsam an, sie zu mögen, wohingegen ich sie anfangs regelrecht verabscheut habe. Wahrscheinlich war es Angst, wenn ich versuchen würde, es zu analysieren. Angst, dass sie, also meine Schöpfung, nicht gut genug ist, um einen neuen Buchvertrag an Land zu ziehen.

Obwohl ich ein klitzekleines Licht am Horizont sehe, was die Aussicht auf eine mögliche Veröffentlichung anbelangt: Ich habe gerade eine E-Mail von Patricia erhalten. Sie klang ein bisschen verschnupft und meinte, sie würde schon seit Wochen versuchen, mich zu erreichen (nun ja, sie kann es nicht sonderlich hartnäckig versucht haben. Ich bekomme nicht sonderlich viele E-Mails und hätte ihre auf jeden Fall gesehen, wenn sie mir denn wirklich, wie sie behauptet, vor Längerem eine geschrieben hat. Warum hat sie mich nicht angerufen?). Wie dem auch sei, die gute Nachricht ist, dass sich *TLW* aus welchen Gründen auch immer in Holland gut verkauft hat und die niederländischen Verleger bei Patricia nachgefragt haben, ob ich womöglich Interesse hätte, für eine Veranstaltung aufs Festland zu kommen: eine Lesung und Signierstunden. Eine kostenlose Reise nach Amsterdam könnte genau das Richtige sein, um mich nach diesem Trauma auf andere Gedanken zu bringen.

Aber ich weiß nicht so recht. Hätte ich einen Freund, den ich mitnehmen könnte, sähe die Sache anders aus. Dann würde ich das Angebot sofort annehmen. Amsterdam ist eine so romantische Stadt, mit all diesen süßen Fenstern und Kanälen. Ich kann mir lebhaft vorstellen, wie ich in einem – wie heißt das niederländische Pendant zu einer Gondel? – na ja, in einem Boot sitze, mit den Fingern verführerisch durch das von der Sonne angestrahlte, glitzernde Wasser streiche und mir ein wunderschöner Mann Stellen aus *TLW* rezitiert... ja, das würde mir gefallen. Er könnte ein Fan sein. Er hat ganze Absätze von *TLW* auswendig gelernt und liegt mit dem Kopf in meinem Schoß, während er sie vorträgt. Hmm, das wäre himmlisch. Dann würden wir zurück in unser Hotel gehen und...

...im Moment habe ich nichts weiter als Sex im Kopf. Ich habe gerade eine Liebesszene für Stevie geschrieben, in der Rollo ihr nach Hause folgt und einbricht, sich splitterfasernackt auszieht und zu ihr unter die Dusche schlüpft. Ich weiß, Sex unter der Dusche ist ein solches Klischee, aber irgendwie ist die Vorstellung verdammt sexy, wie sie gegen rutschige Fliesen gedrückt wird, er sie mit seinen Stößen immer höher schiebt und sie keuchend versuchen, wieder zu Atem zu kommen, während ein Strom heißes Wasser an ihren Körpern abperlt.

Das ist wohl ganz schön krank – und ich möchte gar nicht wissen, was Dennis-Tennis davon halten würde –, aber beim Schreiben der Szene habe ich aus Versehen Alex' Namen getippt, wo ich eigentlich Rollo meinte. Zweimal! Vermutlich liegt es daran, dass ich unbewusst immer noch an Alex denke, der vor meiner Badezimmertür stand, während ich dort nackt in der Wanne lag. Wäre Alex hingegen mein Freund gewesen, hätte es ungemein erotisch werden können.

Wie dem auch sei, ich habe mich wegen Amsterdam noch nicht entschieden. Im Moment bin ich so phlegmatisch, dass ich ehrlich gesagt nicht weiß, ob sich die Mühe lohnt. Ich meine, ein bisschen Büchersignieren und eine Lesung für einen einzigen gelangweilten Kunden, während – aller Voraussicht nach – Steppenläufer durch die leere Buchhandlung wehen? Es macht nun wirklich keinen Sinn, oder? Insbesondere da ich in Großbritannien einen neuen Vertrag will. Ich werde es mir eine Weile durch den Kopf gehen lassen. Ich habe Patricia geemailt, dass ich nicht genau wüsste, wie sich meine Arbeit in den nächsten Monaten entwickeln wird, und dass, vorausgesetzt, sie bräuchte meine Entscheidung nicht sofort, ich ihr im Laufe der nächsten Woche Bescheid geben würde.

Noch später

Meine Stimmung ist wieder im Keller. Ich war gerade bei Sainsbury's, und egal, wohin ich sah, waren da nichts als Pärchen, die über Spaghettipackungen miteinander turtelten oder ihre nächste Dinnerparty planten oder Windeln kauften. Ich habe nicht einmal einen Freund, ganz zu schweigen von einem Ehemann oder einem Baby. Und in letzter Zeit ging all dieses Zeug durch die Presse, dass, wenn man mit

35 noch nicht verheiratet ist, man nur eine dreizehnprozentige Chance hat, jemals zu heiraten. Und noch schlimmer, wenn man sein erstes Baby nicht im Alter von 38 bekommt, die Wahrscheinlichkeit auf drei Prozent sinkt, überhaupt noch schwanger zu werden! Das ist erschreckend. Ich will ein Baby. Auch wenn ich die Babys anderer Leute nicht ausstehen kann …

Ich will geliebt werden. Ich will nicht allein sein.

Etwas an mir kann nicht stimmen. Bin ich einer dieser Menschen, die umso unsympathischer werden, je besser man sie kennt? Verdammt noch mal, noch vor zwei Wochen gab es einen Mann, der völlig besessen von mir war. Welch Ironie des Schicksals – selbst mein Stalker hat das Interesse an mir verloren!

Aber vielleicht liegt es daran, dass er Probleme hat, das Geld zu beschaffen, das er mir schuldet.

Nein, ich habe seinetwegen kein schlechtes Gewissen. Ich habe auch Probleme, das Geld aufzutreiben, mit dem ich meine blöde Kreditkartenrechnung begleichen muss! Alex Parkinson läuft die Zeit davon, und ich werde die Sache nicht auf sich beruhen lassen. Er schuldet mir dieses Geld, und ich will es zurück.

18

Alex

Donnerstag (der Morgen danach!)

Emily und ich hatten uns im *Moulin Rouge* verabredet, einer Weinbar ganz in der Nähe. Ich habe nicht den blassesten Schimmer, warum ich einer Weinbar zugestimmt habe. Den ganzen gestrigen Vormittag habe ich darauf verwandt, mir zu überlegen, was ich anziehen sollte, dann habe ich eine Ewigkeit gebraucht, eine Bügelfalte in meine Hose zu bügeln, und schließlich ebenso lange, diese Bügelfalte wieder zu entfernen. Danach habe ich mein Geld gezählt.

3,76 Pfund. Es würde wohl nicht die beste Flasche des Hauses werden.

Nachdem ich allerdings das Sofa auf den Kopf gestellt und meinen Arm in die Ritzen gesteckt hatte, hatte ich nicht länger die bescheidene Summe von 3,76 Pfund zur Verfügung. Ich hatte 3,86 Pfund. Und eine tote Spinne. Wobei das überdimensional große Zehn-Pence-Stück nicht einmal mehr ein gesetzliches Zahlungsmittel war. Was würde Emily nur von mir halten? Vielleicht sollte ich überhaupt nicht auftauchen: Es war ziemlich offensichtlich, dass sie sich entschuldigen und aus dem Fenster der Damentoilette klettern würde, sobald sie bemerkte, wie knapp bei Kasse und minderbemittelt in puncto Kleidung ich war.

Bei dem Gedanken an Geld kam mir Siobhans Brief in den Sinn. Ich stellte mir vor, wie ich bei ihr zu Hause vorbeischauen und ihr die Summe in bar überreichen würde. Erfreut würde sie mich hereinbitten und mir sagen, dass sie ihre Meinung geändert hatte. Geld interessierte sie längst nicht mehr. Genau genommen trug sie sogar die Unterwäsche, die ich ihr gekauft hatte, und sie fragte mich, ob ich sie an ihr sehen, sie ihr womöglich vom Leib reißen wollte.

Ich schämte mich so sehr. Ich dachte an Siobhan, während ich auf dem Weg zu Emily war. Und allmählich stellte sich mir die Frage, ob ich all dieses Zeug überhaupt schreiben sollte. Was wäre, wenn Emily es irgendwann sehen würde? Glücklicherweise ist dieser Ordner passwortgeschützt. Ich hatte mir schon früher Sorgen gemacht, dass Si oder Nat womöglich hereinplatzen und mein Tagebuch lesen könnten. Aber ich brauche dieses Ventil für meine Gefühle.

Nun denn: gestern.

Ich kam etwa zehn Minuten zu früh zur Weinbar. Emily war noch nicht da, aber ich wollte nicht hineingehen und mir etwas zu trinken kaufen, weil ich dann kein Geld mehr hätte, sobald sie eintraf. Ich lungerte draußen herum, rauchte eine Zigarette und erntete versnobte Blicke von den Kellnern drinnen. Ich hatte einen Bärenhunger. Mir war vor Aufregung so übel gewesen, dass ich den ganzen Nachmittag nichts gegessen hatte, und mein Frühstück hatte ebenfalls nur aus zwei Scheiben Toast mit Margarine bestanden. Ich war überhaupt nicht in der richtigen Verfassung für ein Date.

Ich warf einen Blick auf die Uhr. Emily war fünf Minuten zu spät. Vielleicht sollte ich nach Hause gehen. Ich suchte die Straße mit den Augen ab, und jäh wurde mir bewusst, wie sehr ich eigentlich wollte, dass sie auftauchte. Ich wollte nicht allein nach Hause gehen. Nicht schon wieder. Falls Emily mich versetzte, könnte ich bei Siobhan vorbeischauen, damit sie mir erneut an den Kopf werfen konnte, ich wäre ein Stalker, und sie die Polizei rufen könnte, um mich verhaften und in eine Zelle werfen zu lassen, wo mir nicht länger von Frauen Leid zugefügt wird. Womöglich entdeckte ich im Gefängnis die Freuden des …

»Hi! Bin ich zu spät?«

»Nein. Nun ja, nicht wirklich.«

Sie war in einer Wolke aus Issey Miyake aufgetaucht. Mein erster Gedanke war, dass das genau dasselbe Parfüm war, das Siobhan benutzte. Ich hatte das Fläschchen in ihrem Schlafzimmer gesehen, und der Geruch hatte sich mir tief ins Gedächtnis eingebrannt. Dann blickte ich in Emilys Lächeln, und die Gedanken an Siobhan verpufften in einem Hauch Issey-Miyake-geschwängertem Rauch.

»Was willst du trinken?«, fragte Emily, sobald wir drinnen waren. »Sollen wir gleich eine Flasche nehmen?«

Ich hoffte, sie bemerkte nicht die Panik in meinen Augen.

»Was trinkst du lieber?«, fragte sie. »Rot oder weiß?«

»Weiß.«

»Oh. Wie schade, ich stehe eher auf Rotwein.«

Puh, noch mal Glück gehabt. »Nun, dann lass uns einfach jeder ein Glas nehmen. Für mich den Hauswein.« Ich hatte bereits einen Blick auf die Preise geworfen. Ein kleines Glas Hauswein kostete 3,50 Pfund, was bedeutete, dass ich Emily nicht einladen konnte.

Wir setzten uns, und Emily zog ihren Mantel aus. Sie trug einen roten Pullover, der sich eng um ihre Brüste schmiegte. Ihre großen Brüste. Im Grunde war mir längst aufgefallen, dass fast alles an Emily ziemlich groß war. Sie war die Sorte

Frau, die andere als üppig beschreiben würden; ähnlich wie Kate Winslet, wenn sie sich nicht zu Tode hungert. Mir gefiel das. Sie sah weich aus. Das Einzige, was ich an ihrem Äußeren auszusetzen hatte, war, dass sie zu viel Make-up benutzte. Die Grundierung auf ihren Wangen blätterte ein wenig ab, und an ihren Wimpern klebten kleine Klümpchen Mascara. Aber sie sah trotzdem gut aus. Die Erkenntnis, wie gut sie aussah, steigerte meine Anspannung.

»Alles klar?«, fragte sie.

»Ja, alles klar. Ich bin wohl nur ein bisschen nervös.«

Sie lächelte wieder. »Ich auch.«

Peinlich berührt musterten wir beide die Tischplatte, doch als ich wieder aufblickte, lächelte sie immer noch. Wir nahmen unsere Gläser und nippten an dem Wein.

»Und wie geht's Natalie? Hat sie sich etwas erholt?« Sie sah mich über den Rand ihres Glases hinweg an.

»Ihr geht's okay, ja … glaube ich. Sie und Simon sind die Woche weggefahren. Er ist mit ihr nach Griechenland geflogen.«

»Oh. Das ist eine gute Idee. Es muss …« Ihre Stimme brach, und sie schüttelte den Kopf. Haarsträhnen fielen ihr über die Augen, und sie schob sie beiseite. Sie lächelte, als wollte sie sagen: »Lass uns das Thema wechseln«, und ich zermarterte mir das Gehirn, was ich nun sagen sollte.

»Was tust du so?«, fragte Emily, bevor mir ein brillantes Gesprächsthema eingefallen war. »Ich meine, was arbeitest du?«

Ich fragte mich, was Natalie ihr erzählt hatte. »Weißt du von Natalie nicht schon längst alles?«

Sie schüttelte den Kopf. »Nicht wirklich. Sie hat gesagt, dass du für eine Internetfirma gearbeitet hast.«

»Das stimmt. Aber ich habe … gekündigt. Um mich auf das Schreiben zu konzentrieren.«

»Du bist Schriftsteller?«

»Nun ja. Autor in spe.«

Der völlig pleite war. Und aus seinem Schreibkurs geworfen worden war. Ich spürte, wie meine Wangen glühten.

»Welch ein Zufall!«

»Du bist auch Schriftstellerin?« Ich konnte es nicht fassen. Mir war gerade von einer Autorin das Herz gebrochen worden und nun …

»Nein, nein. Gütiger Himmel … ich bin völlig unkreativ. Nein, ich arbeite in einem Verlag. Ich bin Lektoratsassistentin.«

»Klingt cool.«

Sie lächelte, was kleine Grübchen in ihre Wangen zeichnete. »Ja. Es ist ein schöner Job, zumindest größtenteils. Es kann ein bisschen …« Sie verzog das Gesicht. »Keine Ahnung. Es ist sehr leistungsorientiert, und es gibt viel böses Blut und Getratsche. Ich würde lieber irgendwo arbeiten, wo nicht jeder die Ellenbogen ausfährt. Wo die Leute nett zueinander sind, verstehst du?«

Ich nickte und dachte an meine alte Firma. Diese Mistkerle. »Darauf trinke ich«, sagte ich.

Wir tranken unseren Wein und betrieben Smalltalk. Ich kann mich nicht mehr genau erinnern, worüber wir uns unterhielten. Doch nach einer Weile sagte Emily: »Oh, ich glaube, ich bin ein bisschen beschwipst.«

»Schon?«

»Ich vertrage einfach nichts.«

»Was würde passieren, wenn du noch ein Glas trinkst?«, fragte ich und vergaß zeitweise, dass ich nichts weiter als

26 Pence (und eine veraltete Münze, die tote Spinne hatte ich zu Hause gelassen) in meiner Hosentasche steckten.

Sie hob eine Augenbraue. »Ich bin nicht sicher.«

Unvermittelt versteifte ich. Ich konnte mich nicht erinnern, wann eine Frau das letzte Mal mit mir geflirtet hatte, und die Art, wie Emily mich ansah, ließ mich nervös werden – und gleichzeitig sehr aufgeregt. Ich hörte Simons Stimme in meinem Kopf: Sie mag dich. Es war ein solch mächtiges – oder besser gesagt überwältigendes – Gefühl. Jemandem gegenüberzusitzen, der dich begehrt. Ich war überzeugt, dass ich die Signale diesmal richtig deutete.

»Hör mal, Emily«, sagte ich und verspürte jäh den Drang, ehrlich zu sein. »Ich muss dir etwas beichten.«

Sie wirkte beunruhigt. Ein Teil der glühenden Röte wich aus ihren Wangen, ihre Augen verloren ihr Funkeln.

»Ich bin pleite«, gestand ich. »Ich bin heute Abend mit etwas weniger als vier Pfund hergekommen. Es tut mir wirklich leid.«

Doch anstelle des Entsetzens, mit dem ich gerechnet hatte, grinste sie. »Oh Mann, Alex, ich dachte schon, du würdest sagen, du hättest eine Freundin. Oder du wärst schwul.«

»Also …«

»Natürlich bist du pleite. Alle Autoren sind pleite. Mach dir keine Sorgen deswegen – mein Gehalt wurde heute überwiesen. Komm schon, lass uns noch etwas bestellen.«

Und so blieben Emily und ich sitzen und tranken ein weiteres Glas Wein, und wir redeten über … nun ja, über alles Mögliche. Filme. Musik. Bücher. All dieses Zeug. Das, rief ich mir mehrmals ins Gedächtnis, ist genau das, was Siobhan meinte, als sie mir eine Standpauke über den Lauf von Beziehungen gehalten hatte. In jener Nacht hatte sie mir ein Messer ins Herz gerammt und darin herumgestochert. Ich blickte nun in Emilys weiches, freundliches Gesicht auf der anderen Tischseite und wusste, dass mir diese Frau niemals ein Messer ins Herz bohren würde. Sie würde niemals solche grausamen Worte benutzen. Sie hielt mich nicht für einen Freak oder einen Spinner oder einen Psychopathen. Sie mochte mich.

Sie mochte mich wirklich!

Und nachdem wir uns noch eine Weile angeregt unterhalten hatten, beugte sie sich über den Tisch und sagte: »Also … Natalie und Simon sind nicht da?« Und bevor wir uns versahen, waren wir auf dem Weg zu mir nach Hause.

Wir hielten zwar nicht Händchen, aber beim Gehen rempelte sie mich ständig leicht an, lehnte sich an mich und berührte meinen Arm. Ich hatte das Gefühl, als wäre meine Körpertemperatur um zehn Grad gestiegen. Mir war schwindlig. Ich war wie berauscht. Alles schien hell und klar zu sein, als wären meine Sinne mit einem Mal geschärft: Die Straßenlaternen blendeten mich, und ich sah einen Fuchs mit schimmerndem Fell und glitzernden Augen aus einem Gässchen in einen Garten flitzen.

Als wir meine Wohnung betraten, war es ungewöhnlich leise. Wir standen laut atmend im Gang.

»Willst du einen Kaffee? Oder Tee? Oder … Wasser?«

»Keinen Wein?«

»Nein, außer du kannst Wunder vollbringen.«

Lachend entgegnete sie: »Wasser wäre fein.«

Sie folgte mir in die Küche und stand hinter mir, während ich ein Glas ausspülte und es dann mit Wasser befüllte. Als ich mich umdrehte, war sie genau hinter mir. Sie kam noch einen Schritt näher, das Gesicht nach oben geneigt. Ich küsste sie und verschüttete etwas Wasser auf ihr Oberteil, als sich meine Arme um sie legten.

»Oh, Mist, tut mir wirklich leid.«

Stirnrunzelnd schüttelte sie den Kopf. »Sieh nur, was du angerichtet hast!«

»Es tut mir echt leid …«

Sie lächelte, und ich erkannte, dass ihr missbilligender Blick nur gespielt war. »Ich fürchte, das hier muss ich jetzt wohl ausziehen.«

Ich spürte, wie mein Herz gegen meinen Brustkorb hämmerte.

»Alex«, sagte sie leise. »Schau nicht so verängstigt. So etwas tust du sicherlich andauernd.«

»Ich …«

»Komm schon.«

Sie nahm meine Hand und ließ sich von mir in mein Zimmer führen. Ich konnte immer noch nicht glauben, dass das hier in Wirklichkeit passierte. Es widersprach jeder Regel, von der Siobhan gesprochen hatte. Das war immer noch unser erstes Date, und hier waren wir, taumelten in Richtung meines Schlafzimmers. Vielleicht, dachte ich, ist sie nicht mehr auf dem neuesten Stand der Dinge. Immerhin ist sie einen Tick älter als Emily und ich.

In meinem Zimmer schaltete ich die Nachttischlampe ein und setzte mich aufs Bett. Emily schälte sich aus ihrem Rock, nahm neben mir Platz und beugte sich zu mir. Wir küssten uns. Ihr Mund schmeckte süß und sinnlich schwer.

»Soll ich Musik anmachen?«, fragte ich, als sich unsere Lippen zum Luftholen lösten.

»Gute Idee. Hast du etwas von Adele?«

»Äh … Nein.« Mist, ich wusste, ich hätte der Masse folgen

und mir die Alben kaufen sollen. »Ich habe aber das Album von Rumer.«

Offenkundig hatte Emily noch nie von ihr gehört, doch sie nickte. Ich suchte es auf iTunes, tippte auf PLAY und hastete dann zurück zum Bett. Emily lag ausgestreckt auf dem Laken. »Ich will dich«, sagte sie, und ich musste schlucken.

Emily beobachtete mich, während ich mein Hemd aufknöpfte und beim letzten Knopf den Bauch einzog. Gleichzeitig schob sie sich den Pullover über den Kopf. Ihr Bauchnabel war gepierct, ein blauer Stein blitzte auf. Sie trug einen weißen BH, durch dessen Stoff ihre Brustwarzen durchschimmerten. Der BH wirkte zu klein für ihre Brüste: Ihr Fleisch schien sich danach zu sehnen, sich aus seinen Fesseln zu befreien, und einen Moment später erwies Emily ihm diesen Gefallen, streckte die Hände nach hinten aus und öffnete den Verschluss.

Nur mit Boxershorts bekleidet kniete ich mich aufs Bett, küsste sie und glitt mit meinem Mund von ihren Lippen zu ihrem Hals, bevor ich eine ihrer Brustwarzen in den Mund nahm. Sie packte meine Nackenhaare. Wir küssten uns mit feuchten Lippen, und Emilys Hand glitt nach unten, um meinen Penis durch den Stoff meiner Shorts zu streicheln.

»Hilf mir bitte«, sagte sie mit einem Blick auf ihren Schlüpfer.

Langsam zog ich ihn an ihren Oberschenkeln nach unten und küsste dabei den schmalen Streifen ihrer Schamhaare, was sie zum Lachen brachte. Ihre Haut war so blass, nur durchbrochen von der einen oder anderen Sommersprosse. Ich konnte sie riechen, ihren süßen, einzigartigen Duft, und auf einmal hörte ich, wie sie scharf die Luft einsog, als ich die Innenseite ihrer Oberschenkel liebkoste.

Ich glitt wieder nach oben, küsste ihren Hals und spürte ihre Hände an meiner Shorts, die sie nach unten zerrten. Die ganze Zeit über fühlte ich mich wie losgelöst, als würde ich mir selbst von außen zusehen, als wäre das hier nicht wirklich ich. Doch das war wirklich ich. Ich hatte meine Unterhose gerade abgestreift, als mich ein Gedanke mit voller Wucht traf: Das hier ist real.

Auf einmal packte mich nackte Angst. Da hörte ich Emily sagen: »Hast du Kondome?«

»Was?«

»Kondome. Einen Gummi.« Sie lächelte im Halbdunkeln.

»Ja.« Ich zog meine Nachttischschublade auf und kramte darin herum. Vor ein paar Monaten hatte ich an einem Automaten in einem Pub eine Packung Durex gekauft, als ich eines Abends hoffte, jemanden für einen One-Night-Stand abschleppen zu können. Ich fand sie und zog ein Kondom heraus, wobei mir schlagartig klar wurde, dass gerade etwas schiefgelaufen war.

»Oh, Mist«, sagte ich.

»Was ist los? Ist es gerissen?«

»Nein.« Ich saß da, das Kondom in Händen, und blickte auf meinen Penis hinab. Solange er in diesem Zustand war, wäre es unmöglich, ein Kondom überzuziehen.

Emily lächelte. »Macht doch nichts.«

»Tut mir leid.«

»Red keinen Unsinn. Und wenn du sagst, dass dir das jetzt zum ersten Mal passiert ist, dann bin ich zutiefst gekränkt.«

»Aber ...«

Sie brachte mich mit einem »Schsch« zum Schweigen und beugte sich vor, um mich wieder zu küssen. Da öffnete sie die Augen. »Du zitterst. Ist dir kalt?«

»Nein, ich bin …«

»Komm schon, lass uns unter die Decke schlüpfen.«

Sie zog die Steppdecke über uns. Ich kam mir so dämlich vor. Was zum Teufel war nur los mit mir? Warum war ich so nervös? Ich schämte mich zu Tode. Ich wollte aufstehen, das Zimmer verlassen und Emily vor die Tür setzen, damit ich zu meinem traurigen Single-Dasein zurückkehren konnte. Ich schickte mich an, aus dem Bett zu steigen, doch Emily hielt mich ab.

»Alex, das spielt doch keine Rolle. Hör auf, dir unnötig Sorgen zu machen, und küss mich einfach.«

Und das tat ich.

»Und es gibt andere Wege, mich zu beglücken.«

Ihre Haut war so warm, ihre Stimme so weich. Obwohl mir mein Penis immer noch nicht gehorchte, wusste ich, dass ich hier mit ihr zusammen sein wollte: so nah, so intim. Ich glitt zurück unter die Decke und zog eine Spur an Küssen über ihre Brüste und ihren Bauch, dann hinunter zwischen ihre Beine. Ich küsste sie, dann leckte ich sie leicht, umkreiste ihre Klitoris mit der Zunge. Ich hörte sie stöhnen, in weiter Ferne, dann leckte ich weiter, spürte, wie sich ihre Oberschenkel gegen meine Ohren pressten, hörte das Rauschen des Ozeans, während Emily sie mit ihrem Fleisch bedeckte. Sie schmeckte salzig und süß. Einfach köstlich.

Als Emily kam, bäumte sie sich so heftig auf, dass sie mir fast die Nase gebrochen hätte.

Anschließend lagen wir nebeneinander in der Dunkelheit. Die Nachttischlampe war nun ausgeschaltet, und Emily streichelte meine Brust, während wir uns leise unterhielten. Nach einer Weile – längst hatte ich mich an den Gedanken gewöhnt, dass mein bescheuerter Körper nicht das tat, was ich von ihm wollte – glitt ich in den Schlaf.

Ich weiß nicht, wie viele Stunden verstrichen waren, als ich erwachte, mich im Halbschlaf umdrehte, die Muskeln völlig entspannt. Da bemerkte ich, wie etwas meinen Penis streichelte – meinen erigierten Penis.

Ich konnte Emily kaum sehen, nur spüren, ihre Brüste und Oberschenkel, die mich berührten, ihre Finger, die mich zärtlich liebkosten. Dann rollte sie sich auf mich. Sie war schwer, doch es war ein willkommenes Gewicht, insbesondere als sie mein Glied umfasste und mich in sich einführte. Für eine Sekunde, während ich in die fast vollständige Dunkelheit starrte, sah ich Siobhan, die rittlings auf mir saß, die Augen in einem Ausdruck der Glückseligkeit geschlossen. Doch im selben Moment verschwand diese Vision, wurde von einem Blitzgewitter in meinem Kopf, einer Woge an Farben weggewischt.

»Oh Gott…«

Ich war mir vage bewusst, dass ich kein Kondom benutzte, aber jetzt war es längst zu spät. Das Gefühl war zu köstlich, die Erleichterung zu groß, kein Schlappschwanz zu sein. Emily beugte sich vor und gab mir einen Kuss, und im nächsten Moment kam ich.

Sie küsste mich wieder und legte sich eine Weile auf mich. Dann hörte ich und sah nun auch schemenhaft, wie sie aus dem Bett stieg und den Gang zum Badezimmer hinabtapste.

»Wir haben kein Kondom verwendet«, sagte ich, als sie zurück ins Bett kam und sich ihr Körper kühl an meinen schmiegte.

»Es wird schon nichts passiert sein«, sagte sie.

Und jetzt ist der nächste Morgen, und Emily ist gerade gegangen – sie wird zu spät zur Arbeit kommen. Hoffentlich kriegt sie keinen Ärger. Wir werden uns heute Abend wiedersehen. Sie meinte, sie würde eine Flasche Wein, eine DVD und Pizza mitbringen. Es ist bizarr. Es ist, als hätte ich … eine Freundin.

Kurz bevor Emily gegangen war, geschah etwas, das mir zeigte, dass sie mich wirklich mag. Das Telefon klingelte, und Emily hob ab, weil ich auf der Toilette saß.

»Wer war es?«, fragte ich, als ich wieder draußen war.

»Keine Ahnung. Es wurde aufgelegt, nachdem ich mich gemeldet habe.« Sie warf mir einen misstrauischen Blick zu. »Du hast nicht doch eine Freundin, oder?«

»Nein – natürlich nicht.«

Sie musterte mich ein paar Sekunden und sagte schließlich: »Hm.«

Dann küsste sie mich zum Abschied. Und nachdem sie fort war, musste ich das Verlangen niederkämpfen, im Zimmer herumzulaufen und in die Luft zu boxen. Sie hatte mit mir geschlafen. Sie wollte mich wiedersehen. Und nicht nur das, sie war sogar eifersüchtig, weil sie glaubte, eine andere Frau könnte am Telefon gewesen sein.

Beinahe hätte ich Siobhan angerufen und ihr versichert, sie müsse sich keine Sorgen mehr darüber machen, dass ich ihr weiter nachstellen würde – ich hatte nun jemanden, der mich mochte.

19

Siobhan

Donnerstag

Ich habe die ganze Woche versucht, den Mut aufzubringen, Alex anzurufen. Ich bin im Kopf durchgegangen, was ich ihm sagen würde, damit er mir mein Geld zurückzahlt. Ob ich ruhig und vernünftig argumentieren oder ihm drohen oder ihn anschreien würde – obwohl ich andere nicht gerne anbrülle. Ich komme mir dann immer wie ein kaputtes Ventil an einem Schnellkochtopf vor, denn sobald ich mit Schreien anfange, kann ich nicht mehr aufhören, und dieses schreckliche Gefühl, die Kontrolle zu verlieren, endet für gewöhnlich in Tränen. Weshalb ich die Möglichkeit verwarf, ihn anzubrüllen. Ruhig und vernünftig mit dem Hauch einer Drohung wäre das Beste, entschied ich. Eine kleine Erinnerung, dass die vier Wochen fast abgelaufen waren und ich mein Geld bräuchte. Ich hatte die Kleidung einschließlich der Unterwäsche zur Reinigung gebracht und alles in eine Tüte gelegt – eine hübsche Karen-Millen-Tasche mit Kordeln, keine hässliche Plastiktüte von Tesco –, die ich ihm sofort in die Hand drücken könnte, falls er die Sachen im Austausch für das Geld zurückwollte.

Ich zerbrach mir immer noch den Kopf, ob ich unangemeldet vor seiner Haustür auftauchen sollte (den Schrillalarm natürlich griffbereit für den Fall, dass Alex sich auf mich stürzt), immerhin wäre es viel schwieriger für ihn, mich abzuwimmeln, wenn ich höchstpersönlich dort stünde, oder ob ich ihn einfach anrufen sollte. Schließlich entschied ich mich, zu ihm nach Hause zu fahren, ihn vom Auto aus anzurufen, um zu überprüfen, ob er überhaupt da war, und dann an der Tür zu läuten.

Ich schlug seine Adresse noch einmal in den Unterlagen des Schreibkurses nach und fuhr am Morgen geradewegs zu ihm, bevor ich meine Meinung noch einmal ändern konnte. Wenn ich mich recht erinnerte, hatte er gesagt, dass er im Moment nicht arbeitete, abgesehen vom Schreiben – ha, welche Enttäuschungen ihn noch erwarteten! –, weshalb der frühe Morgen eine gute Zeit wäre, ihn abzupassen. Die Vorstellung, ihn bald zu sehen, war sonderbar. Komischerweise irgendwie aufregend. Es hieß, Liebe und Hass stünden sich von allen Gefühlen am nächsten, und mir gefällt die poetische Vorstellung, dass sich seine Liebe und mein Hass vermischen würden und zu einem Feuerwerk der … Um Himmels willen, habe ich das wirklich gerade geschrieben? Reiß dich zusammen, Siobhan. Es ist offenkundig viel zu lange her, seit du das letzte Mal Sex hattest.

Wie dem auch sei, ich hielt vor seinem Haus, einer hässlichen Doppelhaushälfte aus den 1940ern mit einem ockerfarbenen Kieselrauhputz und einer gepflasterten Auffahrt, die schief und krumm war. Bei einem so kleinen Haus würde man niemals annehmen, dass es in Wohnungen aufgeteilt sein könnte, aber es gab zwei Klingeln, und ich wusste, dass Alex in Wohnung B wohnte. Gehörte B zum Erdgeschoss oder dem ersten Stock? Wahrscheinlich zum ersten Stock. Ich parkte ein paar Häuser weiter – nicht zu weit für den

Fall, dass ich übereilt zum Auto zurückstürzen müsste –, aber mit ungehinderter Sicht auf seine schäbige Haustür.

Ich wählte vom Handy aus seine Nummer. Nach nur zwei Klingelzeichen wurde abgehoben, was mich zusammenfahren ließ. Es folgte eine kurze Pause, während der ich annahm, dass sich ein Anrufbeantworter anschalten würde, doch dann hörte ich eine Frauenstimme. Irgendwie verschlafen mit einem Hauch von Selbstgefälligkeit. Ich war so überrascht, dass ich sofort auflegte. Doch als ich länger darüber nachdachte, kam ich zu dem Schluss, dass sie wahrscheinlich nur die Freundin seines Mitbewohners war. Ich erinnere mich, wie er mir damals nach Kathys Beerdigung erzählt hatte, er hätte einen männlichen Mitbewohner.

Im Grunde war es ein Glücksfall, dass sie ans Telefon gegangen war. Dies gab mir den Mut, aus dem Wagen zu steigen und zur Haustür zu gehen, denn immerhin wusste ich nun, dass eine Frau in der Wohnung war. Mit ihr in der Nähe würde er nicht wagen, über mich herzufallen – außer ich platzte in ein Fred-und-Rosemary-West-Szenario herein. Um Himmels willen! Ich vergewisserte mich, dass mein Finger auf dem Auslöser des Schrillalarms lag und mein Pfefferspray als zusätzliche Absicherung in meiner Jackentasche steckte. Trotz meiner zitternden Hände fühlte ich mich mutig. Nicht schlecht, dachte ich, ich stelle mich meinen Ängsten und besiege meine Dämonen. Ich will Alex Parkinson wissen lassen, dass ich nicht die Sorte Frau bin, mit der er wie eine Katze mit einer Maus spielen kann. Ich kann genauso gut austeilen, wie ich einstecken kann.

Just in diesem Moment hörte ich, wie sich die Haustür öffnete – und sich meine hoch gelobte Tapferkeit wie Dampf in einem Teekessel verflüchtigte. Mit einem Mal kam ich mir schrecklich töricht vor. Ich versteckte mich hinter einem Baum, der praktischerweise direkt aus dem Gehweg wuchs, und presste mich gegen seine harte, innerstädtische Rinde. Sein Umfang war exakt breit genug, um meinen eigenen zu verdecken.

Eine junge, leicht übergewichtige Frau kam heraus. Sie hatte gerötete Wangen und leicht zerzauste Haare, und ihre Kleidung war zerknittert. Die Kleidung von gestern, dachte ich. *Dann mal los, Kleine.* Die Freundin von Alex' Mitbewohner musste über Nacht geblieben sein. Ihre Mundwinkel zuckten, und dann brach sie in ein breites Grinsen aus, das sie erfolglos zu verbergen versuchte, indem sie auf das marode Pflaster starrte. Doch ich erkenne eine erst kürzlich gevögelte Frau, wenn ich eine sehe. Ein Anflug von Neid stieg in mir hoch, und ich fragte mich matt, ob Alex' Mitbewohner attraktiv war.

Sie drehte sich um und ging weg, glücklicherweise nicht in Richtung meines Baums. Ich wollte gerade aus meinem Versteck hervortreten – nun zwar mit einem mulmigeren Gefühl, da mein potentieller Schutzengel das Gebäude verlassen hatte –, als ich ein scharfes Klopfen von einem der Fenster oben im ersten Stock in Alex' Haus vernahm. Die Frau wirbelte herum, ohne das Strahlen in ihrem Gesicht länger verbergen zu wollen, und winkte übertrieben. Ich folgte ihrem Blick hinauf zum Fenster, als ich ihn sah – Alex. Nicht den Mitbewohner. Sondern Alex!

Verschwunden war der verschlagene und irgendwie deprimierte Ausdruck, den ich ansonsten an ihm kannte und der ihn aussehen ließ, als hätte er Angst, am Strand eine Ladung Sand ins Gesicht zu bekommen. Dieser Ich-habe-einen-Groll-auf-die-ganze-Welt-Ausdruck. Es war nicht einmal dieser eindringliche, lüsterne Ausdruck, mit dem er mich damals in meinem Wohnzimmer angestarrt hatte. Sein Gesicht wirkte so anders – offen und fröhlich. Er winkte ihr zurück, dann warf er ihr unzählige Kusshände zu, bei denen ich mir vorstellte, wie sie durch die Glasscheibe glitten, zu der untersetzten Frau schwirrten und wie winzige Schmetterlinge auf ihren Haaren und ihrem Gesicht landeten.

Unglaublich. Die sexuelle Spannung zwischen ihnen war trotz der zehn Meter Entfernung, einer Treppe und einem neuen Doppelglasfenster zu spüren.

Unglaublich!

Ich duckte mich wieder hinter den Baum und wartete, bis Alex hinter der Gardine verschwunden und das beschwingte Summen der Frau zusammen mit dem Klappern ihrer Absätze auf dem Bürgersteig verhallt war, bevor ich zu meinem Wagen zurücktaumelte und nach Hause fuhr.

Vier Stunden sind seitdem vergangen, und ich kann immer noch nicht glauben, was ich heute Morgen gesehen habe. Je mehr ich darüber nachdenke, desto wütender macht mich die Sache. Ich bin so sauer, dass meine Hände zittern und ich mir fast die Lippe durchgebissen habe. Nach allem, was er mir angetan hat! Nachdem er mir nachgestellt hat, in mein Haus eingebrochen ist, mich verfolgt, mir seine unvergängliche Liebe geschworen, mein Geld gestohlen und meine Katze vergiftet hat – nach alldem zieht er los und sucht sich eine Freundin?

Vielleicht hatte er sie schon die ganze Zeit über. Vielleicht ist er sogar mit ihr verheiratet! Vielleicht ist er einer dieser kranken Psychopathen, die sich einen runterholen, wenn sie Frauen erschrecken. Vielleicht hat er sich nie wirklich für mich interessiert, sondern es war alles nur eine widerliche Fantasie. Oder noch schlimmer, Recherche für seinen miesen Roman!

Er war nur so überzeugend gewesen. Seine Augen hatten damals so eindringlich gefunkelt, als er in meinem Haus war und ich nichts weiter als meinen Morgenmantel trug. Wie er mich angestarrt hat – ich habe ihm wirklich abgenommen, dass er mich liebt. Niemand hat mich je so angesehen. Wie bedauerlich, dass er ein Psychopath ist. Und jetzt ist er ein Psychopath mit einer Freundin! Oh, welch Ironie des Schicksals.

Ich rief Paula an. Die Unterhaltung verlief folgendermaßen:

»Hallo Liebes, ich bin's.«

»Hallo Siobhan, wie geht's dir, Süße?«

»Erinnerst du dich an Alex?«

Am anderen Ende der Leitung ertönte ein unüberhörbares Stöhnen. »Dreht sich denn immer noch alles nur um ihn?«

Was ist nur mit all diesen Leuten los? Sorgen sie sich denn überhaupt nicht um mich? Ich verstehe nicht, warum niemand zu kapieren scheint, dass das, was Alex mir angetan hat, ein Trauma bei mir hinterlassen hat. Vielleicht sollte ich wieder einen Termin mit Dr. Bedford vereinbaren. Zumindest hört er mir zu – auch wenn ich einen Wucherpreis für dieses Privileg hinblättern muss.

»Ja, Paula, es ›dreht sich immer noch‹ um ihn. Er ist in mein Haus eingebrochen, schon vergessen? Unter anderem.«

Diesmal folgte ein Seufzen, was fast so schlimm wie ein Stöhnen war. »Ja, ich weiß. Ich finde immer noch, du hättest zur Polizei gehen sollen.«

Dann – und erst dann! – schlich sich Besorgnis in ihre Stimme. »Was ist passiert, was hat er angestellt? Er hat dir nicht schon wieder aufgelauert, oder?«

Das war schon besser.

»Nein, Gott sei Dank nicht. Aber du weißt, dass er mir immer noch all das Geld schuldet?«

»Ja-a.«

»Nun, ich habe ihm einen Monat Zeit gegeben, um es mir zurückzuzahlen, und er hat es nicht getan, weshalb ich zu ihm nach Hause gefahren bin und …«

»WAS hast du getan?«

»Ich habe einen Schrillalarm mitgenommen. Und das Pfefferspray.«

»Siobhan Alice McGowan, hast du völlig den Verstand verloren? Warum in aller Welt hast du etwas so Verrücktes getan?«

»Ich will mein Geld zurück.«

Sie lachte freudlos. »Okay. Und damals, als meine Wohnung ausgeraubt und sie meine Stereoanlage und mein Urlaubsgeld mitgenommen haben: Deiner Logik folgend hätte ich also nicht zur Polizei gehen sollen, sondern – hätte ich die Adresse der Typen gekannt – ihnen einen Besuch abstatten und sie höflich bitten sollen, mir meine Sachen zurückzugeben? Nur dass das, was du getan hast, noch viel bescheuerter ist, denn dieser Alex hat dich gestalkt! Du hättest in großer Gefahr schweben können!«

Alex hatte mich gestalkt. Alex hatte mich gewollt. »Nun, jetzt stalkt er mich nicht mehr.«

»Woher weißt du das? Was hat er gesagt?«

»Ich habe nicht mit ihm gesprochen. Er hat eine Freundin.«

»Und?«

»Und …« Mir fehlten jäh die Worte.

»Dann ist es doch gut. Er hat das Interesse an dir verloren – zumindest bedeutet das, dass du ihn ein für alle Mal los bist.«

»Aber was ist mit dem Geld?«

Sie seufzte wieder. »Herrgott noch mal, Siobhan, vergiss das Geld. Zunächst einmal hast du im Gegenzug richtig hübsche Klamotten bekommen. Sie stehen dir toll, und normalerweise hättest du niemals so viel Geld für Kleidung ausgegeben. Betrachte es als kleines Geschenk an dich selbst! Ich weiß, er ist ein Spinner, aber wenn du dich nicht durchringen kannst, zur Polizei zu gehen, bleibt dir nichts anderes übrig, als den Mund zu halten, dich an der schönen Kleidung zu erfreuen und das Geld zu vergessen.«

»Das kann ich nicht. Es geht ums Prinzip.«

»Dann werde ich mit dir nicht mehr über dieses Thema sprechen. Du führst dich völlig irrational auf. Ich sage es noch einmal: Du hättest zur Polizei gehen müssen. Du hast dich dagegen entschieden. Ändere deine Meinung und zeig ihn an oder komm darüber hinweg.«

Ich legte auf. Sie versuchte sofort, mich anzurufen, aber ich stöpselte das Telefon aus und setzte mich ans Fenster. Ich starrte hinaus auf die Straße und streichelte Biggles auf diese feste, unnachgiebige Art, wie er es am liebsten hat, ohne an irgendetwas im Besonderen zu denken. Allerdings ahnte ich tief in meinem Innersten, dass Paula wahrscheinlich Recht hatte. Jetzt war es zu spät, um zur Polizei zu gehen, weshalb ich die Sache einfach auf sich beruhen lassen sollte.

Aber sie ging mir nicht aus dem Kopf. Ich konnte Alex spüren, konnte die intensive Mixtur seines Aftershaves und meiner eigenen Angst riechen, immerzu, die ganze Zeit. Am liebsten hätte ich ihn geschlagen, ihn wegen all dieser fehlgeleiteten Gefühle verletzt, wegen allem, was er falsch gemacht hatte. Wie konnte es sein, dass er bei mir seine kranke Seite auslebte und mit jemand anderem eine völlig normale Beziehung führte? Es ergab keinen Sinn. Meine unsägliche Verwirrung schürte die Funken meiner Wut, die ich auf ihn hatte, zu etwas Größerem, das meine gesamte Gedankenwelt vereinnahmte.

Allmählich machte ich mir Sorgen um mich.

20

Alex

Samstag

Emily ist gestern Abend vorbeigekommen. Den ganzen Nachmittag habe ich mir den Kopf darüber zerbrochen, dass alles katastrophal falsch laufen könnte, wir uns bei unserem Wiedersehen tollpatschig verhalten würden und die Flamme, die sich zwischen uns entzündet hatte, gleich wieder durch ein unbeholfenes zweites Date ausgelöscht wurde. Aber ich hätte mir keine Sorgen machen müssen. Emily umarmte und küsste mich in der Sekunde, als sie durch die Tür kam. Fünf Minuten später waren wir im Bett, und diesmal war ich kein Schlappschwanz. Ich war ein echter Stier. Ein Fels in der Brandung. Fünfundsiebzig Kilo männliches Testosteron. Wir liebten uns, und dann liebten wir uns noch einmal.

Es war unglaublich. Jedes Mal, wenn sie lächelt, habe ich dieses sonderbare Gefühl im Magen. Und sie bringt mich ständig zum Lachen. Sie sagt so lustige Dinge, und sie ist so süß und naiv. Ich will sie beschützen, die Arme um sie legen und sie vor der gemeinen Welt dort draußen beschützen. Sie hat mir von ihrer Kindheit erzählt, von diesem Mädchen, das sie in der Schule gehänselt hat, und ich habe gespürt, dass sie diese Erfahrung immer noch verletzt, obwohl die Sache über zehn Jahre zurückliegt. Sie hat mir verraten, dass sie mit Auseinandersetzungen und Aggression nicht umgehen kann. Wenn jemand in der Arbeit fies zu ihr ist, hängt ihr das noch tagelang nach.

Jetzt hat sie mich gerade zum Abschied geküsst, und ich fühle mich ein wenig wie im Rausch. Ich bin euphorisch, als würde ein warmes Gefühl wie flüssiger Honig durch mich hindurchströmen … doch der Silberstreif am Horizont wird von einer Wolke überschattet:

Siobhan.

Während Emily und ich im Bett lagen, wonnetrunken und postkoital, ohne uns um den feuchten Fleck unter uns zu kümmern (es ist so schön, nach all dieser Zeit wieder einen feuchten Fleck mit jemandem zu teilen!), traf mich jäh eine schreckliche Erkenntnis: Siobhans Brief mit der Aufforderung, ihr das Geld zurückzuzahlen, lag offen und gut sichtbar für jeden, der zufällig vorbeikam und den Blick senkte, auf meinem Schreibtisch. Mit einem Schlag konnte ich mich nicht mehr auf das konzentrieren, was Emily sagte. Was würde passieren, wenn sie den Brief mit seiner nüchternen Aufzählung all dessen sah, was ich getan hatte? Was würde sie sagen?

Ich hatte mich bereits entschieden, Emily nichts von Siobhan zu erzählen. Nicht weil ich Geheimnisse vor ihr haben wollte … aber wie hätte ich ihr die Sache erklären können? Wenn ich darüber nachdenke, wie ich mich damals verhalten habe und wie töricht ich war, wird mir übel, und ich muss versuchen, die Erinnerungen zu verdrängen. Ich habe Siobhan nicht vergessen – ich kann meine Gefühle nicht auf Knopfdruck ausschalten, trotz allem, was mich mit Emily verbindet. Doch Siobhan hat mich abgewiesen, und ich weiß, ich habe mich aufgeführt wie … nun ja, ich kann nicht gerade behaupten, dass mich mein damaliges Verhalten mit Stolz erfüllt. Ich dachte, ich wäre in Siobhan verliebt, aber jetzt glaube ich, dass es allein an meiner Einsamkeit lag. Ich habe nach jemandem gesucht, der mich rettet, und ich habe wirklich geglaubt, Siobhan wäre dieser Mensch. Doch ich hatte mich schrecklich getäuscht.

Es ist fast so, als würde von Emily ein gleißendes Licht ausgehen, sodass ich alles, einschließlich der Schatten, deutlicher sehe. Wenn ich neben Emily liege und über die Dinge nachdenke, die ich angestellt habe, um in Siobhans Nähe zu gelangen, fühle ich mich erbärmlich. Man muss sich im Vergleich nur ansehen, wie leicht alles mit Emily war, wie unkompliziert. Und genau so soll es auch sein. Vielleicht versuche ich bloß, eine Ausrede für mein Verhalten zu finden, aber es ist, als wäre ich krank gewesen, und Emily hätte mich geheilt. Es ist, als hätte ich eine Offenbarung gehabt. Und die Chance auf Wiedergutmachung.

Im Moment möchte ich die vergangenen paar Monate am liebsten vergessen, sie löschen, wie man ein Dokument in den Papierkorb zieht, von Neuem beginnen. Aber wie soll mir das gelingen? Ich kann nicht vergessen, dass es passiert ist – zumindest so lange nicht, bis ich Siobhan das Geld zurückgezahlt habe, das ich ihr schulde.

Jedes Mal, wenn ein Glücksstrahl mich wärmt, taucht der Gedanke auf, dass ich meine Schuld bei Siobhan begleichen muss, und mir wird wieder kalt …

Irgendwann stand Emily auf, um aufs Klo zu gehen, und ich stürzte zu meinem Schreibtisch, über zwei benutzte Kondome tretend, und versteckte den Brief unter einem großen Stapel Papiere. Ich wollte gerade wieder ins Bett schlüpfen, als ich einen Schrei hörte.

Ich hastete in den Flur und prallte mit einer nackten Emily zusammen, die zurück in mein Zimmer gelaufen kam. Mit hochrotem Kopf zerrte sie mich zurück ins Zimmer.

»Was ist los?«, fragte ich.

»Ich bin in dem Moment aus dem Klo gekommen, als sich die Wohnungstür öffnete.«

»Was?«

»Natalie und Simon sind von ihrem Urlaub zurück.« Sie lachte. »Der arme Simon wusste überhaupt nicht, wohin er schauen sollte.«

»Großer Gott«, sagte ich, »du hast mir einen echten Schrecken eingejagt. Ich dachte, ein Einbrecher wäre eingestiegen.«

»Hi, Alex«, rief Simon von der anderen Seite der Tür. »Hi, Emily.«

Kindisch kichernd kletterten Emily und ich zurück unter die Decke. »Ich wette, er wusste ganz genau, wohin er schauen muss«, sagte ich.

»Ach ja? Wohin?«

»Genau … hierhin.«

Später, nachdem Emily fort war, ging ich in die Küche, wo Si und Nat gerade ihr Mittagessen zubereiteten.

Simon hob die Augenbrauen. »Da fahren wir ein paar Tage weg, und sieh einer an, in der Zwischenzeit mauserst du dich vom Mönch zum Casanova. Welch eine Verwandlung.«

Ich drehte mich zu Natalie. Sie sah gut aus. »Wie geht's dir?«

Sie nickte. »Besser. Nicht hundert Prozent, aber …«

Simon legte den Arm um sie, und sie tauschten einen Blick aus, bei dem ich noch vor ein oder zwei Wochen vor

Neid geplatzt wäre, hätte ich mich nicht vorher übergeben. Doch jetzt fühlte ich mich … Himmel noch mal, es ist so peinlich, es aufzuschreiben, aber ich fühlte mich beseelt.

Jetzt verstehe ich, wie es sich anfühlt, eine echte Partnerin zu haben.

Nämlich verdammt gut.

Am Nachmittag entschied ich, es wäre an der Zeit, mir endlich einen neuen Job zu suchen. Einen anständigen. Eine Arbeit, die meinen Geist anregt, bis meine Schriftstellerkarriere in Fahrt kommt. Ich brachte meinen Lebenslauf auf den neuesten Stand und kaufte ein Lokalblatt, um zu sehen, was die Arbeitswelt zu bieten hatte.

Es gab eine schier unendliche Masse an Jobs – wenn man im Telefonmarketing oder als Pflegekraft arbeiten wollte. Welch eine Auswahl. Ärsche abputzen oder mit welchen telefonieren. Kopf hoch, dachte ich, die morgige Zeitung könnte mir die fantastische Möglichkeit eröffnen, um das Geld zu verdienen, mit dem ich meine Schuld bei Siobhan begleichen konnte.

In der Zwischenzeit wollte ich an meinen Kurzgeschichten feilen. Ich hatte ein paar geschrieben, hauptsächlich über meine Reiseerfahrungen, und ich begann gerade eine neue – über einen arbeitslosen Kerl, der sich in zwei Frauen verliebt –, als Simon an die Tür klopfte.

»Telefon.«

Das muss Emily sein, dachte ich, und mein Lächeln erwuchs zu einem Grinsen, während ich ins Wohnzimmer ging. Was würden wir heute Abend wohl anstellen, fragte ich mich? Vielleicht könnten wir zur Abwechslung einmal ihr Bett ausprobieren.

Ich hob den Hörer ans Ohr und trällerte ein fröhliches: »Hallo.«

»Alex?«

Ein Schneeball explodierte in meinem Magen.

»Hallo, Alex?«

Es war eine Stimme, die ich seit langer Zeit nicht mehr gehört hatte. Ich konnte nicht sprechen, meine Kehle war wie zugeschnürt. Ich stand einfach da, hielt den Hörer und hatte das Gefühl, als müsste ich mich gleich übergeben. Sie wiederholte ein paarmal meinen Namen und dann, schließlich, brachte ich ein Wort hervor: »Mum?«

Ich hörte, wie sie einatmete. Oder vielleicht sog sie auch an einer Zigarette – »meine kleinen Krücken«, wie sie sie früher immer nannte. Sie sagte: »Hast du meine Nachrichten nicht bekommen? Ich versuche schon seit Wochen, dich zu erreichen.«

»Ich ...« Ich versuchte, mich zu erinnern, wann ich das letzte Mal mit ihr gesprochen hatte. Vor drei oder vier Jahren. Und hier war sie und redete mit mir, als wären wir keine Fremden, in ihrem ach so vertrauten Tonfall, der vor Entrüstung triefte.

»Dein Freund hat es wohl nicht für nötig befunden, es dir auszurichten.«

»Ich weiß nicht, vielleicht ...«

Sie unterbrach mich. »Wie geht's dir? Wie geht's London?«

»Alles gut.«

Sie schnaubte. Es folgte ein langes Schweigen. Betreten wäre nicht das richtige Wort dafür.

»Nun, ist auch egal«, sagte sie und inhalierte wieder, »ich habe eine traurige Nachricht für dich.«

Ich versteifte und fragte mich verwundert, was passiert

sein mochte. Wollte sie etwa zu Besuch kommen? Ich schauderte.

»Dein Großonkel Clive ist verstorben.«

Wer? »Oh. Das tut mir leid.« Ich wollte sie fragen, warum um alles in der Welt sie den Drang verspürte, mich anzurufen und mir vom Tod irgendeines entfernten Verwandten zu erzählen, den ich womöglich einmal auf irgendeiner Familienfeier getroffen hatte, aber an den ich keinerlei Erinnerung mehr habe.

»Ja. Es war sehr traurig.«

Es folgte eine weitere lange, schmerzhafte Pause. Ich konnte das Geräusch von gedämpftem Lachen durch die Wand hören: Si und Nat in seinem Zimmer. Ich begann, wieder an meinem Daumennagel zu kauen, genau wie ich es immer getan hatte, bis Mum mir diese widerlich schmeckende Tinktur auf die Nägel strich. Ich konnte sie jetzt regelrecht auf der Zunge schmecken.

Mum räusperte sich. »Ist auch egal, ich muss mit dir sprechen, weil Onkel Clive dir und Annette etwas Geld hinterlassen hat. Ein Scheck über viertausend Pfund mit deinem Namen liegt hier vor mir. Und da ich annehme, dass du ihn haben willst, und ich keinen Grund sehe, warum du ihn nicht annehmen solltest, musst du herkommen und ihn dir holen.«

»Wie bitte?«

»Nun, ich werde ihn dir nicht schicken. Ich weiß doch nicht, mit welcher Sorte Mensch du zusammenwohnst. Womöglich bekommst du ihn nicht.«

»Nein, ich meinte, kannst du das wiederholen? Onkel Clive hat mir ... Geld vermacht?«

Sie schnaufte. »Ja ... viertausend. So stand es in seinem

Testament … er wollte, dass sein Geld gleichmäßig zwischen allen in der Familie aufgeteilt wird. Nicht dass einer von euch beiden sich auch nur die Mühe gemacht hätte, ihn mal zu besuchen. Genauso wie ihr mich nie besuchen kommt.«

Es folgte eine Stille, während der ich mir einen Scheck über viertausend Riesen vorstellte. Dann malte ich mir aus, wie ich in die Höhle des Löwen gehen müsste, um ihn mir zu holen.

»Es ist vollkommen sicher, ihn mir hierher zu schicken«, sagte ich.

Ich konnte regelrecht sehen, wie sie den Kopf schüttelte und die Asche ihrer Zigarette durchs ganze Zimmer flog. »Nein. Du wirst herkommen müssen, um ihn dir abzuholen. Ist diese Aussicht wirklich so schrecklich?«

Großer Gott, ja. »Es ist nur, dass ich unglaublich viel zu tun habe …«

Sie schnaubte. »Hör mal, wenn du den Scheck nicht willst, kann ich ihn an den Anwalt zurückschicken.«

Ich setzte zu reden an, doch sie fuhr mir über den Mund: »Also, der Scheck ist hier. Wenn du ihn willst, weißt du ja, wo ich zu finden bin.« Dann legte sie auf.

Im Schockzustand taumelte ich zurück in mein Zimmer. Viertausend Pfund. Mit viertausend Pfund könnte ich meine Schulden bei Siobhan zurückbezahlen und hätte immer noch einen anständigen Batzen Geld übrig – genug, um mich eine Weile über Wasser zu halten, während ich auf Jobsuche war. Natürlich wollte ich es. Ich brauchte es. Aber nach Hause fahren zu müssen, um es mir zu holen – dieser Gedanke überschattete die wunderbare Neuigkeit.

Das war Mums Art, weiterhin Macht über mich auszuüben. Sie hätte mir nichts von dem Geld erzählen müssen – sie hätte es für sich selbst ausgeben können, für Zigaretten und Make-up und die lebenden Skorpione, die sie so gerne zu Mittag aß (okay, das ist eine Übertreibung – sie isst nur tote). Doch dann musste sie sich den Plan überlegt haben, dass ich zu ihr fahren müsste, um den Scheck bei ihr abzuholen. Wenn ich das Geld nur nicht so dringend bräuchte – es hätte mir große Freude bereitet, ihr zu sagen, sie solle es behalten oder ihrer Lieblingswohltätigkeitsorganisation spenden, der *Ein Herz fürs Kinderquälen.* Aber ich bin darauf angewiesen. Es ist die einzige Art, die Bande mit Siobhan zu lösen und mit meinem Leben weiterzumachen. Dieses Erbe ist ein Riesenglück für mich – und die Art Schicksalswende, die mich fragen lässt, ob ich nicht doch einen Schutzengel habe. Es wäre fürchterlich dumm von mir, das Geld auszuschlagen.

Sonntag

Ich habe eine Nacht und einen ganzen Tag mit Emily verbracht, und die meiste Zeit über kam ich mir vor, als wäre ich betrunken. Jetzt ist sie fort, und allmählich kriecht wieder Panik in mir hoch: Ich habe den Entschluss getroffen, morgen nach Hause zu fahren und meinen Scheck abzuholen.

»Das sind doch tolle Neuigkeiten«, sagte Emily, als ich ihr von dem Geld erzählte. Wir lagen im Bett, ihr Kopf auf meiner Brust, ihre Haare weich und irgendwie kitzelig auf meiner Haut.

»Ich weiß. Aber ich möchte nicht nach Hause, um es zu holen.«

»Warum?« Sie rollte sich auf den Bauch, um mich richtig

anzusehen. Sie roch köstlich und warm. »Warum hasst du deine Mum so sehr?«

Ich seufzte und schloss die Augen. Es war so schwierig, das alles zu erklären. Wie sollte ich es nur auf den Punkt bringen? Jahre voller kleiner Grausamkeiten, subtiler Machtmissbräuche und ständiger Vertrauensbrüche. Ich sagte: »Weil sie mich hasst.«

Emily wirkte sprachlos. »Warum sollte deine Mutter dich hassen, Alex?«

»Wahrscheinlich weil ich meinem Dad zu ähnlich bin. Nun ja, laut ihr bin ich es. Ich persönlich kann das nicht beurteilen.«

Sie wartete, dass ich fortfuhr.

»Mein Dad hat meine Mum verlassen, da war sie mit meiner Schwester Annette schwanger, die zwei Jahre jünger ist als ich. Er hat sie also mit einem Zweijährigen und einem dicken Bauch im Stich gelassen. Ich kann mich natürlich nicht an ihn erinnern – alles, woran ich mich erinnere, sind die Dinge, die meine Mutter ständig über ihn gesagt hat.« Ich rieb mir die Augen. Diese Geschichte zu erzählen war schrecklich aufreibend. »Während meiner Kindheit habe ich nicht verstanden, warum sie immer so gemein zu mir war. Irgendwann habe ich mir zusammengereimt, dass sie mir für das, was geschehen ist, die Schuld gibt. Aber selbst wenn man logisch an die Sache herangeht, ergibt es keinen Sinn: Warum hat sie Annette nicht gehasst? Immerhin hat er sie erst verlassen, als sie mit meiner Schwester schwanger war.«

»Sie hat euch zwei also anders behandelt?«

»Auf jeden Fall. Es war, als wären die zwei enge Verbündete und ich eine Art Feind im Innern. Vielleicht lag es bloß daran, dass ich ein Junge war. Vielleicht war ich ihm zu ähnlich. Vielleicht habe ich sie an die Zeit erinnert, als er noch bei uns war. Keine Ahnung. Aber meine erste Erinnerung an meine Mum ist die, dass sie mich angeschrien hat, weil ich ein Glas Johannisbeersaft umgeschüttet habe, und Annette war dort im Hintergrund, nur ein kleines Baby, und stimmte lachend in ihr Gezeter ein.«

Emily streichelte mir die Brust.

»Es gab auch Zeiten, da war Mum eine… normale Mutter. Wenn ich in der Schule in Schwierigkeiten steckte, hat sie mich verteidigt, manchmal zu vehement, ist dann in die Schule marschiert und hat die Lehrer angeschrien, sodass die Abneigung, die meine Lehrer gegen sie hatten, allmählich auch auf mich abfärbte. Und ich erinnere mich an das eine Mal, als ich richtig krank war. Ich hatte dieses schreckliche Fieber samt Halluzinationen.« Ich lachte. »Du wirst es nicht glauben, aber ich habe Tetley-Tee-Männchen gesehen, die an den Vorhängen hochgeklettert sind.«

Emily lächelte und sagte: »Das schlägt pinke Elefanten.«

»Hm. Nun… wo war ich? Äh, also manchmal war sie nett. Einmal habe ich zu viele Schokoeier gegessen, und mir war unglaublich schlecht, und sie hat mich liebevoll gepflegt. Aber die meiste Zeit über war sie eine beschissene Mutter. Sie war nicht offen gewalttätig – zumindest nicht häufig. Sie hat mich geschüttelt, vielleicht ein paarmal geschlagen. Oh Gott, und bei einer Gelegenheit hat sie mich mit dem Rohrstock verdroschen. Verdammt, das hätte ich fast vergessen.« Ich verstummte, ließ die Erinnerung in mir aufsteigen. »Jetzt erinnere ich mich, warum sie es getan hat. Ich bin im Hof des Kindergartens herumgelaufen, und irgendein Kind hat mich angerempelt, sodass ich hinfiel. Als ich auf den Beton knallte, riss meine Hose – sie war kaputt. Mum sagte, sie würde mir eine Lektion erteilen, weil ich so tollpatschig bin. Sie besaß diesen Bambusstab, und ich musste die Hände mit den Innenflächen nach oben ausstrecken. Ich zitterte, es war wirklich schwierig, sie ausgestreckt zu lassen. Aber Mum sagte, es gäbe jedes Mal, wenn ich die Hand zurückziehe, zwei Schläge extra.«

Emily nahm meine Hand und küsste meine Finger.

»Die Sache ist die, dass diese Art Grausamkeit leichter zu ertragen war als die tagtägliche psychische Belastung. Die Beleidigungen, das Verarschen, der Sarkasmus. Das hat mich fertiggemacht, hat mir das Gefühl gegeben, nutzlos und erbärmlich zu sein. Aber ich konnte ihr nicht die Stirn bieten, da sie genau wusste, wie sie mich kontrollieren kann. Ich dachte nur dauernd, dass, sobald ich achtzehn bin, ich von zu Hause abhauen würde und sie nie wieder sehen müsste. Und ich habe mir vorgestellt, dass ich reich und berühmt werde, damit ich der Welt sagen kann, was für eine Hexe sie war.« Ich lachte trostlos. »Ich habe großes Verständnis für Eminem.«

»Und hast du seitdem mit ihr gesprochen?«

»Gelegentlich. Ich habe sie vor ein paar Jahren gesehen. Den Großteil meines Erwachsenendaseins habe ich allerdings damit verbracht, ihre Existenz zu leugnen. Was nicht leicht ist. Und jetzt muss ich zu ihr zurück und werde weiter ihre verfluchten Machtspielchen spielen müssen.«

»Hm«, sagte Emily. »Ich denke, du solltest hinfahren und ihr zeigen, zu welch einem wundervollen Mann du geworden bist.«

Ich küsste sie. Sobald sie bei mir war, fühlte ich mich gleich viel mutiger. Und vielleicht hört sich das komisch an, aber mit ihr zusammen komme ich mir viel normaler vor. Jahrelang hatte ich mich gesorgt, ich könnte ein Freak sein, der immer ein Außenseiter bleibt, nie dazugehört. Ich kam mir wie ein Außerirdischer vor. Ich vermute, ich war auf eine perverse Art stolz darauf – es hat mir gefallen, mich für etwas Besonderes zu halten. Jetzt weiß ich, dass ich nicht außergewöhnlich bin – Emily hingegen ist es.

Was soll ich nur tun, wenn sie ihre Meinung über mich ändert und erkennt, dass ich nicht normal bin, oder von den Dingen erfährt, die ich in der Vergangenheit getan habe? Sie würde mich verlassen – und ich weiß nicht, ob ich das ertragen könnte. Nicht jetzt, wo ich gerade anfange, mich besser zu fühlen.

21

Siobhan

Montag

Das, was heute Morgen passiert ist, verstehe ich als Material für meinen Roman. Gewiss nicht als Nachspionieren … zumal ich anfangs überhaupt nicht die Absicht hatte, ihr die ganze Zeit zu folgen.

Ich bin einfach nur zu Alex' Haus zurückgefahren, das war alles. Immerhin hatte ich letztes Mal gekniffen, als ich ihm das Messer auf die Brust setzen wollte, damit er mir das Geld zurückzahlt. Und nun ist definitiv schon über ein Monat vergangen, und er hätte seine Schuld längst begleichen müssen. Meine Kreditkartenrechnung muss bezahlt werden. Ich werde ihm wohl auch die Verzugszinsen in Rechnung stellen. Auf keinen Fall werde ich selbst dafür aufkommen.

Anfangs hat es sogar Spaß gemacht. Ich trug eine Sonnenbrille und einen Schal um den Kopf à la *Thelma und Louise*, obwohl es eine Spur zu grau und frisch war, um draußen eine Sonnenbrille zu tragen. Mein Plan lautete, zu ihm zu fahren, ihn anzurufen, um zu sehen, ob er zu Hause ist, und dann, wenn einer von ihnen ans Telefon geht, aufzulegen und wie beim letzten Mal zu warten, bis er herauskommt. Ich hatte meine Meinung geändert, einfach an seiner Tür zu klingeln und ihn bei sich zu Hause zu konfrontieren. Ich weiß nicht so recht – als ich beobachtete, wie er sich bei dieser Frau so normal aufführte, kam mir der Gedanke, dass er womöglich schizophrener ist, als ich anfangs angenommen hatte. (Vielleicht liegt es auch bloß an mir, dass ich den Psychopathen aus ihm herauskitzele?)

Wie dem auch sei, ich entschied, es sei das Beste abzuwarten, bis er herauskam, ihm dann zu folgen und es aussehen zu lassen, als seien wir uns zufällig in die Arme gelaufen. Ich will ihn nicht wütend machen.

Doch ich musste gar nicht anrufen – ich parkte gerade den Wagen auf der anderen Straßenseite, als die Haustür aufging und er herauskam, wiederum mit dieser Frau. Er sah allerdings nicht mehr ganz so glücklich aus wie beim letzten Mal. Seine Stirn war gerunzelt, und er wirkte nervös und blass. Ha! Vielleicht droht seine neue Beziehung schon wieder in die Brüche zu gehen, dachte ich – bis beide die Arme um die Schulter des anderen legten und die Straße hinabspazierten, als würden sie für einen Dreibeinlauf trainieren.

Die Frau trug einen knielangen grauen Rock, Stiefel und eine taillenlange cremefarbene Jacke – chice Kleidung, die ihr jedoch überhaupt nicht stand. Der Rock war zu eng und betonte ihren üppigen Hintern, und die Jacke stand zweifellos nicht offen, weil es hip war, sondern weil man sie über ihren riesigen Melonen nicht zuknöpfen konnte. Die Stiefel ließen ihre Knie fett aussehen. Sie hatte eine kleine Reisetasche bei sich, und bei dem Gedanken, dass sie das Wochenende bei Alex verbracht hatte, spürte ich einen irrationalen Anflug von Neid in mir aufkommen. Ihre Haare waren in einer dieser großen *Johnny Loves Rosie*-Haarspangen mit seidenen Blumen zusammengebunden, und sie sah aus, als sei sie eben aus der Dusche gekommen, glänzend und überreif, wie eine Pflaume, die allmählich verdirbt.

Außerdem sah sie naiv aus. Ich fragte mich, ob ich sie warnen sollte – das wäre wahrlich eine fürsorgliche Entscheidung. Sie wäre entsetzt, wüsste sie, dass Alex mich noch vor einem Monat gestalkt hatte. Ich fand sie zwar unsympathisch, was aber nicht zwangsläufig bedeutete, dass ich wollte, dass sie verletzt wurde. Alex war gefährlich.

Sobald sie in sicherer Entfernung waren, stieg ich aus dem Auto und folgte ihnen. Sie bogen nach links in die Arcadia Road ein, und ich vermutete, dass sie die U-Bahn nehmen würden, weshalb ich einen Zahn zulegte. Meine Neugierde war geweckt. Sie war für die Arbeit gekleidet, und er war arbeitslos, wohin fuhren sie also an einem Montagmorgen? Es wäre eine echte Herausforderung, ihnen unbemerkt in die U-Bahn zu folgen.

Als ich die Station erreichte, trödelte ich am Eingang herum, bis die beiden endlich durch das Drehkreuz in dem Gang waren, der zur Rolltreppe führte. Ich kaufte eine Tageskarte für die Zonen 1-6 und hastete ihnen hinterher. Während ich oben auf der Rolltreppe stand, hatten sie das untere Ende erreicht und bogen nach links zum Bahnsteig für die U-Bahnen, die in südliche Richtung fuhren. Da hörte ich das Geräusch einer einfahrenden U-Bahn, konnte jedoch nicht mit Gewissheit sagen, aus welchem Tunnel sie kam, weshalb ich die Rolltreppe hinabsprintete, zwei Stufen auf einmal nehmend und mich an einer Gruppe japanischer Touristen und zwei Skateboardern vorbeidrängelnd.

Ich stürzte genau in dem Moment auf den Bahnsteig, als der Zug einfuhr. Hektisch um mich blickend sah ich Alex und seine Freundin, die sich anschickten, in ein Abteil weiter vorne einzusteigen. Das war kein Problem – ich könnte sie von meinem Abteil aus beobachten.

Dann brach das Unheil über mich herein. Die Türen öffneten sich, und in meinem fieberhaft panischen Zustand schoss ich zu schnell vorwärts und stürzte in Richtung des schmutzigen, geriffelten Metallbodens der U-Bahn. In dem Versuch, das Gleichgewicht wiederzufinden, ruderte ich unbeholfen mit den Armen und taumelte rückwärts – geradewegs aus dem Abteil hinaus! Ich knallte mit dem Hintern auf den Bahnsteig, während sich unverhohlenes Erstaunen in die Gesichter der umstehenden Fahrgäste grub. Ich errötete, aber das Schlimmste sollte erst noch kommen – als mein Blick nach links glitt, bemerkte ich, dass Alex und die Frau nicht in ihr Abteil eingestiegen waren, sondern Zeuge dieser würdelosen Szene geworden waren! Gott sei Dank war ich verkleidet.

Ich schämte mich so sehr, dass ich erneut einen hastigen Satz in die U-Bahn machte, wo ich schließlich unsanft auf Händen und Knien landete – just auf dem schmutzigen Boden, auf den zu fallen ich eigentlich hatte vermeiden wollen. Was für eine tolle Privatdetektivin ich abgab! Ich hätte kaum mehr Aufmerksamkeit auf mich ziehen können, wäre ich nackt den Bahnsteig auf und ab gerannt und hätte geschrien: »Alex, schau her, meine Titten!«

»Alles klar bei Ihnen?«, fragte eine irritierte, indisch aussehende Frau und reichte mir die Hand. Ich zog mich mit ihrer Hilfe auf die Beine, obwohl sich ihre Hand so weich anfühlte und die Frau so klein und leicht war, dass ich sie zuerst fast zu mir auf den Boden gerissen hätte. Ein anderer Fahrgast reichte mir meine Sonnenbrille, die beim Sturz heruntergefallen war.

»Alles in Ordnung«, erwiderte ich schließlich peinlich berührt, während ich meine zerrissene Jeans begutachtete und meinen Schal zurechtrückte. Mein rechtes Knie blutete, und meine Handinnenfläche brannte – doch mein Stolz hatte am meisten gelitten. Überall um mich herum zuckten die Lippen der umstehenden Fahrgäste, ein Kichern wurde unterdrückt. Und dann – dann! – blickte ich durch die Glasscheibe der Tür, die mein Abteil von Alex' abtrennte, und sah, wie er und seine fette Freundin mich beide anstarrten und hysterisch lachten!

Am liebsten hätte ich geweint. Welch eine absolut unsägliche Demütigung. Und was, wenn Alex mich erkannt hatte? Hätte er zwei Minuten früher hergeschaut, hätte er mich ohne meine Sonnenbrille gesehen.

Ich bin eine solche Versagerin.

Bei der nächsten Station stieg ich – vorsichtig – aus und marschierte an Alex' Abteil vorbei, als wollte ich zum Ausgang gelangen. Er und seine Freundin saßen neben der Tür, die ihr Abteil von dem trennte, das ich gerade verlassen hatte, und sie hatten turtelnd die Köpfe zusammengesteckt. Ich war sicher, dass er mich nicht bemerkt hatte, weshalb ich in das nächste Abteil schlüpfte, wo ich mich so an der Tür platzierte, dass ich freien Blick auf sie hatte. Der morgendliche Berufsverkehr war längst vorüber, sodass ich kein Problem hatte, genau den Platz zu ergattern, den ich wollte.

Beim Anblick der beiden wurde mir übel, und mir fiel auf, dass ich zitterte. Teilweise lag es wohl daran, dass ich den Schock immer noch nicht überwunden hatte, (zweimal) gefallen zu sein, aber hauptsächlich war es die pure Wut, weil ich mich genötigt sah, diesem kleinen Freak und seiner fetten Freundin durch ganz London zu folgen und mich dabei zum Affen zu machen. Und das alles nur, um an das Geld zu kommen, das mir zustand. Ich wünschte, ich wäre ein Mann. Dann wäre die Sache so viel leichter – ich würde ihn einfach so lange verdreschen, bis er zahlte.

Sie stiegen in Euston aus, und Alex sah sich kein einziges Mal um, während ich ihnen durch die Gänge und hinauf zur Haupthalle folgte. Es war ein Kinderspiel, ihnen auf dem überfüllten Bahnhof nachzujagen – es gab viele Bagel- und Kaffeestände, hinter denen man sich verstecken konnte. Die Leute warfen mir wiederum sonderbare Blicke zu, aber im Gegensatz zu der Demütigung in der U-Bahn war das nicht der Rede wert. Alex kaufte eine Bahnfahrkarte, und sie schlenderten langsam zu dem Bahnsteig, auf dem laut Anzeigetafel der nächste Zug nach Milton Keynes fuhr.

Dann küssten sie sich, lang, widerlich, pornografisch. Am liebsten hätte ich mich übergeben. Er strich mit der Hand über ihren Rücken und zu ihrem wabbeligen Hintern und presste sich an sie, als würden sie es gleich hier auf dem Bahnsteig miteinander treiben. Sie sahen beide bestürzt aus, als würde er für eine Ewigkeit wegfahren.

Was, wenn er abhaute, um sich davor zu drücken, seine Schulden bei mir zu begleichen? Aber er hatte kein Gepäck bei sich, nur eine WHSmith-Tüte, in der nichts weiter als ein Buch zu stecken schien. Er konnte nicht lange fortbleiben. Ich entschied, auf der Stelle zu ihm zu gehen und mein Geld zurückzufordern. Ich dachte gerade darüber nach, was ich sagen würde – mein Atem kam flach, das Adrenalin pumpte durch mich hindurch, stachelte mich an –, als ein Pfiff ertönte. Alex musste sich fast mit Gewalt von seiner Freundin lösen und winkte, während er in den Zug hüpfte.

Verdammt, dachte ich. Und jetzt? Mit einem Mal war

ich verunsichert. Endlich hatte ich mich für den Kampf gerüstet, und jetzt war da niemand, dem ich hätte entgegentreten können. Die Frau drehte sich weg, einen besorgten Ausdruck auf ihrem Backenhörnchengesicht, und marschierte geradewegs an mir vorbei, ohne mich zu sehen. Ich kam mir wie ein Geist vor. Instinktiv drehte ich mich ebenfalls um und begann ihr zu folgen. Ich war neugierig. Wer war sie? Was war so verflucht toll an ihr, dass Alex mich einfach vergessen und sich stattdessen in sie verliebt hatte? Ich bin viel hübscher! Ich wette, ich bin auch viel interessanter und erfolgreicher.

Sie stieg wieder in die Northern Line, und ich nahm drei Sitze neben ihr Platz in der Hoffnung, sie würde mich nicht als die Frau wiedererkennen, die vorhin so plump hingefallen war. Die ganze Zeit über spielte ich mit dem Gedanken, zu ihr zu gehen und sie vor Alex zu warnen, aber irgendetwas hielt mich ab. Ich machte kleine Deals mit mir selbst: Wenn der Platz neben ihr frei wird, tue ich es. Wenn sie die übereinandergeschlagenen Beine wieder löst, tue ich es. Aber nichts von alledem geschah, und ehe ich michs versah, war ich in der Tottenham Court Road.

Ich folgte ihr vorbei an den Regenschirmverkäufern (es begann gerade zu nieseln) und den Ständen mit gefälschten Designerhandtaschen an der Ecke, über die Straße am Dominion Theatre und dann direkt in eine kleine Seitengasse neben dem YMCA. Die Straßen wirkten eigenartig flimmernd durch meine Sonnenbrille, die mir allmählich auf die Nerven ging. Es kam mir vor, als würde ich durch Nebelschwaden gehen. Dann wurde mir schlagartig bewusst, dass es überhaupt keinen Grund gab, sie nicht abzusetzen, da Miss Wer-auch-immer nicht den blassesten

Schimmer hatte, wer ich war. Ich entledigte mich des Schals und der Sonnenbrille und genoss das Gefühl des Nieselregens auf meiner Stirn und dem flachgedrückten Haar, als ich bemerkte, wie sie in einem Zeitungskiosk auf der anderen Straßenseite verschwand. Ich überquerte ebenfalls die Straße, mit der Absicht, vor dem Geschäft herumzutrödeln und die Schlagzeilen hinter dem Plastikglas der Zeitungsständer auf dem Bürgersteig zu lesen.

Genau in diesem Moment kam eine andere Frau aus dem Laden, eine hochgewachsene, dürre Cruella de Vil mit den knochigsten Knien, die ich jemals gesehen habe. Sie riss gerade das Zellophan von einem Päckchen Marlboro auf und wäre fast mit Alex' Freundin zusammengestoßen.

»Guten Morgen, Emily, wie schön, dass du die Güte besitzt, heute doch noch vorbeizuschauen«, hörte ich Cruella de Vil zu ihr sagen. Emily – was für ein langweiliger Allerweltsname. Emily wurde knallrot.

»Tut mir leid, dass ich zu spät bin, Pernilla«, sagte sie. (Pernilla? Das war sogar noch schlimmer als Emily.) »Ich hatte einen Arzttermin – das habe ich dir doch am Freitag in einer E-Mail geschrieben.«

»Daran erinnere ich mich nicht«, sagte Pernilla abweisend, und ich hätte am liebsten laut gejubelt. Ich hob den Deckel eines Zeitungsständers an und tat so, als würde ich die Titelseite der *Daily Sport* überfliegen. »Dann bis gleich im Büro.« Emily nickte und stürzte in den Kiosk, während Pernilla begann, auf ihren spindeldürren Beinen über die Straße zu stolzieren, und an ihrer Zigarette sog, als wäre sie ein McDonalds-Milchshake.

Einem Impuls folgend riss ich meine Sonnenbrille aus der Tasche, setzte sie wieder auf und folgte Pernilla. Ich weiß nicht, was mich geritten hat – und wirklich, ich bin keineswegs stolz auf mich, obwohl mich Emily in der U-Bahn ausgelacht hat –, doch ich schob mich mit klopfendem Herzen an der Bohnenstange vorbei.

»Emily war nicht beim Arzt«, sagte ich aus dem Mundwinkel, ganz die Spionin, die ich war. »Sie war bei ihrem Freund. Ich habe sie gesehen.« Erschrocken über meine eigene Verschlagenheit wirbelte ich herum, hastete davon und versteckte mich um die Ecke, bevor Pernilla etwas erwidern konnte. Ich sah, wie sie sich überrascht und geschockt umdrehte, aber zu diesem Zeitpunkt war ich längst über alle Berge. Sie blieb eine Sekunde verwirrt stehen und marschierte dann wütend die Treppe des hohen georgianischen Gebäudes am Bedford Square hinauf.

(Ich zauderte. Und falls ich Emily nun in Schwierigkeiten gebracht hatte? Doch sie hatte mich ausgelacht. Beide hatten mich ausgelacht.)

Eine Minute später eilte Emily aus dem Zeitungskiosk, riss ein Twix auf und stopfte sich einen ganzen Riegel in den Mund, während sie dasselbe Gebäude betrat. Sicherheitshalber ließ ich eine gewisse Zeit verstreichen, bevor ich ihr folgte und das Messingschild an der Wand neben der Tür las: *Frazer Shaw Publishers Ltd.* Herrgott, musste sie ausgerechnet in einem Verlag arbeiten! Noch dazu veröffentlichte Frazer Shaw anspruchsvolle Literatur – es ist zwar kein großes Verlagshaus, aber wenn ich mich nicht täusche, verlegen sie auch viele zeitgenössische Bücher. Allmählich bereute ich zutiefst, mit Pernilla gesprochen zu haben, nur für den Fall, dass sie Lektorin war und Patricia ihr meinen Roman zuschicken würde. Vielleicht war Pat von meinen 20 000 Wörtern, die ich ihr letzte Woche geschickt hatte, derart beeindruckt, dass sie bereits darüber nachdachte, sie an Lektoren weiterzuleiten – im Moment läuft es so gut. Vielleicht war das hier ein Fehler… Ich weiß, es ist höchst unwahrscheinlich, dass sie sich an mich erinnern wird, aber man weiß nie. Das wäre so typisch ich!

22

Alex

Montag

Der Tag begann gut. Nach einer wundervollen Nacht, in der wir im Bett gelegen, uns geliebt, Wein getrunken und belgische Schokoladen aus einer extravaganten Pralinenschachtel unter der Decke gegessen hatten, begleitete mich Emily zum Bahnhof. Es fühlte sich wie eine kleine Zuflucht an, wir beide, beschützt vor all den Projektilen und Kugeln der Welt, die auf uns abgeschossen wurden. Auf dem Weg nach Euston wurden wir Zeuge von etwas wirklich Lustigem: Eine Verrückte, die sich in die U-Bahn warf und wieder nach draußen taumelte, um dann wieder in den Waggon zu purzeln aus Gründen, die wohl nur sie selbst kannte. So, wie sie aussah, war sie ein echter Fall für die Fürsorge. Emily und ich kicherten den ganzen Weg bis zum Bahnhof über diese skurrile Begebenheit, und unser gemeinsamer Lachanfall half mir, meine Nerven zu beruhigen angesichts des Drachen, dem ich mich nun stellen würde – doch noch während wir lachten, fühlte ich mich bei dem Gedanken unwohl, wie knapp ich in jüngster Vergangenheit selbst einem Nervenzusammenbruch entkommen war. Genauso gut hätte ich es sein können, der die Pendler in der U-Bahn belustigte. Und nun saß ich hier und würde gleich umsteigen, um die

Wurzel – die lebende Ursache – all meiner Probleme zu besuchen.

Und dennoch, während wir durch London fuhren, blickte ich ständig zu Emily und dachte, wie viel Glück ich hätte und wie toll es sich anfühlte, in einer Beziehung zu sein. Ich legte die Arme schützend um sie, damit kein Fremder sie anrempelte, obwohl die U-Bahn überhaupt nicht sonderlich voll war. In Euston brach eine riesige Woge an Gefühlen über mir zusammen, als ich mich von Emily verabschiedete.

»Ich wünschte, du müsstest nicht zur Arbeit«, sagte ich.

Sie küsste mich. »Ich auch.«

Wir küssten uns wieder. »Aber meine Chefin ist ein echter alter Drachen.« Noch ein Kuss. »Sie hat meine Vorgängerin rausgeworfen, weil sie zu viele Krankheitstage hatte.«

Der Zug war abfahrtbereit. Ich trödelte auf dem Bahnsteig herum und klammerte mich bis zum allerletzten Moment an Emily fest, bis der Schaffner zur Abfahrt pfiff. Dann lehnte ich mich aus dem Fenster und fühlte mich wie ein Protagonist in einem Kriegsfilm, der in Richtung der blutgetränkten Felder Europas fuhr, ohne zu wissen, ob er jemals zurückkehren würde.

»Ruf mich heute Abend an, wenn du zurück bist«, sagte Emily, als sich der Zug schwerfällig in Bewegung setzte.

»Okay.«

»Viel Glück.«

Während ich in das Großraumabteil ging, um mir einen Platz zu suchen, bemerkte ich, wie ein Typ seinen Freund anstupste und die Augen verdrehte, als wäre es urkomisch, dass ich mich aus dem Fenster gebeugt und mich von meiner Freundin verabschiedet hatte. Wut flammte in mir auf, doch ich unterdrückte sie sogleich. Warum sollte ich mich über jemanden wie ihn ärgern? Ich lächelte ihn zuckersüß an.

Der Zug war brechend voll. Der einzige leere Sitzplatz war der neben einer alten Frau mit einer riesigen Chipstüte im Schoß. Es muss eine magische Zaubertüte gewesen sein: Sie reichte die ganze Fahrt über, und es schien, als würde die Frau jeden einzelnen Chip bis zum bitteren Ende aussaugen.

Die Fahrt verging gleichzeitig schnell und langsam. Schnell, weil ich den Gedanken hasste, mein Ziel zu erreichen. Und langsam, weil ich es endlich hinter mich bringen wollte, damit ich nach London und zu Emily zurückkehren konnte.

Nachdem wir schließlich Milton Keynes erreicht hatten, setzte ich mich gegenüber vom Bahnhof draußen vor ein Café, um mich mit einem Kaffee und einer Zigarette zu stärken. Es graute mir, jemanden zu treffen, den ich kannte: etwa einen alten Schulfreund. Ich wollte keine Zusammenfassung der letzten zehn Jahre meines Lebens abliefern müssen.

Ich nahm denselben Bus wie immer, um zur Siedlung hinauszufahren, in der ich aufgewachsen bin. Ich saß ganz hinten im Bus, der glücklicherweise halb leer war, weshalb niemand den kränklich aussehenden Kerl bemerkte, der wie eine Qualle in der letzten Reihe zitterte. Als wir die Haltestelle anfuhren, die am nächsten am Haus von meiner Mum liegt (fast hätte ich »meinem Haus« getippt, aber es ist nicht mein Haus und war es auch nie), wäre ich beinahe sitzen geblieben. Scheiß auf die vier Riesen. Ich brauchte sie nicht. Das war es nicht wert. Doch dann dachte ich an Siobhan und dass ich ihr das Geld zurückbezahlen musste und zwang mich zum Aussteigen.

Ich stand vor dem Haus, und noch bevor ich die Chance hatte, meine Meinung zu ändern, öffnete sich die Tür.

»Hallo Alex.« Sie musterte mich von Kopf bis Fuß. »Willst du dort mit offenem Mund stehen bleiben, oder kommst du lieber herein?«

Sie sah älter aus und hatte an Gewicht zugelegt, seit wir uns das letzte Mal gesehen hatten, und durch die Extrapfunde wirkte sie kleiner. Ihr schwarzes Haar war mit grauen Strähnen durchsetzt, ihr Gesicht von Falten durchzogen – keine kleinen Krähenfüße, sondern ausgewachsene, tiefe Furchen. Nun, sie passten zu ihr.

Ich folgte ihr in die Küche und stand verlegen neben dem Küchentisch. Irgendein greiser Radiosprecher quakte aus demselben Kofferradio, das Mum schon besessen hatte, als ich noch in der Schule gewesen war, doch abgesehen davon fühlte sich das Haus unbehaglich ruhig und still an. Nichts hatte sich verändert, seit ich ausgezogen war – dieselbe Blumentapete, dieselbe widerlich grüne Farbe, dieselben gesprungenen Fliesen und schmutzigen Lampenschirme aus Papier. Mich überkam das schreckliche Gefühl, wieder achtzehn zu sein und dass das letzte Jahrzehnt überhaupt nicht stattgefunden hatte. Vor einer Woche hätte ich die Möglichkeit vielleicht begrüßt, mein Erwachsenenleben noch einmal von vorne zu beginnen, um zu sehen, ob ich beim nächsten Mal all meine Fehler vermeiden könnte, aber jetzt habe ich Emily – und ich will mein Leben nicht ändern.

Ich konnte das Gefühl der Zeitreise nicht abschütteln und betastete mein Gesicht nach Pickeln auf dem Kinn. Annette käme jeden Moment mit ihrem üblichen höhnischen Lächeln, das sie so hässlich aussehen ließ, durch die Tür. Aber da war nur Mum. Allein.

»Annette war schon hier, um ihren Scheck abzuholen«, sagte sie, als würde sie meine Gedanken lesen. Eine Sekunde lang trafen sich unsere Blicke, dann sah sie weg. Trotz des Radios hörte ich ihre Atemgeräusche.

»Wie geht's ihr?«

Sie zuckte mit den Schultern. »Anscheinend ganz okay. Wohnt in Cheltenham mit einem Elektriker zusammen. Robert. Hat ihn an Weihnachten mitgebracht. Kann nicht sagen, dass er mich elektrisiert hat.«

Sie lachte spröde und fragte: »Willst du eine Tasse Tee?«

»Äh … ja, danke. Ich muss nur rasch auf die Toilette.«

Sie befüllte den Kessel, während ich die Treppe zum Klo hinaufging. Nachdem ich mir die Hände gewaschen hatte, steckte ich den Kopf in mein altes Zimmer und erwartete, es leer vorzufinden. Doch es war fast genau so, wie es bei meinem Auszug gewesen war. Meine alte Steppdecke lag auf dem Bett, meine Poster von The Cure und Transvision Vamp hingen an der Wand. Bei dem Anblick durchzuckte mich ein Schauder. Warum hatte sie es unverändert gelassen? Es war unnatürlich, fast gespenstisch. Als wäre ich gestorben oder spurlos verschwunden; das Zimmer eines ermordeten Teenagers, dessen Mutter es nicht übers Herz brachte, irgendetwas zu verändern. Ich rieb mir die Unterarme, wo ich eine Gänsehaut bekommen hatte.

Wieder zurück im Erdgeschoss betrat ich das Wohnzimmer. Ein Großbildschirm beherrschte den Raum. Auf dem Kaminsims stand ein Foto von Annette auf ihrer Abschlussfeier. Und ein Bild von mir, als ich, keine Ahnung, fünf oder sechs war? Ich hielt unsere Schildkröte hoch und grinste dämlich. Ich nahm das Foto zur Hand und wünschte, Emily wäre bei mir, um es sich mit anzuschauen. Sie hätte über meinen fantastischen Achtzigerjahre-Haarschnitt und das wertvolle *Blue Peter*-Abzeichen gelacht, das an mein selbstgestricktes Tanktop genäht war. Für einen kurzen Moment war ich gekränkt, dass Mum keine Fotos von mir als Erwachsener aufgestellt hatte. Aber andererseits, woher sollte sie eines haben? Dafür hätte sie einen Privatdetektiv beauftragen müssen, der mir auflauerte.

Ich kehrte in die Küche zurück, wo bereits eine Tasse Tee auf mich wartete.

»Es ist komisch, dich wieder hier zu sehen«, sagte sie. Ich gab keine Antwort, wusste nicht, was ich erwidern sollte. Ich hatte das Gefühl, als wollte sie mir etwas sagen, eine kleine Rede halten, die sie vor meiner Ankunft einstudiert hatte. Mehrmals öffnete sie den Mund, dann schloss sie ihn wieder. Die Worte schienen ihr in der Kehle steckenzubleiben. Stattdessen zündete sie sich eine Zigarette an und bot mir zögerlich ebenfalls eine an. Ich schüttelte den Kopf. Wie sonderbar – ich wollte vor ihr verheimlichen, dass ich rauchte.

Wir tauschten ein paar Belanglosigkeiten über das Wetter aus, und dann sagte sie: »Nun, ich vermute, du willst deinen Scheck.«

Sie öffnete den Küchenschrank über ihrem Kopf und holte eine Keksdose heraus. Dann klappte sie sie auf, zog den Scheck heraus und reichte ihn mir. Dort stand mein Name samt den Worten »Viertausend Pfund«. Es war keine Summe, bei der ein *Wer wird Millionär?*-Kandidat vor Begeisterung gejubelt hätte, aber genug, um ein paar meiner Probleme zu lösen. Ich holte meine Brieftasche heraus und steckte ihn ein.

»Das kommt doch wie gerufen, würde ich meinen«, sagte Mum. »Ich überlege mir, mit meinem Anteil die Küche zu renovieren. Vielleicht gönne ich mir Doppelglasfenster. Oder ich fahre in den Urlaub.«

Sie drehte sich um und starrte aus dem Fenster, und ich folgte ihrem Blick auf die triste Straße mit den tristen Häusern und Autos und Menschen. Der Himmel hatte die Farbe von blasser Holzkohle. Nein, das wäre gelogen: So interessant war sie nicht. Es war eine unscheinbare Farbe, nichtssagend.

Ich trank meinen Tee aus und wusste nicht, was ich als Nächstes tun sollte. Alle Muskeln in meinem Körper waren angespannt, meine Schultern schmerzten, und ich war mir bewusst, dass ich die Haut um meine Fingernägel abknabberte.

»Und«, sagte Mum. »Gibt es da … jemanden in deinem Leben?«

Erschrocken erkannte ich, dass echtes Interesse in ihrer Stimme mitschwang. Im Grunde mehr als das: Hoffnung. Vielleicht hoffte sie, dass, wenn ich eine Freundin hätte, ein Enkel am Horizont auftauchen könnte – als würde ich meinen Sohn oder meine Tochter in ihre Nähe lassen! Beinahe hätte ich ihr eine Lüge aufgetischt und ihr gesagt, dass ich single wäre – aber ich konnte dem Drang nicht widerstehen, über Emily zu reden.

Ich erzählte Mum alles von ihr: die wichtigsten biographischen Fakten, etwa dass sie siebenundzwanzig war, in einem Verlag arbeitete und aus Brighton stammte. Ich erzählte ihr, wie hübsch Emily ist und dass »die Dinge richtig gut liefen«. Ich erzählte ihr, dass ich verliebt bin.

Sie nickte, und obwohl ich erwartet hatte, dass ihr diese Neuigkeit ein Lächeln entlocken würde, runzelte sie stattdessen immer noch die Stirn, die Augen niedergeschlagen. Vielleicht wusste sie, was ich am liebsten gesagt hätte: dass Emily die erste Frau war, die ich jemals geliebt habe (und ja, ich weiß, ich weiß, ich dachte, ich würde Siobhan lieben und all die anderen vor ihr, aber zumindest hatte ich mich nie der Illusion hingegeben, was die Liebe zu meiner Mutter betraf), und dass sie sich das selbst zuzuschreiben hatte. Und in diesem Moment erkannte ich etwas: Ich hasste sie nicht. Nicht mehr. Sie tat mir leid, wie sie hier allein lebte, ihre Kinder weit weg, ihr Sohn ein Fremder. Es war eine mitleiderregende Situation. Und gleichzeitig spürte ich, wie mir eine Bürde von den Schultern genommen wurde und sich die schwere Last des Hasses auflöste, sich in graue Luft verflüchtigte.

»Ich sollte jetzt besser gehen«, sagte ich. »Ich muss nach Hause.«

Sie nickte.

»Willst du nicht zum Mittagessen bleiben? Ich habe eine leckere Quiche geholt. Von Marks & Spencer.« Neben dem Brotkasten lagen ein paar abgepackte Minikuchen. Die hatte sie wohl ebenfalls zur Feier des Tages gekauft.

»Ich muss meinen Zug erreichen«, sagte ich.

»Musst wohl zu ihr zurück.«

»Zu Emily.«

»Ja. Vielleicht bringst du sie irgendwann einmal mit.«

»Vielleicht.«

Und im nächsten Moment war ich wieder draußen. Ich ging zur Bushaltestelle, ohne einen Blick zurückzuwerfen. Ich wünschte, alles wäre anders. Ich wünschte, ich hätte bleiben und ein Stück Quiche und etwas von dem Kuchen essen können, den sie eigens für den heutigen Tag gekauft hatte. Aber die Dinge waren nicht anders. Und das war nicht meine Schuld.

Der Zug hatte zwanzig Minuten Verspätung, und ich stand auf dem Bahnsteig, umgeben von einer wutentbrannten Horde leidgeprüfter Pendler, die den Kopf des Verkehrsministers rollen sehen wollten und sich in Erinnerungen über die guten, alten Zeiten vor der Privatisierung und der Elektrifizierung der Eisenbahn ergingen. Als der Zug endlich einfuhr, bildeten wir eine Schlange und suchten uns einen Platz. Ich fühlte mich emotional ausgelaugt und sehnte mich danach, aus diesem trostlosen Kaff zu entkommen und zurück nach London zu fahren. Während der Zug losbrauste, lehnte ich den Kopf gegen die Scheibe und spürte, wie sich die Vibrationen einen Weg in mein Gehirn bahnten. Ich konnte es nicht erwarten, Emily wiederzusehen.

Irgendwo zwischen Milton Keynes und Watford Junction schlief ich ein. Als ich erwachte, fuhren wir bereits in Euston ein, und eine kalte Spur Sabber lief von meinen Lippen zu meinem Kinn. Rasch wischte ich sie weg und blickte mich verstohlen um, ob mich jemand beobachtet hatte. Ich fühlte mich arg mitgenommen, und mein Kopf schmerzte dort, wo er gegen das Fenster gelehnt hatte. Bilder meines Traums hallten immer noch in mir nach: Mum, die aus dem Fenster starrte; Emily, die kicherte, als ich ihren Bauch und ihre Oberschenkel küsste. Ich wischte mir nochmal übers Kinn und bemerkte, wie ein Mädchen mich höhnisch angrinste, doch es kümmerte mich nicht. Die Gedanken an Emily trösteten mich. Ich würde sie später wiedersehen, dachte ich, und wir könnten uns in unserem Nest aus Bettdecken verkriechen.

Ich stieg aus dem Zug und ging in Richtung U-Bahn. Der Scheck wog schwer in meiner Tasche, und während ich auf die U-Bahn wartete, schwelgte ich in einer kleinen Einnahmen-Überschuss-Fantasie. Neulich hatten Emily und ich über meine schriftstellerischen Ambitionen gesprochen: Sie hatte ein paar meiner Kurzgeschichten gelesen und mir gesagt, sie wären »unglaublich«. Natürlich ist sie voreingenommen, aber ihre Lobeshymne war Balsam für meine Seele. Es war schon immer mein Traum gewesen, vom Schreiben leben zu können, ein richtiger Autor zu sein, kein bescheuerter Callcenter-Mitarbeiter. Ich habe die Schnauze voll von jeglichen McJobs.

Ich erinnere mich, wie Mum mir einmal sagte, es wäre dumm, solche unrealistischen Träume zu haben. »Du wirst bloß auf die Nase fallen«, sagte sie. Ich hingegen finde es besser, zumindest den Versuch des Fliegens zu wagen, als ewig mit den Füßen auf dem Boden zu bleiben, nur weil man Angst hat. Eine Buchreklame hing an der Wand hinter mir, auf der eine riesige Sonnenbrille in Sternform auf dem Einband eines Debütromans prunkte. Der Autor dieses Buchs musste irgendwann einmal in derselben Situation wie ich gewesen sein. Zu fliegen ist nicht unmöglich. In diesem Moment entschied ich, im Laufe der nächsten paar Monate, während ich mir eine neue Arbeit suchte und von den viertausend Pfund lebte, jede freie Minute aufs Schreiben zu verwenden.

Im Zug hatte ich eine zerknitterte Ausgabe des *Camden Journal* gefunden und die Zeitung in meine Plastiktüte gestopft. Womöglich hätte ich Glück bei den Stellenangeboten und es gäbe einen Job, für den sich eine Bewerbung lohnte.

Sobald ich zu Hause war, rief ich Emily an.

»Wie ist es gelaufen?«, fragte sie.

»Hmm. Na ja … das erzähle ich dir später. Wann kannst du herkommen? Oder willst du lieber ausgehen?«

Sie zögerte. »Würde es dir etwas ausmachen, wenn wir heute eine Pause einlegen?«

»Ich …«

»Ich bin wirklich müde. Ich muss schlafen.«

»Oh.« Meine Kehle war staubtrocken. »Okay.«

Sie seufzte, halb amüsiert, halb entnervt. »Alex, Liebling, sei nicht gleich traurig. Das hat überhaupt nichts zu bedeuten. Ich bin nur wirklich kaputt und wäre heute keine gute Gesellschaft. Wir sehen uns morgen, okay?«

»Okay.«

»Und es gibt noch einen Grund, heute mal ausnahmsweise früh ins Bett zu gehen. Ich kann es mir nicht leisten, morgen zu spät zu kommen.«

»Warum nicht?«

»Nun ja … eigentlich war es echt sonderbar. Ich bin Pernilla draußen vor dem Verlag über den Weg gelaufen und habe ihr gesagt, ich wäre beim Arzt gewesen. Doch dann ist sie wenige Minuten später in mein Büro gekommen und meinte, wenn ich sie noch einmal anlügen sollte, dann könnte ich wieder die unverlangt eingesandten Manuskripte bearbeiten. Sie sagte, sie wüsste, ich wäre bei meinem Freund gewesen. Und ich kann einfach nicht gut lügen, Alex – ich habe gespürt, wie ich rot angelaufen bin. Ich habe sie gefragt, woher sie das wüsste, und sie meinte, ein kleines Vögelchen hätte es ihr gezwitschert.«

»Ein kleines Vögelchen?«

»Ja. Und hör dir das an – sie sagte: ›Es freut mich ungemein, dass du es endlich geschafft hast, deine Jungfräulichkeit zu verlieren, aber wenn du dich nicht zusammenreißt, wirst du dich bald zwischen einer guten Nummer und einem guten Gehaltsscheck entscheiden müssen‹.«

»So ein Miststück.«

»Das kannst du laut sagen.«

»Arme Emily. Pernilla ist vielleicht nur eifersüchtig ... und ich wette, sie hat sowieso nur geraten. Vielleicht versprühst du die Aura einer befriedigten Frau.«

Sie lachte, ein tiefes, kehliges Kichern, das mir einen Schauder durch den Körper jagte. »Die Katze, die von der Schlagsahne genascht hat. Ehrlich gesagt bin ich gleich, nachdem sie mich so heruntergeputzt hatte, auf die Damentoilette geschlichen, um zu überprüfen, ob ich einen Knutschfleck am Hals habe.«

Wir verabschiedeten uns, und ich ging in mein Zimmer. Ich fühlte mich rastlos, und mir war langweilig. Ein Abend ohne Emily fühlte sich wie eine trostlose Ewigkeit an, während der Geschmack der heutigen Ereignisse immer noch in meinem Mund nachklang. Auf dem Bett zog ich das *Camden Journal* aus der Tüte und blätterte es langsam durch. Und das war der Moment, als ich es sah: auf Seite 8. Das Foto einer missmutigen Frau mit der Unterschrift: FRAU BEDRÄNGT POLIZEI, DEN UNFALLTOD IHRER FREUNDIN WIEDER AUFZUNEHMEN.

Mir stockte der Atem, mein Herz hämmerte wie ein Techno-Track. Ich las weiter:

Seit Elaine Meadows vergangene Woche von einer einjährigen Rucksackreise in Asien zurückgekehrt ist, ist sie eine Frau mit einer Mission. Während sie in Asien unterwegs war, wurde ihr mitgeteilt, dass eine ihrer engsten Freundinnen bei einem Sturz von der Feuertreppe zu Tode gekommen war.

»Ich konnte es nicht glauben«, sagte Ms Meadows, 30.

»Ich weiß, dass Kathy diese Feuerleiter oft hochgeklettert ist. Sie war ein so umsichtiger Mensch, ich kann es kaum glauben, dass sie einfach ausgerutscht sein soll.«
Kathy Noonan, 31, hatte laut Polizeibericht an dem tragischen Abend ihres Todes in einem Pub in der Nähe ihres Zuhauses in Camden etwas getrunken. In jener Nacht versuchte sie, auf das Dach ihres Wohnhauses zu klettern und stürzte in den Tod. Laut Polizei gibt es keine Hinweise auf Fremdverschulden.
Doch Ms Meadows ist fest entschlossen, auf eigene Faust weiterzuermitteln, da sie nicht glauben kann, dass ihre Freundin durch einen »dummen Unfall« gestorben ist.
»Ich bin zu dem Pub gegangen, diesem George V, wo Kathy in jener Nacht gewesen ist, und habe mich dort mit den Stammgästen unterhalten. Sie haben sich gut an Kathy erinnert. Und einer der Gäste erzählte mir, er hätte Kathy an jenem Abend gesehen – mit einem Mann.«
Ms Meadows will wissen, warum die Polizei keinen Versuch unternommen hat, diesen Mann zu finden und mit ihm zu sprechen. Sie hat sich an die Polizei gewandt, um den Fall wieder aufrollen zu lassen.
»Ich will, dass sie diesen Mann finden und befragen. Wenn er diesen Artikel liest, bitte ich ihn, sich zu melden und mir Rede und Antwort zu stehen. Erst dann werde ich Ruhe geben. Erst dann werde ich überzeugt sein, dass meine Freundin nicht ermordet wurde.«
Sollte jemand Informationen über Ms Noonans Tod haben, so hat das Camden Journal eine vertrauliche Hotline eingerichtet. Die Nummer lautet …

Ich schleuderte die Zeitung auf den Boden und versuchte, zu Atem zu kommen, versuchte, mich zu beruhigen. Jedes Haar an meinem Körper stand zu Berge. Mir war übel, doch irgendwie gelang es mir, den Brechreiz zu unterdrücken.

Ich wusste, meine Heimatstadt war verflucht. Meine eigene Mutter brachte mir Unglück. Genau in dem Moment, als es den Anschein machte, dass alles gut werden könnte, geschah ausgerechnet das.

Mist. Verdammter, verdammter Mist.

23

Siobhan

Mittwochvormittag

Nachdem ich mitten in der Hälfte von Kapitel 8 meines »Romans« steckte und glückselig die Tastatur meines Computers bearbeitete, klingelte das Telefon und läutete das Ende meiner Schriftstellerkarriere ein. Es war Patricia. Ich habe »Roman« in Anführungszeichen gesetzt, da sie nicht zu glauben scheint, dass er diese Bezeichnung verdient.

Im Übrigen ist er jetzt sowieso kein Roman mehr. Als unser unsäglich peinliches Gespräch schließlich endete, zog ich den Ordner auf meinem Bildschirm in den Papierkorb, leerte ihn und schob rasch den Deckel auf den Cyber-Mülleimer, bevor ich die Möglichkeit hatte, es mir noch einmal anders zu überlegen. Dann nahm ich den Memorystick mit der Kopie, legte ihn behutsam auf den Küchenboden und zertrümmerte ihn mit einem Hammer, bis er in tausend Teile barst und all meine sorgfältig ausformulierten Gedanken vernichtet waren. Im Zuge dessen zerbrach auch eine meiner Küchenfliesen. Aber was soll's?

All die Arbeit. All die Mühe, vergebens, für die Katz. Meine Karriere ist jetzt offiziell beendet. Natürlich hat Patricia das nicht so unverblümt gesagt. Im Grunde hat sie mir sogar an einigen Stellen ein Kompliment gemacht – aber im Großen und Ganzen hält sie die Kapitel noch nicht für gut genug, um ein Agententreffen anzuberaumen. Was bedeutet, sie findet, es ist Mist. Ich bin erledigt. Es gibt keine andere Erklärung, wo mein letzter Vertrag auf der Grundlage von nur sechs Kapiteln von *TLW* ausgehandelt worden war. Einen Teufel werde ich tun, mir weitere 130 000 Wörter für einen neuen Roman aus den Fingern zu saugen und dann erneut abgelehnt zu werden – nein, vielen Dank, das Leben ist viel zu kurz.

Wiederum scheint mich mein Urteilsvermögen völlig im Stich gelassen zu haben. Wie kann ich mich nur so täuschen? Ich dachte wirklich, ich käme mit dem Buch gut voran, hätte das Gröbste geschafft und dass der Verkauf der Rechte ein Kinderspiel wäre. Aber nein: Patricia mag die Protagonistin nicht (ich habe ihr nicht gesagt, dass die Figur ein Abbild von mir ist – das wäre zu deprimierend gewesen), sie sagte, sie sei zu labil und paranoid, um Leser anzusprechen. Sie hat keine Ahnung, wovon sie redet – oder vielleicht will sie mir auch nur eins auswischen? Sie beschwerte sich, dass nach sieben Kapiteln wirklich etwas passiert sein müsste, es aber keinerlei Handlung gäbe. Was erwartet sie? Etwa »*Stirb langsam* – der Roman«?

Und zu allem Übel hat sie mir danach noch eine versöhnliche E-Mail geschrieben, in der sie mir Honig um den Bart schmierte und meinte, ich solle an dem Roman »weitermachen«, und dass es ihr leidtäte, sollte sie ein wenig zu direkt herübergekommen sein. Sie wüsste meine Arbeit wirklich zu schätzen und ist sicher, dass der neue Roman »wunderbar« sein wird, sobald er fertig ist.

Das war jetzt wohl ein bisschen zu spät!

Oh Gott, was habe ich getan?

Er ist weg. Mein kostbarer Roman ist weg, das Buch, auf das ich so stolz war, das Buch, von dem ich wirklich dachte, ich würde mir damit einen Namen als anspruchsvolle Autorin machen. Was habe ich nur getan? Was habe ich nur getan? Was habe ich nur getan?

Später …

Ich habe gebadet. Dann habe ich mich lange, lange ausgeweint. Meine Augen brennen, und meine Lider sind so geschwollen, dass sie wie zwei kleine *Millefeuilles* aussehen. Ich habe sogar noch mehr geweint als bei Kathys Beerdigung, und ehrlich gesagt schmerzt das hier viel mehr. Ich fühle mich verwaist, leer. Doch der Zug ist abgefahren. Es gibt keinen Weg zurück.

Und obendrein habe ich heute Abend auch noch diesen blöden Schreibkurs. Den ertrage ich nicht. Ich werde heute nicht hingehen.

Da klingelte das Telefon wieder. Während ich den gereizten Biggles von meinem Schoß schubste (gottlob habe ich zumindest Biggles, ohne ihn wäre ich noch einsamer) und mich durchs Wohnzimmer schleppte, hoffte ich inständig, es wäre eine Freundin, eine Schulter, an der ich mich ausweinen könnte anstatt nur bei einer Katze. Ich hatte nicht die Energie, selbst jemanden anzurufen, aber es wäre nett gewesen, wenn ausnahmsweise einmal jemand an mich gedacht hätte. Paula oder Jess oder selbst Phil.

Doch es war ausgerechnet Alex. Er redete hastig, mit

leiser, nervöser Stimme: »Hallo Siobhan, hier ist Alex Parkinson. Es tut mir wirklich leid, dass ich mich erst jetzt melde, und ich wollte dir nur sagen, dass ich einen Scheck über die Summe, die ich dir schulde, am College hinterlegt habe, da ich ja weiß, dass du heute Abend dort unterrichtest. Ich wollte ihn nicht per Post schicken für den Fall, dass er verloren geht, und ich weiß, dass du mich nicht in der Nähe deines Hauses sehen willst, also wie dem auch sei, ich habe den Scheck im Sekretariat abgegeben. Tut mir wirklich leid wegen allem. Tschüss.«

Und er legte auf, noch bevor ich ein Wort hätte entgegnen können. Wutentbrannt knallte ich den Hörer auf die Gabel. Er war in mich verliebt gewesen, und was nun – nun ertrug er es nicht einmal mehr, mit mir zu sprechen? Warum sind Menschen so wankelmütig und unzuverlässig? (Zumindest hat er die Kleidung nicht zurückverlangt. Ich hänge sehr an ihr. Und sie würden seiner fetten Freundin sowieso nicht passen.)

Oh Mist, das bedeutet, dass ich heute Abend doch zum Kurs muss. Ich hatte vergessen, welch eine schöne Stimme er hat. Sie ist so sanft – irgendwie eigenartig für einen Freak wie ihn. Ich frage mich, was er und Emily im Bett treiben? Ob er wohl manchmal an mich denkt, wenn er sie vögelt – gewiss findet er mich immer noch attraktiv. Ich meine, man kann seine Gefühle für jemanden nicht einfach auf Knopfdruck abstellen, oder?

Nun, das war wohl das letzte Mal, dass ich einen kreativen Schreibkurs unterrichtet habe. Was für ein Tag – beide Säulen meiner Karriere liegen in Trümmern da.

Die üblichen Verdächtigen waren anwesend. Das Grüppchen war auf armselige vier Personen geschrumpft. Ich ließ sie eine Übung machen – sie sollten eine Geschichte schreiben, indem sie abwechselnd jeden Buchstaben des Alphabets benutzten –, und während sie beschäftigt waren, schlitzte ich den Briefumschlag auf, den die Sekretärin mir in die Hand gedrückt hatte. Dieselbe Sekretärin, die mir die Rezension gegeben hatte, die Alex mit dieser hübschen Schleife versehen hatte; das alles scheint so lange her zu sein. Ich hoffte, dass Alex zumindest eine schöne Karte geschrieben hätte, vielleicht wieder eine dieser Klimt-Postkarten – aber nein. Der Umschlag war leer, abgesehen von einem gefalteten Scheck über 524,98 Pfund, die korrekte Summe. Doch als ich ihn genauer betrachtete, bemerkte ich etwas, das mich so wütend machte, dass ich am liebsten gegen die Wand geboxt hätte – er hatte ihn nicht unterschrieben, dieser blöde, blöde Wichser. Jetzt muss ich ihm den Scheck zurücksenden, und es wird wahrscheinlich eine Ewigkeit dauern, bis er ihn erneut verschickt … Ich frage mich, ob er es absichtlich vergessen hat? Vielleicht hat sich die selbstgefällige, kleine Emily diesen Winkelzug ausgedacht, eine irrsinnig witzige Art, mich zu ärgern. Ich wette, das habe ich ihr zu verdanken.

Als ich aufblickte, starrten mich meine vier Schüler an, und ich erkannte, dass ich, wenn auch sehr leise, vor mich hingemeckert hatte.

»Okay«, fauchte ich. »Die Zeit ist um. Wer will seine Geschichte als Erster vorlesen?«

Brians Hand schob sich langsam in die Höhe, wie eine Schnecke, die eine Wand hinaufkriecht. Ich nickte, und er begann stammelnd, das Wirrwarr an Worten vorzutragen, das er niedergeschrieben hatte: »Auch bayonettierte Chamäleons dürfen einer Feuersalamander …« oder einen ähnlichen Schwachsinn, bis ich es nicht länger ertragen konnte.

»Brian«, sagte ich in einem unpassend scharfen Tonfall. »Hör auf. Das macht keinen Sinn. Ich habe euch gebeten, eine Geschichte zu schreiben, nicht wahllos irgendwelche Wörter aneinanderzureihen. Um Himmels willen, das ist Schreibkunst, kein dumpfes Schriftsetzen. Und das Wort ›bayonettiert‹ existiert überhaupt nicht. Du benutzt nicht einmal richtige Wörter!«

»Wenn ich ehrlich bin«, sagte Barbara nervös, während Brian wie ein Schuljunge mit den Füßen scharrte und leicht zuckte, »glaube ich schon, dass das Wort ›bayonettiert‹ existiert. Ich habe es schon einmal irgendwo gesehen.« Sie wandte sich an die anderen beiden. »Habt ihr es nicht auch schon einmal gedruckt gelesen? Ich zumindest schon.«

Das war der Moment, als leider die Pferde mit mir durchgingen.

Ich sprang auf und brüllte sie an. Kreischte regelrecht. Ich kann mich an meine genaue Wortwahl nicht erinnern, weil alles irgendwie hinter einem Dunstschleier verborgen ist, aber auf einmal wurde mir alles zu viel: Patricias Kritik; Alex' Zurückweisung; Alex, der mich mit dem Scheck verhöhnte. Einfach alles. Selbst Kathys Abwesenheit zerrte an meinem Herzen. Wir hätten Freundinnen werden können, und nun war sie tot. Ich habe niemanden.

Ihre Gesichter! Fast wäre es lustig gewesen. Ich knallte mit der Faust auf den Tisch, wollte eigentlich aufhören, konnte aber nicht. Ich erinnere mich, etwas in der Art »Ich will meine Zeit nicht mit euch Losern vergeuden« (oh, wie peinlich) und »Die Einzige von euch mit etwas Talent war Kathy« gesagt zu haben (was nicht stimmt: Alex und Jane sind beide ganz passable Autoren, aber ich war viel zu aufgebracht, um mich zu verbessern). Und dann, wie es nicht anders zu erwarten war mit Alex' wertlosem Scheck, der ein Loch in meine Tasche brannte, schnappte ich mir meine Jacke und stürmte laut schreiend aus dem Zimmer: »ICH KÜNDIGE.«

Wie schon gesagt – das Ende meiner beiden Karrieren.

24

Alex

Donnerstag

Als ich heute Morgen erwachte, immer noch benommen, hörte ich Emily sagen: »Ich werde die hier mitnehmen.« Ich muss wohl ein »Okay« oder »Hm« gegrunzt haben, ich erinnere mich nicht. Ich versuchte weiterhin, mich an den Schlaf festzuklammern, mich in meinen Träumen zu vergraben, weit weg von all den Sorgen wegen Kathy und ihrer Amazonen-Freundin. Im Laufe der vergangenen paar Tage war das alles, was ich wollte: verdrängen. Im Schlaf. Beim Sex. Mit Emily.

Die Haustür schloss sich, und etwas später erwachte ich.

Seit ich den Artikel über Kathys Freundin gelesen habe, befinde ich mich in einem Zustand, den man wohl als innere Unruhe bezeichnen kann, ein Zustand, der an Paranoia und Angststörung grenzt. Großer Gott, ich will nicht im Gefängnis landen. Allein bei dem Gedanken dreht sich mir der Magen: Haferschleim zum Frühstück. Die langen Stunden grässlicher Langeweile, nur unterbrochen von Gangbangs unter der Dusche, während ein 150-Kilo-Monster mit Mundgeruch Gefallen an meinem hübschen Arsch findet. Ein Monster, das mich Alexis nennt und zu seinem Gespielen macht.

Vielleicht habe ich auch nur zu viele amerikanische Gefängnisfilme gesehen. Und vielleicht habe ich überhaupt nichts zu befürchten. Nach Tagen, an denen ich jedes Mal zusammengezuckt bin, wenn ich eine Polizeisirene gehört habe, ist nichts passiert. Niemand weiß, dass ich an jenem Abend mit Kathy zusammen war. Na gut, dann haben uns Leute im Pub gesehen, aber wer würde mich mit Kathy in Verbindung bringen? Es ist nicht so, als würde mein Foto in irgendeiner Polizeiakte auftauchen. Niemand könnte eine Verbrecherkartei durchblättern und jäh nach Luft schnappen, wenn er mein Fahndungsfoto sieht: »Das ist er, Officer. Und wenn ich es mir recht überlege, sieht er wirklich wie die Sorte Mensch aus, die eine Frau vom Dach eines Hauses schubsen würde.«

Und das hier ist für die Polizei bestimmt – falls sie mich jemals verhaften und zwingen sollten, ihnen das Passwort zu verraten: Ich bin unschuldig! Okay? Ich habe sie nicht gestoßen – sie ist gefallen.

Vielleicht sollte ich mich entspannen. Soll Kathys Freundin ruhig herumlaufen und versuchen, die Cops davon zu überzeugen, dass sie gestoßen wurde. Sie haben längst entschieden, dass es ein Unfall war. Ohne eindeutige Beweise würden sie den Fall nicht wieder aufrollen. Da bin ich sicher.

Sicher wie Häuser mit gefährlichen Feuerleitern.

Nun ja, nachdem ich mir eingeredet hatte, mein Arsch wäre im Moment nicht in Gefahr – außer Emily hatte irgendwelche perversen Sexspielchen für mich im Sinn –, schälte ich mich unter der Decke hervor und ging auf der Suche nach etwas Essbarem zum Kühlschrank in die Küche. Im Haus war es klirrend kalt, mit Kondenswasser auf der Innenseite der Fensterscheiben und eisigem Wasser aus dem

Hahn. Ich spritzte mir eine Handvoll ins Gesicht, was mich ruckartig zum Leben erweckte und mir Emilys Abschiedsworte ins Gedächtnis rief.

Was hatte sie gemeint, als sie sagte, sie würde »die hier mitnehmen«? Wovon hatte sie geredet? Ich ging zurück in mein Zimmer und sah mich um. Während sie mit mir geredet hatte, stand sie neben dem Schreibtisch. Ich ließ den Blick über die Oberfläche des Tischs schweifen: Meine Kurzgeschichten waren verschwunden.

Ich fluchte leise vor mich hin. Sie hatte die Geschichten vergangene Nacht noch einmal gelesen, sie als einen Geniestreich bezeichnet und mich dann besprungen. »Du wirst berühmt werden«, sagte sie sichtlich angetörnt von der Vorstellung, während sie sich rittlings auf mich setzte, mit geröteter Haut vom Hals bis zur Brust. Natürlich sagte mir der Gedanke ebenfalls zu, aber ich fand einfach nicht, dass die Geschichten gut genug wären, um sie irgendjemandem zu zeigen, zumindest noch nicht. Ihnen fehlte der letzte Schliff. Und ich hatte das Gefühl, ich könnte im Moment keine Absage ertragen, gerade jetzt, wo ich mich langsam daran gewöhnte, akzeptiert zu werden.

Ich entschied, mich mit Emily in ihrer Mittagspause zu treffen und die Geschichten zurückzufordern – hoffentlich hätte dann noch niemand einen Blick auf sie geworfen. Emily hatte mir erzählt, dass die meisten Texte wochen-, wenn nicht gar monatelang ungelesen auf dem Stapel mit unverlangt eingesandten Manuskripten liegen blieben. Es wäre ihr ein Leichtes, meine Kurzgeschichten aus dem Stapel wieder herauszufischen.

Da klingelte das Telefon.

Ich dachte, es könnte Emily sein, die mich von ihrem

Bürotelefon aus anrief, um kurz Hallo zu sagen. Das tat sie manchmal am Morgen, kurz nachdem wir uns verabschiedet hatten. Was der Grund war, weshalb ich zum Telefon stürzte.

Doch es war nicht meine geliebte Emily.

»Alex?« Zwei langsame Herzschläge Stille, dann: »Hier spricht Siobhan.«

Meine Zunge war wie paralysiert. Ihre Stimme war ruhig, weniger melodiös als in meiner Erinnerung. Ich hatte den Tonfall in ihrer Stimme immer als wunderschön empfunden, selbst damals, als sie mich anschrie, ich solle verschwinden, doch jetzt, allein aufgrund dieser paar Silben, wusste ich, dass sich etwas verändert hatte.

»Du hältst dich wohl für ausgesprochen clever, oder?« Als sie »clever« sagte, vibrierte das Wort, und ihre Stimme zitterte vor unterdrückten Emotionen.

Schließlich schaffte ich es, etwas zu entgegnen: »Was?«

»Ich nehme an, du hältst dich für clever. Oder lustig.«

»Wovon redest du? Hast du den Scheck nicht bekommen?«

»Natürlich habe ich ihn bekommen. Und dann habe ich ihn zerrissen.«

»Du hast … warum?«

»Spiel nicht das Unschuldslamm. Ich will, dass du einen neuen Scheck schreibst und ihn mir zuschickst – du kennst meine Adresse, nicht wahr? Wahrscheinlich hast du meine Postleitzahl auswendig gelernt.«

NW6 6BH, hätte ich fast gemurmelt, doch dann biss ich mir vorsichtshalber auf die Zunge.

»Ich weiß beim besten Willen nicht, wovon du redest«, sagte ich. Meine Stimme bebte jetzt ebenfalls ein bisschen.

»Ich rede von dem Umstand, dass du ›vergessen‹ hast, den Scheck zu unterschreiben.«

»Oh, Mist. Ich …«

»Hör mal, schick mir heute einfach einen neuen Scheck, okay? Nur diesmal unterschrieben. Und … Und … hör auf, mit mir Katz und Maus zu spielen. Das ist nicht fair.«

Nach einem dumpfen Klacken war die Leitung tot.

Ich hielt den Hörer ein paar Sekunden in der Hand und lauschte dem Summton. Meine Hand zitterte, als ich auflegte. Vielleicht lag es an der Aggression, die Siobhan mir entgegenbrachte. Vielleicht lag es an dem Wissen, dass ich schon wieder einen Fehler begangen, mir weitere Unannehmlichkeiten verursacht und Siobhan verärgert hatte. Oder es lag einfach an ihrer Stimme. Immerhin war es nicht allzu lange her, dass ich überzeugt gewesen war, sie zu lieben. Vielleicht hallte ein Teil dieser Selbsttäuschung noch nach, irgendwo tief in meinem Inneren, an dem Ort, wo meine Erinnerungen vergraben waren. Je schneller ich ihr einen neuen Scheck schicken und sie aus meinem Leben verbannen könnte, umso besser.

Ich ging in mein Zimmer, in dem es wärmer als im Rest der Wohnung war, und zog mein Scheckbuch heraus, das abgesehen von dem Scheck, den ich Siobhan geschrieben hatte, völlig unbenutzt war. Ich war es nicht gewohnt, meine Rechnungen auf diese Art zu begleichen – weshalb es nicht verwunderte, dass mir ein Fehler unterlaufen war. Wie konnte sie nur annehmen, dass ich es absichtlich getan hatte? Für was für einen Menschen hielt sie mich?

Ich verließ das Haus und eilte zur Post, wo ich etwas mehr bezahlte, um den Scheck per Einschreiben zu verschicken. Ich vergewisserte mich dreimal, dass ich nicht versehentlich »fünf

Pfund« geschrieben oder ihn mit Mickey Mouse unterzeichnet hatte. Ich bat sogar die Angestellte hinter dem Schalter, mir den Gefallen zu tun und nachzuprüfen, ob ich das richtige Datum geschrieben hatte. Sie warf mir einen eigentümlichen Blick zu und sagte dann: »Scheint alles okay zu sein.«

Gut. Mit gesenktem Kopf trat ich aus der Post und wäre beinahe mit jemandem zusammengeprallt.

»Tut mir leid«, hörte ich eine mir vage vertraut vorkommende Stimme sagen, und als ich aufblickte, bemerkte ich, dass es Brian war, der Typ aus Siobhans Schreibkurs. Ich versuchte, mich unbemerkt davonzuschleichen, aber er hatte mich ebenfalls erkannt, und seine kurzsichtigen Augen leuchteten auf, als wären wir die dicksten Freunde.

»Alex«, sagte er. »Wie geht's dir?«

»Alles gut«, entgegnete ich so kurz angebunden wie möglich, um seinen Fängen rasch zu entkommen. Er trug eine Star-Trek-Baseballkappe. Um Himmels willen, was, wenn uns irgendjemand zusammen sähe? Sie könnten glauben, wir wären Freunde. Ich schauderte.

»Du wirst nicht er...raten, was gestern Abend passiert ist«, sagte er und hielt kurz inne, um zu sehen, ob ich es nicht doch erraten könnte. Als ihm klar wurde, dass ich keinerlei Rateversuch unternahm, fuhr er fort: »Siobhan ist ausgeflippt. Sie hat uns angeschrien und uns allesamt lausige Schriftsteller genannt und ist h...hinausgestürmt. Es war ein echter Schock. Sie hat mich wegen dieser Übung r...richtig runtergeputzt, die wir machen sollten. Jane und Barbara waren echt wütend.«

Mit einem Mal war mein Interesse geweckt. »Hat sie den Kurs hingeschmissen?«

»S...sieht so aus. Das hat sie jedenfalls gesagt. Das College meinte, dass wir einen Teil der Gebühren zurückerstattet bekommen. Das ist wirklich schade – ich habe den Kurs echt gemocht. Und ich habe immer gedacht, Siobhan wäre nett. Aber Autoren sind natürlich bek...bek...«

Ich wartete einen Moment, bis er den Rest seines Satzes ausgespuckt hatte.

»Bekannt dafür, launisch zu sein, nicht wahr?«

Ich sagte »Hm«, und war in Gedanken bei Siobhans Anruf vom Vormittag.

»Warum bist du gleich noch mal nicht mehr in den Kurs gekommen?«, fragte er.

»Oh, ich hatte beruflich großen Stress.«

Er nickte. »Wir sollten uns alle mal wiedersehen«, sagte er. »Die ganze Klasse. Ich meine, außer der armen Kathy.«

»Ja, ja«, sagte ich und verspürte erneut den jähen Drang zu fliehen.

»Hast du das über sie in der Zeitung gelesen?«

Mein Schlechte-Nachrichten-Radar begann zu piepsen. »Ja. Habe ich.«

»Nun, ich habe diese Frau angerufen.«

Ich konnte regelrecht spüren, wie sich Gewitterwolken über meinem Kopf auftürmten. Ein Bus der Linie 13 fuhr an der Post vorbei. Eine Zigeunerin stieg aus und bedachte mich mit dem bösen Blick.

»Du hast was?«

»Ja. Nun, ich wollte ihr mein Mitleid aussprechen und ihr sagen, dass ich mit Kathy befreundet war.«

Befreundet? Wenn ich mich nicht recht täuschte, hatte Brian kaum ein Wort mit Kathy gewechselt. Was zum Teufel war hier los? War er Teil einer großen Verschwörung gegen mich?

»Sie war sehr interessiert«, fuhr er fort. »Sie sagte, sie würde ein Doss…Doss…«

»Dossier?«

»Ja, genau, ein Dossier zusammenstellen. Von Leuten, die Kathy in letzter Zeit getroffen haben könnte. Also habe ich ihr eine Liste der Teilnehmer von unserem Kurs gegeben. Sie wirkte äußerst dankbar. Sie…«

»Eine Liste? Auf der auch ich stehe?«

Er begann, nervös zu werden, und steigerte sich in einen riesigen Stotteranfall voller *w…w…ws* hinein, bis ich erkannte, dass ich ein Vollidiot war: Ich wollte dem Kerl keinen Grund liefern, dass er sich fragte, warum ich so verärgert war. Ich holte tief Atem. Er holte ebenfalls tief Atem. Und nachdem ich bis fünf gezählt hatte, fragte ich: »Und, wird sie mit uns reden wollen?«

»Ja – ich denke schon. Nur um herauszufinden, ob Kathy irgendetwas zu uns gesagt hat, wen sie in jener Nacht treffen wollte – der Nacht ihres Todes.«

Ich nickte, dann platzte es aus mir heraus: »Zu mir hat sie zumindest nichts gesagt.«

»Zu mir auch nicht.«

Ich konnte Kathy im Halbdunkeln sehen, wie sie die Feuerleiter hinaufkletterte. Ich konnte das Geräusch ihres Körpers hören, als er auf dem Boden aufprallte. Mit einem Mal wollte ich unbedingt weg. Ich sagte: »Vielleicht rufe ich diese Frau an, um ihr die Mühe zu ersparen, mit mir Kontakt aufnehmen zu müssen.«

Brian nickte und setzte zu einem »Tschüss« an. Doch bevor er das Wort zu Ende bringen konnte, war ich schon fort und fädelte mich in den Strom an Fußgängern in der High Street ein. Was zum Teufel würde als Nächstes passieren?

Warum war Brian bloß ein solcher Freak? Und dann dachte ich, nur ruhig Blut, wie soll mich diese Frau überhaupt finden? Es war nicht so, als hätte Brian eine Liste mit unseren Telefonnummern, die er ihr geben könnte? Und was wäre, hätte sie eine Liste mit Leuten, die Kathy kannte? Wahrscheinlich wäre die ellenlang. Ich musste mich beruhigen.

Und ich musste Emily treffen. Nachdem ich mit Siobhan und Brian gesprochen hatte, die mich mit Erinnerungen aus der Vergangenheit quälten, musste ich unbedingt mit dem einzigen Menschen reden, der meine Zukunft symbolisierte.

Ich entschied, zu ihrem Büro zu spazieren, um sie hoffentlich rechtzeitig für ihre Mittagspause abzupassen. Ich könnte mir meine Kurzgeschichten schnappen, einen Happen essen und mich mit ein paar Beruhigungsküssen belohnen. Das war genau das, was ich brauchte. Balsam für meine aufgewühlten Nerven.

Als ich vor Emilys Büro stand, rief ich sie von meinem Handy an – das ich mir dank Großonkel Clive endlich wieder leisten konnte –, um sie zu überraschen und ihr zu sagen, dass ich draußen vor dem Verlag stand. Eine überaus vornehme Dame nahm meinen Anruf entgegen: Beinahe hätte ich aufgelegt, da ich glaubte, aus Versehen die Nummer des Buckingham Palace gewählt zu haben. Ich sagte: »Äh … ist Emily zu sprechen?«

»Emily? Sie hat Mittagspause.«

Ich warf einen Blick auf die Uhr – es war ein Uhr, später als ich gedacht hatte. »Oh. Wissen Sie, wo sie hingegangen sein könnte?«

»Vielleicht ins *Aroma Therapy*.«

»Hä?« War Emily so gestresst, dass sie sich in ihrer Mittagspause für eine Aromatherapie eingeschrieben hatte?

»Das ist ein Coffeeshop.« Sie hängte, wie mir schien, recht unvermittelt auf. Unhöfliche, alte Schachtel. Vielleicht diese berühmt-berüchtigte Pernilla. Emily war oft mit ihrem Kopf auf meine Brust geschmiegt dagelegen und hatte mir all die fiesen Dinge erzählt, die ihre Chefin im Laufe des Tages von sich gegeben hatte, wobei sie ihren zigarettengeschwängerten Oberschichten-Tonfall nachahmte.

Ich hielt einen vorbeigehenden Anzugtypen auf und fragte ihn, wo das *Aroma Therapy* wäre. »Das ist ein Coffeeshop«, sagte ich, als er mich ansah, als hätte ich ihm die komplizierteste Frage der Welt gestellt.

»Oh. Versuchen Sie es dort um die Ecke – da gibt es ein paar Cafés und solches Zeug.«

Ich dankte ihm und bog um die Ecke. Dort tauchten ein Blumengeschäft, ein Pub sowie ein protziger Italiener auf. Und genau auf der anderen Straßenseite lag das *Aroma Therapy*, ein hübsches, schickes Café mit einer Tafel davor, auf der zweifelsohne die verschiedenen Kaffeearomen aufgelistet waren samt der Quiche des Tages. Ich hastete über die Straße und warf einen Blick durch das Fenster, um festzustellen, ob Emily dort war.

Volltreffer – ich bemerkte sie an einem Tisch in der hinteren Ecke des Raums. Eine weitere Frau saß bei ihr, mit dem Rücken zu mir. Emily schien völlig in das Gespräch vertieft zu sein – es war nett, sie zu beobachten, ohne dass sie von meiner Anwesenheit wusste. Das ist meine Freundin, dachte ich übertrieben sentimental. Ich wollte gerade hineingehen, als die andere Frau den Kopf zur Seite neigte und ich mit einem Paukenschlag des Entsetzens erkannte, wer sie war.

Siobhan.

25

Siobhan

Donnerstag

Ich frage mich, ob ich wieder zu Dr. Bedford gehen sollte. Oder vielleicht einfach zurück ins Bett. Kein Beruf, kein fester Freund, ein mieser Freundeskreis, eine nichtsnutzige Familie, die mich bei nichts unterstützt. Ich hatte fast vergessen, wie es sich anfühlt, so deprimiert zu sein – die Schlaflosigkeit, die Augenringe und blasse Haut, das dunkle Elend in jeder Minute des Tages, das so dick ist, dass man ein Messer hineinrammen könnte. Eigentlich könnte ich mir auch gleich selbst eins hineinrammen nach dem, was heute passiert ist.

Ich habe die U-Bahn in die Stadt genommen und mir eingeredet, ich würde es tun, weil ich einen Tapetenwechsel bräuchte und ich nach meinem gestrigen theatralischen Ausbruch aus dem Haus müsste. Nach einem solch emotionalen Wutanfall fühle ich mich immer so ausgelaugt. Und um ehrlich zu sein, schäme ich mich zutiefst für das, was ich getan habe – ich meine, das im Kurs; auch wenn ich darüber hinwegkommen werde. Es ist der Verlust des Romans, der mir wie ein schmerzlicher Todesfall vorkommt.

Wie dem auch sei, obwohl ich mir vormachte, nur einen kleinen Spaziergang in Bloomsbury machen und einen Happen in einem Café essen zu wollen, wusste ich, wo ich letzten Endes landen würde: vor Emilys Büro. Ich nannte es eine Charakterstudie für einen zukünftigen Roman – falls ich denn jemals wieder einen schreiben sollte –, aber ich war weiterhin schrecklich neugierig, wie sie war, was er in ihr sah. Sie übte eine Anziehung auf mich aus wie ein Autounfall.

Ich folgte meinen Instinkten und kam frühzeitig an. Sie war definitiv die Sorte Mensch, die eine frühe Mittagspause bevorzugte – sie behauptet wahrscheinlich, sie bekäme Unterzucker, wenn sie länger als zwei Stunden nichts isst –, und ich behielt recht. Um 12.33 Uhr kam sie mit einer anderen Frau die Treppe hinab (Gott sei Dank nicht Pernilla. Obwohl mich Pernilla diesmal nicht erkennen würde, da ich mich gegen eine Verkleidung entschieden hatte).

Am Vormittag hatte es geregnet, und Emily trug einen großen, zusammengeklappten Regenschirm, den sie beim Gehen über das Eisengeländer schrammte, genau wie ein kleines Kind. Klonk-di klonk-di klonk. Sie ist ein kleines Kind: linkisch und unbeholfen. Und dumm. Ich folgte ihnen. Sie plauderten und lachten und kannten sich offensichtlich sehr gut. Dann gingen sie in ein Café um die Ecke und setzten sich an einen kleinen Tisch im hinteren Teil, woraufhin ich nach ihnen hineinging. Zu meinem großen Verdruss schnappten mir ein verschwitzter Geschäftsmann und eine gestresst aussehende Frau den Tisch gleich neben ihnen vor der Nase weg, und so musste ich an deren Nebentisch Platz nehmen. Wenn ich die Ohren spitzte, konnte ich mit Mühe und Not Emilys Unterhaltung mit ihrer Freundin lauschen – zumindest ein paar Gesprächsfetzen.

Emilys Freundin war ebenfalls eine graue Maus. Aschfahles, strähniges Haar, hängende Schultern, kein Lippenstift und billige Schuhe, chic wie die Orthopädieschuhe meiner Großtante. Sie trug einen Ehering, und ich dachte, verdammt, wer würde die heiraten? Ich versuchte, sie mir in einem Hochzeitskleid vorzustellen, immer noch mit den fettigen Haaren, ihrem ungeschminkten Gesicht und den hässlichen Latschen. Wahrscheinlich glaubte sie, dass sie zu ihrem »natürlichen« Look passten.

Sie schienen über die Arbeit zu tratschen – die Freundin, die mit dem Rücken zur Tür saß, drehte sich immer wieder halb um, als machte sie sich Sorgen, belauscht zu werden, und ich hörte, dass Pernillas Name mehrmals fiel. Zumindest bei einer Gelegenheit folgte daraufhin ein stürmisches, schuldbewusstes Kichern.

Wie kindisch, dachte ich verächtlich. Dann fragte die Freundin: »Wie geht's Alex?«

Ausgerechnet in diesem Augenblick musste die Bedienung kommen und meine Bestellung aufnehmen. Ich funkelte sie wütend an und schleuderte ihr meinen Wunsch nach Kaffee und einem Bagel entgegen, dann konzentrierte ich mich wieder aufs Lauschen.

Emily sagte etwas, das ich nicht verstand, und dann hörte ich: »Es war schrecklich. Er ist richtig besessen von ihr.« Mein Herz schlug mir bis zur Kehle, wie das passiert, wenn jemand über dich redet, ohne zu ahnen, dass du ihn hören kannst. Auf meiner Tischplatte war ein klebriger Fleck, und ich spuckte verstohlen in meine gefaltete Serviette und versuchte, ihn wegzurubbeln, während ich die ganze Zeit eindringlich die Ohren spitzte. Mein Herz klopfte zu schnell, und ich hielt den Atem an, um zu erfahren, was sie als Nächstes sagen würde.

Ich konnte es nicht glauben. Unüberhörbar und mit Blick

in meine Richtung erklärte sie: »Er nennt sie den ›alten Drachen‹, und sie hört sich auch wirklich so an. Sie hat ihm das Leben zur Hölle gemacht.«

Die Freundin schnalzte mitleidvoll mit der Zunge. Emily machte eine Pause, während die Bedienung ein großes Sandwich vor ihr abstellte und einen Latte vor ihrer Freundin, bevor sie fortfuhr: »Aber ich glaube, dass er allmählich über sie hinwegkommt. Am liebsten würde ich zu ihr fahren und ihr mal gründlich die Meinung sagen …«

Ich war außer mir vor Entrüstung. Die Leute am Nebentisch steigerten sich in eine lautstarke Unterhaltung und übertönten Emilys nächste Worte, aber ich hörte, wie sie etwas über einen Scheck erzählte und dann sagte sie: »… am Zug …« und da wusste ich, was passiert war: Alex hatte Emily alles gebeichtet. Er musste mich an jenem Tag erkannt haben, als ich in die U-Bahn gestolpert war. Wahrscheinlich waren sie zusammen im Bett gelegen und hatten darüber Witze gerissen. Wie sie sich vor Lachen gekrümmt haben mussten bei dem Gedanken, dass Alex tatsächlich in mich verschossen gewesen war – in einen erfolglosen, alten Drachen wie mich? Ha ha, verdammt noch mal, ha ha. Ihr wird das Lachen schon noch vergehen, wenn ich mit ihr fertig bin. Wenn sie einen Kampf will, kann sie ihn gerne haben.

Just in dieser Sekunde war mein ganzes Selbstmitleid verschwunden. Ich hörte auf, mir ein Messer ins Herz rammen zu wollen – und wollte stattdessen lieber dieses schreckliche, kleine Miststück aufschlitzen. Ich meine, welch ein Zufall, sie genau in dem Moment zu belauschen, wo sie über mich herzieht! Die Selbstgefälligkeit, mit der sie mich herunterputzte, war unglaublich. Sie weiß überhaupt nichts von mir! Wie kann sie es nur wagen! Offensichtlich hat sie herausgefunden, dass ihr wunderbarer Freund in mich verliebt ist, und sie kann mit der Eifersucht nicht umgehen. Nun, es ist ihr gutes Recht, eifersüchtig zu sein, aber ich werde nicht dulden, dass sie sich über mich das Maul zerreißt.

Mein Kaffee samt Bagel wurden serviert, aber ich brachte keinen Bissen herunter. Der Kaffee hingegen war gut, heiß und stark, und half mir, mich zu beruhigen. Unvermittelt schossen mir Tränen in die Augen – das musste wohl ein Nachklang der gestrigen Traumata sein, und ich fühlte mich elend. Wütend, benutzt, ungeliebt. Rachsüchtig, wenn ich ehrlich war. Ich wollte schon den letzten Schluck von meinem Kaffee trinken und zurück nach Hause schleichen, als zwei Dinge geschahen, die mich umstimmten.

Zuerst einmal schaute das Pärchen neben mir auf ihre Uhren, löffelte das letzte bisschen Schaum aus ihren Cappuccinos und stand auf. Der Mann plapperte ununterbrochen in ein Handy, und die Frau streifte sich ihre Jacke über, bevor sie ihm aus dem Café folgte. Dies schien Emilys Freundin an etwas zu erinnern, denn auch sie warf einen Blick auf ihre Uhr. Ich konnte ihren entschuldigenden Tonfall hören, allerdings nicht den tatsächlichen Wortlaut, und dann sammelte sie ihre Habseligkeiten auf, legte drei Pfund auf den Tisch und war verschwunden.

Sobald Emily allein war, begann sie, sich ihr Sandwich in den Mund zu stopfen, wobei immer wieder etwas Brunnenkresse und Tomate auf ihrem Teller landete. Niemand war mehr zwischen uns. Ich zögerte. Dann beugte ich mich vor.

»Entschuldigung? Sie heißen Emily, nicht wahr?« Emily lächelte mich auf eine überraschte Art an und hob die Augenbrauen. Sie hatte ein großes Stück Kresse auf ihren

Schneidezähnen. Der Anblick war widerlich. »Ja. Es tut mir leid, aber …?«

Das wird es noch, dachte ich. Das wird es gewiss noch. Ich strahlte sie mit einem aufgesetzten Lächeln an. »Keine Sorge – ich kann mich auch nicht erinnern, wo wir uns begegnet sind. Ich kann mir Namen einfach gut merken, allerdings keine Orte und Zeiten.« Wie wir lachten. »Das lässt mir keine Ruhe«, sagte ich mit einem Stirnrunzeln. »Sie waren nicht zufällig auf Vincent Shaws Party, oder?«

Sie schüttelte den Kopf. »Gehen Sie in Cannons Fitnessstudio?« Ein weiteres Kopfschütteln, wobei ihre Wangen wie bei einem Baby in einem Bus wabbelten, der über einen Weidenrost fuhr.

»Darf ich mich zu Ihnen setzen?« Ich nickte in Richtung des freien Stuhls, auf dem eben noch ihre Freundin gesessen hatte. Emily machte eine einladende Handbewegung und lächelte mich mit ihren grünen Zähnen an. Ich zog mit meinem Mantel und Kaffee um und nahm ihr gegenüber Platz.

»Sie kommen mir auch bekannt vor«, sagte sie mit vollem Mund.

Natürlich tue ich das, du Trantüte, dachte ich. Wahrscheinlich hast du mein Foto in der Innenseite von Alex' Exemplar meines Buchs gesehen. Dieser Gedanke brachte mich in eine Zwickmühle – sollte ich ihr meinen richtigen Namen verraten und ihr einen gehörigen Schrecken einjagen, sobald sie erkannte, mit wem sie gerade sprach, oder sollte ich ihr lieber erst Honig ums Maul schmieren? Ich entschied mich für die zweite Alternative.

»Was arbeiten Sie?«, fragte ich, den Kopf in meinem aufgekratztesten Befragungsmodus zur Seite geneigt. Ihr

Regenschirm lag zwischen uns unter dem Tisch, weshalb ich mir ein paarmal die Füße daran abstreifte. Ich war sehr beeindruckt von meinem schauspielerischen Geschick, wo ich in Wirklichkeit nichts weiter wollte, als den Regenschirm aufzuheben und ihr die metallene Spitze in die Kehle zu rammen.

»Ich arbeite in einem Verlag«, sagte sie. »Gleich hier um die Ecke. Nichts Besonderes – ich bin Lektoratsassistentin.«

Ich schlug mir mit der flachen Hand an die Stirn. »Das muss es sein!«, rief ich. »Ich bin Autorin. Wahrscheinlich sind wir uns auf der Buchmesse oder auf einer Party dort über den Weg gelaufen.«

Emily blickte skeptisch drein. »Ich gehe nicht zu vielen Buchmessenpartys«, sagte sie. »Bei welchem Verlag sind Sie?«

»Ich war bei Penguin, aber im Moment habe ich keinen festen Verlag.« Ich fand, es wäre besser, nicht so zu tun, als wäre ich im Moment bei einem speziellen Verlag unter Vertrag.

»Wie heißen Sie?«

»Äh – ich schreibe unter dem Pseudonym Jessica Thomas«, sagte ich und lieh mir den Namen der ältlichen Nachbarin meiner Mutter aus, der ersten Person, die mir durch den Kopf schoss. »Aber ich hatte nur einen Vertrag für zwei Bücher, der vor ein paar Jahren ausgelaufen ist. Meine Agentin ist gerade dabei, meinen dritten Roman an den Mann zu bringen.«

Emilys Augen wurden groß. »Wie wunderbar! Ich habe natürlich von Ihnen gehört, aber leider keines Ihrer Bücher gelesen. Für das letzte haben Sie aber tolle Rezensionen bekommen, nicht wahr?«

Du blöde, blöde Kuh. Verlegen senkte ich den Kopf. »Nun ja, das kann man wohl sagen.«

Da sprudelte es aus ihr heraus: »Oh, ich bewundere euch Autoren. Ich wäre auch gerne einer, aber ich kann nicht einmal eine Einkaufsliste schreiben! Allerdings wäre ich gern irgendwann eine richtige Lektorin. Ich liebe es, an Manuskripten zu feilen … Mein Freund ist auch Schriftsteller.«

»Oh?«, sagte ich durch zusammengepresste Zähne. »Hat er schon etwas veröffentlicht?«

»Noch nicht. Aber ich habe eben seine Kurzgeschichten meiner Chefin gezeigt. Und ich weiß, dass sie sie lieben wird – sie sind fantastisch. Er ist richtig talentiert. Es wäre so toll, wenn er unter Vertrag genommen werden würde.«

Mir stockte das Blut in den Adern. Das war eine neue und entsetzliche Vorstellung, die ich nicht einmal im Entferntesten in Betracht gezogen hatte – Alex, dem ein Vertrag angeboten wird, wo ich keinen habe! Es war undenkbar. Es fiel mir nun immer schwerer, meine Wut und Verachtung für die beiden zu verbergen, insbesondere wenn ich mir Emilys Worte über mich wieder ins Gedächtnis rief, die ich gerade belauscht hatte. Ich leerte den letzten Schluck lauwarmen Kaffee und erhob mich.

»Nun ja, ich muss los. Ich habe ein Treffen mit meinem Filmagenten – anscheinend will Paramount die Filmrechte für meinen ersten Roman kaufen. Es war schön, Sie wiederzusehen, Emily. Und übrigens, Sie haben Spinat oder etwas anderes Grünes zwischen den Zähnen. Tschüss!«

Mit wackligen Knien ging ich zur Kasse, bezahlte für meinen Kaffee und den Bagel und hastete aus der Tür, wobei ich den unwiderstehlichen Drang niederkämpfte, mich draußen keuchend gegen die feuchte Ziegelsteinmauer zu lehnen. Mir war übel, und ich war aufgebracht, und in diesem Moment hasste ich Alex und Emily mit einer Vehemenz, die jeden anderen Gedanken in meinem sich drehenden, schmerzenden Kopf überdeckte.

26

Alex

Donnerstag (Fortsetzung)

Siobhan. Siobhan und Emily. Zusammen.

Ich schloss die Augen für eine Sekunde und betete inständig, dass es eine Halluzination war. Doch als ich sie wieder öffnete, waren die zwei Frauen immer noch da. Und unterhielten sich. Nackte Angst packte mich, und ich hatte das Gefühl, ein schwarzer Hund würde nach meinem Herzen schnappen. Das könnte das Ende bedeuten: das Ende von Emily und mir, der Schlusspunkt all dessen, was wir zusammen hatten. Siobhan könnte unsere Welt mit wohlüberlegten Worten zerstören. Ich spähte durch das Fenster, halb versteckt durch die Speisekarte, die auf das Glas gedruckt war, ein Auge geschlossen, als würde mich das weniger sichtbar machen, und fragte mich verwundert, worüber sie wohl redeten. Emily wirkte etwas verwirrt. Weder bestürzt noch wütend, nur verdutzt. Dann lächelte sie und sah glücklich aus (und selbst in diesem Moment des puren Stresses und der Angst fiel mir auf, wie hübsch Emily mit einem Lächeln im Gesicht war).

Verdammt noch mal, ich wünschte, ich hätte hören können, was sie sagten. Ich hätte alles gegeben, hätte ich mich in eine Fliege verwandeln können, damit ich dort hineinschwirren und sie belauschen könnte. Oder mich unsichtbar machen – mich neben sie stellen und jedes Wort mitbekommen, das sie von sich gaben. Erzählte Siobhan ihr gerade von der Kleidung, die ich ihr gekauft hatte? Von dem einen Mal – und allein beim Tippen wird mir übel –, als ich mich in ihrem Kleiderschrank versteckt hatte? Womöglich zeigte sie ihr sogar die Karte, die ich ihr geschrieben hatte. Es ist schlimm genug für jeden Mann, wenn seine derzeitige Freundin das vorangegangene Objekt seiner Begierde trifft. Doch es erschwert die Sache ungemein, wenn die derzeitige Freundin nicht weiß, dass ihr Freund früher ein Stalker war. Denn das ist genau das »wohlüberlegte« Wort, das Siobhan benutzen würde, um mich zu beschreiben.

Mich überkam der plötzliche Drang, in das Café zu stürzen und zu schreien: »Hör ihr nicht zu. Das sind alles Lügen.« Doch dann stellte ich mir Emily vor, die sich mit gerunzelter Stirn zu mir drehte und sagte: »Was sind alles Lügen?« Denn – mein gesunder Menschenverstand hatte sich wie gewohnt zu spät gemeldet – Siobhan konnte keinesfalls wissen, wer Emily war. Wie könnte sie es auch wissen? Es ist nicht so, als hätte sie mir nachspioniert, oder? Und dann traf es mich – der Grund für dieses unglaublichste aller Treffen: Emily arbeitete in einem Verlag, Siobhan war Schriftstellerin. Emilys Verlag veröffentlichte wahrscheinlich Siobhans neuen Roman. Es musste ein Zufall sein – nichts weiter.

Doch dann überfiel mich eine weitere Welle der Panik, und ein Auflodern von paranoiden Gedanken ließ mich schwanken: Was, wenn Siobhan herausfand, dass Emily und ich zusammen sind? Emily könnte einflechten, dass ihr Freund ebenfalls Autor ist, womöglich ließ sie sogar meinen Namen fallen. Ich nehme an, dass Emily bei jeder sich bietenden Gelegenheit über mich redet. Und wenn Siobhan herausfindet, dass diese süße, harmlose Frau mit einem Mann liiert ist, den sie für einen Stalker hält, wird sie ihr gewiss von meiner Vergangenheit erzählen und sie vor mir warnen.

All diese Wenns lähmten mich, und ich wusste nicht, was ich tun sollte. Und während ich wie versteinert dastand, nahm ich wahr, dass Siobhan aufstand und in meine Richtung kam.

Hastig glitt ich um die Ecke des Cafés und duckte mich in ein kleines Gässchen, wo die Abfalleimer des *Aroma Therapy* standen. Himmel noch mal, nach diesem Tag bräuchte ich selbst eine Therapie. Ich hörte, wie sich etwas neben mir bewegte, und fuhr zusammen. Meine Hand schoss an meine Brust. Eine fette Katze blinzelte mich an, dann schenkte sie ihre Aufmerksamkeit wieder den Überresten eines Tunfischbaguettes, das sie aus dem Müllcontainer gezogen hatte.

Gewiss war Siobhan mittlerweile fort, weshalb ich vorsichtig den Kopf aus dem Gässchen steckte und eine alte Frau zu Tode erschreckte. Ich überlegte, ins Café zu spazieren und Emily zu überraschen, aber ich wusste, wie ich aussehen musste: weit aufgerissene Augen und hochroter Kopf, nach Schweiß stinkend an einem eisigen Londoner Nachmittag. Ich wollte keinen Verdacht in ihr wecken. Ich wollte einfach nach Hause. Und ich wollte unbedingt eine Zigarette. Auf meinem Heimweg machte ich einen Zwischenstopp und kaufte ein Päckchen Marlboro – die starken. Ich rauchte drei Zigaretten, noch bevor ich zu Hause ankam.

Simon war da – er hatte sich den Nachmittag freigenommen – und die Musik laut aufgedreht, die in meinem hämmernden Kopf widerhallte. Er bedachte mich mit einem fragenden Blick. »Bei dir alles okay, Kumpel?«

Ich nickte. »Ja, ja. Alles okay.«

»Du siehst aus, als hättest du gerade einen Autounfall gesehen oder so was in der Art.«

Ich holte tief Atem. »Könntest du die Musik ein bisschen runterdrehen? Ich habe echt starke Kopfschmerzen.«

»Na klar. Kein Problem.«

»Ich hau mich aufs Ohr.«

Ich ging in mein Zimmer und zündete mir eine weitere Zigarette an. Nun müsste ich abwarten. Mir blieb nichts anderes übrig.

Später …

Als sich die Zeiger der Uhr endlich der sieben näherten, bearbeitete ich gerade den letzten meiner verbliebenen Fingernägel. Emily hatte gesagt, sie würde auf ihrem Weg nach Hause bei mir vorbeischauen. Ich saß hier am Computer und legte Patiencen, als es an der Tür klingelte. Ich hörte, wie Simon aufmachte, und dann ein leises Klopfen an meiner Zimmertür. Als ich sie öffnete, nahm ich einen langen, tiefen Atemzug und schickte ein Stoßgebet gen Himmel.

Sie lächelte.

Was bedeutete, dass Siobhan ihr nicht erzählt hatte, dass sie mit einem Psychopathen ausging. Panik hatte sich in mir breitgemacht, dass der einzige Grund für Emilys Besuch der war, dass a) sie mich anschreien und mir sagen würde, ich sei ein Mistkerl und ein Loser und sie mich nie mehr wiedersehen wollte, oder b) sie die Unterhose aufklauben wollte, die sie am Morgen hier vergessen hatte. Sie würde sie nicht bei einem an Unterwäsche schnüffelnden Freak wie mir zurücklassen wollen, oder? (Im Grunde weiß Siobhan, dass ich eher Unterwäsche kaufe, als an ihr zu schnüffeln, aber wer kann schon sagen, wie sie die Geschichte ausgeschmückt hat?) Doch Emily lächelte, und das bedeutete, dass Siobhan ihr nichts erzählt hatte. Gott sei Dank.

Das bedeutete allerdings nicht, dass ich aus dem Schneider war. Was, wenn Siobhan und Emily beabsichtigten, sich nochmal zu treffen? Was, wenn sie sich anfreundeten und Emily sie einlud, mit uns auszugehen? Allein bei dem Gedanken bekam ich Gänsehaut. Und mir wurde bewusst, dass jede Gnadenfrist nur von kurzer Dauer war.

»Hi, Süßer«, sagte Emily und drückte mir einen festen Kuss auf die Lippen. »Wie war dein Tag?«

»Oh … okay. Habe ein bisschen geschrieben. Bin spazieren gegangen. Nichts Aufregendes.«

»Hast du mich heute angerufen?« Sie setzte sich aufs Bett, schleuderte ihre Schuhe weg und wackelte in ihrer Strumpfhose mit den Zehen.

»Ich … ja, habe ich. Ich wollte schauen, ob du mit mir Mittagessen gehen willst, aber du warst schon weg.«

»Oh.« Sie beugte sich zu mir und küsste mich wieder. »Das tut mir leid. Das wusste ich nicht.«

Ich zuckte mit den Schultern. »Ist schon okay.« Ich warf ihr mein unschuldigstes Lächeln zu. »Und, war es nett beim Mittagessen?«

»Hm. Ach übrigens, ich habe mit jemandem über dich gesprochen.«

Mein Blut gefror zu Eis. »Was? Mit wem?«

Sie zögerte. »Ich hoffe, es stört dich nicht, dass ich mit Leuten über dich rede. Ich habe nur Sara aus der Arbeit von dir und deiner Mum erzählt.«

Mein Seufzer der Erleichterung muss laut hörbar gewesen sein.

»Das stört dich doch nicht, oder? Dein Gesichtsausdruck war gerade echt etwas komisch.«

»Wirklich? Ich habe bloß versucht ... nicht zu pupsen.«

Jetzt war Emily an der Reihe, das Gesicht zu verziehen.

»Natürlich stört mich das nicht. Schon Oscar Wilde sagte, es gibt nur eines, was schlimmer ist, als dass die Leute über dich sprechen, nämlich den Umstand, dass sie überhaupt nicht über dich sprechen.«

»Oh, ich liebe es, wenn du mit literarischen Zitaten um dich wirfst. Apropos Literatur, ich habe deine Geschichten mitgenommen, um sie Pernilla zu zeigen.«

Mist – das hatte ich völlig vergessen. Aber nachdem ich diesen Schwachkopf Brian getroffen und herausgefunden hatte, dass er Kathys Kampfhund von einer Freundin auf meine Fährte gehetzt und ich Emily mit Siobhan zusammen gesehen hatte, erschien mir meine Sorge, dass eine Lektorin meine Kurzgeschichten lesen könnte, bevor sie völlig fertig waren, reichlich trivial. Ich sagte: »Darüber wollte ich noch mit dir sprechen.«

Emily nickte enthusiastisch. »Sie sagte, sie würde sie übers Wochenende lesen. Ich habe ihr mehrmals erklärt, wie brillant sie sind, und sie meinte, sie würde sie lesen, falls das der einzige Weg ist, um mich zum Schweigen zu bringen.«

Das klang, als wäre es nun zu spät, um sie zurückzufordern. Na schön. Wie schon gesagt, das war die geringste meiner Sorgen. Ich bin nur froh, dass es in keiner meiner

Geschichten um Menschen geht, die von Feuerleitern fallen, oder um Stalker. All meine Geschichten basieren auf Erinnerungen aus meiner Vergangenheit: meiner Kindheit, meiner Schulzeit und meinen Reiseerlebnissen. Dieses Tagebuch ist das einzige autobiographische Werk, das sich mit der Gegenwart befasst, abgesehen von zwei Geschichten über einen Kerl, der sich bei seinem kreativen Schreibkurs in seine Lehrerin verliebt, doch die habe ich Emily nicht zu lesen gegeben.

»Wäre es nicht toll, wenn sie ihr gefallen würden?«, sagte Emily. »Du könntest ein echter Autor werden, der veröffentlicht wird. Stell dir das nur vor!«

Das tat ich und musste lächeln.

»Apropos, ich habe heute Mittag auch jemanden getroffen, der schon einmal etwas veröffentlicht hat.«

Das Blut in meinen Adern gefror wieder. »Wie heißt sie?«

Sie bedachte mich mit einem Blick. »Sie? Warum hast du ›sie‹ gesagt?«

Toll gemacht, Alex. »Keine Ahnung. Das war bloß geraten.« Was für eine brillante Ausrede. Das wird sie niemals durchschauen. Am liebsten hätte ich mir eine Ohrfeige gegeben.

Doch Emily schien es nicht sonderlich zu tangieren. »Es war komisch. Sie meinte, sie würde mich von irgendwoher kennen. Dann haben wir ein sonderbares Gespräch geführt, das damit endete, dass sie mir sagte, ich hätte etwas zwischen den Zähnen. Um ehrlich zu sein, fand ich sie nicht sonderlich sympathisch. Sie hatte eine eigenartige Aura, als würde etwas nicht mit ihr stimmen. Attraktiv, gut gekleidet – aber irgendwie komisch.«

»Hat sie dir ihren Namen genannt?«

»Ja, hat sie. Aber als ich zurück im Büro war, habe ich sie bei Bookjungle nachgeschlagen und konnte sie nicht finden. Wahrscheinlich habe ich mich an ihren Namen falsch erinnert.«

»Wie lautete er?«

»Wie schon gesagt, ich habe ihn falsch abgespeichert. Irgendwas wie Jessica Thomas.«

Also nicht Siobhan McGowan. Aber warum hatte Siobhan – und es war definitiv Siobhan gewesen, ich bin sicher, dass ich mir die Sache nicht eingebildet habe – Emily einen falschen Namen genannt?

Etwas sehr Eigenartiges war hier im Gange. Und was auch immer es war, es verhieß nichts Gutes für mich. Ich seufze, während ich das hier tippe: lang und tief. Mist, könnte ich die Zeit zurückdrehen, hätte ich mich niemals für den kreativen Schreibkurs eingeschrieben.

Dienstag

Seit Donnerstag habe ich nicht mehr hier in mein Tagebuch schreiben können, weil ich die meiste Zeit mit Emily zusammen war. Und wenn ich es nicht war, wollte ich nichts weiter als schlafen. Diese ganze Sache raubt mir all meine Energie und nimmt mich ganz schön mit. Denn es ist alles noch schlimmer geworden. Ich weiß nicht, wie viel mehr mein überstrapaziertes Herz aushalten kann.

Am Freitag, einem Tag, den ich damit verbrachte, an meiner neuen Kurzgeschichte zu arbeiten und zu schlafen, rief mich Emily um sechs Uhr an und erklärte, sie wollte in ein Pub gehen. »Ich brauch einen Drink«, sagte sie.

»Warum? War es ein grässlicher Tag?«

Sie zögerte. »Findest du mich fett?«

»Was?« Ich war wie vor den Kopf gestoßen.

»Findest du mich fett?«

»Natürlich nicht.«

Ich verfügte über keinen großen Erfahrungsschatz, was solche Dinge anbelangt, aber ich hatte in verschiedenen Männermagazinen gelesen, dass man einer Frau unter keinen Umständen sagen darf, sie wäre fett. Selbst vollschlank ist zu viel des Guten. Allem Anschein nach darf man nicht einmal Dinge sagen wie: »Ich mag Frauen mit Kurven«, ohne für einen Tränenausbruch, eine Mitgliedschaft im Fitnessstudio und letztlich Anorexie und ihren Hungertod verantwortlich zu sein. Weshalb ich sagte: »Du bist überhaupt nicht fett. Warum zum Teufel fragst du mich das?«

Sie schniefte und erwiderte: »Das erzähle ich dir später.«

Ich schnappte mir meinen Mantel und winkte beim Hinausgehen Si und Nat zu. Draußen war es arktischer Winter, mit einem eisigen Wind, der nichts Gutes verhieß. Die Straßen waren leer, denn vernünftige Menschen hatten sich in ihren Häusern verschanzt und die Zentralheizung auf höchste Stufe gedreht. Ich dachte darüber nach, was Emily am Telefon gesagt hatte und hoffte, wir müssten keine lange Diskussion über ihr Gewicht führen. Lieber würde ich mit den Händen über ihr Fleisch streicheln, als darüber zu reden. Die Wahrheit ist, dass Emily wohl tatsächlich ein klitzekleines bisschen übergewichtig ist, insbesondere im Vergleich zu den Bohnenstangen, die sich in den Zeitschriften tummeln, die sie liest. Ich weiß, dass ich darüber schon an anderer Stelle geschrieben habe. Und die Wahrheit ist, ich mag ihren Körper wirklich. Ihre schweren Brüste, ihre weichen Hüften. Hmm. Aber ich wusste, ich müsste auf Wörter wie schwer und weich verzichten, wenn sie in einer Gewichtskrise steckte.

Nachdem ich das Pub erreicht und hineingegangen war, schlug mir der angenehme Geruch verschiedener Biersorten und die Wärme des offenen Kamins entgegen, während ich nach meiner Freundin Ausschau hielt. Dort saß sie, allein an einem Tisch in der Ecke. Sie hatte ein halb volles Glas und eine Flasche Tonic vor sich stehen. Ich deutete ihr mit einer Geste an, dass ich sie gesehen hatte, und kaufte mir ein Pint Guinness. Als ich an der Bar wartete und mir vor Vorfreude regelrecht die Lippen leckte, berührte ich meinen eigenen Bauch. Das Wort »Sixpack« war nicht gerade das Erste, was mir dabei durch den Kopf ging.

»Hi«, sagte ich und gab ihr einen Kuss. Beim Hinsetzen nickte ich in Richtung ihres Glases. »Tonic? Ich dachte, du bräuchtest einen Drink.«

»Da ist Gin drin«, sagte sie grimmig. »Obwohl ich eigentlich keinen Alkohol trinken sollte.«

Ich spielte den Ahnungslosen. »Warum nicht?«

»Alkohol gehört zu den Dingen, bei denen du am ehesten Fett ansetzt.«

»Ja, das weiß ich. Und warum solltest du es dann nicht trinken?«

Sie lächelte nicht. Stattdessen griff sie in ihre Tasche und zog zwei Magazine heraus. Eines hieß *Deine Diät*, mit dem Bild einer lächelnden Hausfrau und einer Ananas auf dem Cover. Der Name des anderen lautete *Flesh*, bei dem es sich angesichts des Bildes einer halb nackten Frau mit dem größten Doppelkinn und den riesigsten Brüsten, die ich jemals gesehen habe, samt seinem Slogan (»Für Männer, die Großes vorhaben!«) offensichtlich um ein Pornomagazin für all jene handelte, die auf üppige Frauen standen.

»Woher hast du die?«, fragte ich.

»Die wurden mir geschickt.«

»Was?«

»Jemand hat sie mir in die Arbeit geschickt. Sie lagen in meinem Postfach, in einem braunen Umschlag mit meinem Namen vorne aufgedruckt. Ich dachte, es wäre nur ein weiteres unverlangt eingesandtes Manuskript von einem Autor. Einige von ihnen kennen meinen Namen, weil Pernilla manchmal will, dass ich die Absagebriefe mit pp unterschreibe. Weshalb mein Postfach normalerweise vor dicken DIN-A4-Briefumschlägen überquillt.«

Ich nahm das *Flesh* zur Hand und blätterte es durch. Die Frauen in dem Magazin waren gewaltig, mit unzähligen Speckfalten, die all die Teile der weiblichen Anatomie verdeckten, weswegen sich normalerweise Männer Pornomagazine anschauten. Es war wirklich verrückt, wenn man bedachte, dass es Männer gab, die diese Bilder antörnten. Trotzdem war es harmloser als der meiste Müll, den es sonst gab.

Es war allerdings nicht harmlos, da es Emily betraf. Ich drehte mich zu ihr und sah, dass sich ihre Augen mit Tränen gefüllt hatten. »Jemand will mir eine Botschaft übermitteln – nämlich dass ich fett bin. Dass ich eine Diät machen sollte, um nicht wie eine dieser widerlichen Kühe zu enden.«

Ich konnte den Blick nicht von der Zeitschrift abwenden. Schließlich entriss Emily sie mir mit Gewalt und stopfte beide Magazine in ihre Tasche.

»War ein Brief dabei?«, fragte ich.

»Nein, nichts. Ich denke, die Magazine allein haben die Botschaft recht gut übermittelt.«

Mit einem Mal war ich schrecklich wütend. Ich wusste nicht, wer Emily diese blöden Zeitschriften geschickt hatte, aber ich wusste, dass ich dem Absender Qualen zufügen und mich an ihm rächen wollte wegen des Schmerzes, den ich auf Emilys Gesicht sah.

»Wer zum Teufel würde so etwas tun?«, fragte ich.

»Keine Ahnung.«

»Jemand aus deinem Büro? Hast du dort Feinde?«

Sie sah mich mit offenem Mund an. »Was meinst du mit Feinden? Warum sollte ich Feinde in der Arbeit haben?«

Ich gab keine Antwort, dachte nur an meine frühere Arbeit und die Pornoseiten, bei denen ich meinen alten Chef angemeldet hatte. Mir wurde übel.

»Pernilla meinte, die Magazine hätte wahrscheinlich ein verärgerter Autor geschickt – jemand, den wir abgelehnt haben. Aber vielleicht hasst mich wirklich jemand im Verlag«, sagte Emily und starrte in die Ferne. »Vielleicht haben sie sich alle zusammengetan und mir die hier geschickt, in der Hoffnung, mich rauszuekeln. Das unansehnliche, fette Mädchen.« Ihre Unterlippe begann zu zittern.

Ich legte den Arm um sie. »Emily, du bist nicht fett. Und natürlich hassen sie dich nicht in der Arbeit.«

»Ich bin fett.«

»Bist du nicht.«

»Doch.«

»Nein, bist du nicht. Du bist wunderschön.« Ich konnte jetzt spüren, wie auch mir Tränen in die Augen schossen, ausgelöst durch die Gefühle, die in mir aufstiegen. »So wunderschön. Ich liebe dich.«

Sie sah mich an. »Das sagst du nicht einfach nur so?«

»Nein, natürlich nicht. Ich liebe dich, und ich liebe deinen Körper. Ich liebe deinen Körper wirklich.«

Sie lächelte.

»Warum gehen wir nicht in deine Wohnung, und ich zeige dir, wie sehr ich ihn liebe?«

Diesmal kicherte sie, auch wenn das Lachen und der anschließende Witz ein wenig gezwungen klangen: »Du bist nur angetörnt, weil du dir die Frauen in dem Magazin angeschaut hast.«

»Mist. Auf frischer Tat ertappt. Können wir es mitnehmen?«

Wir tranken aus, verließen das Pub und gönnten uns ein Taxi. In Emilys Wohnung schliefen wir miteinander: Es war ein intensiver, wortloser Sex, der uns trotz der Eiseskälte in ihrem Zimmer zum Schwitzen brachte. Wir wünschten uns eine gute Nacht, und nach einer Weile wälzte ich mich zum Einschlafen auf die andere Seite. Nach ein paar Minuten bemerkte ich, dass sie weinte.

Ich drehte mich wieder zurück und presste mich an ihren Rücken. »Emily«, flüsterte ich, »was ist los?«

Sie gab keine Antwort. Ich hielt sie, bis sie eingeschlafen war.

Das Wochenende war schön – wir erwähnten die Zeitschriften mit keinem Wort, Emily warf sie einfach draußen in den Müll. Dann, am Montagmorgen, hämmerte jemand an die Haustür. Ich war gerade aufgewacht und lag noch mit einem Buch im Bett, dem ich nur meine halbe Aufmerksamkeit schenkte, da ich mich gleichzeitig fragte, wann ich wohl von Pernilla wegen meiner Kurzgeschichten hören würde. Ich schreckte hoch, und Bilder von Siobhan mit wilden Augen oder einem Trupp bewaffneter Polizisten an meiner Tür stiegen in mir auf. Ich war nicht sicher, was schlimmer wäre. Ein weiteres Klopfen erscholl, und ich zwang mich, aus dem Bett zu steigen, weil mir mein gesunder Menschenverstand sagte, dass es wahrscheinlich nur der Postbote war.

Mein gesunder Menschenverstand behielt Recht. Der Briefträger reichte mir einen prall gefüllten, braunen Umschlag und etwas Werbepost. Ich schloss die Tür und pfefferte die Werbung auf den Beistelltisch, dann musterte ich die gefütterte Versandtasche. Sie war an Emily – c/o an mich – adressiert. Wie sonderbar. Warum sollte jemand etwas unter dieser Adresse an Emily schicken? Dann kam mir die Lösung des Rätsels – wahrscheinlich hatte sie etwas im Internet bestellt und diese Adresse angegeben, da sie wusste, dass ich morgens normalerweise immer zu Hause war. Vielleicht, mutmaßte ich, durfte sie keine persönliche Post in der Arbeit erhalten?

Es kam mir keine Sekunde in den Sinn, dass dieser Umschlag mit den Zeitschriften in Zusammenhang stehen könnte, die ihr in die Arbeit geschickt worden waren. Wie Pernilla schon zu Emily gesagt hatte, waren sie wahrscheinlich nur die boshafte Rache eines Autors, der Emilys Namen auf dem Absagebrief gesehen hatte. Ich nahm die Versandtasche mit in mein Zimmer, warf sie auf den Schreibtisch und ging zurück ins Bett.

Emily kam gegen sieben bei mir vorbei. Ich begrüßte sie mit einem Kuss an der Tür, der ihr ein Lächeln entlockte und sie dazu bewegte, sich an mich zu pressen. Eine Minute später waren wir im Bett, und ein paar Minuten danach war ich in ihr, während ihre Zähne über meinen Hals und ihre

Fingernägel über meinen Hintern kratzten, wir den winterlich kühlen Körper des anderen wärmten und das Kopfende des Bettes rhythmisch gegen die Wand knallen ließen.

Als ich kam, blitzte ein weißes Licht auf.

»Hmm«, sagte sie anschließend.

Ich küsste sie, dann erinnerte ich mich: »Oh, vorhin ist ein Päckchen für dich gekommen.« Ich hüpfte aus dem Bett, holte es und reichte es ihr.

Sie lächelte. »Du hast mir ein Geschenk gekauft? Oh Alex …«

»Es ist nicht von mir«, sagte ich und wünschte inständig, ich hätte ihr ein Geschenk besorgt. »Hast du nichts online bestellt?«

Sie schüttelte den Kopf. »Nein. Ich habe nichts bestellt.« Sie drehte das Päckchen um. Dann sagte sie: »Kannst du mir bitte mein T-Shirt reichen?«

Ich kam ihrer Bitte nach.

»Ich bin weniger verletzlich, wenn ich etwas anhabe.« Sie zog sich das T-Shirt über den Kopf und bedeckte ihre Brüste. Sie sah verängstigt aus.

»Was ist los?«, fragte ich.

Sie sah mich an. »Ich kann mir beim besten Willen nicht vorstellen, wer mir hierher ein Geschenk schicken könnte. Wenn es denn ein Geschenk ist.« Sie schluckte.

Das war der Moment, als ich mich an die Zeitschriften erinnerte. Ein kleiner Schauder lief mir den Rücken hinab. »Willst du, dass ich es öffne?«, bot ich an. Wir starrten beide auf den Umschlag, als könnte er eine Bombe enthalten.

»Nein«, sagte Emily, »ich werde es öffnen. Es ist an mich adressiert.« Mit zitternden Händen riss sie den Umschlag auf und spähte hinein.

»Was ist drin?«

»Ich kann es nicht erkennen. Es ist in eine schwarze Tüte eingewickelt. Sieht aus… und fühlt sich auch an wie ein Müllbeutel.«

Sie zog den schwarzen Müllsack aus der gepolsterten Versandtasche. Mit einem Mal durchzog ein sonderbarer Geruch das Zimmer. Mein Herz hämmerte schnell. Ich legte die Hand auf Emilys Schulter, und sie fuhr zusammen.

»Alex! Himmel nochmal – tu das ja nie wieder!«

»Gib mir den Umschlag«, sagte ich und streckte die Hand aus. Emily reichte mir das Päckchen. Vorsichtig wickelte ich es aus, und als die Verpackung allmählich wegfiel, wurde aus dem fauligen Geruch ein beißender Gestank, und Emily schrie auf, sprang aus dem Zimmer und rannte ins Bad. Ich hörte, wie sie erbrach, doch anstatt sie zu trösten, wollte ich nichts weiter, als den Inhalt des Päckchens aus dem Zimmer zu bekommen. Ich öffnete das Fenster und warf es in hohem Bogen hinaus. Und dann hastete ich selbst ins Bad, wo Emily gerade den letzten Rest ihres Mageninhalts von sich gab. Der einzige Gedanke, der mir durch den Kopf schoss, war: Wer? Wer würde so etwas tun? Und das war der Augenblick, als mich die Erkenntnis traf und mir noch übler wurde. Pernillas Worte kamen mir wieder in den Sinn: dass es höchstwahrscheinlich ein verärgerter Autor wäre.

Ich kannte nur eine einzige Person, auf die *diese* Beschreibung zutraf.

27

Siobhan

Das, was ich getan habe, war wirklich schrecklich. Ich weiß, ich weiß. Aber sie hat es verdient. Warum sollte für sie alles wie geschmiert laufen, wenn sie fett und unattraktiv und mein eigenes Leben ein einziges Desaster ist? Mir ist bewusst, dass Alex verhaltenstechnisch gesehen ein zwanghafter Borderline-Fall ist (und höchstwahrscheinlich sogar psychotisch), doch er ist gleichzeitig sehr gut aussehend, und aus einem mir unerklärlichen Grund vergöttert er sie regelrecht! Ich verstehe das nicht. Er hätte mir gehören können. Ununterbrochen höre ich ihre weinerliche Stimme in meinem Kopf, die sagt: »Mein Freund«, als würde sie ihren Zeigefinger ablecken und vor mir in die Luft eine Eins malen, im Sinne von 1:0 für mich, du Loser. Würggg, sie ist so SELBSTGEFÄLLIG!

Ich hatte es nicht geplant. Es ist einfach passiert, in einer schrecklichen Verkettung unvorhersehbarer Ereignisse. Nachdem ich diese Zeitschriften geschickt hatte (wäre ich so übergewichtig, wäre ich für den freundlichen Hinweis einer wohlwollenden Zeitgenossin dankbar, natürlich wäre ich das. Es ist dasselbe, wenn man Körpergeruch oder schlechten Atem hat – du brauchst eine Freundin, die dir das schonend beibringt, denn andernfalls tappt man für immer im Dunkeln), war die Idee der Kontaktaufnahme via Post wohl noch frisch in meinem Kopf. Und wie es der Zufall wollte, lag eine große gepolsterte Versandtasche seit einer Ewigkeit herum, die nur darauf wartete, wiederverwendet zu werden. Ich kann mich nicht einmal erinnern, was mir darin geschickt worden war – oh ja, diese pinkfarbenen Kommodenknäufe, die ich auf Ebay gekauft hatte …

Wie dem auch sei, ich hatte gerade den Adressaufkleber abgezogen und dachte mir im Stillen, wie schade, dass ich kein Manuskript habe, das ich hineinstecken und an Patricia senden könnte, wo es mit Begeisterung in Empfang genommen und in höchsten Tönen gepriesen werden würde … als ich Biggles hörte, der sich polternd durch die Katzentür zwängte, als wäre er plötzlich blind geworden und könnte nicht sehen, wo sein Eingang war.

Ich stand auf, um nach ihm zu sehen.

»Was tust du da nur, du bescheuerte …« Doch die Worte blieben mir wie Fischgräten in der Kehle stecken.

Mit einem letzten Drücken schob Biggles wie bei einer Geburt seine Beute durch die Katzentür, sprang hinterher und strahlte mich stolz an.

Es war eine riesige tote Ratte. Eine, die allem Anschein nach schon seit geraumer Weile das Zeitliche gesegnet hatte. Um Himmels willen, ich dachte immer, Katzen würden nichts anfassen, das nicht frisch war. Was war nur in Biggles gefahren?

Ich musste die Lippen fest zusammenpressen, um mich nicht auf der Stelle zu übergeben. Ich konnte nicht einmal die Hintertür öffnen, da das – Ding – sie versperrte, weshalb ich das Küchenfenster so weit wie möglich aufriss und meine Nase in den Topf Basilikum auf dem Fensterbrett vergrub.

»Oh Biggles, du Idiot«, fauchte ich ihn an. »Bring sie weg, bitte, bring sie weg!«

Doch diesen Gefallen tat er mir natürlich nicht. Seinem Gesichtsausdruck nach schien auch er allmählich zu begreifen, dass er womöglich eine vorschnelle Entscheidung getroffen hatte. Den einen oder anderen toten Spatz oder ab und an eine Maus kann ich verkraften – aber das hier? Es war wie ein Horrorfilm auf meinem eigenen Küchenboden.

»Es tut mir leid, Biggles, aber ich werde dir nie wieder erlauben, mich abzulecken«, sagte ich laut. »Nicht, wo ich jetzt weiß, wo dein Mund schon überall gewesen ist.« Im Grunde war es lustig. Das waren genau die Worte, die ich immer versucht gewesen war, Phil an den Kopf zu werfen. Aber bei dem Gedanken, wie sich die Kiefer meines süßen Biggles um dieses stinkende, verfilzte Rattenfell gelegt hatten, stieg mir die Galle in der Kehle hoch, und ich musste würgen. Was zum Teufel sollte ich nur mit ihr machen?

Ich zog Gummihandschuhe an, riss eine Abfalltüte von der Rolle und steckte eine Hand hinein. Und dann, während mich Biggles argwöhnisch umrundete und ich mir die Nase mit der freien Hand zuhielt, näherte ich mich behutsam und mit ausgestreckter Hand dem Leichnam. Die Ratte besaß dünne, hakenförmige Klauen, und ihr Schwanz war fett, unbehaart und viel länger, als ich mir das in meinen schlimmsten Albträumen vorgestellt hätte. Ihre Zähne hatten dieselbe Farbe wie meine gelben Latexhandschuhe. Mein Magen bäumte sich auf und drehte sich so wild, dass ich die Augen zukneifen musste.

Als ich durch die schwarze Plastiktüte und die gelbe

Gummischicht spürte, wie sich meine Hand um den weichen Körper schloss, verhakten sich meine Zähne, und das Einzige, was mich davon abhielt, mich zu übergeben, war das Wissen, dass, wenn ich es nicht sofort hinter mich brächte, ich es später tun müsste. Ich hob die Ratte hoch, stülpte die Mülltüte von innen nach außen, ließ den widerlichen Leichnam los und spürte sein Gewicht, das mit einem Plonk auf dem Boden des Beutels landete.

Dann erbrach ich mich in die Spüle.

Und jetzt?, fragte ich mich verwundert. Es war völlig ausgeschlossen, dass ich mir die Mühe machen würde, ein kleines Rattengrab auszuschaufeln – irgendein anderer Aasgeier könnte es später nur wieder ausbuddeln. Ich konnte die Tüte nicht einfach draußen in den Mülleimer stopfen, weil die Müllabfuhr gerade erst da gewesen war. In meiner Küche roch es immer noch widerlich, weshalb ich die Tüte so oft wie möglich um den Leichnam wickelte und das ganze Ding dann sicherheitshalber noch in die leere Versandtasche stopfte.

Ich schwöre, ich habe sie nur zugeklebt, um die Geruchsbelästigung einzudämmen. Wahrscheinlich war es ein Glücksfall, dass ich einen Tacker und eine Rolle Tesafilm in der Küchenschublade aufbewahrte. Sobald der Umschlag geschlossen war, konnte ich endlich die Hintertür aufreißen, das Ding hinausbringen und das Zimmer gut lüften. Denn nun hing abgesehen von der toten Ratte auch noch der Gestank nach Erbrochenem in der Luft, den es zu beseitigen galt. Meine wunderschöne saubere Küche.

Ich stopfte die Gummihandschuhe in den Mülleimer, zog ein frisches Paar über, stellte die Küchenstühle auf den Tisch und scheuerte den gesamten Boden mit Desinfektionsmittel, bevor ich den Wischlappen ebenfalls wegwarf. Als Nächstes drückte ich alle erbrochenen Erbsen in den Abfluss – ich kann mich nicht erinnern, überhaupt Erbsen gegessen zu haben, aber die Beweislage war eindeutig – und schrubbte die Spüle. Schließlich begab ich mich auf alle viere und bearbeitete den Boden ein zweites Mal mit meinem Dielenreiniger und einem Putztuch.

Dann gönnte ich mir einen richtig starken Gin Tonic, den ich im Wohnzimmer trank, während mir mein Rücken immer noch von der Anstrengung weh tat. Der Alkohol beruhigte mich, aber ich war sogleich etwas beschwipst, und mir war ehrlich gesagt auch ein bisschen rührselig zumute. Ich sollte tagsüber keinen Gin trinken. Doch die letzte Zeit war wirklich hart gewesen. Nichts war so gelaufen, wie ich es mir vorgestellt hatte. Es kam mir vor, als würde ich den einen oder anderen Schluck verdienen.

Ich hatte mir gerade nachgeschenkt, als das Telefon klingelte. Oh, prima, dachte ich. Gesellschaft. Ich hoffte, es wäre Jess – sie hatte mich nicht zurückgerufen, obwohl ich sie vor ein paar Wochen mehrmals zu erreichen versucht hatte. Doch es war eine unbekannte Frauenstimme.

Die genauen Einzelheiten unseres Gesprächs kann ich nicht mit Bestimmtheit wiedergeben, aber wie sich herausstellte, war diese Frau eine Freundin von Kathy. Sie – die Freundin – war ein Jahr irgendwo unterwegs gewesen, hatte erst kürzlich von Kathys Tod erfahren und konnte nicht glauben, dass sie von einer Feuertreppe gefallen war. Offensichtlich war Kathy so etwas noch nie passiert – auch wenn man wohl anfügen muss, dass man logischerweise nur einmal von einer Feuertreppe in den Tod stürzen kann, oder? Ich habe nicht wirklich verstanden, worauf genau sie hinauswollte, aber es war nett, sich mit einem verständnisvollen Menschen zu unterhalten.

Wir plauderten eine Weile – lange genug, dass ich mir einen weiteren Gin Tonic einschenken konnte –, und das Gespräch verdeutlichte mir nur umso mehr, wie beschissen mein Leben war. Ich meine, Kathy und ich waren sozusagen gute Freundinnen. Oder hätten es zumindest sein können. Ich habe sie wirklich gemocht.

»Ich habe sie wirklich gemocht«, hörte ich mich ins Telefon schluchzen. »Sie war eine richtig, richtig gute Freundin. Ich vermisse sie so sehr.«

Ich bin nicht sicher, aber ich glaube, dass die Frau am anderen Ende der Leitung ebenfalls weinte. »Ich auch«, sagte sie. »Und ich hatte nicht einmal die Möglichkeit, mich zu verabschieden.«

»Ich auch nicht«, sagte ich, während die Tränen, dick und schnell, auf die schmelzenden Eiswürfel in meinem Glas tropften. »Es ist nicht fair, nicht wahr? Nichts ist verdammt noch mal fair.«

Nichts war fair. Ich meine, ich bin das beste Beispiel. Kein Mann, kein Buch, kein Job, keine Freunde – und die ganze Zeit reiben Alex und Emily mir ihre selbstgefällige Zufriedenheit unter die Nase; und er, der im Begriff steht, einen Autorenvertrag zu ergattern, wo er doch weiß, wie schlimm es um mich steht; und wie Emily hinter meinem Rücken über mich gelacht hat und mir mal gehörig ihre fette Meinung sagen wollte. Da sagte die Frau etwas.

»Wie bitte?« Es könnte sein, dass meine Worte ein wenig gelallt kamen.

»Ich sagte, sind Sie zur Beerdigung gegangen? Ich habe es nicht einmal zur Beerdigung geschafft.«

»Ja, ich war dort«, sagte ich, und ein neuer Schwall Tränen stieg bei der Erinnerung an diesen traurigen, traurigen Tag in mir hoch.

»Kannten Sie irgendjemanden von Kathys Freunden?«

»Niemanden. Ich kannte dort niemanden – oh, abgesehen von Alex Parkinson. Er war dort.«

»Alex Parkinson aus Ihrem Schreibkurs?«

Das war sonderbar. Ich hatte nicht angenommen, dass diese Frau von meinem Kurs wusste. Und woher wusste sie, wer Alex ist? Und überhaupt, warum hatte sie mich gleich noch mal angerufen?

»Ja. Warum haben Sie mich gleich noch mal angerufen?« Mir wurde allmählich bewusst, dass ich ein wenig komisch klang.

»Wie schon gesagt, ich möchte mit allen sprechen, die Kathy kannten. Ich kann nicht glauben, dass ihr Tod ein Unfall war. Die Polizei tut überhaupt nichts.«

Und da war ich und hatte gedacht, sie hätte angerufen, um mir ihr Beileid auszusprechen. Ich war bis ins Mark erschüttert.

»Sie meinen, Sie glauben, Kathy wurde umgebracht?«

»Keine Ahnung. Aber ich weiß, dass sie niemals Selbstmord begangen hätte. Waren Alex und Kathy befreundet?«

Ich versuchte nachzudenken, aber alles, woran ich mich erinnerte, war Alex, der nach der Beerdigung zu mir nach Hause mitgekommen war, und dass wir eine Auseinandersetzung über die Kleidung hatten, die er mit meiner Kreditkarte bezahlt hatte.

»Nein. Das glaube ich nicht. Er ist nur zur Beerdigung gekommen, weil er in mich verliebt war und angenommen hat, ich könnte dort sein.«

Am anderen Ende der Leitung folgte eine angewiderte Stille. Erst später erkannte ich, dass mich diese Aussage nicht ins bestmögliche Licht rückte. Aber es war die Wahrheit! Das war der Tag gewesen, als Alex mir seine Gefühle offenbart und ich ihn blöderweise aus dem Haus geworfen hatte. Warum bin ich nur eine solche Närrin? Die wahre Liebe taucht unverhofft vor meiner Tür auf, und ich versetze ihr einen Fußtritt. Und jetzt ist er völlig hin und weg von Emily.

Die Frau legte kurz danach auf. Ich weiß immer noch nicht genau, warum sie angerufen hat oder was sie wollte.

Der restliche Tag rauschte irgendwie an mir vorbei. Eine Weile vergaß ich die Ratte und machte ein kleines Nickerchen auf dem Sofa. Erst später, als Biggles auf meine Brust sprang und sein Essen einforderte, kam die Erinnerung zurück, und ich schob ihn von mir weg, während ich mir vorstellte, wie er mir den Odem einer toten Ratte ins Gesicht hauchte.

Der verschlossene Umschlag lag immer noch vor der Hintertür, und zu meiner Verteidigung muss ich anbringen, dass ich immer noch benommen vom Gin war. Ich lachte bei dem Gedanken, dass er wie ein aufregendes Versandhausgeschenk aussah, ein hübsches, fettes Päckchen, das nur darauf wartete, geöffnet zu werden. Ich könnte es einfach zur Post bringen, dachte ich. Es dürfte gerade durch den Schlitz im Briefkasten an der Ecke passen, wenn ich es ein bisschen zusammendrückte. Aber wem sollte ich es schicken?

Darüber musste ich nicht allzu lange nachdenken, nur lange genug, um Alex' Adresse in meinen Collegeunterlagen nachzuschlagen, ihren Namen unter c/o auf einen Adressenaufkleber zu schreiben, diesen auf die gepolsterte Versandtasche zu knallen und zum Briefkasten zu gehen.

Ich glaube, ich bin immer noch ein wenig betrunken, selbst nach dem kurzen Spaziergang. Es wäre wohl das Beste, einfach ins Bett zu gehen.

28

Alex

Donnerstag

Emily musste sich den gestrigen Tag freinehmen, den sie hauptsächlich im Bett verbrachte, Süßigkeiten in sich hineinstopfte (ihre Diät war vergessen) und eine 80er-Jahre-Compilation in Endlosschleife anhörte. Sie sagte, sie könnte es nicht ertragen, irgendjemanden zu sehen, nachdem sie »das Päckchen« erhalten hatte, wie sie es euphemistisch nannte. Eine tote Ratte. Jemand hatte ihr eine tote Ratte geschickt. Es war unglaublich. Und das Schlimme war, dass Emily panische Angst vor diesen Nagetieren mit ihren langen Zähnen und langen Schwänzen hat. Eines Nachts hatte sie es mir anvertraut, wir waren zusammen im Bett gelegen und hatten uns über Dinge unterhalten, die uns Angst einjagten. Emily hatte gesagt: »Als ich *1984* gelesen habe, musste ich nicht lange nachdenken, was mich in meinem Zimmer 101 erwarten würde, denn es war schon dort in dem Buch. Ratten.« Allein bei dem Gedanken hatte sie gezittert.

Und ich zitterte bei dem Gedanken, wer sie ihr geschickt haben könnte. Je mehr ich darüber nachdachte und mir einreden wollte, es müsste sich um eine Verwechslung handeln, desto überzeugter wurde ich. Hätte ich Siobhan nicht zusammen mit Emily gesehen, hätte ich sie niemals in den

Kreis der Verdächtigen aufgenommen. Aber ich glaube nicht an einen derart großen Zufall. Ich fragte Emily aus und versuchte herauszufinden, ob sie sich in letzter Zeit Feinde gemacht haben könnte, doch sie entgegnete beharrlich, nie in ihrem Leben einen Feind gehabt zu haben, abgesehen von ein paar Mädchen in der Schule, die sie immer wegen ihres Babyspecks aufgezogen hatten. Außerdem konnte sie sich nicht vorstellen, dass irgendein »gekränkter Autor« ihre Privatadresse herausbekommen haben könnte, ganz zu schweigen von der Adresse ihres Freundes. Sie war aufgebracht und verwirrt und unfähig nachzuvollziehen, was sie getan oder wem sie etwas angetan haben könnte.

Aber was zum Teufel soll ich nur machen? Ich kann Emily schlecht von Siobhan erzählen. Ich kann nicht zur Polizei gehen. Ein Teil von mir denkt, ich sollte Siobhan anrufen, mit ihr reden, sie fragen, warum sie es getan hat. Ich meine, ich habe ihr das geschuldete Geld zurückbezahlt. Ich bin aus ihrem Leben verschwunden, habe den Blick nach vorne gerichtet. Ich verstehe es einfach nicht. Wenn sie sich an mir rächen möchte, warum schickt sie dann Emily die tote Ratte? Was versucht sie zu erreichen?

Und obwohl ich meine Fragen beantwortet haben möchte, weiß ich, dass ich die Sache nur noch verschlimmern würde, würde ich Kontakt mit ihr aufnehmen. Ich muss einfach hoffen, dass sie jetzt, wo sie ihren kleinen Rachefeldzug ausgeführt hat, zufrieden ist und aufhört. Für den Moment werde ich ein Strauß sein und den Kopf in den Sand stecken. Aber sollte noch etwas passieren, das Emily weh tut, nun …

Dann werde ich etwas dagegen unternehmen müssen.

Allein das hier zu tippen gibt mir das Gefühl von Schwäche, und mir wird übel. Das ist genau das, was ich im Augenblick brauche, mit Kathys Freundin und allem anderen. Mein Leben fühlt sich gerade wie diese Szene in *Star Wars* an, wo Luke, Han und Leia in dem Müllschacht stecken, bis zur Hüfte in der Scheiße, und die Wände immer näher kommen.

Außer dass ich keinen R2-D2 habe, der mich rettet.

Freitag

Heute Vormittag um elf ist etwas Wunderbares passiert.

Ich saß in meinem Zimmer, grübelte über das Emily/Siobhan-Problem nach und versuchte gerade zu entscheiden, ob ich nicht in Tibet bei ein paar Mönchen besser dran wäre – Frauen und der Sünde für immer entsagend –, als das Telefon läutete.

Wann immer das Telefon in dieser Wohnung klingelt, kommt es einer Totenglocke gleich oder dem Singen einer Harpyie, die mich zu den Felsen locken will. Seufzend schleppte ich mich ins Wohnzimmer und sagte zögerlich. »Hallo?«

»Ich möchte mit Alex Parkinson sprechen«, sagte eine erschreckend vornehme, mir bekannt vorkommende Stimme.

»Das bin ich.«

»Ah, Alex.« Ein Schnurren schlich sich in ihren Ton, das Geräusch, das eine Katze von sich gibt, wenn sie eine unverhofft saftige Maus erspäht, und das war der Moment, als ich wusste, wer am Apparat war. Pernilla. Und sobald es mir dämmerte, musste ich mich hinsetzen. Mein Herzschlag war so laut, dass er fast ihre Stimme übertönte. »Ich rufe Sie an, weil ich Ihnen sagen muss, wie unglaublich Ihre Geschichten sind.«

Ich kann mich nicht an jedes Wort unserer Unterhaltung erinnern: Es war alles so irreal. Aber sie fuhr fort, mir zu erzählen, dass sie mit großer Skepsis an die literarischen Früchte des Freundes ihrer Assistentin herangetreten wäre, sie meine fantastischen Kurzgeschichten allerdings völlig umgehauen hätten. »Ihre Stimme ist so anders und doch so authentisch«, sagte sie. »Ich war fasziniert – und gleichzeitig etwas verstört –, wie Sie in den Kopf eines Kerls eintauchen, der in ›Der Lange Sturz‹ offensichtlich am Rand des Wahnsinns steht. Wundervoll.« Ich sog das Lob auf wie eine Wüste den lang ersehnten Regen. Und nachdem sie mir eine Weile Honig ums Maul geschmiert hatte, erklärte sie, sie könnten es sich nicht leisten, mir einen abstrus hohen Vorschuss wie die zu bezahlen, von denen ich vielleicht in den Sonntagszeitungen gelesen hatte, hauptsächlich weil Kurzgeschichten prinzipiell nie die Bestsellerlisten stürmten. Doch sie könnten mir fünftausend Pfund für ein Buch mit Kurzgeschichten anbieten, und dann könnten wir über einen Roman sprechen. »Ich glaube, das könnte der Beginn einer langen, erfolgreichen Karriere sein.«

Ich schwankte, konnte kaum sprechen, und am Ende des Gesprächs sagte Pernilla: »Nun, ich werde Sie all das erst einmal verdauen lassen, dann können Sie mich vielleicht nach dem Wochenende zurückrufen, und wir vereinbaren ein Treffen, um über Ihr Buch und Ihre Zukunft zu sprechen.« Sie stieß ein extralautes Schnurren aus. »Ich werde Emily auftragen, auf dem Nachhauseweg eine Flasche Schampus zu besorgen.«

Als ich den Hörer auflegte, wusste ich nicht, was ich tun sollte. Ich hatte das Gefühl, als hätte mir jemand eine Spritze mit Adrenalin ins Herz gerammt. All meine Probleme waren vergessen, und ich war von Energie, Enthusiasmus und Glück erfüllt. Ich wollte Emily anrufen, aber ich wusste, dass sie genau neben Pernilla sitzen und längst davon erfahren haben würde. Ich wollte die Neuigkeit unbedingt verbreiten – ich brauchte ein Megaphon und ein Hausdach. Mich überkam fast der Drang, meine Mum anzurufen, aber ich wusste, sie würde die Nachricht mit einem »Na und?« abtun.

Ich entschied, Simon in der Arbeit anzurufen. Er war begeistert. »Das ist fantastisch, Kumpel. Wow. Hey, glaubst du, sie werden eines Tages eine dieser blauen Gedenktafeln vor unsere Haustür hängen: Alex Parkinson, Schriftsteller, hat hier gewohnt? Das müssen wir später unbedingt feiern. Weißt du was, ich rufe in dem indischen Restaurant an und reserviere einen Tisch für vier. Oder ist der Inder nicht gut genug für euch Schriftsteller? Wahrscheinlich würdest du lieber ins Groucho gehen.« Er lachte, und ich stimmte in sein Lachen ein, was mich noch euphorischer machte, mich regelrecht in Ekstase versetzte.

Ich schwebte in mein Zimmer und setzte mich vor den Computer. Ich hatte kein Megaphon und kein Hausdach, doch ich hatte E-Mail. Ich wollte allen Bescheid geben, weshalb ich eine Nachricht verfasste, die gute Neuigkeit verkündete und sie an jeden in meinem Adressbuch schickte, was ehrlich gesagt eine recht überschaubare Anzahl ist. Auf dieser Liste befanden sich auch meine alten Kollegen (die zweifelsohne ziemlich angefressen sein würden, wenn sie herausfanden, dass sie schon bald ein Buch mit meinem Namen auf dem Einband verkaufen müssten) und selbst dieser Idiot Brian, der mir seine E-Mail-Adresse beim Schreibkurs aufgedrängt hatte. Der einzige Mensch, den ich von der Liste entfernte, bevor ich die E-Mail verschickte, war Siobhan.

Dann machte ich einen Spaziergang. Die Stadt sah so wunderschön aus, so lebendig, und ich konnte ihre Geschichte spüren – den Widerhall ihrer literarischen Vergangenheit –, die durch die Risse im Gehsteig sickerten, in den ein Hauch von Gold gemischt zu sein schien. Ich legte einen Zwischenstopp bei Waterstones ein und suchte die Stelle, wo mein Buch liegen würde, zwischen Jefferson Parker und Adele Parks. Ich spazierte bis zum Fluss und blickte hinab auf das graue Wasser, die Schatten der gegenüberliegenden Gebäude, die sich auf der Oberfläche spiegelten, und obwohl ich mein eigenes Spiegelbild nicht sehen konnte, fühlte ich mich wie Narziss, der völlig von sich selbst eingenommen war. Da spürte ich, wie sich der Mantel aus Minderwertigkeitskomplexen und Selbsthass, den ich so lange getragen hatte, allmählich auftrennte und von mir abfiel.

Später …

Dieses Gefühl währte natürlich nicht lange.

Emily und ich hatten zur Feier des Tages auf der Stelle Sex, als sie hier ankam, dann machten wir uns für das Essen mit Simon und Natalie fertig, die sich beide aufrichtig für mich freuten. Wir kleideten uns für den Anlass festlich, und in der Wohnung roch es nach Frauenparfüm. Draußen war es dunkel, die Luft eisig, und die Straßenlaternen kämpften gegen den tiefschwarzen Himmel an, der so dunkel wie das Taxi war, das uns zu unserem Ziel bringen würde.

Wir warteten auf das Taxi, als das Telefon erneut läutete. Hastig griff ich nach dem Hörer, in dem Glauben, es könnte jemand sein, der mich aufgrund meiner Mail anrufen wollte, um mir zu gratulieren. Doch zum zweiten Mal an diesem Tag, in einer makabren, verdrehten Symmetrie, sagte jemand: »Könnte ich bitte mit Alex Parkinson sprechen?«

»Am Apparat«, sagte ich.

Sie zögerte. »Mein Name ist Elaine Meadows. Ich war eine Freundin von Kathy Noonan, und wenn ich mich nicht täusche, waren Sie in demselben kreativen Schreibkurs wie sie. Ich rufe an, weil …«

Ebenso gut hätte sie ins Zimmer stürzen und mir einen Karateschlag gegen die Luftröhre verpassen können. Während sie redete, hörte ich – wie aus großer Distanz – Simon sagen: »Das Taxi ist da«. Ich musste ihm mit einer Geste angedeutet haben, dass ich noch einen Moment bräuchte, denn die drei gingen schon einmal zum Taxi voraus.

»Ich habe gehört, dass Sie auf Kathys Beerdigung waren. Und da habe ich mich gefragt …«

»Entschuldigung«, sagte ich, »mit wem wollten Sie sprechen?«

»Alex Parkinson. Sie sagten …«

Ich unterbrach sie wieder. »Nein, tut mir leid – mein Name ist Alex Parker. Ich muss mich wohl verhört haben. Sie haben die falsche Nummer.«

Ich ließ den Hörer fallen. Ich schwitzte. Warum zum Teufel hatte ich sie angelogen? Das wirkte so verdächtig, so offensichtlich. Während ich zur Haustür hastete, drückte der Taxifahrer schon ungeduldig auf die Hupe. Als ich die Tür hinter mir schloss, klingelte das Telefon wieder.

Das Essen schmeckte nach Pappe, der Wein wie schmutziges Spülwasser. Mir war übel, und ich konnte mich auf nichts konzentrieren. Emily riss Witze darüber und meinte, es müsse eine Art Schock sein, und ich würde wahrscheinlich von meinem Erfolg träumen. Simon brachte einen Toast aus – »Auf den Bestsellerautor« –, und ich hob matt mein Glas. Vielleicht wäre es nicht so schlimm gewesen, wäre ich im Laufe des Nachmittags nicht so glücklich gewesen; es war, als hätte ich einen kalten Entzug gemacht und wäre nun so fertig, dass mir die Luft zum Atmen fehlte. Kathys Freundin hatte mich gefunden. Das war allein die Schuld dieses Arschlochs Brian. Sollte ich ihn jemals wiedersehen, werde ich ihn erdrosseln, ich werde seine Socken mit Steinen füllen und ihn in der Themse versenken. Das war so unfair. Was zum Teufel sollte ich zu ihr sagen, falls diese Frau nochmals anrufen sollte – insbesondere da ich sie gerade eben angelogen hatte? Verdammt noch mal, Alex – das war so bescheuert von mir.

Ich brauchte Zeit zum Nachdenken. Einen Tapetenwechsel, weit weg von hier, von dieser Wohnung, von London und Elaine Meadows und Siobhan und toten Ratten und Geistern.

»Lass uns wegfahren«, sagte ich zu Emily.

»Was?«

»Lass uns einen Kurzurlaub machen, um zu feiern.«

Später erzählte mir Emily, sie hätte ebenfalls darüber nachgedacht, wie schön es wäre, etwas Abstand zu bekommen und den Schock mit den Zeitschriften und der Ratte zu überwinden. »Wohin sollen wir fahren?«

Im hinteren Bereich des Restaurants trug ein Mann ein orangefarbenes Fußballtrikot – die Uniform des holländischen Fußballteams.

»Lass uns nach Amsterdam fahren«, sagte ich.

Als wir nach Hause kamen, ging ich online, um unsere Flüge zu buchen und außerdem nach einem Hotel zu suchen. Emily hüpfte fast vor Aufregung auf dem Bett. »Das wird so wundervoll«, jauchzte sie. Ich nickte.

Während ich im Internet surfte, rief ich meine E-Mails ab. Eine war von Brian:

Gratulation! Das sind wirklich tolle Neuigkeiten, Alex. Ich fände es schön, mich mit dir auf ein Bierchen zu treffen, damit du mir alles genau erzählen kannst. Wie wäre es mit morgen?
Nochmals, herzlichen Glückwunsch!
Brian

Nun, dachte ich, er mag ein Idiot sein, aber er ist die einzige Person, die sich die Mühe gemacht hat, auf meine E-Mail zu antworten. Ein unerwartetes Gefühl der Wärme für ihn stieg in mir hoch. Er konnte nicht wissen, dass er mich in die Scheiße geritten hatte, als er mit Elaine Meadows sprach, nicht wahr? Ich antwortete ihm rasch und schrieb, wir könnten uns gerne auf einen Drink treffen, aber nicht morgen, da ich mit meiner Freundin zum Feiern nach Amsterdam fahren würde.

Dann schlüpfte ich zu Emily ins Bett. Der Alkohol hatte sie ausgeknockt, und sie schnarchte. Ohne Vorwarnung erfasste mich eine wilde Entrüstung, die fast schon an Wut grenzte. Hier war sie und schlief friedvoll – nun ja, zumindest war es für sie friedvoll; sie konnte ihr eigenes säbelrasselndes Schnarchen nicht hören –, während ich mitten in einer Krise steckte. Mehrmals holte ich tief Atem, bis der

Ärger verflogen war. Ich konnte allerdings nicht schlafen – mir schossen zu viele Gedanken durch den Kopf und Gesichter wirbelten wie Zahlen auf einem Roulettekessel. Die Gesichter von Frauen. Siobhan, Kathy, Emily, ein frei erfundenes Gesicht für Elaine Meadows – in meiner Vorstellung hatte sie karottenrote Haare und eine Warze am Kinn. Und ich dachte über meine Mutter nach und spielte in Gedanken immer wieder die grausamen Dinge durch, die sie zu mir in meiner Kindheit gesagt hatte. All die harschen Bemerkungen, dass ich ungewollt, hässlich, dumm und böse wäre. Vielleicht wird die Fortsetzung zu meinen Kurzgeschichten eine gefühlsduselige Autobiographie eines seelisch misshandelten Kindes sein, gewidmet meiner Mum.

Oder meine Gefängnismemoiren.

29

Siobhan

Habe seit ein paar Tagen nichts mehr geschrieben. War zu beschäftigt. Aber ich dachte, ich könnte mein Tagebuch mitnehmen – damit ich etwas zu tun habe, um die Stunden im Coffeeshop zu fyllen … fühlen … füllen. Und das zu tun, was man so tut in Coffeeshops in Amster…*dam*. Ha! Ver*dam*mt.

Bin es woll nicht mehr gewöhnt. Mache ständig Rechtschreibfeler und habe keine Lußt, sie zu korigieren. Müde. Mein Kopf dreht sich. Stift zu schwer sollte lieber zurük ins Hotel um besser zu deknen. Schreibe später weiter

Später …

Okay, jetzt habe ich es schwarz auf weiß, dass sich bei mir unter dem Einfluss von Pot der Gebrauch jeglicher Personalpronomina minimiert (siehe oben!), ganz zu schweigen von dem Verlust meiner Rechtschreibfähigkeit. Mir geht es jetzt besser, aber es hat ein paar Stunden gedauert. Gott sei Dank treffe ich die Leute vom Verlag erst morgen. Ich denke, ich habe mich ein wenig mitreißen lassen bei meinem ersten Ausflug in einen Coffeeshop.

Ich habe es geschafft, mir den Stoff zu besorgen, und habe

mir sogar einen Joint gerollt. Zugegebenermaßen sah er eher wie eine zusammengerollte Ausgabe der *Financial Times* aus, aber dann hat mir ein netter holländischer Kerl geholfen, alles ein bisschen fester zu drehen. Es hat mich nicht im Geringsten gestört, dass er mir unter die Arme gegriffen hat. Ich hatte den schweren Part auf mich genommen – bin zum Tresen gegangen und habe nach der Karte gefragt, damit sie wissen, dass du Stoff willst und nicht nur einen Kaffee. Der Holländer hieß Evan. Vielleicht gehe ich nachher noch mal los und treffe mich mit ihm – er meinte, er wäre nach acht wieder dort. Ich glaube, er hat mich angemacht – Eilmeldung: MANN STEHT AUF SIOBHAN, gütiger Himmel! Doch er war ebenfalls high, weshalb er mich vielleicht durch eine benebelte rosarote Brille sah. Ich kann nicht gerade sagen, dass er mein Traumprinz wäre, aber er schien recht nett zu sein, wenn auch ein wenig verschlagen. Zumindest hat er tolles Englisch gesprochen.

Noch dazu war es ganz schön starker Stoff – Evan meinte, er hieße »Afghanisches Gold«. Er hat darüber geredet, als wäre es eine Art ausgezeichneter Wein. Als ich den Absatz oben schrieb, nachdem mein neuer Freund gegangen war, fühlte sich mein Stift so schwer an, dass ich ihn kaum halten konnte. Es war, als würde mein Gehirn langsamer arbeiten, und es kümmerte mich nicht einmal sonderlich, dass ich Rechtschreibfehler beging oder welchen Mist ich verzapfte. Im Grunde recht befreiend, sich nicht darum zu kümmern, was man schreibt.

Und auch sehr befreiend, ein paar Stunden Frieden von dem Druck zu finden, der zu Hause auf mir gelastet hat. Auf diese Art die Sache mit Alex zu erfahren und dann zu glauben, tatsächlich einen Herzanfall zu haben, als ich von seinem Autorenvertrag hörte. Wirklich, ich konnte buchstäblich nicht atmen, und Barbara – diese verfluchten Studenten aus meinem kreativen Schreibkurs müssen auch überall auftauchen – sah recht besorgt aus. Ich meine, ich muss schon in einem ziemlich üblen Zustand gewesen sein, wenn sich eine übergewichtige Siebzigjährige mit wulstigen Krampfadern um *meine* Gesundheit sorgt!

Aber diese Alex-Sache scheint allmählich in einen riesigen bösen Streich auszuarten, den mir das Universum spielt, nur allein zu dem Zweck, mich zu quälen. Ich habe das Gefühl, vergiftet zu sein, als hätte ein verfluchter Cherub einen Pfeil in einen Eimer Strychnin getaucht und ihn auf mich abgefeuert. Hier war ich und kümmerte mich um meinen eigenen Kram, probierte in Boots Lippenstifte auf meinem Handrücken aus und wünschte, es gäbe jemanden, der sich über die Lippenstiftflecken beschwerte, die ich auf seinem Kragen oder seiner Haut hinterließ, als Barbara mir auf die Schulter tippte und wie das grüne Monster aus der Sesamstraße mit einem Korb hinter mir auftauchte.

»Hallo, Siobhan!«, sagte sie freundlich, wenn auch argwöhnisch, wie eine Psychiatrieschwester, die mit einer ihrer Patientinnen spricht. Als hätte sie Angst, ich könnte gleich wieder in die Luft gehen (was ich auch fast getan hätte. Aber trotzdem war es nicht nötig, dass sie mich so behandelt). »Geht es dir besser? Es hat uns allen so leidgetan, dass du gegangen bist. Ohne dich ist der Kurs nicht mehr derselbe.«

Ich lächelte matt. »Vielen Dank, Barbara.« Ich fragte mich, ob ich mich entschuldigen sollte – hatte ich nicht etwas richtig Fieses zu ihr gesagt? Ich konnte mich nicht erinnern, ob ich es ihr oder Mary an den Kopf geworfen hatte, weshalb ich mich entschied, mich nicht unnötigerweise zu entschuldigen.

»Wir haben jetzt einen sehr netten, jungen Mann als Lehrer. Er ist allerdings sehr versessen auf Hausaufgaben – nimmt uns viel mehr an die Kandare als du damals! Er hat sogar schon ein Buch veröffentlicht.«

»Das habe ich auch«, sagte ich und gab vor, ein kleines bisschen beleidigt zu sein, weil sie sich nicht daran erinnerte, wo ich in Wirklichkeit bis aufs Blut beleidigt war. Meine Hand zierten nun sechs verschiedene Pastelltöne. Ich entschied mich für einen himbeerfarbenen Lippenstift und wischte die anderen Striche mit einem Taschentuch weg.

»Oh ja, natürlich, also wirklich, ihr Schriftsteller seid ein solch talentiertes Völkchen, nicht wahr? Hast du die wundervolle Neuigkeit über Alex erfahren?«

Beinahe hätte ich den himbeerfarbenen Lippenstift fallen gelassen. »Alex?«

»Ja, erinnerst du dich an ihn? Ich habe mir schon immer gedacht, dass seine Arbeit sehr vielversprechend ist.«

»Alex«, wiederholte ich und wusste intuitiv, was nun folgen würde.

»Hat einen Vertrag bekommen, für seine Kurzgeschichten. Und sie wollen, dass er auch noch einen Roman schreibt. Brian hat es uns gestern Abend im Kurs erzählt. Alex war nicht da, weil er mit seiner Freundin in Amsterdam feiern will. Ist das nicht wundervoll für sie? Wie ich gehört habe, hat er auch eine Stange Geld angeboten bekommen. Mindestens fünfzigtausend Pfund.«

Fünfzigtausend Pfund? Dieser verfluchte Alex bekam fünfzigtausend Pfund? Nun ja, zumindest war es keine halbe Million, aber immerhin – fünfzig Mille für ein paar mickrige Kurzgeschichten und einen noch nicht geschriebenen Roman? Mein Vorschuss ist schon vor geraumer Zeit für die Ziegel und den Mörtel für mein Haus draufgegangen. Das Haus, in dem Phil und ich glücklich bis ans Ende unserer Tage leben wollten.

Und er hatte Miss Piggy zu einem Urlaub nach Amsterdam mitgenommen … Mir war flau im Magen.

»Geht es dir gut, meine Liebe?«, fragte Barbara von Panik ergriffen. »Deine Gesichtsfarbe ist ganz komisch. Bekommst du jetzt einen deiner Anfälle?«

Ich hätte sie schlagen können. Ich ballte die Faust um den Lippenstift. Ich habe keine »Anfälle«, verflucht noch mal! Sie stellt mich dar, als wäre ich eine alte Oma.

»Ich muss los. War schön, dich zu sehen, Barbara. Grüß die anderen im Kurs von mir.«

Ich steckte den Lippenstift in die Tasche und marschierte hinaus, keuchend vor bitterem Entsetzen.

Und so kam es, dass ich nun in einem Hotel in Amsterdam sitze, einen gestohlenen himbeerfarbenen Lippenstift trage (der eigentlich zu pink für meinen Geschmack ist. Ich wünschte, ich hätte den Farbton Ginger Spice gewählt) und allmählich die Nachwirkungen eines extrem starken Joints nachlassen. Ich frage mich, wie ich herausbekommen soll, wo Alex und Miss Piggy abgestiegen sind? Ich fühle mich gerade mächtig, berauscht von der Jagd und der Herausforderung und dem Tapetenwechsel. Wenn ich möchte, dass etwas in meinem Leben passiert, muss ich selbst dafür sorgen. Wenn ich mich an Alex und der Schlampe von einer Freundin, die über mich hergezogen hat, rächen will, muss ich es selbst in die Hand nehmen. Anstatt den Arsch nicht hochzubekommen und wie ein trauriger, feiger Loser über die beiden zu meckern.

Es war leicht, hierherzukommen. Ich rief Patricia an und erinnerte sie an das Angebot des niederländischen Verlags, der mit mir eine Lesung veranstalten wollte, weshalb sie meine niederländische Lektorin Mareliese anrief. Mareliese meinte, es wäre nicht genügend Zeit, um eine Lesung zu organisieren, aber falls ich sowieso nach Amsterdam käme, würde sie mich gern zum Mittagessen einladen und mich in ein paar Buchgeschäfte bringen, wo ich einen Stapel Bücher signieren könnte. Allerdings könnten sie nicht für meinen Flug aufkommen. Aber der war dank EasyJet nicht unerschwinglich teuer, und zu diesem Zeitpunkt war meine Entscheidung längst gefallen. Es wäre nett, einen offiziellen Grund für mein Kommen zu haben.

Ich rief ebenfalls bei Alex zu Hause an und sprach mit seinem Mitbewohner, wobei ich vorgab, eine Agentin zu sein, die ihn vertreten wollte (eine tolle Ausrede, ihn anzurufen, fand ich). Sein Mitbewohner bestätigte, dass er bis nächsten Donnerstag in Amsterdam wäre. Ich erfand einen Namen und eine Telefonnummer und meinte, Alex solle mich zurückrufen.

Mareliese empfahl ein zauberhaftes Hotel. Dort stiegen angeblich alle Autoren ab, wenn sie auf Lesereise nach Amsterdam kamen, und es gab signierte Exemplare all ihrer Bücher in einer kleinen Bibliothek neben der Rezeption. Ich fragte mich, ob sich Alex ebenfalls für dieses Hotel entschieden hatte, aber es hatte niemand unter dem Namen Parkinson eingecheckt. Und außerdem kennt er es wahrscheinlich überhaupt nicht. Noch nicht.

Das Zimmer ist ein bisschen teuer, doch ich dachte: Was soll's? Ich brauche eine Pause. Und so gönnte ich mir eines mit Blick auf den Kanal, mit riesigen schwarzgerahmten Fenstern, die die gesamte Breite des Zimmers einnahmen. Draußen rauschte das dunkle Wasser vorbei. Das gegenüberliegende Gebäude hat achtundzwanzig Fenster, allesamt mit Fensterläden. Ursprünglich musste es eine Art Lagerhalle gewesen sein. Die Fenster sind alle unterschiedlich groß – von riesig bis klein, und dann gibt es noch diese zwei winzigen runden Fenster genau unterm Dach. Darüber ragen Holzbalken heraus, an denen wohl früher der Flaschenzug befestigt gewesen war. Es sieht aus wie ein Paar Augen mit Augenbrauen. Hat mir einen ganz schönen Schrecken eingejagt, als ich high war.

Wenn ich mich richtig anstrenge, kann ich mir einreden, ich sei hier, weil ich einen prestigeträchtigen niederländischen Preis für den Besten Debütroman oder etwas in der Art erhalten habe. Oder ich werde gleich abgeholt und zu einem Radiosender gefahren für ein landesweit ausgestrahltes Radiointerview.

Ich habe gerade dreißig Hotels aus meinem *Rough Guide to Amsterdam* angerufen, wobei ich mit den teuersten anfing, da ich annahm, Alex würde das Geld, nun da er reich war, mit beiden Händen aus dem Fenster werfen. Doch kein Alex Parkinson. Vielleicht sind sie nur zwei Nächte geblieben und dann nach Rotterdam weitergefahren. Ich werde noch ein paar ausprobieren, bevor ich aufgebe …

… Ha! Nun, ich lag wohl falsch, dass Alex das Geld mit beiden Händen aus dem Fenster werfen würde. Ich machte ihn schließlich bei meinem fünfunddreißigsten Anruf ausfindig, in einem Hotel, das in meinem Reiseführer als »Budget-Hotel« aufgelistet ist. Ich vergewisserte mich, ob er es wirklich ist, und fragte nach, ob seine Freundin Emily hieße, und er war es. Bingo. Ihr Hotel lag leider ein gutes Stück von meinem entfernt. Und ich hatte noch nicht einmal entschieden, was ich überhaupt tun wollte.

Ich denke, ich werde wohl etwas zu Abend essen und einen kleinen Spaziergang machen, etwas frische Luft tanken. Und vielleicht schaue ich bei dem Coffeeshop vorbei, um zu sehen, ob Evan da ist.

Montag

Was für eine herrliche Nacht! Evan ist ein solcher Witzbold. Ich kann mich nicht erinnern, wann ich das letzte Mal so viel gelacht habe. Seine Freunde waren ebenfalls ein interessanter Haufen. Ein paar von ihnen schienen es mit der Zahnpflege nicht ganz so ernst zu nehmen, und für meinen Geschmack redeten sie ein bisschen zu viel davon, anderen Leuten die Beine zu brechen, doch ich bin sicher, das war alles nur blödes Machogehabe. Es waren breitschultrige Kerle. Ich habe noch nie so viele Tattoos gesehen. Die Luft war ebenso von Testosteron geschwängert wie von Pot – aber ich genoss es. Ich liebte die unkomplizierte Maskulinität ihrer Gesellschaft. Sie gaben mir das Gefühl, willkommen zu sein, wie eine kleine Schwester.

Evans Freund ist der Besitzer dieses Coffeeshops, deshalb ist er immer dort. Ich hatte jede Menge aromatisierte Biere, einschließlich eines mit Himbeergeschmack, und wer weiß wie viele Züge von wie vielen verschiedenen Joints.

Ich war ein bisschen zugedröhnt. Evan hat mich ins Hotel zurückgebracht, und wir haben auf der Brücke geknutscht, aber – Gott sei Dank! – habe ich sein Angebot ausgeschlagen, ihn mit auf mein Zimmer zu nehmen. Er ist nicht mein Typ. Ein zu großer … keine Ahnung … Muskelprotz, nehme ich an. Aber nicht dumm – wir führten ein langes, langes Gespräch. Oder besser gesagt ich redete, und er hörte zu. Ich konnte einfach nicht aufhören. Es war so wundervoll, einen Menschen mit einem offenen Ohr an meiner Seite zu wissen, der mir wirklich das Gefühl gab, dass er meine Not versteht.

Ich habe ihm alles über Alex erzählt und was er mir angetan hat: dass er in mein Haus eingebrochen ist, meine Kreditkarte benutzte, mir nach Hause gefolgt ist. Und dass Miss Piggy bei ihren Freunden grundlos über mich hergezogen hat. Ich denke, ich habe ihm auch von Phil erzählt, der mich betrogen hat, und dass ich arbeitslos bin. Ich denke – du meine Güte –, an einer Stelle könnte ich sogar geweint haben. Aber Evan war ein Schatz. Er hielt mich fest umschlungen und streichelte mir übers Gesicht und reichte mir einen Joint und sagte: »Ich würde die Sache wegen Alex für dich regeln, würde ich ihn in die Hände bekommen.«

Evan hat sehr große Hände.

Ich erinnere mich, aufgestanden zu sein und gesagt zu haben: »Wie es der Zufall will, ist er gerade in Amsterdam.« Wenn ich mich nicht täusche, habe ich dann das Stück Papier mit dem Namen von Alex' Hotel aus der Tasche gezogen und es ihm gezeigt. Er hat genickt und eine dieser großen Hände nach dem Zettel ausgestreckt. Und er hat mich gebeten, auch noch Alex' Nachnamen zu notieren. Ich schrieb ihn auf.

Evan warf einen Blick auf das Stück Papier und steckte es dann in seine Brusttasche. Der Mond schimmerte auf der schwarzen Oberfläche des Kanals, und mit einem Mal war mir kalt, und ich fühlte mich erschöpft. Ich bat Evan, mich bis zur Tür meines Hotels zu begleiten. Dann drehte er sich um und ging zurück über die Brücke, und ich erinnere mich, dass ich mich verwundert fragte, wie jemand, der so viel Dope geraucht hat, so zielstrebig von dannen ziehen konnte.

30

Alex

Amsterdam

Emily warf ihren Rucksack auf das eine Bett und sich selbst auf das andere. Dann drehte sie sich auf den Rücken, wobei ihre Brüste unter ihrem Shirt hüpften, die Arme und Beine sternförmig gespreizt.

Sie stieß einen langen Seufzer der Erleichterung aus. »Das ist genau das, was wir brauchen – ein paar Tage Frieden. Weit weg von schrecklichen Zeitschriften und schrecklichen toten Ratten – und eigentlich wollte ich auch sagen weit weg von Pernilla, aber wahrscheinlich werde ich von nun an nett zu ihr sein müssen.«

Ich lächelte sie an, dann sah ich mich im Zimmer um. Nicht schlecht für den Preis. Zwar mit Blick auf eine Ziegelwand, aber es war keine englische Ziegelwand, und das war alles, was zählte. Keine Minibar, doch es gab einen Fernseher und – gottlob – einen Hosenbügler. Genau das, was ein müder Reisender braucht.

»Nur schade wegen der Einzelbetten. Das hier ist doch angeblich die Sexhauptstadt Europas, oder? Und sie geben uns Einzelbetten.« Emily hatte in diesem Hotel absteigen wollen, von dem sie in der Arbeit gehört hatte – dort wohnten normalerweise ihre Autoren bei Lesereisen. Aber für mich hätte es sich nicht richtig angefühlt, zumindest noch nicht – nicht bis ich das Buch mit meinem Namen auf dem Einband in Händen hielt. Und ich habe noch nichts von dem Geld gesehen, weshalb ich in einem seltenen Anflug von Besonnenheit dieses billige Hotel gebucht hatte. Jetzt, wo ich die beiden Einzelbetten betrachtete, wünschte ich, ich wäre etwas spendabler gewesen – auch wenn die fünftausend Pfund nicht ewig reichen würden.

Emily rollte sich auf die Seite und lüpfte eine Augenbraue. »Dann werden wir uns wohl in einem Bett zusammenkuscheln müssen, oder?«

Ich ging zu ihr, um ihr einen Kuss zu geben, da versuchte Emily, meinen Arm zu packen und mich zu sich aufs Bett zu ziehen, aber ich widerstand. Trotz meiner Beschwerde über die Einzelbetten war ich nicht in Stimmung. Meine Gedanken flackerten, huschten von einer Erinnerung zur anderen:

Kathy, die von der Feuerleiter stürzt … der literarische Erfolg … Siobhan, die mir sagt, ich wäre ein Stalker … die tote Ratte in dem Umschlag … Elaines Telefonanruf … Emily und Siobhan in dem Café … die Dinge, die ich mir mit dem Vorschuss kaufen kann … meine Mutter, die mir sagt, ich würde es nie zu etwas bringen … der Tag, an dem ich mich in Siobhans Kleiderschrank versteckte …

Alles drehte sich im Kreis. Und obwohl meine größte Sorge Kathy und ihre verfluchte Freundin und mein größter Quell der Freude mein literarischer Erfolg waren (oh, und natürlich Emily – wie konnte ich sie nur vergessen?), ist es sonderbar, wie häufig Siobhan in den Gedanken vorkommt, die mir durch den Kopf schwirren. Es macht den Anschein, als wäre sie immer noch das Zentrum meines Universums, meine Nemesis. Wenn ich daran denke, dass sie Emily die Ratte und die Magazine geschickt hat, und dass ich die beiden Frauen zusammen gesehen habe, bin ich so verwirrt: wütend und verblüfft. Ich weiß nicht, was ich ihretwegen tun soll. Sollte ich sie zur Rede stellen? Ihr drohen, damit sie aufhört? Ich weiß es wirklich nicht. Und ich habe mir geschworen, dass ich während der Zeit in Amsterdam nicht darüber nachdenke. Nicht über sie nachdenke.

Ich blickte zu meiner Freundin. »Lass uns losziehen und die Stadt erkunden.«

Wir verbrachten den Nachmittag damit, uns den gesamten Touristenkram anzuschauen: das Van-Gogh-Museum und das Anne-Frank-Haus, das Emily zum Weinen brachte. Wir wichen Fahrrädern aus und machten eine Bootsfahrt auf dem Kanal, mit einem Boot, das voller japanischer Frauen war, die ihre Louis-Vuitton-Handtaschen umklammerten. Wir spazierten durch das Rotlichtviertel, und ich merkte an, wie gesund die Prostituierten in den Schaufenstern aussahen, so anders als die stereotypischen, heroinabhängigen Huren, die Filme und Serien bevölkerten. Emily fragte mich, ob ich schon einmal bei einer Prostituierten gewesen wäre, und ich log. Ich erzählte ihr nicht von dem Mädchen in Bangkok vor fünf oder sechs Jahren, von den fünf Minuten, die ich in ihrer Gegenwart verbracht hatte, und dem Selbsthass, der viel länger nachhallte. Amsterdam war schmutzig und wunderschön, und ich träumte davon, in einem Apartment am Kanal zu wohnen und Romane über die eigentümlichen und faszinierenden Menschen zu schreiben, die auf den Brücken weit unten eine Pause machten.

Ich fragte Emily, ob sie Lust hätte, in einen Coffeeshop zu

gehen und einen Joint zu rauchen, doch sie schüttelte den Kopf.

»Von Dope wird mir übel«, sagte sie. »Du kannst gerne etwas kaufen, wenn du möchtest, aber du wirst es alleine rauchen müssen.«

Ich mokierte mich, versuchte jedoch, meine Verärgerung nicht offen zu zeigen. »Oh. Ist schon okay. Ich steh auch nicht so auf das Zeug. Lass uns einfach etwas trinken gehen, in Ordnung?«

Wir befanden uns gerade neben einem Irish Pub, sodass wir hineingingen und Guinness und zwei Portionen Pommes bestellten, die wir mit Mayonnaise aßen. Fantastisch. *Kings of Leon* waren im Hintergrund zu hören. Noch besser.

Ich trank mein Pint hastig aus, was dazu führte, dass sich mein Kopf leicht drehte. Von unserem Tisch aus hatte ich gute Sicht auf die Straße. Draußen wurde es allmählich dunkel, und der Charakter der Stadt veränderte sich, als die Straßenlaternen angingen: Die Einheimischen strömten nach Hause, während die nach Sex und Drogen gierenden Touristen in die Stadt eilten, auf der Suche nach einem Kick, für den sie sich zu Hause mehr anstrengen müssten. Emily redete davon, wie sie sich im Anne-Frank-Museum gefühlt hatte, wie entsetzlich es war, dass jemand sie und ihre Familie verraten hatte – als ich plötzlich das Gefühl hatte, jemand hätte mir in den Magen getreten.

Siobhan spazierte am Fenster vorbei.

Ich hörte abrupt auf, Emily zuzuhören. Ich blickte auf mein Pint Guinness wie ein Betrunkener in einem Film, der eben einen Außerirdischen oder ein sprechendes Schwein gesehen hatte. Es musste eine Halluzination gewesen sein.

Ganz sicher. Was zum Teufel sollte sie in Amsterdam tun? Es wäre unmöglich, dass sie uns hierher gefolgt ist … oder? Nein, es musste jemand gewesen sein, der ihr zum Verwechseln ähnlich sah. Ich wollte aufstehen, auf die Straße hasten und nachsehen, nur zur Sicherheit, aber wie sollte ich das anstellen? Emily redete immer noch über Anne Frank, und ich nickte immer noch nachdrücklich, obwohl ich in Gedanken Hunderte von Kilometern entfernt war.

Doch ich musste es wissen.

»… und es war nur noch eine Woche bis zum Ende des …«

»Ich muss aufs Klo«, sagte ich plötzlich und sprang auf.

Sie blinzelte zu mir hoch, ihr Satz war ihr im Mund steckengeblieben. »Was?«

»Aufs Klo. Tut mir leid. Dringend.«

Glücklicherweise befanden sich die Toiletten um die Ecke von unserem Tisch, ganz in der Nähe des Ausgangs. Ich lief los und stellte mit einem Blick über die Schulter sicher, dass Emily mich nicht sehen konnte, bevor ich das Pub verließ. Als ich draußen auf dem Bürgersteig stand, blickte ich in die Richtung, in die ich »Siobhan« hatte gehen sehen– zum Van-Gogh-Museum. Doch es war dämmrig, und ich konnte niemanden ausmachen, der ihr ähnlich sah. Ich joggte ein paar Schritte und reckte den Hals, doch vergebens. Ich drehte mich um und ging zurück ins Pub, wo ich nun wirklich eine Toilette brauchte. Während ich am Pissoir stand, murmelte ich mir beruhigende Worte zu. Der Kerl neben mir zog rasch seinen Reißverschluss hoch und machte sich aus dem Staub. Da stieg eine Erinnerung in mir hoch – etwas, das die ganze Zeit an mir genagt hatte seit dem Entschluss, hierherzukommen. Mir kam die E-Mail in den Sinn, die ich auf

Siobhans Computer gelöscht hatte, in der ihre Lektorin eine Einladung nach Amsterdam erwähnt hatte. Vielleicht kam Siobhan manchmal hierher, wenn ihr Buch in den Niederlanden so erfolgreich war. Doch es wäre ein riesiger Zufall.

Als ich zu unserem Tisch zurückkehrte, sagte Emily: »Das hat eine Ewigkeit gedauert.«

»Tut mir leid. Der Kerl nebenan hat die ganze Zeit Selbstgespräche geführt, und meine Blase wurde schüchtern.«

»Du Armer. Aber du bist nicht schüchtern, was Barkeeper betrifft, oder?«

Ich bestellte ein weiteres Guinness für Emily und eine Cola Light für mich. Es wäre besser, wenn ich nicht noch mehr Alkohol trinken würde. Nach einem zweiten Pint würde ich womöglich Kathy sehen, die sich an der Eingangstür entlangschleppte.

Wir blieben noch eine Weile im Pub (ich hielt es nicht lange abstinent aus, und mein nächstes Getränk war schwarz und dick und hatte ein Kleeblatt im Schaum), und Emily und ich schwelgten in Erinnerungen an unsere Beziehung, wie wir uns kennengelernt hatten, etc., etc. Ich bin mir nicht sicher, ob sich viele Pärchen über ihre Beziehung unterhalten, wenn sie erst so kurz zusammen sind. Aber Emily ist der Mensch, mit dem ich seit Ewigkeiten am längsten zusammen bin. Sie hält meinen Rekord. Ich hingegen nehme bei Emilys Langlebigkeitstabelle einen bescheidenen vierten Platz ein: Ein Kerl namens Craig hat den ersten Platz mit einer unglaublichen Verweildauer von dreieinhalb Jahren, einer Zeitspanne, die ich mir kaum vorstellen kann.

Werden Emily und ich in zweiundvierzig Monaten noch ein Paar sein? Wir könnten verheiratet sein, ein Kind und eine gemeinsame Mitgliedskarte im Fitnessstudio haben.

Im Moment würde ich alles für Stabilität und einen inneren Seelenfrieden tun. Ich blickte wieder zu Emily, die einen Guinness-Schnurrbart auf der Oberlippe hatte, und versuchte mir vorzustellen, den Rest meines Lebens mit ihr zu verbringen.

»Sollen wir in einen Club gehen?«, fragte ich, da ich dringend aus dem Pub wollte.

»Ein Club? Das ist eine gute Idee. Es soll einen richtig coolen Club genau um die Ecke geben.«

»Woher weißt du, dass er richtig cool ist?«

»Das stand im Reiseführer.«

Der Club war anfangs ausgesprochen leer, füllte sich aber zunehmend, bis es ein dichtes Gewimmel aus hüpfenden und sich drängelnden Leibern war, bestehend aus den coolsten und anrüchigsten Menschen, die ich je in meinem Leben gesehen habe. Während Emily auf der Toilette war, wurde ich von einer wunderschönen »Frau« mit dem größten Adamsapfel angebaggert, der mir je unter die Augen gekommen war. Ich gesellte mich zu Emily auf die Tanzfläche und versuchte, mich im Rhythmus der Musik zu bewegen, was mir wohl ganz passabel gelang. Emily überraschte mich, da sie eine fantastische Tänzerin war, die Arme ausgelassen in die Luft streckend, mit flatternden Haaren, ein wahres Energiebündel. Die Kerle formten eine unübersichtliche Schlange, um als Nächstes mit ihr zu tanzen. Sie war schweißüberströmt, als ich es endlich schaffte, sie von einem Typen mit einem goldenen Schneidezahn wegzureißen.

»Hey«, lachte Emily, »ich amüsiere mich.«

»Ebenso wie der Kerl, mit dem du getanzt hast. Schau nur.« Ich zeigte auf die Beule in seiner Hose, und Emily lachte kreischend auf.

»Das ist eine so coole Stadt«, sagte sie. »Warum ziehen wir nicht nach Amsterdam?«

»Nun ... das könnten wir tun.«

Sie küsste mich, völlig verschwitzt und mit offenem Mund. »Wir könnten jede Woche in diesen Club gehen.«

Herrgott, war diese Aussicht verlockend! Aus England zu entkommen. Zu fliehen und niemals zurückzukehren. Was für eine wundervolle Idee. Als Schriftsteller könnte ich überall wohnen. Doch dann versetzte uns Emily in die langweilige Realität zurück und sagte: »Wäre da nicht mein Job«, und die Idee verpuffte so schnell, wie sie aufgekommen war.

Etwas an diesem Gespräch ärgerte mich zutiefst. Es war so typisch für diese kleinkarierte Haltung zum Leben, der ich mich nie hatte hingeben wollen. Träume zerplatzen zu lassen, bevor sie auch nur eine Chance bekamen, nur weil der Versuch, sie wahr werden zu lassen, einen Aufwand bedeutete und vielleicht furchteinflößend war. Ich habe immer versucht, anders zu sein: Ich habe meiner Heimatstadt in der Sekunde den Rücken gekehrt, als ich es konnte, bin auf Reisen gegangen, habe meine literarischen Ziele verfolgt ... okay, ich habe mich auch in große Schwierigkeiten gebracht, insbesondere in letzter Zeit, aber niemand könnte behaupten, mein Leben wäre langweilig. Aber wenn ich Emily betrachte, sehe ich – und ich hasse es wirklich, das zu sagen – einen flüchtigen Blick auf die Zukunft, die ich nie haben wollte. Ich hatte es schon im Pub bemerkt. Emily hat einen begrenzten Horizont und noch schlimmer, sie ist schwach. Ihre Reaktion auf die Zeitschriften und die Ratte hatte einen Gedankengang in mir keimen lassen, der mir seit einer Weile im Hinterkopf herumgeisterte und sich nun einen

Weg nach vorne bahnte. Ich habe immer Frauen bewundert, die kämpfen, starke Frauen. Und obwohl ein Teil von mir Emily beschützen und sie nicht leiden sehen will, gibt es da einen anderen Teil, der ihr am liebsten gesagt hätte, nun ja: Sei ein Mann.

Ich hasste mich für diese Gedanken, und sobald sie an die Oberfläche kamen, ermahnte ich mich, kein Narr zu sein. Emily war das Beste in meinem Leben. Die einzige Frau, die mich jemals geliebt hatte.

Es war kurz nach Mitternacht, als wir zurück zum Hotel kamen. Als wir uns auf der schmalen Straße, die am Kanal entlangführte, dem Hotel näherten, an zwielichtig aussehenden Coffeeshops und verschiedenen Wohnblocks und Büros vorbei, bemerkte ich aus den Augenwinkeln zwei Kerle, die draußen vor dem Eingang des Hotels herumlungerten. Ein weiteres Touristenpärchen war vor uns, und diese Männer sprachen sie an, bevor sie in die Lobby gingen. Mein erster Gedanke war, dass es wahrscheinlich Drogendealer waren.

Als wir uns dem Eingang des Hotels näherten, erkannte ich, dass die beiden Typen uns abschätzig beäugten – oder besser gesagt, mich beäugten. Sie waren beide groß, blond, muskulös und einschüchternd. Zwei echte Muskelprotze. Eine düstere Vorahnung packte mich.

Emily ließ meine Hand los, kramte mit gesenktem Kopf in ihrer Tasche nach unserem Zimmerschlüssel und nahm keinerlei Notiz von den Männern. Dann, als wir an ihnen vorbeischritten, sagte einer von ihnen in einem leichten holländischen Akzent: »Alex?«

Automatisch drehte ich mich um, so wie es jeder tun würde, wenn er seinen Namen hört, und bejahte, woraufhin der größere und weniger hässliche der zwei einen Schritt auf mich zumachte und mir die Faust in den Magen rammte.

Ich krümmte mich vor Schmerzen, rang nach Luft und hatte das Gefühl, als würde ich ertrinken. Emily war ein paar Schritte vor mir, doch die beiden Männer bauten sich wie eine Wand zwischen uns auf. Einer der Kerle beugte sich zu mir und sagte sehr leise, in seinem besten Hollywood-Englisch: »Wir wollen Scheißkerle wie dich nicht in unserer Stadt haben.« Mich überkam ein schreckliches Déjà-vu, und dann schubste er mich, und ich taumelte zurück, landete auf der Seite und schrammte mit der Wange über den Asphalt. Ich konnte Emily kreischen hören: »Was tun Sie da?«, ein hysterisches Trillern in der Stimme, und der zweite Muskelprotz – derjenige, der mich noch nicht geschlagen hatte – sagte zu ihr: »Was tust *du* hier – mit einem Psycho wie dem?«

Ich versuchte, mich aufzurappeln, doch ein Tritt in die Brust brachte mich wieder auf den Bürgersteig. Ich schloss die Augen, und die Welt verschwamm. Ich konnte Blut schmecken und vernahm ein schrilles Heulen. Als ich die Augen wieder öffnete, sah ich keine Sterne – nur den Rinnstein und wenige Zentimeter von mir entfernt ein zerknülltes Päckchen Zigaretten. Immer noch nach Atem ringend hatte ich mich schützend zu einer Kugel zusammengerollt, war jetzt rein instinktgeleitet. Längst hatte mein Körper die Kontrolle über mein verwirrtes und entsetztes Gehirn übernommen.

Muskelprotz Nummer eins beugte sich herab und sagte: »Das ist nur ein kleiner Vorgeschmack.« Er legte die Hand auf meine Schläfe und presste sie fest gegen den Boden. Ich schlug die Augen auf und sah ihn an, wahrscheinlich in der

Hoffnung, dass Augenkontakt ihm zeigen würde, dass ich mehr als nur ein Sandsack war. Seine Augen waren kalt. Er sah schläfrig aus, seine Pupillen waren erweitert. Ich wusste, ich würde niemals sein Gesicht vergessen.

Emily schrie immer noch, doch ich konnte sie von dort, wo ich lag, nicht sehen. Ich wusste nicht, ob der Kerl sie zurückhielt oder sie starr vor Angst war. Ich versuchte, den Kopf zu drehen, aber Muskelprotz Nummer eins hatte immer noch seine Hand auf meinem Kopf, und sein Daumen grub sich in meinen Schädel. Meine Augen drehten sich zu ihm zurück, und ich brachte krächzend ein einziges Wort heraus: »Bitte.«

Er schien einen Moment nachzudenken, dann nickte er, allem Anschein nach zufriedengestellt, und stand auf.

Danach joggten die beiden in aller Seelenruhe die Straße hinunter.

31

Siobhan

Ich habe wie ein Baby geschlafen – Pot hat diese Wirkung auf mich –, ich bin aber erschöpft, mit einer Matschbirne und einem nicht bestimmbaren Gefühl des Unbehagens aufgewacht. Diese Beklommenheit hat mich auch während meines Frühstücks nicht losgelassen, das ich allein in dem kleinen, jedoch hell erleuchteten Speisesaal zu mir genommen habe, wo außer mir nur ein schweigsamer Kellner war, der die Croissantkrümel der früheren Gäste wegräumte. Woran konnte ich mich nur nicht erinnern?

Mit Evan zu knutschen – nun ja, das war ein Fehler gewesen. Aber zumindest war ich vernünftig genug gewesen, ihn nicht mit auf mein Zimmer zu nehmen. Ihm meine Probleme zu erzählen – daran war auch nichts Verwerfliches. Es war sehr kathartisch gewesen.

Ich glaube allerdings kaum, dass ich alle Hebel in Bewegung setzen würde, um ihn wiederzusehen. Im Grunde werde ich wohl eher einen großen Bogen um diesen Coffeeshop machen. Aber irgendetwas, das gestern Abend vorgefallen ist, lässt mir keine Ruhe.

Erst im Taxi auf dem Weg zum Mittagessen mit meiner niederländischen Lektorin kam die Erinnerung zurück:

Ich hatte Evan Alex' Namen und sein Hotel aufgeschrieben. Anschließend meinte er, er würde die »Sache mit Alex für mich klären«, falls ich das wollte. Oh Gott!

Ich bin sicher, dass Evan nicht wirklich etwas getan hat. Das war gewiss nur ein Machogehabe, um mich zu beeindrucken. Sobald er erkannte, dass für ihn kein One-Night-Stand heraussprang, hätte er sich sicherlich nicht die Mühe gemacht, den ganzen Weg bis zu Alex' Hotel zu laufen …

Oder doch?

Nun, da ich darüber nachdenke, wurde gestern Abend sehr ausschweifend über eingetretene Köpfe und Vergeltung gesprochen, die geübt werden müsste. Evan hatte sich da jedoch herausgehalten. Ich wäre niemals so lange wach geblieben und hätte mit einem Schlägertypen geflirtet; ich meine, auch ich habe gewisse Standards. Aber was, wenn seine Kumpel ihn aufgestachelt haben? Und es wäre durchaus im Rahmen des Möglichen, dass ich die Schandtaten von Alex und seiner Freundin ein klitzekleines bisschen übertrieben hatte. Nun ja … wenn ich ehrlich bin, hörten sie sich in meiner Erzählung wie Ian Brady und Myra Hindley an.

Selbst wenn Evan Alex etwas angetan hat, trifft mich keine Schuld. Es war seine Entscheidung.

Es ist nur, wie soll ich sagen, ich fühle mich ein bisschen – wie? Dieses Gefühl zu bestimmen ist sehr schwer, aber sonderbarerweise mache ich mir wohl etwas Sorgen um Alex.

Ich grübelte über all diese Dinge so eindringlich nach, dass ich nicht einmal bemerkte, wie mein Taxi vor einem Laden anhielt, der wie ein Sandwich-Shop aussah.

»Wir sind da, Miss«, sagte der Taxifahrer, ein müde aussehender Mann mittleren Alters mit einem nach unten hängenden Schnurrbart.

»Sind Sie sicher?« Mareliese hatte gesagt, sie würde mich

zum Mittagessen einladen, weshalb ich zumindest ein Restaurant mit weißem Leinen auf den Tischen und einem Oberkellner erwartet hatte. Kein Resopal und eine Schlange an der Kasse.

Wie es scheint, ist meine Fähigkeit zum Optimismus sehr ausgeprägt, trotz meiner andauernden Misserfolge. Dies war tatsächlich unser Treffpunkt zum Mittagessen. Mareliese war eine untersetzte Dame Mitte vierzig mit einem nicht sonderlich modernen Wuschelkopf aus zerzausten Korkenzieherlocken, die immer wieder in ihrem Eiersalat-Sandwich landeten. Sie schien mir selbst die dürftige Dreiviertelstunde ihrer Zeit zu missgönnen und ritt andauernd darauf herum, wie schrecklich beschäftigt sie mit ihrem »Überraschungshit« des Jahres sei, einem Buch – geschrieben von einem Mann, der eine Geschlechtsumwandlung hinter sich hatte – mit dem Titel *Die Bälle flach halten*. Gähn! Ich bestellte das teuerste Gericht auf der Speisekarte – einen Meeresfrüchtesalat (der sich als zwei Krabbenstäbchen und ein paar notdürftig aufgetaute Garnelen herausstellte, die in einer riesigen Schüssel mit Salat versteckt waren) und versuchte, das Gespräch zurück auf *TLW* zu lenken, doch sie schien kein sonderliches Interesse daran zu haben, abgesehen davon, mir mitzuteilen, dass das Buchgeschäft um die Ecke vier Exemplare hätte, die ich signieren könnte – falls ich das denn überhaupt möchte. Und dass es sich in Holland ganz »okay« verkauft hätte, aber es viel besser gewesen wäre, wäre ich herübergekommen und hätte auf einem der Literaturfeste vor ein paar Monaten eine Lesung gehalten, so wie sie es vorgeschlagen hatte. Jetzt hatte mich das Publikum längst vergessen und sich dem nächsten literarischen Spektakel zugewandt …

Oh bitte, hätte ich am liebsten gesagt. Halten Sie Ihren Enthusiasmus für mich und mein Buch im Zaum, all diese überschwängliche Schmeichelei ist mir peinlich. Meine Gedanken glitten zurück zu Alex, mit einer Art erschreckend angespannter Erwartung. Vor meinem inneren Auge stieg ein Bild auf, wie ich an seinem Krankenhausbett sitze, sein Gesicht auf dem Kissen blass und voller Blutergüsse, er ein Schatten seiner selbst, matt vor Dankbarkeit und von Gefühlen überwältigt aufgrund meines Kommens. (Emily war natürlich längst weg vom Fenster, da Alex seinen Fehler eingesehen und dem Miststück den Laufpass gegeben hatte.)

Mareliese entschuldigte sich und verschwand, nachdem sie mir die Richtung der Buchhandlung angedeutet hatte, ohne mir auch nur anzubieten, mich zum Signieren zu begleiten. Ich ging tatsächlich hin und suchte die Regale nach der englischen Version von TLW sowie der niederländischen Übersetzung ab, konnte jedoch keines von beidem finden. Ich fragte einen schlaksigen Verkäufer, dessen Gesicht sich sogleich erhellte.

»Ja«, sagte er in schwer akzentgefärbtem Englisch, nachdem er seinen Computer befragt hatte. »Haben wir. Bitte folgen Sie mir.« Zielstrebig marschierte er zum hinteren Teil der Buchhandlung, zu einer Kiste auf dem Boden voller abgewetzter Bücher, deren Umschläge eingerissen oder schmutzig waren. Dann kniete er sich mit einem Ausdruck höchster Konzentration hin, steckte die Hand in die Kiste, bis ganz zum Boden, kramte darin herum und zog triumphierend ein ziemlich ramponiertes Exemplar von *TLW* heraus.

»Hier!«, verkündete er und streckte es mir freudestrahlend entgegen.

»Ich habe es mir anders überlegt«, sagte ich abrupt, drehte

mich um und ging aus dem Laden. Einfach super. Was für eine Zeitverschwendung!

Es war ein wunderschöner, sonniger Tag. Das Wasser in den Kanälen funkelte und verbarg seine trübe Tiefe. Ich spazierte eine Weile an einem entlang und kam an einem kleinen Blumenmarkt vorbei, wo ich zwei Sträuße Tulpen kaufte, sowie an mehreren Souvenirläden. Ich ging in einen hinein und kaufte Paula eine Spardose in Form eines Holzschuhs als Dankeschön, dass sie sich einverstanden erklärt hatte, Biggles während meiner Abwesenheit zu füttern (ich hoffe, ihm geht's gut. Ich hoffe, sie hat es nicht vergessen), und dann spazierte ich noch ein Stück weiter.

Ich sitze jetzt in einem Coffeeshop – und trinke diesmal tatsächlich Kaffee –, während ich in mein Tagebuch schreibe und mich frage, ob Alex' aufgedunsener Leichnam irgendwo in einem Kanal treibt, auch wenn ich immer noch nicht sagen kann, ob es reine Neugier oder echte Besorgnis ist…

Nein. Es hat keinen Sinn, ich muss es wissen.

Später…

Ich erinnerte mich an den Namen von Alex' Hotel und nahm ein Taxi dorthin, ärgerte mich jedoch die gesamte Fahrt über, meine Verkleidung nicht mitgebracht zu haben. Mein Herz hämmerte, als ich die schäbige, kleine Lobby mit ihrer schmierigen Rezeption aus Marmorimitat betrat und mein Kopf praktisch um 360 Grad hin- und herschwenkte, um ein wachsames Auge auf Alex oder seine Dingsbums – Emily – zu haben.

»Ich bin mit einem Freund verabredet«, flüsterte ich der Rezeptionistin zu. »Alex Parkinson. Geht's ihm – äh – gut, wissen Sie das zufällig?«

Augenblicklich nahm ihr Gesicht einen mitleidvollen Ausdruck an. »Oh ja, es war sehr schlimm«, sagte sie mit einem Schnalzen der Zunge. »Sie haben ihn gestern Abend in einem Krankenwagen weggebracht.«

»Einem Krankenwagen?« Oh Gott, es war also nicht nur meine Phantasie gewesen, die auf Hochtouren gearbeitet hatte. Evan hatte ihm wirklich etwas angetan. »Liegt er im Krankenhaus?«

Die Rezeptionistin sah mich mit einer Mischung aus Argwohn und Schuldgefühlen an, als sie erkannte, dass sie nicht gerade diskret gewesen war. »Tut mir leid, ich dachte, Sie wüssten, was vorgefallen ist.«

»Nun, äh, ja und nein. Nicht direkt. Ich habe nur die Nachricht erhalten, dass er verletzt ist.« Mir war jetzt übel vor Anspannung. Was wäre, wenn Emily just in diesem Moment auftauchte? Oder Alex – außer er lag irgendwo in einem Streckverband. Wie könnte ich mein Kommen erklären oder noch schlimmer, was wäre, wenn die Rezeptionistin ausplauderte, dass ich von Alex' Verletzung wusste? Oder – oh Schreck! – wenn Evan in Emilys Hörweite gesagt hätte, kurz bevor er ein fünfzehn Zentimeter langes Messer in Alex' Herz gerammt hatte: »Schöne Grüße von Siobhan« …

»Nun – könnten Sie mir sagen, ob er hier ist oder im Krankenhaus?« Oder tot, fügte ich panisch in Gedanken hinzu. Schweiß rann mir bereits an den Schläfen hinab, obwohl mir überhaupt nicht heiß war. Dieser verfluchte Evan. Was hatte er sich nur dabei gedacht? Ich könnte im Gefängnis landen.

»Er ist nicht im Krankenhaus. Er hat vergangene Nacht hier geschlafen. Nachdem er mit der Polizei gesprochen hat.«

Nicht tot. Aber er hat mit der Polizei gesprochen. Oh Gott!

»Er und seine Freundin haben ausgecheckt. Sie fliegen heute Nachmittag nach Hause. Ich glaube, sie wollen erst noch etwas essen. Möchten Sie eine Nachricht für sie hinterlassen?«

»Nicht nötig«, sagte ich. »Ich denke, ich weiß, wohin sie gegangen sind. Ich werde sie einfach dort überraschen. Vielen Dank für Ihre Hilfe. Ach, übrigens, gibt es hier eine Toilette, die ich benutzen dürfte?«

Ich musste dringend aufs Klo. Es musste an den Nerven liegen. Die Rezeptionistin zeigte in eine Richtung, und ich taumelte auf wackeligen Beinen davon. Nachdem ich mich in der Kabine eingeschlossen hatte, versuchte ich, meine wirren, panischen Gedanken in einen sinnvollen Zusammenhang zu bringen.

Na schön. Alex war nicht tot, aber so übel zugerichtet, dass er einen Krankenwagen gebraucht hatte. Jetzt musste es ihm wieder besser gehen, da er mit Emily zum Mittagessen gegangen war. Seine Verletzungen waren demnach oberflächlicher, als anfangs angenommen. Höchstwahrscheinlich nur ein blaues Auge, vielleicht ein paar Stiche. Ich stieß einen Seufzer der Erleichterung aus, dann überfiel mich sogleich wieder nackte Angst. Er hatte mit der Polizei gesprochen. Ich konnte nur beten, dass Evan über genügend gesunden Menschenverstand verfügte, meinen Namen nicht genannt zu haben, denn andernfalls steckte ich in großen Schwierigkeiten.

Immer noch auf der Toilette kramte ich in meiner Handtasche nach meiner Puderdose, um mir das vor Panik schimmernde Gesicht abzutupfen. Meine Finger schlossen sich um einen mir fremden Plastikbeutel, den ich verwirrt herauszog. Ich hielt einen kleinen, wiederverschließbaren Beutel in der Hand, der eine ziemlich große Menge an Cannabis und ein Gemisch aus Blättern und Halmen enthielt, die zu einem Klumpen von der Größe eines Tennisballs gepresst waren. Wie zum Teufel war das dorthin gelangt?

Da erinnerte ich mich. Evan hatte mir mitten unter dem Knutschen ins Ohr gemurmelt: »Das ist ein kleines Geschenk für dich.« Ich hatte angenommen, seine Worte bezögen sich auf seine große und offen gesagt übergriffige Zunge, doch er musste mir in diesem Moment das Haschisch in die Handtasche gesteckt haben. Kurzzeitig war ich gerührt – wie süß von ihm! Er hatte mir Drogen geschenkt und meinetwegen Alex verprügelt. Er war ein Schatz! Ich überlegte, ihm eine kleine Dankeskarte zu schreiben, und entschied mich dann dagegen. Es wäre besser, mich so weit wie möglich von ihm zu distanzieren und abzustreiten, ihn jemals getroffen zu haben. Ich müsste auch das Gras loswerden. Gott sei Dank hatte ich es gefunden, bevor ich durch den Zoll gegangen bin!

Ich wollte es schon in die Toilette schütten, als mir der Gedanke kam, dass ich mir keinerlei Sorgen machen müsste, solange ich in Amsterdam war. Rasch steckte ich die Plastiktüte wieder in meine Tasche und entschied, ich könnte es mir noch ein wenig gut gehen lassen, bevor ich nach Hause fuhr. Oder es einfach als kleines Dankeschön für die Reinigungskräfte im Hotelzimmer zurücklassen – falls ich es nicht selbst aufgebraucht hatte.

Ich spülte, ging aus der Kabine und richtete mein Make-up am Spiegel, bevor ich vorsichtig die Tür zur Lobby öffnete. Sie war immer noch leer, aber ich schlich mich mit einem Gefühl echter Beklommenheit hinaus und versteckte mich hinter einem großen Gepäckwagen mit zwei Rucksäcken. Ich musste immer noch auf Nummer sicher gehen, um Alex und Emily nicht in die Arme zu laufen, wenn sie zum Hotel zurückkamen.

Ein Schild an einem der Rucksäcke sprang mir ins Auge: Emily Norris-Bottom. Ich kicherte laut und biss mir dann auf die Zunge. Konnte das wirklich Emilys Nachname sein? Bottom, also Hintern? Wie sehr hätte ich es genossen, ihn auf den Umschlag mit den Magazinen und der Ratte zu schreiben, hätte ich das vorher gewusst. Um mich zu vergewissern, suchte ich den anderen Rucksack nach einem Namensschild ab, und tatsächlich, da war es: Alex Parkinson.

Nun, es war kein Problem, ihr Gepäck direkt vor meiner Nase zu haben, solange ich sie nicht leibhaftig vor mir sah. Eine Tür auf der anderen Seite der Lobby öffnete sich, und ein ältlich aussehender Portier tauchte auf und schlenderte langsam auf mich zu. Ich war überrascht – ich hätte nicht angenommen, dass ein so schäbiges Hotel wie dieses eine Rezeptionistin und einen Portier beschäftigte –, aber im Grunde war das ohne Belang. Da die Luft nun rein war, wollte ich schon einen Sprint hinlegen, als mir ein plötzlicher Geistesblitz kam.

Bevor ich die Sache richtig durchdenken konnte, hatte ich den Beutel mit den Drogen herausgezogen und ihn in die Seitentasche von Emilys Rucksack gestopft. Dann huschte ich, glücklicherweise unbeobachtet, aus dem Hotel.

Falls sie es nach Hause schaffte, ohne angehalten zu werden, könnte sie es als kleines Geschenk von mir erachten. Falls sie beim Zoll geschnappt werden würde – nun ja, dann könnte man es wohl als kleinen Racheakt bezeichnen.

Ich nahm ein Taxi zurück zum Hotel, fest entschlossen, mich zu entspannen und den Rest meines Urlaubs allein zu genießen. Kein Alex, keine Emily, kein Evan. Nur das Vergnügen meiner eigenen Gesellschaft, einiger Kunstmuseen, des einen oder anderen Restaurants und eines guten Buchs.

Doch ich saß weiterhin auf glühenden Kohlen und wartete auf das Klopfen an meiner Tür, das die Polizei ankündigte, die mit mir wegen der Anstiftung zur schweren Körperverletzung oder noch schlimmer, wegen versuchten Mordes, sprechen wollte. Wie konnte mein Leben auf einmal so dramatische Ausmaße angenommen haben?

32

Alex

Amsterdam (Fortsetzung)

Wie auf ein Stichwort kam in dem Moment, als die Muskelprotze verschwunden waren, eine Hotelangestellte herausgerannt und fand mich auf dem Boden liegend vor, mit Emily über mich gebeugt. Ich blickte auf und sah die junge Frau, die bei unserer Ankunft an der Rezeption gewesen war, gefolgt von zwei weiteren Hotelangestellten und – wie vorherzusehen – einer Handvoll Gäste, die aus der Hotelbar gestürzt kamen, um mich anzugaffen. Ein Highlight, das auf ihren Postkarten nach Hause Erwähnung finden würde. Ich schloss wieder die Augen. Ich wollte nicht aufstehen. Allmählich fand ich es recht angenehm, auf dem Rinnstein zu liegen.

»Geht's ihm gut?«, fragte die Rezeptionistin.

»Rufen Sie einen Krankenwagen«, sagte Emily.

Ich schlug die Augen auf und begann, mich auf die Knie zu ziehen. »Nein, ich brauche keinen Krankenwagen.«

»Rufen Sie die Polizei«, sagte Emily.

Ich schüttelte den Kopf und stemmte mich hoch. Emily hielt mich am Ellbogen. Sie zitterte sogar noch mehr als ich. Ich sagte: »Keine Sorge. Ich brauche keine Polizei.«

»Alex, sei kein Idiot. Was meinst du damit, du brauchst keine Polizei?«

Ich versuchte, mir einen Grund aus den Fingern zu saugen, der Sinn ergab. »Das ist viel zu viel Aufwand. Ich will einfach ins Bett.«

Ein weiterer Hotelangestellter, ein Kerl in meinem Alter, kam zu uns und erklärte, er sei der stellvertretende Manager. »Ich finde, wir sollten die Polizei rufen. Wir müssen an die Sicherheit unserer Gäste denken.« Eine gemurmelte Welle der Zustimmung schwappte von der Zuschauermenge über.

Emily warf mir einen sehr sonderbaren Blick zu.

Ich sagte: »Okay. Ist mir egal. Aber ich habe nicht viel gesehen. Ich werde ihnen nichts sagen können.«

Der stellvertretende Manager ging hinein, um die Polizei anzurufen, und wir folgten ihm. Bei der plötzlich warmen Luft in der Lobby schwirrte mir der Kopf. Ich ließ mich in einen großen Sessel mit durchgewetztem Polster sinken. Emily setzte sich neben mich und sagte: »Nun, ich habe alles gesehen und mir ihre Gesichter eingeprägt. Sie waren groß und muskulös und sahen … holländisch aus.« Ihre Stimme verlor sich, und sie biss sich auf die Lippe.

Die Zuschauer stoben gelangweilt auseinander. Niemand war gestorben oder zum Krüppel geprügelt worden. Der stellvertretende Manager kam zurück und sagte: »Die Polizei wird sich mit Ihnen im Krankenhaus unterhalten. Ich habe gleichzeitig einen Rettungswagen bestellt.«

»Aber ich habe Ihnen doch gesagt, dass ich keinen brauche«, stöhnte ich.

Er sah mich an, als wäre ich ein starrköpfiges und einfältiges Kind. »Wir wollen doch nicht, dass die Leute behaupten, wir würden uns nicht um unsere Gäste kümmern, nicht wahr?«

Der Krankenwagen ließ nicht lange auf sich warten. Die

Sanitäter setzten mich in einen zusammenklappbaren Rollstuhl und schoben mich hinaus zum Rettungswagen. Der Schmerz in meiner Brust wurde schlimmer, und ich fragte mich laut, ob etwas gebrochen wäre. Emily saß im hinteren Teil des Krankenwagens, kaute immer noch auf ihrer Lippe und sah besorgt aus.

»Alex …«, begann sie, aber ich stöhnte und sagte: »Bitte nicht jetzt … das Reden tut weh.« Der Sanitäter neben mir nickte, und Emily schwieg. Ich hatte ein schlechtes Gewissen, nicht nur weil ich wusste, wie besorgt sie sein musste, sondern auch wegen all der Geheimnisse, die ich vor ihr hatte, doch das Reden tat tatsächlich weh. In mehrerlei Hinsicht.

Wir kamen im Krankenhaus an, und sie schoben mich in einen Raum, wo mich ein Arzt untersuchte. Dann machten sie ein paar Röntgenaufnahmen und erklärten, dass alles gut werden würde. »Nichts Ernstes – kein Grund zur Sorge«, sagte der Arzt und tätschelte mir fest den Arm. »Wie es scheint, sind Sie wohl jemandem auf die Füße getreten?«

Ich schloss die Augen und betrachtete die hübschen Muster hinter meinen Lidern.

»Nun denn, die Polizei wird bald hier sein, dann können Sie zurück in Ihr Hotelzimmer.« Er zwinkerte Emily zu. »Ihm geht's gut, aber Sie sollten wohl heute die Finger von ihm lassen. Wie sagt man so schön, keine Bettgymnastik für ein oder zwei Tage.«

Kurz darauf tauchten zwei Polizisten auf. Ich hatte uniformierte Hippies mit großen Schnurrbärten erwartet, aber sie sahen wie alle Polizisten auf der Welt aus. Gelangweilt und überheblich. Sie fragten nach meinem Namen, meiner Adresse, dem Grund meiner Reise nach Amsterdam, etc.

Ihr Englisch war wie das von jedem anderen in dieser Stadt exzellent.

»Können Sie sich vorstellen, warum diese Männer Sie angegriffen haben?«, fragte der ältere Polizist, nachdem Emily und ich ihnen die Muskelprotze beschrieben hatten. (Ich glaube, ich habe dieses Wort tatsächlich benutzt.)

»Nein«, erwiderte ich.

Emily sah mich über die Schulter des Polizisten aus schmalen Augen an.

»Ich vermute, es war einfach ein Überfall wie jeder andere.«

»Aber sie haben nichts gestohlen«, sagte der zweite Polizist.

»Nein. Vielleicht haben sie jemanden aus dem Hotel kommen gehört und es mit der Angst zu tun bekommen. Wir hatten Glück.«

»Hmm. Und die beiden haben nichts zu Ihnen gesagt?«

»Nein. Nichts.«

Emilys Augen wurden zu Schlitzen.

»Und sie haben nicht versucht, Ihnen wehzutun, Miss?«

Emily schüttelte den Kopf. »Sie haben mich nicht angefasst.«

Die Polizisten tauschten einen Blick aus. Der ältere der beiden seufzte. »Willkürliche Gewalt. Das ist überall ein wachsendes Problem. Selbst in Ihrem Land.«

»Besonders in meinem Land«, bestätigte ich.

Er nickte traurig. Dann sagten sie, sie würden sich bei mir melden, falls sie noch weitere Fragen hätten, und verabschiedeten sich. Emily ging aus dem Zimmer und kam ein paar Minuten später zurück. »Das Taxi ist auf dem Weg. Und sobald wir zurück im Hotel sind, müssen wir reden.«

Großartig, dachte ich. Einfach großartig.

Ich legte mich auf das eine Bett, und Emily setzte sich auf das andere. Sie beugte sich vor und sagte sehr leise: »Warum hast du die Polizei angelogen?«

»Was? Das habe ich nicht.«

»Doch, hast du, Alex. Du hast ihnen gesagt, die Männer hätten nichts gesagt, aber das haben sie. Da bin ich mir ganz sicher.«

»Nun ja …«, sagte ich und zog die beiden Worte in die Länge, um mir eine Nanosekunde Zeit zum Denken zu verschaffen. »Sie sagten etwas auf Holländisch, aber das habe ich nicht verstanden.«

»Alex, sie haben deinen Namen gesagt!«

»Nein, haben sie nicht.«

Meine Antwort ließ sie innehalten. Ihre Stirn kräuselte sich vor Selbstzweifel. »Ich bin mir sicher … Ich bin mir sicher, gehört zu haben, wie sie deinen Namen sagten, genau in dem Moment, als wir das Hotel betreten wollten. Ich war mit dem Rücken zu dir – aber ich hörte jemanden ›Alex‹ sagen.«

Ich öffnete den Mund für eine Lüge, dann zögerte ich, von Selbsthass erfüllt. Aber was konnte ich tun? Einer der Männer hatte meinen Namen gesagt – aus diesem Grund hatte ich mich umgedreht –, und das ließ nur eine Erklärung zu: Siobhan war in Amsterdam. Ich hatte sie wirklich durch das Fenster im Pub gesehen. Und irgendwie hatte sie herausgefunden, wo wir wohnten, und mir ein paar Schlägertypen auf den Hals gehetzt. Ich fragte mich, ob sie aus der Ferne zugesehen hatte, während sie mich verprügelten, im Stillen in sich hineingelächelt und erkannt hatte, dass Rache tatsächlich süß war. Nicht dass ich Siobhan jemals körperlich verletzt hätte. Einen Schrecken eingejagt, vielleicht. Ihr Unannehmlichkeiten bereitet, ja. Aber gewiss hatte ich ihr nie etwas angetan, das ein solches Verhalten rechtfertigte – das rechtfertigte, dass sie uns in ein anderes Land folgte und noch dazu zwei Gorillas auf mich ansetzte. Was war nur los mit ihr? Während ich im Krankenhausbett gelegen hatte, war mir bewusst geworden, wie bescheuert es von mir gewesen war hierherzukommen. Stattdessen hätte ich Siobhan sofort zur Rede stellen müssen, sobald mir die Vermutung kam, dass sie hinter den Zeitschriften und der toten Ratte stecken könnte. Und ich hätte auch einen Weg finden müssen, um Kathys Freundin loszuwerden. Ich hatte einen weiteren Fehler begangen.

Es war an der Zeit, nicht länger vor meinen Problemen davonzulaufen.

Trotzdem wollte ich immer noch nicht, dass Emily von Siobhan erfuhr. Das würde alles ruinieren. Ich würde die einzige Frau verlieren, die mich nicht hasste, die einzige Frau in dieser verdammten Geschichte, die nicht in der Lage war, mich ins Gefängnis oder ins Krankenhaus zu bringen. Emily war die Einzige, die sich etwas aus mir machte. Und da war noch etwas – das Verbergen der Wahrheit vor ihr war mir fast schon zur zweiten Natur geworden. Weshalb ich den Mund aufmachte und ihr eine weitere fette Lüge auftischte.

»Ich habe wirklich nicht gehört, dass sie meinen Namen gesagt hätten, Emily. Und das hätte ich gehört – man hört immer, wenn Leute deinen Namen sagen, nicht wahr? Du musst dich getäuscht haben.«

Sie schwieg einen Moment. »Aber ich bin sicher, dass einer von ihnen etwas zu dir gesagt hat, kurz bevor sie abgehauen sind.«

»Er hat etwas auf Holländisch gesagt.«

Sie sah mich eine Weile an. Und dann begann sie zu weinen, ohne ein einziges Geräusch von sich zu geben. Sie saß einfach da, starrte mich weiterhin an, und dicke Tränen kullerten ihr die Wangen hinab. Dann zuckte ihre Unterlippe, und sie barg das Gesicht in den Händen.

Ich setzte mich auf. Mir war übel vor Schuldgefühlen, und ich hasste mich mehr denn je. »Emily …«

Sie legte sich hin und drehte sich von mir weg, das Gesicht zur Wand. »Ich muss schlafen«, sagte sie. Ich ging zu ihrem Bett und legte ihr die Hand auf die Schulter, aber sie war starr wie ein Stein, ihre Muskeln angespannt. Es war schwer vorstellbar, dass sie noch vor wenigen Stunden die Dancing Queen von Amsterdam gewesen war, umgeben von zahlreichen Männern, das Gesicht vor Freude gerötet. Ich flüsterte erneut ihren Namen, und sie sagte: »Lass mich schlafen.«

Ich war erleichtert. Ich müsste nicht mehr darüber reden.

Am nächsten Morgen nahm ich nach dem Aufwachen ein Bad. Meine Brust- und Bauchmuskeln fühlten sich an, als hätte ich einen Kampf mit einem Gorilla verloren – oder besser gesagt zwei riesigen holländischen Gorillas, die sich alle Mühe gaben, Amsterdams Bild der freien Liebe und des Friedens in einer Rauchwolke verschwinden zu lassen. Mein Wangenknochen war schlimm aufgeschürft, wo er gegen den Bürgersteig geschrammt war, und ich drückte einen Waschlappen auf die wunde Stelle. Mein Kopf hämmerte und surrte. Mir tat innerlich und äußerlich alles weh.

Nach ein paar Minuten hörte ich Emily aus dem Bett steigen. Sie kam ins Bad und sagte: »Ich will nach Hause.«

»Okay.« Ich würde keine Diskussion mit ihr anfangen, wusste ich doch, was der Kerl tatsächlich zu mir gesagt hatte, als ich auf dem Gehsteig gelegen hatte: *Das ist nur ein kleiner Vorgeschmack*. Es klang wie eine »diese Stadt ist nicht groß genug für uns zwei«-Drohung. Noch eine Nacht hier in Amsterdam, und ich könnte die Tiere am Boden der Kanäle begrüßen.

Emily ging aus dem Bad, und ich tauchte tiefer ins Wasser. Glühender Zorn auf Siobhan stieg in mir hoch. Dieses blöde Miststück. Sie war verrückt. Was zum Teufel habe ich nur jemals in ihr gesehen? Und wie als Antwort auf meine Frage kam die Erinnerung an ihr Gesicht und ihren Körper, einen Körper, der so viel dünner und wohlgeformter war als Emilys. Ich erinnerte mich an ihren Geruch und das Geräusch, das sie gemacht hatte, als sie plätschernd aus der Wanne gestiegen war.

Ich rieb den Waschlappen gegen meine Abschürfungen und dachte über all die Dinge nach, die Siobhan mir angetan hatte, was einen Funken Wut in mir entfachte. Ich klammerte mich daran fest. Siobhan bedeutete Schmerz – meinen Schmerz und den von Emily. Siobhan war dünn – na und? Ich mochte Emilys Kurven. Siobhan war stark und entschlossen und kreativ und Emily war …

Hör auf, Alex, rief ich mir still zu und presste den Waschlappen wieder gegen meine Abschürfungen. Ich liebte Emily, nicht Siobhan. Siobhan war eine Bedrohung. Eine Gefahr. Und wenn noch irgendetwas vorfallen würde – dann gäbe ich ihr einen echten Grund, sich vor mir zu fürchten.

Nachdem ich mich angezogen hatte, ging ich mit Emily hinunter, erklärte der Rezeptionistin, dass wir auschecken wollten, und bat sie, den Flughafen anzurufen, damit wir einen Flieger für diesen Nachmittag oder Abend bekämen. Sie waren wirklich zuvorkommend. Anschließend gingen wir wieder hoch und packten, räumten unser Zimmer und nahmen unsere Rucksäcke mit nach unten. In der Lobby erfuhren wir, dass sie einen Flieger um drei Uhr nachmittags für uns gefunden hätten und wir am Schalter der Fluglinie zahlen könnten.

Ich warf einen Blick auf die Uhr. »Wir müssen noch ein paar Stunden totschlagen.«

»Ich habe Hunger«, sagte Emily.

Wir gingen zum Mittagessen in ein italienisches Restaurant, das sich ganz in der Nähe befand. Ich zahle, verkündete ich, nachdem wir uns hingesetzt hatten. Dreimal während des Essens hätte ich ihr fast alles gebeichtet, hauptsächlich da ich die schreckliche Stille nicht ertrug, die wie ein Leichentuch über uns hing. Natürlich legte ich kein Geständnis ab, sondern machte nur ein paar tapfere Versuche mit Smalltalk und wollte Emily zum Lachen bringen, indem ich Witze über den Schnauzer des Kellners und die Inneneinrichtung des Restaurants riss. Meine Bemühungen fruchteten nicht. Ich war sowieso nicht in Topform – ununterbrochen warf ich einen Blick über die Schulter, um zu sehen, ob sich meine Freunde von vergangener Nacht entschieden hatten, ihr Versprechen einzulösen und mir einen tieferen Einblick in die holländische Form von Gewalt zu gewähren.

Nach dem Mittagessen gingen wir zurück ins Hotel, checkten aus und holten unser Gepäck. Wir nahmen ein Taxi zum Schiphol-Flughafen, und ich beobachtete, wie die Innenstadt allmählich den Außenbezirken wich, während ich mir im Stillen schwor, dass wir eines Tages zurückkämen, sobald sich das Durcheinander in meinem Leben gelichtet hatte. Ich streckte den Arm aus und drückte Emilys Hand. Zu meiner großen Erleichterung drückte sie zurück und warf mir ein zaghaftes Lächeln zu. Dann schob sie sich näher und lehnte den Kopf an meine Schulter.

»Du liebst mich doch, oder?«, flüsterte sie.

»Natürlich.«

Das war alles, was sie sagte.

Das Taxi blieb im dichten Verkehr stecken, und ich begann langsam, aufgeregt auf meine Uhr zu schauen, besorgt, dass wir unser Flugzeug verpassen könnten.

Der Fahrer hörte mein ungeduldiges Schnalzen und sagte: »Nur mit der Ruhe. Wir kommen noch rechtzeitig.« Doch der Verkehr bewegte sich keinen Zentimeter. Emily starrte aus dem Fenster, einen tief melancholischen Ausdruck im Gesicht.

»Ich habe Kopfschmerzen«, sagte sie, nachdem wir etwa zwanzig Minuten im Stau gestanden hatten.

Ich gab ihr einen Kuss auf die Schläfe. Dann warteten wir noch eine Weile.

Schließlich erreichten wir den Flughafen, bezahlten den Fahrer und holten unsere Rucksäcke aus dem Kofferraum, wo wir sie auf einen Gepäckwagen luden und in das Gebäude liefen. Wir entdeckten den EasyJet-Schalter und rasten darauf zu. Uns blieben noch zwei Minuten zum Einchecken, doch kurz bevor wir den Schalter erreichten, sagte Emily: »Warte kurz. Ich brauche eine Kopfschmerztablette.« Wir blieben stehen, und sie öffnete eine Seitentasche ihres Rucksacks. »Ich bin sicher, dass sie dort drinnen sind.«

Während sie in der Tasche kramte, schlich sich ein verwirrter Ausdruck in ihre Gesichtszüge. Sie zog die Hand aus der Tasche, und wir starrten beide auf die kleine Plastiktüte, die sie in der Hand hielt.

»Was zum Teufel ist das?«, murmelte Emily.

In der Tüte war genügend Dope, dass selbst Cheech und Chong einen halben Monat glücklich gewesen wären. Emily hielt den Beutel, als wäre er eine Bombe, und sah mich vorwurfsvoll an. Ich hoffte, sie konnte sehen, dass ich ebenso geschockt wie sie war. Doch dann blickte ich auf und bemerkte, dass eine Mitarbeiterin der Fluglinie in unsere Richtung kam und auf ihre Uhr zeigte.

»Steck es in die Tasche«, zischte ich.

»Was?«

»Steck es … oh, Mist.« Ich riss ihr die Tüte aus der Hand, stopfte sie mir in die Jacke und drehte mich von der Frau in der EasyJet-Uniform weg, die uns nun fast erreicht hatte. »Flug 342 nach London?«, fragte sie. »Sie müssen jetzt einchecken.«

»Ja, tut mir leid«, sagte Emily. »Ich habe nur kurz nach meinen Kopfschmerztabletten gesucht.« Ihre Hand tauchte wieder in die Rucksacktasche und zog eine Schachtel Aspirin heraus, mit der sie triumphierend in der Luft wedelte, ebenso erleichtert wie ich, dass sie nicht noch eine Tüte mit Heroin und Nadeln hervorgebracht hatte.

Die Frau scheuchte uns zum Schalter, und wir knallten unsere Rucksäcke auf das Förderband.

»Haben Sie Ihre Taschen selbst gepackt?«, fragte die Frau roboterhaft.

»Ja, ja«, nickten wir synchron.

»Haben Sie Ihr Gepäck zu irgendeinem Zeitpunkt unbeaufsichtigt gelassen?«

»Nein, nein.«

Sie reichte uns unsere Bordkarten und betonte das Gate, zu dem wir gehen müssten. Wir liefen so schnell wie möglich. Ich schwitzte. Ich hätte mich kaum verdächtiger gemacht, hätte ich ein T-Shirt mit einem Marihuanablatt angezogen und ein feixendes Grinsen aufgesetzt. Jeden Moment erwartete ich, dass ein Polizist auftauchen und sagen würde: »Na schön, Cheech und Chong, raus mit dem Zeug.«

Emily murmelte: »Du Blödmann.«

»Was? Ich wusste nicht, dass es dort ist.«

»Du musst es loswerden. Was, wenn wir angehalten und durchsucht werden?«

»Verdammt.« Es waren keine Mülleimer in Sicht, und wir waren von unzähligen Menschen umringt. Wie zum Teufel sollte ich eine riesige Tüte Dope heimlich entsorgen, insbesondere wo wir uns im Laufschritt in Richtung Abfluggate bewegten und im Begriff standen, unseren Flug zu verpassen? Ich versuchte, die Wahrscheinlichkeit auszutüfteln, mit der wir vor dem Besteigen der Maschine angehalten werden würden. Und dann, kurz vor dem Abfluggate, erspähte ich einen uniformierten Zollbeamten. Mit einem Hund. Einem nach Drogen schnüffelnden Hund.

»Oh. Mein. Gott.« Emily packte mich am Arm.

»Verhalt dich ruhig«, sagte ich.

»Wirf das verfluchte Dope weg«, zischte sie.

Wie eine Oase in der Wüste tauchte zu meiner Linken eine Männertoilette auf. Ich ließ Emily mit dem Gepäckwagen zurück und rannte hinein, wobei ich mir den Anschein gab, als müsste ich unbedingt pinkeln. Die Kabine war besetzt. Ich fragte mich, ob ich zu jung war, um einen Herzanfall zu bekommen. Doch dann öffnete sich die Kabinentür. Ich hätte den unglaublich dicken Mann küssen können, der herauskam, bis ich einen Hauch dessen erschnupperte, was er zurückgelassen hatte. Ich schob mich an ihm vorbei und schlug die Tür hinter mir zu, riss sogleich die Tüte mit Gras heraus und leerte sie in die stinkende Schüssel. Dann stopfte ich die Tüte hinter den Spülkasten, spülte und rannte zurück nach draußen, wo ich Emily an einem Schalter mit mehreren mürrischen, ungeduldig aussehenden Flughafenmitarbeitern bemerkte. Wir hatten es gerade noch rechtzeitig geschafft. Ich warf einen Blick zurück zu dem Mann mit dem Hund. Der Hund sah mich an. Ich schwöre, der verfluchte Köter zwinkerte mir zu.

Emily redete während des Flugs nicht viel mit mir. Sie war fest davon überzeugt, dass ich die Tüte mit dem Haschisch in ihrem Rucksack versteckt hatte. Und es war schwierig, meine Unschuld zu beteuern, wo die anderen Passagiere in unmittelbarer Hörweite waren. Zum Glück war es ein kurzer Flug, und auf der U-Bahn-Fahrt von Heathrow redete ich so lange auf sie ein, bis sie mir den Mund verbot.

»Ich fahre in meine Wohnung«, sagte sie. »Ich rufe dich morgen an.«

Als sie aus dem Waggon stieg, sagte ich: »Es tut mir leid, Emily.«

Ich hatte erwartet, sie würde etwas im Sinne von »Mir auch« sagen. Doch sie sprach kein Wort, sondern schnallte sich ihren Rucksack auf den Rücken und marschierte los. Und ehrlich gesagt war ich froh, dass sie ging. Ich hatte genug emotionalen Ballast für einen Tag angesammelt.

Als ich zurück in meine Wohnung kam, saßen Simon und Nat im Wohnzimmer und rauchten Pot. »Willst du was?«, fragte Simon.

Vor meinem geistigen Auge erschien das Bild des zwinkernden Polizeihundes. »Lieber nicht.«

»Warum bist du schon zurück? Und was ist mit deiner Wange passiert?«

»Das ist eine lange Geschichte.«

Ich drehte mich um und wollte das Zimmer verlassen, da sagte Simon: »Eine Frau hat für dich angerufen, als du weg warst. Fünfmal. Sie wollte mir nicht glauben, dass du nicht da bist.«

»Blöde Schnepfe«, sagte Nat kichernd.

»Na ja, irgendwann hat sie die Botschaft verstanden, aber nicht, bevor sie mir eine Nachricht für dich diktiert hat. Ich habe den Zettel mit den Details an deine Tür gehängt.«

Meine Turnschuhe fühlten sich an, als wären sie aus Blei, während ich mich in Richtung meines Zimmers schleppte und den Notizzettel von der Tür riss. Dort stand: »Bitte ruf Elaine Meadows unter 8 823 6544 an. Andernfalls geht sie zur Polizei.« In Klammern hatte Simon hinzugefügt: »Was hast du angestellt?« Daneben hatte er ein Smiley gemalt.

33

Siobhan

Samstag, spätabends

Mein Geburtstag ist fast vorüber. Ich bin betrunken und müde, und meine Zunge, meine Lippen und Zähne sind vom Rotwein dunkel verfärbt, aber ich glaube, ich fühle mich besser, wegen allem. Ich bin wieder zu Hause, und es ist draußen schlagartig so kalt geworden, dass ich ein Feuer entzündet habe. Jetzt sitze ich schreibend hier, genieße die Wärme und das flackernde Licht und – ja – auch das Alleinsein in meinem Haus. Sämtliche Fenster und Türen sind natürlich fest verschlossen, aber ich habe keine Angst mehr.

Nach dem Essen habe ich keinen von ihnen zu mir nach Hause eingeladen. Mum und Dad gehen gerne früh zu Bett, Jess hatte keine Babysitterin, und Paula und ihr neuer Freund Gary schienen nicht abgeneigt, das zu tun, was Pärchen nun einmal so tun … Außerdem habe ich nach den Dramen in Amsterdam das Bedürfnis, mich in mein sicheres Nest zurückzuziehen und die Dinge etwas zur Ruhe kommen zu lassen.

Es wäre schön, Biggles zum Streicheln hier zu haben, aber er hat sich freiwillig ins Exil in mein Schlafzimmer begeben; ich glaube, ihm sagt der Geruch der frischen Farbe nicht zu. Vielleicht ist das ganz gut so – es sind genügend Pinselborsten auf meiner Sockelleiste kleben geblieben, ohne dass sich dort noch zusätzlich ein Haufen Katzenhaare tummeln müsste. Ich bin in diesem Streich-Flow, was sehr therapeutisch ist. Wahrscheinlich kommt als Nächstes das Treppengeländer dran. Seit zwei Tagen, seit meiner Rückkehr, streiche ich wie eine Verrückte, und es hat mir sehr geholfen. Phil hat mir beim Einzug versprochen, diese Aufgabe für mich zu erledigen, konnte sich aber – welch Überraschung! – nie von einer der Sportübertragungen losreißen, die an jedem Wochenende im Fernsehen liefen. Weshalb ich es nun selbst in die Hand genommen habe. Ich habe noch nie renoviert, doch ich wusste, was zu tun ist: abschleifen, die Ränder mit Abdeckband abkleben und streichen – ich meine, wie schwer kann das schon sein? Ich bin sehr stolz auf mich.

Das Zimmer ist allerdings ein Saustall. Es macht den Anschein, als wäre ich weniger obsessiv als früher, was das Aufräumen betrifft. Vielleicht liegt es daran, dass ich nicht mehr hinter Phil herräumen muss. Keine Ahnung, aber es gefällt mir, unkonventionell und spontan zu sein. Es macht jedenfalls mehr Spaß, als alle fünf Minuten mit einem Putzlappen herumzulaufen.

Es ist eine Ewigkeit her, seit ich Mum und Dad das letzte Mal getroffen habe, und Dad sah sehr viel besser aus, seit es nach seinem Bandscheibenvorfall allmählich bergauf geht. Paula und Gary konnten die Finger nicht voneinander lassen, und ich spürte nicht einmal einen Anflug von Neid aufkommen (was allerdings auch dem Umstand geschuldet sein könnte, dass Gary einen Meter fünfundsechzig groß und ein bisschen untersetzt ist), und es war fantastisch, Jess zu sehen. Wir haben uns versprochen, uns von nun an mindestens einmal im Monat zu treffen, um unsere Freundschaft wieder auf Kurs zu bringen. Sie hat sich entschuldigt, mich »vernachlässigt« zu haben, aber das habe ich natürlich verstanden – ich meine, Kinder sind so zeitraubend, das behaupten zumindest alle. Außerdem meinte sie, wie sehr sich alle um mich gesorgt hätten, was ein Gefühl der Wärme in mir aufsteigen ließ. Ich habe Freunde und eine Familie, die mich lieben. Das ist wichtig.

Sie haben einen Toast auf meinen Geburtstag ausgesprochen, und ich habe eine kleine Rede gehalten, in der ich ihnen erklärte, dass ich das Schreiben aufgeben und mir einen richtigen Job suchen würde. Zugegebenermaßen war ich ein wenig verärgert, dass niemand entsetzt aufgesprungen ist und rief: »Nein, tu das bitte nicht, Siobhan, die Welt wäre ein solch dunkler Ort ohne deine Kunst!«, aber vermutlich kann ich damit leben. Sie haben mich alle unterstützt und beteuert, wie mutig dieser Schritt wäre und dass es die richtige Entscheidung wäre. »Immerhin«, sagte Mom, »spricht nichts dagegen, irgendwann in ferner Zukunft einen weiteren Roman zu schreiben, wenn die Muse dich küssen sollte, nicht wahr?«

Ich muss ins Bett. Ich habe prophylaktisch ein paar Kopfschmerztabletten eingeworfen und einen Liter Wasser getrunken, weshalb ich wohl nachts zum Pinkeln aufstehen muss, aber zumindest sollte ich morgen früh keinen Kater haben.

Oh – da gab es noch eine Unterhaltung, die ich aufschreiben möchte, zwischen mir und Paula, als Gary aufs Klo ging und sie mich fragte, was ich von ihm hielt.

»Er ist toll«, log ich und tat auf einmal so, als müsste ich unbedingt kleine weiße Farbspritzer von meinen Unterarmen kratzen. »Und er scheint dich wirklich zu vergöttern.«

»Findest du ihn gut aussehend?«

Ich rubbelte stärker an dem getrockneten Glanzlack. Ich wollte sie keinesfalls wütend machen. »Nun, ja, aber er ist einfach nicht mein Typ.«

Paula füllte unsere Gläser auf, daran erinnere ich mich jetzt, und verschüttete in ihrem angetrunkenen Zustand ein bisschen auf Mums Serviette. Das Rot sickerte wie ein Blutfleck durch das weiße Leinen, und Mum mokierte sich missbilligend. Paula zerknüllte die schmutzige Serviette und reichte sie einem vorbeigehenden Kellner zusammen mit der Bitte, meiner Mum eine neue zu bringen. Dann fragte sie mich – schlichtweg aus Neugier, nicht weil sie sauer war: »Was genau ist eigentlich dein Typ, Siobhan? All deine Freunde waren so unterschiedlich, dass ich echt nicht den blassesten Schimmer habe.«

Aus irgendeinem Grund fiel mir die Antwort überhaupt nicht schwer. Wie aus der Pistole geschossen erwiderte ich: »Impulsiv, kreativ – auf jeden Fall, und talentiert. Nicht behaart. Eher groß. Dünn. Leidenschaftlich. Und jemand mit einem Händchen, Frauen Kleidung zu schenken. Das wäre mein perfekter Mann.«

Erst jetzt, wo ich zu Hause bin, wird mir bewusst, dass ich Alex beschrieben habe. Wie sonderbar!

Aber was soll's? Das liegt alles hinter mir, und ich muss akzeptieren, dass ich die Sache vermasselt habe. Ich hätte mit ihm ausgehen sollen, als er mich gefragt hat, damals, als er noch richtig auf mich stand, bevor alles so eigenartig wurde. Und in Amsterdam ist es völlig aus dem Ruder gelaufen. Ich kann mich sehr, sehr glücklich schätzen, dass Alex nicht die leiseste Ahnung hat, dass die Sache mit Evan auf mein Konto geht – ebenso wie die Ratte und die Zeitschriften davor … Ich frage mich, ob sie am Flughafen mit dem Pot erwischt wurden? Ehrlich gesagt habe ich deswegen wirklich ein schlechtes Gewissen. Ich möchte auf gar keinen Fall, dass Alex meinetwegen ins Gefängnis muss. Bei Emily hingegen bin ich mir nicht so sicher … Aber nein, auch sie hat das nicht verdient. Wenn ich nun zurückblicke, wundere ich mich doch, was zum Teufel ich mir dabei gedacht habe … Das sieht mir eigentlich gar nicht ähnlich, all diese Rachegelüste.

Mit einem Mal fühle ich mich sehr reif und weise. Ich werde anfangen, den Blick in die Zukunft zu richten, auf mein neues Leben als … was auch immer es sein wird, was ich tun werde, anstatt Schriftstellerin zu sein. Doch ich bin zu müde, um jetzt darüber nachzudenken, nach all dem Streichen und dann dem Alkohol. Ich gehe ins Bett.

Um Himmels willen, das war die Türklingel. Ich werde sie ignorieren – muss ein Taxi sein, das die falsche Adresse hat, oder ein nächtlicher Pizzalieferant oder was auch immer.

Schon wieder. Ich sollte wohl besser nachschauen.

34

Alex

Seitdem ich mit dem Tagebuchschreiben angefangen habe, bin ich geradezu süchtig, mein Leben bis ins kleinste Detail aufzuzeichnen. Was der Grund ist, weshalb ich selbst jetzt tippe – obwohl ich wahrscheinlich alle Ordner in den Papierkorb ziehen muss, sobald ich fertig bin. Aber ich bin es nun einmal gewöhnt, am Rand des Abgrunds zu leben. Und manchmal auch einen Schritt darüber hinaus zu gehen.

Nachdem ich aus Amsterdam zurück war und die Nachricht von Elaine Meadows gelesen hatte, wusste ich, was zu tun war.

Ich marschierte die Straße hinunter zur einzigen öffentlichen Telefonzelle in der Gegend, erfreut über den Umstand, dass dieser Anachronismus in unserem Handyzeitalter überhaupt noch existierte, auch wenn sie heutzutage hauptsächlich als Reklametafel für Prostituierte benutzt wurden. Ich fühlte mich gut, stark. Es war, als hätte diese Entscheidung die Spinnweben der Angst weggewischt, die mein Leben seit Langem überdeckten. Ich hatte die Nase voll davon, Angst zu haben. Hatte es satt, jedes Mal aufzuschrecken, wenn ich eine Sirene hörte, oder mitten in der Nacht in einer Lache kaltem Schweiß aufzuwachen. Ich war diese mentale Erschöpfung leid, die Untätigkeit mit sich brachte. Jetzt würde ich endlich aufhören, ein Feigling zu sein. Ich würde mein

Leben selbst in die Hand nehmen, und als ich den Hörer abnahm und die Nummer wählte, die Simon auf den Zettel gekritzelt hatte, ignorierte ich meine zitternden Finger und ermahnte mich wieder, dass dies der einzige Weg wäre, meine Probleme zu lösen.

»Elaine Meadows.«

»Hallo, Elaine, hier spricht Alex Parkinson.«

»Oh. Alex. Ich hatte versucht …«

»Ich weiß, ich weiß. Es tut mir leid, was da passiert ist. Und es tut mir leid, dass ich Sie nicht zurückgerufen habe. Ich bin gerade von einer Auslandsreise zurückgekommen, und mein Mitbewohner hat mir Ihre Nachricht gegeben.«

»Okay. Ich möchte …«

Wiederum ließ ich sie nicht ausreden. »Haben Sie der Polizei schon meinen Namen gegeben?«

»Diese Drohung mit der Polizei habe ich nur gemacht, um Ihnen Angst einzujagen. Ich will nichts weiter, als mich mit Ihnen zu unterhalten. Ich will bloß die Wahrheit erfahren, was damals vorgefallen ist.«

»Gut.« Ich zögerte. »Ich war am Abend von Kathys Tod mit ihr zusammen.«

Sie sog scharf die Luft ein.

»Ich möchte es Ihnen erklären. Ich möchte es Ihnen zeigen. Können wir uns morgen Abend treffen?«

Sie klang nach einer starken Frau: Ihre Stimme zitterte nicht oder gab ihre Gefühle preis. Sie sagte schlicht: »Okay. Wo und wann?«

»Wo wohnen Sie?«

Sie hustete. »Nun, um ehrlich zu sein, wohne ich in Kathys Apartment.«

Dieser Umstand traf mich unvorbereitet.

»Als ich von meiner Reise zurückgekehrt bin, brauchte ich einen Platz zum Schlafen, und Kathys Eltern meinten, ich könnte eine Weile hierbleiben, wenn ich wollte.«

»Na schön. Okay, wir könnten uns um sieben bei Ihnen treffen.«

»Geht es nicht früher?«, fragte sie.

»Nein. Ich habe noch andere Dinge zu erledigen.« Das war eine Lüge, aber ich konnte ihr schlecht sagen, dass ich für unser Treffen die Dunkelheit abwarten wollte. Bevor ich auflegte, sagte ich: »Elaine, ich möchte nicht, dass morgen noch jemand da ist. Keine Freunde. Auf gar keinen Fall die Polizei, denn meine Geschichte klingt ziemlich unglaubwürdig. Falls doch jemand da sein sollte, werde ich kein Wort sagen. Sie werden niemals die Wahrheit erfahren. Okay?«

Sie willigte unverzüglich ein.

Ich legte den Hörer auf die Gabel und stand eine Weile in der Telefonzelle. Sie wohnte in dem Apartment ihrer toten Freundin. Wie sonderbar. Wie makaber. In gewisser Hinsicht machte mir dieser Charakterfehler die Sache, die ich geplant hatte, leichter. Warum hatte ich dann das Gefühl, als müsste ich mich übergeben? Es war die Schwäche, die wieder an mir nagte, und ich schob sie mit Gewalt zurück. Ich schloss die Augen, ballte die Hände zu Fäusten, biss die Zähne aufeinander. Reiß dich zusammen, Alex. Ein Mann muss tun, was getan werden muss. Ich war stark, Herr über mein eigenes Schicksal, hatte mein Leben selbst in der Hand. Alles würde sich zum Guten wenden, denn ich wollte es so. Alles würde sich in Wohlgefallen auflösen, denn ich hatte keine Angst mehr und würde mir nichts mehr gefallen lassen!

Ich trat aus der Telefonzelle und landete in einem Hundehaufen.

Am nächsten Morgen schrieb ich alles über die Vorfälle in Amsterdam in mein Tagebuch, einschließlich dem Zwischenfall mit den verdammten Muskelprotzen und allem. Dann tauchte Emily auf.

Sie benahm sich ein wenig sonderbar und trug ein aufgesetztes Lächeln zur Schau. Sie bat mich um eine Tasse Tee (schwach, kein Zucker, wie immer), dann fragte sie: »Und, was hast du heute Morgen gemacht?« Sie erwähnte Amsterdam mit keiner Silbe. Eigentlich hatte ich erwartet, sie würde mir, sobald sie durch die Tür kam, wegen der Drogen und den Schlägertypen Löcher in den Bauch fragen. Doch ich war erleichtert – ich hatte keine Lust, eine weitere Standpauke über mich ergehen zu lassen –, auch wenn ich etwas überrascht war.

»Ich habe geschrieben«, erwiderte ich.

»Oh. Eine Kurzgeschichte? Pernilla wird erfreut sein.«

»Äh … ja.«

»Darf ich sie lesen?«

»Nein. Ich habe sie gelöscht. Sie war nicht gut.«

Sie nickte.

Nach einem tiefen Atemzug sagte ich: »Ich werde heute Abend ausgehen. Ich habe einen Anruf von einem alten Freund erhalten. Diesem Kerl, den ich von früher kenne. Ich habe ihm versprochen, mich mit ihm auf ein Bierchen zu treffen. Ist das okay?«

»Na klar.«

»Wirklich? Bist du sicher?«

»Natürlich. Ich werde einfach hierbleiben, wenn das in Ordnung ist. Ich habe Nat schon seit einer Weile nicht mehr gesehen.«

»Natürlich.«

Wir saßen schweigend da, Emily mit einem Lächeln auf den Lippen, ich völlig verwirrt. Sie führte etwas im Schilde. Doch ich hatte weder die Zeit noch die Energie zu hinterfragen, was es war. Im Grunde war ich einfach nur froh, dass ich aus der Wohnung kam und meine Verabredung nicht absagen musste. Beinahe hätte ich gelacht. Meine Verabredung mit dem Schicksal.

Es regnete, als ich das Haus verließ. Simon und Natalie waren ausgegangen, aber Emily hatte sich entschieden, trotzdem bei mir in der Wohnung zu warten. Sie verhielt sich weiterhin rätselhaft (sehr untypisch für sie), aber ich hatte Wichtigeres im Kopf als ihr eigentümliches Verhalten.

Ich nahm keinen Schirm mit, genoss ich doch den Regen auf meinem Gesicht und in meinen Haaren. Am Vormittag hatte ich mir die Haare gewaschen und war alarmiert gewesen über die Anzahl der Haare, die mir ausgefallen waren und an meinen Seifenfingern klebten, eine Mahnung, dass ich nicht ewig jung bleiben würde. Ich fragte mich, ob mein Dad eine Glatze hatte, und in welchem Alter es bei ihm begonnen hatte, dass ihm die Haare ausgefallen waren. Mum redete kaum von ihm, außer um über ihn herzuziehen und mir vorzuhalten, ich käme ganz nach ihm, wobei sie mir bisher nie biologische Details über ihn verraten hatte. Was würde er wohl sagen, wenn ich ihn ausfindig machen, ihn anrufen und ihm alles erzählen würde, was ich in letzter Zeit durchgemacht habe?

Wahrscheinlich würde er einfach auflegen.

Doch ich würde nicht in Selbstmitleid zerfließen. Nicht mehr. Mit hoch erhobenem Kopf spazierte ich durch den Regen, an den Bücherläden vorbei, in denen bald meine

Kurzgeschichten verkauft werden würden, und an dem College vorbei, in dem ich Siobhan kennengelernt hatte, in Richtung des Orts, an dem ich eine Frau hatte sterben sehen. Und dann war ich dort und drückte auf einen Klingelknopf, an dem nun der Name Elaine Meadows stand.

Der Summer ertönte. Während ich die Treppe hinaufstieg, spürte ich den mir längst vertrauten Schmerz meiner blauen Flecken und sah das Gesicht der Männer vor mir, die mich zusammengeschlagen hatten. Und dann blickte ich in das Gesicht der Frau, die mir noch mehr Leid zufügen könnte.

Ich erkannte Elaine von ihrem Foto aus der Zeitung, aber ich war überrascht, wie winzig sie war. Seitdem ich den Artikel gelesen hatte, hatte ich sie mir als Monstrum vorgestellt, das einen riesigen Schatten über mein Leben warf. Doch sie sah wie Kylie Minogues kleine Schwester aus. Sie hatte lange kastanienbraune Haare und ein Gesicht, das zu häufig der Sonne ausgesetzt gewesen war, mit tiefen Krähenfüßen um die Augenwinkel.

Sie bat mich herein, und ich bemerkte, dass sie schwer atmete. So wie ich.

»Sie waren also schon einmal hier«, war das Erste, was sie sagte.

Ich nickte. »Nur einmal.«

»Am Abend von Kathys Tod.«

»Das stimmt.« Ein Moment der Stille folgte. »Haben Sie etwas zu trinken?«

Sie bedeutete mir, ihr in die Küche zu folgen. »Ich habe Bier, oder wollen Sie etwas Stärkeres? Whisky? Wodka?«

»Bier ist gut.«

Wir gingen zurück ins Wohnzimmer, und sie gab mir mit

einer Handbewegung zu verstehen, dass ich mich setzen sollte. Ich blickte aus dem Fenster und dachte zum zweiten Mal, was für eine wundervolle Aussicht man von hier hatte. Vielleicht war das der Grund, warum Elaine dieser Wohnung nicht widerstehen konnte.

»Hier ist niemand, oder? Niemand versteckt sich im Schlafzimmer?«

Sie schüttelte den Kopf. »Sie können ruhig nachschauen, wenn Sie wollen.«

»Sie sind sehr ruhig«, sagte ich. »Immerhin könnte ich ein brutaler Mörder sein, der Ihre Freundin umgebracht hat und dasselbe mit Ihnen vorhat.«

Sie blinzelte. »Das Risiko nehme ich in Kauf.« Sie lächelte. »Und ich sollte Sie wohl vorwarnen, dass ich Judo in Japan gelernt habe. Sollten Sie also irgendetwas vorhaben …«

»Sie waren in Japan? Ich auch. Ich habe in Tokio gelebt.«

»Ich war in Tokio und Osaka«, sagte sie.

»Oh ja, ich habe …« Ich zügelte mich. Was zum Teufel tat ich hier? Smalltalk betreiben? Ich rief mir ins Gedächtnis, weshalb ich hier war. Ich konnte es mir nicht erlauben, irgendeine Beziehung zu dieser Frau aufzubauen. Sie war der Feind, die Frau, die mir meine Freiheit rauben konnte. Sie hatte geschworen, den Menschen zu finden, der für Kathys Tod verantwortlich war, und ich war ihr einziger Verdächtiger.

Ich könnte ihr die Wahrheit sagen, was damals passiert war, aber ich wusste, dass sie mir nicht glauben würde. Wer würde das schon? Die Geschichte war so unwahrscheinlich. Was der Grund war, warum ich das hier tun musste.

»Ist es nicht komisch, in diesem Apartment zu wohnen?«, fragte ich, unfähig, mich dem Smalltalk zu entziehen. Indem ich ihr Fragen stellte, konnte ich das Unausweichliche aufschieben. Doch ich wusste ebenfalls, dass ich zumindest eine Flasche Bier intus haben müsste, bevor ich es tun konnte.

»Ich mag es«, sagte sie. »Haben Sie von *obon* gehört, als Sie in Japan gelebt haben?«

»Da müssen Sie mir auf die Sprünge helfen.«

»Die Japaner glauben, dass ihre toten Verwandten jeden Sommer zurückkommen, um sie zu besuchen. Das ist der Grund, weshalb so viele Menschen Tokio im August verlassen und in ihre Heimatstädte fahren. Mir hat diese Idee immer gefallen – von Toten, die ihre früheren Häuser heimsuchen. Weshalb mir auch der Gedanke zusagt, hier wohnen zu bleiben und mich mit Kathys Geist zu treffen, sobald er vorbeischaut.«

»Waren Sie ...?«

»Zusammen? Geliebte? Ja, waren wir. Sie war die Liebe meines Lebens.«

»Warum sind Sie dann weggegangen?«

Sie zuckte mit den Schultern. »Dinge gehen manchmal schief, nicht wahr?«

Das konnte ich nur unterschreiben. Auch wenn ich den Gedanken nicht nachvollziehen konnte, auf den Geist seiner Ex zu warten, bis er sich an dich heranschleicht. Ich nahm einen weiteren großen Schluck Bier, schloss die Augen, konzentrierte mich.

»Ich möchte Ihnen zeigen, was passiert ist«, sagte ich und stand auf.

»Mir zeigen?«

»Ja, draußen auf der Feuertreppe.«

Sie sah mich argwöhnisch an. Doch ich fügte hinzu: »Hören Sie, Elaine, Sie müssen mir vertrauen. Ich muss es

Ihnen zeigen, es ist viel zu kompliziert, um es Ihnen nur zu erzählen. Andernfalls gehe ich sofort, und dann werden Sie auf Kathys Geist warten müssen, der zu Ihnen kommt und es Ihnen erklärt.«

Ich sah, wie sie ihre Möglichkeiten abwog. Sie wusste überhaupt nichts von mir. Doch sie hatte etwas an sich, das mich mit Zuversicht erfüllte, dass sie meine Einladung annehmen würde. Zu jenem Zeitpunkt konnte ich den Finger nicht darauflegen – diese Schwingung beschreiben, die sie ausstrahlte –, aber jetzt weiß ich, was es war.

Sie stellte ihr Getränk auf den Teppich und erhob sich. »Na schön. Dann mal los.«

Sie öffnete das Fenster, das zur Feuertreppe führte, und ich sagte: »Nach Ihnen.«

Sie trat auf die Metallverstrebung, und ich folgte ihr. Es regnete immer noch, und der Wind hatte aufgefrischt, heulte um das Gebäude und zwang mich, meine Stimme zu erheben, damit Elaine mich hören konnte.

»Wir waren beide betrunken«, sagte ich, »und Kathy meinte, wir sollten hinauf aufs Dach, wo die Aussicht besser ist. Ich wollte nicht wirklich gehen, aber sie war hartnäckig. Wir sind hochgeklettert und dann – nun, wir müssen noch ein Stück höher, bevor ich es Ihnen zeigen kann.«

Jetzt sah sie skeptisch aus, aber ich wusste gleichzeitig, dass sie schrecklich verzweifelt war, die Wahrheit herauszufinden. Seit sie von ihrer Reise zurückgekehrt war, musste sie von dieser Sache besessen gewesen sein. Das war die Macht, die ich über sie hatte: Nur ich allein konnte ihr Frieden geben. Wäre die Wahrheit doch nur glaubhafter. Denn ich war fest überzeugt, würde ich nun keinen drastischen Schritt machen, würde sich folgendes Szenario abspielen:

Nachdem ich Elaine die Wahrheit gesagt hatte, würde sie die Polizei anrufen und ihnen erzählen, was ich ihr anvertraut hatte. Die Polizei würde natürlich mit mir sprechen wollen, weil ich ein Zeuge war, der sich nicht sofort gemeldet hatte, was von vornherein verdächtig war. Dann würden sie in meiner Vergangenheit graben und die Sache mit Siobhan herausfinden. Als Nächstes würden sie mit Siobhan reden und zu dem Entschluss kommen, dass ich eifersüchtig auf Kathy gewesen war, da ich dachte, Kathy und Siobhan würden eine lesbische Affäre eingehen. Was mir ein Motiv gab, Kathy zu ermorden.

Während ich auf der Feuerleiter stand und der Regen das Metall rutschig machte, wusste ich, dass, wenn ich diesem Apartment den Rücken kehrte und Elaine immer noch am Leben wäre, die Polizei mich am nächsten Morgen in einen Verhörraum zerren würde.

»Genau von dort ist sie gefallen«, sagte ich. Wir hatten fast das Ende der Feuerleiter erreicht, befanden uns ein paar Sprossen vom Dach entfernt. Ich zeigte auf den angrenzenden Wohnblock und sagte: »Sehen Sie nur«, damit Elaine sich von mir wegdrehte.

Meine Hand glitt in ihre Richtung. Ich müsste nichts weiter tun, als sie zu schubsen, damit sie von der Leiter stürzte und genau dort landete, wo Kathy gestorben war. *Verzweifelte Frau begeht Selbstmord*. Es wäre die perfekte Symmetrie. Niemand wusste, dass ich hier war. Da war nichts, was mich mit ihr verband. Ein Stoß und alles wäre vorbei.

Ich streckte die Hand noch weiter nach ihr aus.

Auf meinem Heimweg hielt ich am Camden Lock und setzte mich auf eine Bank mit Blick über das Wasser. Der Verkehr rauschte die Camden High Street entlang. Teenager, die ihr ganzes Leben noch vor sich hatten, standen ganz in der Nähe vor einer Konzerthalle Schlange. Ich zündete mir eine Zigarette an und genoss jeden Zug. Ich konnte ein Pärchen hören, das sich in einer Wohnung lautstark beschimpfte, und fragte mich verwundert, ob sie glaubten, dass sie sich liebten. Stritten sie sich und schrien sich an und sanken dann in ihre Betten, wo sie sich die ewige Liebe schworen, während der nächste Zank bereits in ihnen gärte? Hatten sie ein Kind, das ihnen gerade zuhörte, sich im Nebenzimmer zusammenkauerte und nichts sehnlicher wünschte, als erwachsen zu werden und dieser Hölle zu entkommen? Ein Kind, das seinen Eltern abwechselnd beim Streiten und Vögeln im Namen der Liebe zuhören musste.

Liebe.

Was für ein Scheiß!

Elaine Meadows liebte Kathy, aber irgendetwas lief schief, und sie verließ das Land. Doch sie hat nie aufgehört, sie zu lieben. Als sie sich auf der Feuertreppe zu mir umdrehte und ich erkannte, dass ich es nicht tun könnte, dass ich niemanden umbringen könnte, dass ich lieber im Gefängnis sterben würde wegen eines Verbrechens, das ich nie begangen hatte, rannen ihr Tränen das Gesicht hinab.

»Sie war betrunken«, erklärte ich ihr, »und sie ist die Treppe zu schnell hochgeklettert. Sie ist ausgerutscht – das ist alles. Ich habe versucht, sie aufzufangen, aber ich konnte nichts machen.« Jetzt weinte auch ich. »Und ich bin gerannt, den ganzen Weg nach Hause, und ich habe niemandem erzählt, dass ich dort gewesen bin, aus Angst, alle könnten glauben, ich hätte sie geschubst. Ich war so verängstigt und so verdammt blöd. Und das tut mir leid.«

»Lassen Sie uns wieder hineingehen«, sagte sie. Sie klang … resigniert.

Wir gingen zurück ins Wohnzimmer, und Elaine holte zwei Handtücher, damit wir uns abtrocknen konnten.

»Werden Sie jetzt die Polizei rufen?«, fragte ich.

»Nein.«

Ich sah sie an.

»Ich glaube Ihnen, Alex.« Sie berührte mich an der Schulter. »Alles, was ich wissen wollte, war die Wahrheit – das habe ich Ihnen doch gesagt, oder? Ich werde die Polizei nicht anrufen.« Sie senkte die Stimme. »Unter uns gesagt halte ich sie für einen Haufen Arschlöcher, und die denken sowieso, ich bin eine blöde, zwanghafte Frau, die den schlichten Umstand nicht akzeptieren will, dass ihre lesbische Freundin betrunken von der Feuerleiter gefallen ist.« Sie machte eine Pause. »Wenn ich ehrlich bin, wollte ich denen erzählen, dass Sie sich bei meinem Anruf sonderbar verhalten haben, aber jedes Mal, wenn ich bisher wollte, dass sie mir zuhören, haben sie mich nie ernst genommen.«

»Ich würde es Ihnen nicht verübeln, wenn Sie sie jetzt anrufen. Ich … Ich fühle mich verantwortlich. Die Sache ist nämlich die, ich habe tatsächlich darüber nachgedacht, ihr weh zu tun. Ich hatte das Gefühl, sie wollte sich zwischen mich und die Frau drängen, in die ich verliebt war. Ich hatte ein Motiv – und deshalb dachte ich, jeder würde glauben, ich hätte sie getötet.«

Elaine ließ mein Geständnis auf sich wirken, und einen Moment lang fürchtete ich, sie könnte ihre Meinung ändern, zum Telefon gehen und die 999 wählen. Doch sie sagte: »Wer war diese Frau?«

»Diese Frau?«

»Diejenige, die Sie geliebt haben. Diejenige, für die Sie einen Mord in Erwägung gezogen haben. Sind Sie jetzt mit ihr zusammen?«

Ich schüttelte den Kopf. »Nein, bin ich nicht. Ich habe es vermasselt. Sie hasst mich.«

Elaine legte die Stirn in Falten. »Also war alles vergebliche Liebesmüh. Sie haben darüber nachgedacht, für diese Frau zu töten – haben sie so sehr geliebt –, und dann hat es geendet. Einfach so? Haben Sie um sie gekämpft?«

»Ja, ich …« Meine Stimme verhallte. Hatte ich gekämpft? Hatte ich alles in meiner Macht Stehende getan, damit sich Siobhan in mich verliebt? Himmel noch mal, ich hatte lauter Mist gebaut, den ich nicht hätte tun sollen, aber letzten Endes habe ich aufgegeben. Ich habe Trübsal geblasen, bin in Selbstmitleid zerflossen, und dann ist Emily aufgetaucht, eine willkommene Zerstreuung. Und ich habe mir eingeredet, ich würde Emily lieben, dass sie meine Retterin wäre. Aber was, wenn sie nichts weiter als ein Pflaster auf meiner Wunde war – der Wunde in meinem Herzen, die nie wirklich verheilt ist?

Ich saß auf der Bank und lauschte eine Weile dem sich streitenden Pärchen, dann spazierte ich nach Hause und dachte über Elaine Meadows und ihren sehnlichen Wunsch nach, die Wahrheit zu erfahren. Das Letzte, was ich von ihr gesehen hatte, war, dass sie den Kopf schüttelte und sich dann zurück zum Fenster drehte. Ich sah, wie ihr Finger zu dem beschlagenen Fenster glitt und sie etwas hineinmalte.

Ich schloss die Tür, ließ sie in Frieden. Denn da war etwas, das ich Emily erzählen musste.

Doch als ich zurück nach Hause kam, hatte sie es bereits herausgefunden.

Ich öffnete die Tür zur Wohnung und ging in Richtung meines Zimmers, als ich im Vorbeigehen bemerkte, dass Emily auf dem Boden des Wohnzimmers saß, mit dem Rücken zum Sofa. Ich blieb im Türrahmen stehen.

»Was tust du da?«

Mit blassem Gesicht sah sie zu mir hoch, die Augen rot gerändert. Sie hatte einen großen Stapel DIN-A4-Blätter in ihrem Schoß, und mein erster Gedanke war, dass sie ein Manuskript aus dem Verlag mitgenommen haben musste. Dann begann Emily, daraus vorzulesen:

»›Siobhan konnte sich glücklich schätzen, dieses Haus zu haben. Jetzt brauchte sie nur noch jemanden, mit dem sie es teilen konnte. Jemanden wie mich … Ich liebe dich so sehr, würde sie sagen. Und dann würde sie dieses unanständige Glitzern in die Augen bekommen und hauchen: Warum besorgst du es mir nicht?

Das war kurz bevor du dich in ihrem Kleiderschrank versteckt hast und genau nachdem du auf ihrem Toilettensitz gehockt bist wie ein perverser Freak.«

»Emily.«

»Und was ist damit?« Sie blätterte in meinem Tagebuch zurück, das sie im Ganzen ausgedruckt hatte. »Hier ist die Stelle, wo du die Frau von der Feuerleiter stößt.«

»Emily, das habe ich nicht. Gib das her.« Ich versuchte, ihr das Tagebuch aus der Hand zu reißen, doch sie begann zu schreien.

»Fass mich nicht an, du widerlicher Psychopath. Du … Mörder.«

»Emily«, sagte ich noch einmal in dem Versuch, ruhig zu bleiben. »Hast du alles gelesen?«

»Ich habe genug gelesen. Nicht alles, aber genug.« Ihre

Stimme war doppelt so laut wie niemals zuvor. Ihre Nase lief vom Weinen. »Bis Amsterdam habe ich es nur überflogen. All diese Lügen, Alex. All diese verfluchten Lügen. Und diese Stelle, wo du schreibst, wie schwach ich wäre und wie sehr du es hassen würdest, dein restliches Leben an mich gekettet zu sein. Ich und schwach? Das wollen wir mal sehen. Das wollen wir verdammt noch mal sehen!«

»Schsch …«

»Untersteh dich, mir das Wort verbieten zu wollen, du Arsch! Du wusstest, dass diese Frau – diese ach so perfekte Frau – dir diese Kerle auf den Hals gehetzt hat. Herrgott, ich wünschte, sie hätten dir das Genick gebrochen. Und das war *sie*, nicht wahr – das war *sie*, die mir die Ratte und die Zeitschriften geschickt hat? Und du hast es die ganze Zeit gewusst, aber nichts dagegen getan? Warum? Warum?«

»Bitte …«

»Nein! Ich will diese Siobhan sehen. Ich will sehen, wer meine Konkurrentin war, an der ich immerzu gemessen wurde – ohne es überhaupt zu wissen. Ich werde jetzt zu ihr gehen.«

»Emily, sei nicht dumm.«

»Nenn mich ja nicht dumm! Und du kannst mich nicht aufhalten – ich kenne ihre Adresse. Die steht hier.« Sie wedelte mit dem Tagebuch unter meiner Nase herum. »Ich werde hingehen und diesem Miststück sagen, dass sie dich gerne haben kann.« Sie stand auf. Das war der Moment, als ich den Alkohol in ihrem Atem roch und die leere Weinflasche neben ihr sah.

»Ich komme mit«, sagte ich. Vielleicht konnte ich sie auf dem Weg umstimmen oder sie zumindest ein wenig bremsen. »Lass mich nur rasch einen Pulli holen. Es ist kalt.«

»Ich muss aufs Klo«, sagte sie und stakste unsicher auf die Toilette, die Seiten des Tagebuchs fest gegen ihre großen, weichen Brüste gepresst – Brüste, die ich so geliebt hatte und bei deren Anblick mich jetzt ein Gefühl der Beklemmung überkam. Ich wusste nicht, was ich tun sollte. Sollte ich Siobhan anrufen? Nein, dazu war nicht genügend Zeit. Ich eilte in mein Zimmer und sah das Tagebuch auf dem Bildschirm. Dort stand so viel Zeug drin – so viel beschämendes Zeug. Ich schloss die Datei und zog sie sogleich in den Papierkorb. Ohne einen Anflug von Bedauern leerte ich ihn. Nun musste ich nur noch den Ausdruck von Emily in die Finger bekommen und ihn zerstören.

Emily kam aus der Toilette und marschierte geradewegs die Treppe hinunter zur Haustür. Der Pullover war längst vergessen, und ich folgte ihr. Das Tagebuch hatte sie fest unter den Arm geklemmt.

Ich versuchte, streitlustig aufzutreten. »Ich kann nicht glauben, dass du mein Tagebuch gelesen hast.«

»Scheiß drauf«, sagte sie. Dann, nach ein paar Sekunden, fuhr sie fort: »Ich musste herausfinden, was in Amsterdam los war, und ich wusste, dass du Tagebuch schreibst. Es war nicht schwer, dein Passwort zu knacken. Anfangs hoffte ich noch, es wäre mein Name, aber nein. Also habe ich es mit dem Namen desjenigen probiert, den du am meisten liebst: Alex. Dein eigener Name. Obwohl du nicht nur dich liebst, nicht wahr? Du liebst auch sie. Siobhan.«

»Früher einmal«, sagte ich mit schwacher Stimme und verfluchte mich, mein Passwort *Tara Liegt Wach* nicht behalten zu haben. Das hätte Emily niemals erraten können.

Sie funkelte mich an. »Nein. Ich glaube, du tust es immer

noch. Andernfalls hättest du mir von ihr erzählt. Du hättest nicht versucht, sie zu beschützen.«

Wir gingen so schnell, dass es nur fünfzehn Minuten dauerte, bis wir Siobhans Haus erreicht hatten. Im Erdgeschoss brannte Licht. Im Stillen hatte ich gehofft, Siobhan wäre ausgegangen. Ich war so nervös, sie zu sehen – und nicht nur wegen Emily und meiner Angst, sie könnte versuchen, Siobhan k.o. zu schlagen.

Es lag daran, dass Emily Recht hatte – ich liebte Siobhan immer noch. Ich hatte es monatelang geleugnet, da ich mich auf die Beziehung mit Emily eingelassen hatte, die so gut für mich gewesen war, mir so gutgetan hatte. Meine erste Chance auf eine gesunde Beziehung. Aber das war auch schon alles, was es gewesen war – mein Bestreben, normal zu sein, wie alle anderen. Ich war so überwältigt, dass jemand ohne Verhaltensstörungen oder eine Geisteskrankheit mich mochte, und so dankbar, dass ich mir einredete, ich wäre glücklich. Ich meine, ich will die Geschichte nicht umschreiben – ich mochte Emily wirklich und genoss es, die Rolle ihres festen Freundes zu spielen. Doch das war auch schon alles: Schauspielerei, der Versuch, einer dieser Menschen zu werden, die in die Vorstellung des Verliebtseins vernarrt sind. Hätte ich Emily zu einem anderen Zeitpunkt meines Lebens kennengelernt, wäre es vielleicht gut gegangen, obwohl sie langweilig war und weder meinen Puls zum Rasen noch meine Pupillen zum Weiten gebracht und sich mein Herz nicht schmerzhaft nach ihr verzehrt hatte (als wir zum ersten Mal im Bett waren, habe ich nicht einmal einen Ständer bekommen; was ist das für ein Zeichen?). Womöglich hätten wir eine lange Beziehung geführt. Denn im Grunde war der einzige Makel, den Emily hatte, der, dass sie nicht Siobhan war.

Als Elaine sagte, dass Kathy die Liebe ihres Lebens gewesen wäre, war mein erster Gedanke nicht: »So geht es mir mit Emily«, sondern: »So ging es mir mit Siobhan«. Außer dass die Vergangenheitsform falsch war.

Es war *nie* die Vergangenheitsform.

Emily klingelte mehrmals an der Haustür, und nach einer Weile, während der mein Herz unzählige Saltos machte, die bei den Olympischen Spielen mit Gold belohnt worden wären, öffnete Siobhan die Tür.

Sie sah aus, als wäre sie früher am Abend ausgegangen, ihre Lippen waren vom Rotwein gefärbt. Sie trug die Prada-Kleidung, die ich ihr gekauft hatte – doch sie war überall mit Farbe bespritzt. Bei ihrem Anblick stockte mir der Atem. Sie sah unglaublich sexy aus – und gleichzeitig geschockt. Und sehr verärgert.

So wie Emily.

»Du bist es!«, sagte Emily. »Aus dem Café. Das glaube ich einfach nicht.«

Siobhan blickte von Emily zu mir. »Was ist hier los, Alex?«

Sie sagte meinen Namen. Sagte ihn mit einer solchen Selbstverständlichkeit, als wäre es ein Name, den sie jeden Tag benutzte. Ich schluckte schwer.

»Los ist«, sagte Emily und wedelte mit dem Tagebuch, »dass ich gerade alles über dich und Alex und andere Ratten herausgefunden habe – solchen in verschlossenen Briefumschlägen. Und ich will … ich will …« Emily verstummte. Vermutlich hatte sie nicht weiter als bis zu diesem Augenblick geplant.

»Ihr solltet lieber reinkommen«, sagte Siobhan leise und starrte über unsere Schultern, wo sich die Vorhänge ihrer Nachbarn bewegten. Wir folgten ihr in ihr Wohnzimmer, wo ich sogleich die Geburtstagskarten auf dem Kaminsims bemerkte.

»Ist heute dein Geburtstag?«, fragte ich.

Sie nickte.

»Alles Gute.«

Siobhan lachte. Kein leises Kichern, sondern ein laut tönendes, bellendes Lachen.

Emily stand mit offenem Mund da. »Was ist so lustig?«

»Das ist einfach zu bizarr.« Siobhan war außerdem ein wenig angetrunken, wie mir jetzt auffiel. »Hier steht ihr beide und wünscht mir alles Gute zum Geburtstag. Und Emily – Emily Norris-Bottom«, kicherte sie, »hat mir anscheinend ein Geschenk mitgebracht.«

Siobhan streckte die Hand nach dem Tagebuch aus, und Emily wollte es ihr geben. Doch bevor Siobhan es an sich nehmen konnte, schnappte ich es mir.

»Was ist das?«, fragte Siobhan mit einem eindringlichen Blick auf den Stapel Papiere. »Ist das dein Buch?«

»Erinnerst du dich, als du uns im Kurs aufgegeben hast, Tagebuch zu führen?«, erwiderte ich. »Hier ist es. Alle Einträge bis zum heutigen Tag.«

»Und du bist der Star«, sagte Emily zu Siobhan.

Ich lachte. »Das ist nicht wahr. Doch das, was dieses Tagebuch darstellt«, sagte ich und hielt es hoch, »ist die Vergangenheit. Und im Laufe des Tages habe ich eine Entscheidung getroffen. Eine wichtige Entscheidung. Ich habe entschieden, dass es Zeit für einen Neubeginn ist. Während der vergangenen paar Monate habe ich viele Dummheiten begangen. Aber jetzt werde ich nach vorne blicken. Allein.« Ich bedachte Emily mit einem bedeutungsvollen Blick. Ihre Kinnlade klappte wieder herunter.

Ich holte mein Feuerzeug aus der Tasche, entzündete eine Flamme und steckte eine Ecke des Tagebuchs in Brand. Im nächsten Moment warf ich den ganzen Packen in den Kamin, wo die Reste eines Feuers noch rot glühten. Eine Wolke giftig aussehender Asche stieg empor und legte sich dann wieder. Emily keuchte auf und versuchte, sich an mir vorbeizudrängen, um die Seiten zu retten, doch ich hielt sie zurück, und es war sowieso schon viel zu spät. Das Feuer fraß sich längst durch das Papier, die Seiten wehten den Kamin hinauf, und der Geruch von Verbranntem erfüllte den Raum. All diese Worte: mein Leben seit Mitte letzten September. In Rauch aufgelöst.

Emily starrte zitternd in die Flammen. »Nur zu«, sagte sie. »Verbrenn die Beweise. Da gibt es immer noch die Kopie auf deinem Computer.«

»Die habe ich gelöscht. Als du auf der Toilette warst.«

»Das spielt keine Rolle«, sagte sie und tippte sich an die Schläfe. »Es ist alles hier drinnen.« Sie wandte sich an Siobhan. »Erfreu dich an ihm, solange du noch kannst.«

Nachdem sie aus dem Zimmer und dem Haus marschiert war, knallte sie die Tür hinter sich zu.

»Das ist zu viel«, sagte Siobhan. »Ich muss mich setzen.«

Nachdenklich blickte sie zur Asche auf dem Teppich, ein tiefes Stirnrunzeln im Gesicht. Sie sah so hinreißend aus.

Dann ließ sie sich auf das Sofa sinken, und ich stand vor ihr, ohne zu wissen, was ich tun sollte.

»Was hat sie gemeint mit ›Erfreu dich an ihm, solange du noch kannst‹?«

»Sie meinte …« Doch anstelle einer Erklärung sagte ich: »Ich liebe dich immer noch.«

Siobhan sah mir in die Augen. Ich hielt ihrem Blick stand.

Schmetterlinge von der Größe von Krähen spielten in meinem Magen verrückt. Hinter mir spürte ich, wie das Feuer erlosch. Doch vor mir klopfte Siobhan auf das Sofa neben sich und sagte mit weicher Stimme: »Setz dich.«

Ich tat, wie mir geheißen. In dem Zimmer war es still bis auf das Summen der Elektrizität und das Rascheln des Stoffs, als Siobhan die Hand nach mir ausstreckte.

»Diese ganze Situation«, flüsterte Siobhan, »ist völlig verfahren. Nicht wahr?«

»Mehr, als du glaubst«, sagte ich.

»Was wird Emily jetzt tun?«

»Das interessiert mich nicht.«

Sie nahm meine Hand. Ihre Haut war warm. Dann lächelte sie und sagte: »Ich glaube, wir haben uns noch gar nicht vorgestellt.«

»Ich …?« Dann blickte ich ihr in die Augen, merkte, wie sie mich ansah, und verstand mit einem Mal alles. So wie Menschen, die füreinander bestimmt sind, einander verstehen. Das hier war ein Neubeginn. Nur für diesen einen Moment gab es keine Vergangenheit. Ich sagte: »Mein Name ist Alex. Nett, dich kennenzulernen.«

»Auch nett, dich kennenzulernen, Alex. Ich bin Siobhan.«

Sie küsste mich. Sie schmeckte nach Asche und Wein.

»Siobhan. Das ist ein wunderschöner Name.«

Ich küsste sie.

»Vielen Dank.«

Sie öffnete den obersten Knopf meines Hemds und glitt mit der Hand über mein Schlüsselbein.

»Lass uns nach oben gehen.«

Sie war sogar noch schöner als in meiner Fantasie. Ich atmete sie ein, legte den Kopf auf ihre seidige Haut und lauschte dem Blut in ihrem Körper. Ich überzog ihre Haare mit Küssen und spürte das Flattern ihrer Wimpern an meiner Wange. Ich küsste ihren Mund und roch den Wein, der ihre Lippen verfärbt hatte. Ich drückte meinen Mund zwischen ihre Beine, und sie schmeckte noch besser, als ich es mir erträumt hatte. Ich drang in sie ein, und sie flüsterte: »Langsam.«

Nachdem wir uns geliebt hatten, lagen wir eng umschlungen da, mit einer schnurrenden Katze auf der Steppdecke zu unseren Füßen. Und wir redeten – stundenlang. Ich habe nicht die Zeit, alles, was wir besprochen haben, Wort für Wort aufzuschreiben. Das will ich auch nicht. Doch wir redeten beide hemmungslos über unsere Gefühle, über die Zukunft und unsere Wünsche. Siobhan meinte erneut, wie verdammt verfahren unsere Situation wäre, obwohl wir beide die weniger beeindruckenden Teile unseres unkonventionellen Liebeswerbens mit keiner Silbe erwähnten. Immerhin sollte das hier ein Neubeginn sein.

Ich beteuerte ihr, wie sehr ich sie liebte. Ich erzählte ihr von Kathy und Elaine, wobei mich schreckliche Angst packte, da ich fürchtete, sie könnte vor mir zurückweichen. Doch sie lauschte nur still und sagte dann: »Von nun an musst du mir etwas versprechen. Keine Lügen mehr. Kein Davonlaufen mehr vor der Wahrheit. Keine Tagebücher mehr, die es zu verbrennen gilt, weil sie voller Geheimnisse stecken.«

Sie schwieg einen Moment. »Hast du mein Tagebuch gelesen, als du dich damals hier versteckt hast?«

»Ein bisschen.«

»Was hast du gelesen?«

Ich lächelte im Kerzenschein. »Oh, etwas darüber, dass du einen richtigen Kerl mit einem Riesenschwanz willst, bei dem du dreimal in einer Nacht kommst.«

Sie lachte. »Und, wirst du mir geben, was ich mir wünsche?«

»Äh – was den Teil mit dem Riesenschwanz angeht, da kann ich für nichts garantieren – er ist eher …«

»Alex?«

»Hmm?«

»Halt die Klappe.«

Am nächsten Morgen um sechs klingelte es an der Tür. Ich stand auf und blickte aus dem Fenster, das zur Straße zeigte. Ein Polizeiauto parkte vor Siobhans Eingangstür. Wie ich später herausfand, hatte Emily bei der Polizei angerufen und ihnen gesagt, ich hätte ihr gestanden, Kathy ermordet zu haben.

»Oh, Mist.« Ich winkte Siobhan zum Fenster. »Wie weit, glaubst du, würde ich es schaffen, wenn ich mich aus der Hintertür schleiche?«

Sie schüttelte den Kopf. »Keine Lügen mehr, Alex, verstanden? Kein Verstecken mehr. Geh einfach und erzähl ihnen die Wahrheit. Ich bin sicher, sie werden dir glauben.«

Und ob sie mir glaubten – ungefähr so sehr, wie ich an die Zahnfee glaube. Sie haben mich stundenlang verhört, und bis zum Abend hatten sie mehrere Augenzeugen gefunden, die mich an jenem Abend mit Kathy in dem Pub gesehen hatten. Ich erklärte ihnen, sie sollten Elaine Meadows einen Besuch abstatten und sie befragen. Und das taten sie. Doch als sie dort ankamen, war sie nicht im Apartment.

Sie war tot.

Ihre Leiche lag genau an der Stelle, wo Kathy aufgefunden worden war.

»Sie muss gesprungen sein«, beteuerte ich der Polizei. »Sie hat sich wohl entschieden, bei Kathy sein zu wollen. Zwei verwandte Seelen, die gemeinsam in dem Apartment hausen, damit sie die ganze Zeit bei ihr sein kann, nicht nur während des *obon*.« Die Polizei liebte meine Geschichte.

»Sie haben also Elaine Meadows gestern Abend gesehen?«, fragte der Detective, der auf diesen Fall angesetzt war.

»Ja. Ich habe sie besucht, weil…« Genau in diesem Moment hielt ich inne und verlangte einen Anwalt.

Und hier bin ich, in einer Zelle, und warte auf meinen Prozess wegen der Morde an Kathy Noonan und Elaine Meadows. Anscheinend beruht der Fall fast gänzlich auf der Zeugenaussage von Emily, deren Zorn auf mich überwältigend sein muss: Das ist ihr Weg, mich zu bestrafen und Siobhan und mich zu trennen. Und vermutlich glaubt sie wirklich, dass ich es getan habe. Wenn ich an die Einträge in meinem Tagebuch denke, muss ich zugeben, dass sie sehr zweideutig waren.

Die Polizei hat außerdem gerichtsmedizinische Beweise, dass ich in der Nacht, in der Elaine gesprungen ist, in dem Apartment war, nicht dass ich das jemals abgestritten hätte. Ich fühle mich teilweise verantwortlich für ihren Tod – wäre ich nicht zu ihr gegangen und hätte all diese tiefen Gefühle in ihr wachgerüttelt… obwohl es auch möglich ist, dass sie nur die Wahrheit über das, was damals geschehen war, wissen wollte, bevor sie der Liebe ihres Lebens in den Tod folgte. Ich habe damals geschrieben, dass ich ein ungutes

Gefühl verspürt hatte – eine sonderbare Stimmung –, und jetzt weiß ich, was es war: Sie hatte eine Todessehnsucht. Sie wartete nur darauf, mit Kathy wieder vereint zu sein – sie hatte *gewollt*, dass ich sie schubse. Das verstehe ich jetzt: dieses verzweifelte Verlangen, bei der Person zu sein, die man liebt. Dennoch hätte ich es zu schätzen gewusst, wenn sie einen Abschiedsbrief hinterlassen hätte, in dem sie mich von jeglicher Verantwortung freispricht. Wie gedankenlos von ihr.

In meinem Leben gibt es nur zwei positive Dinge. Nummer eins ist, dass meine Verlegerin nun noch optimistischer ist, was meine literarische Karriere anbelangt. »Denken Sie nur an all die Publicity«, sagte Pernilla, die mir ebenfalls erzählte, dass sie Emily hatte kündigen müssen, denn »das arme Mädchen ist ein Wrack, und ihre Effizienz hat drastisch nachgelassen.«

Das andere ist natürlich Siobhan.

Siobhan, mein Engel, während ich hier nachts liege und dem Stöhnen meines Zellennachbarn lausche, der sich in dem anderen Bett einen runterholt, denke ich an dich und diese wunderschöne Nacht, die wir gemeinsam verbracht haben. Obwohl mein Körper gefangen ist… Oh Mist, hier kommt der Wärter. Und ich glaube nicht, dass er sonderlich auf Romantik steht. Aber hör mir zu, Siobhan, wäre das ein Brief, würde ich ihn mit vier Küssen und einem Herzen mit einem Pfeil beenden – wie das Herz, das Elaine in das beschlagene Fenster gezeichnet hatte, kurz bevor ich ihr Apartment verließ.

Epilog

22. April

Mein liebster Alex,
wenn ich zwischen den Zeilen lese, klangst du in deinem letzten Brief schrecklich unglücklich. Wie hältst du dich? Ich würde dich jetzt gerne umarmen und dich nie wieder loslassen. Ich verspreche, das werde ich tun, in welcher Weise auch immer, was auch immer geschehen mag.
Ich weiß, ich wiederhole mich, aber du scheinst nicht überzeugt zu sein, weshalb ich es nochmal sage: Die Wahrheit wird siegen, mein Liebling. Ich bin sicher, dass du nicht ins Gefängnis musst. Emily würde niemals unter Eid lügen. Sie wird erkennen, dass sie dich auf diese Weise nicht bestrafen darf: dass sie mit deinem Leben spielt. Ich bin überzeugt, dass sie ihre Meinung ändern wird. Sie genießt im Moment nur ihre Vorstellung einer brüllenden Maus, das ist alles. Sie wird sich beruhigen.
Es tut mir leid, dass du ihr jemals begegnet bist. Es ist meine Schuld. Wäre ich nicht so blind gewesen und hätte mich so komisch aufgeführt, als du mir zum ersten Mal deine Liebe gestanden hast, wäre nichts von alldem hier passiert. Ich habe dich in ihre Arme getrieben, und deshalb fühle ich mich schrecklich.
Wie ich schon in der Nacht sagte, bevor sie dich mir weg-

genommen haben, war meine Auffassungsgabe schon immer langsam. Keine Ahnung, wieso das so ist. Entweder suche ich mir die falschen Männer aus (Phil ist das beste Beispiel), oder ich erkenne, wie in deinem Fall, das Gute nicht, wenn es direkt vor mir steht. Ich meine, du hast mir Designerkleidung gekauft, und ich habe dich trotzdem abgewiesen! Wie verrückt ist das? Ich kann nicht glauben, dass ich so besessen wegen des Geldes war – ich bin nicht geizig, mein Liebling, versprochen –, von nun an ist alles, was mir gehört, auch dein (aber sei gewarnt, du bist jetzt nicht reich!), doch ich hatte Angst. Ich hatte Angst vor deiner Leidenschaft und der Wirkung, die sie auf mich hatte, wenn du mich auf diese Art ansahst.

Es ist so lustig – bei meinem Geburtstagsessen an jenem Abend hat mich jemand gefragt, wie mein perfekter Mann wäre. Erst später ist mir gekommen, dass ich eine präzise Beschreibung von dir abgegeben habe, mein Liebling, zugleich was das Erscheinungsbild wie auch die inneren Werte betrifft. Du warst, was ich schon immer wollte. Ich war nur überwältigt von deiner Leidenschaft und dem Umstand, dass sie wie ein Blitz aus heiterem Himmel über mich kam. Vielleicht hatte ich auch das Gefühl, als verdiente ich sie nicht – das war schon immer mein Problem; und jetzt, während ich darüber nachdenke, ist das wahrscheinlich auch der Grund, warum ich mich früher mit so vielen Losern abgegeben habe. Ich habe mir niemals erlaubt, jemanden wirklich zu lieben, für den Fall, dass er mich verlässt.

Und jetzt sind wir hier, getrennt voneinander! Für wer weiß wie lange … Nein, tut mir leid, Alex, ignorier das bitte. Ich habe so krampfhaft versucht, positiv zu denken,

aber hin und wieder überkommt mich der Gedanke »aber was, wenn …«, und ich gerate in Panik. Ich könnte es nicht ertragen, wenn du jahrelang ins Gefängnis müsstest.
Doch das wird nicht passieren. Wie schon gesagt, Emily ist nicht böse. Sie weiß, dass du es nicht wirklich getan hast, und sie wird eine Verurteilung nicht zulassen. Obwohl ich am eigenen Leib erfahren habe, welches Körnchen Wahrheit darin steckt, dass die Hölle selbst nicht wüten kann wie eine verschmähte Frau. Und ich wünschte, sie hätte zu Natalie und Simon nicht das gesagt, was sie ihnen offensichtlich gesagt hat – sie legen immer noch auf, sobald ich sie anrufe. Natalie war beim letzten Mal sogar ziemlich gemein zu mir. Ich bin allerdings froh, dass sie dir einen Brief geschrieben haben; auch wenn es nicht fair ist, dass sie mir die Schuld für alles geben! Ich würde alles tun, um dich dort herauszubekommen.
Und nein, was deine Frage zu deiner Mutter betrifft, sie hat mich ebenfalls nicht zurückgerufen. Es tut mir leid. Ich finde, unter den gegebenen Umständen war es gut von dir, ihr Bescheid zu geben, was los ist.
Ich werde jetzt das Thema wechseln, bevor ich uns beiden noch weiter die Laune verderbe. Rate mal – ich habe einen neuen Job! Manuskripte lesen für einen angesagten neuen Literaturagenten; einen Exlektor namens Mark Molesey. Es sind nur ein paar Stunden die Woche, was perfekt ist. Ich will flexible Arbeitszeiten, damit ich dich immer besuchen kann, mein Engel. Und ich habe ihm bereits deine Kurzgeschichten gegeben und ihm von dem Autorenvertrag erzählt, und er ist ganz versessen darauf, dich bei dem Roman zu vertreten, von dem ich weiß, dass du ihn schreiben wirst.

Ich bin so stolz auf deine Schriftstellerkarriere. Anfangs war ich eifersüchtig, aber das war, bevor du ein Teil meines Lebens wurdest und ich dem Irrglauben aufgesessen war, selbst eine »berühmte Autorin« zu werden. Während ich nun all diese Manuskripte für Mark lese, wird mir bewusst, dass ich Talent habe. So wie du. Doch ich habe mich entschieden, das Schreiben eine Weile sein zu lassen – um mir ein wenig den Druck zu nehmen. Ich will keinen weiteren Roman schreiben, außer – und wirklich nur außer – mich überkommt ein tiefes, überwältigendes Verlangen. Ich habe gelernt, man muss Dinge wirklich wollen, um sie auch zu verdienen: sie wollen und dafür kämpfen, so wie du um mich gekämpft hast. Ich bin so schrecklich gerührt, dass du das für mich getan hast, nachdem ich es fast völlig vermasselt habe.

Ich muss jetzt los. Der Teppichreiniger kommt gleich, und ich muss Biggles Flohpulver kaufen – oh, wie aufregend! Aber wie dem auch sei, ich komme dich morgen besuchen, weshalb ich heute Nachmittag einen Biskuitkuchen mit einer Feile im Innern backen werde. Vielleicht lassen mich die Wärter beim nächsten Mal damit durch. Ich kann es kaum erwarten, dich zu sehen, mein Engel. Jeder Teil von mir, Körper und Geist, wird auf dich warten, egal, wie lange es dauert.

In Liebe,

Siobhan xxx

Danksagung

Stalker hat eine lange Veröffentlichungsgeschichte hinter sich, und es gibt viele Menschen, die uns auf dem Weg geholfen haben. Mark und Louise möchten danken:

Pier Wilkie, weil er von Anbeginn an dieses Buch geglaubt hat und uns den Anreiz schuf, es zu beenden.

Jennifer Vince für die Gestaltung des Originalcovers.

Julie Baugh dafür, dass sie unsere erste Leserin war.

Jedem bei studentbeans.com und der Kingston University für ihre Unterstützung.

Sam Copeland und Kate Bradley für ihre bisherige fantastische Arbeit.

Der unglaublichen »Indie«-Schriftstellergemeinschaft für ihren schier endlosen Zuspruch und ihre Offenheit, einschließlich, wenn auch nicht ausschließlich: Mark Williams, Lexi Revellian, J Carson Black, Sibel Hodge, HP Mallory, Saffina Desforges, David Gaughran, Scott Nicholson, Victorine Lieske, Cheryl Shireman, Stephen Leather und Dan Holloway.

Und natürlich unseren Familien und im Besonderen unseren Partnern, Sara und Nick, für ihren Glauben an uns und ihre Geduld und dass sie nie der Versuchung erlegen sind, unsere Kindle aus dem Fenster zu werfen.